Vor dreißig Jahren verstorben, bekommt der Computerentwickler Erik Montelius ein zweites Leben geschenkt: Als erster Patient weltweit wird er aus der kryotechnischen Konservierung geholt. Fortan sieht er sein Dasein nicht in Leben und Tod geteilt, sondern in erstes Leben, zweites Leben und Tod. Doch auch im zweiten Leben ist die Welt keine bessere: Seine Frau hat seinen Geschäftspartner geheiratet – der hat zudem Eriks Ideen geklaut. Die Menschen tragen Masken über Mund und Nase, wischen auf tragbaren Computern herum und haben die Visionen von einer gerechten und umweltfreundlichen Gesellschaft aufgegeben. Erik hat nichts, kein Geld, kein Zuhause, nicht einmal einen Ausweis. Aber er hat einen Verdacht, wem er seinen ersten Tod zu verdanken hat. Und er hat einen Buchvertrag und damit die Gelegenheit, die Wahrheit ans Licht zu bringen …

Daniel Wisser, geboren 1971, lebt in Wien und schreibt Prosa, Essays, Songtexte. 1994 Mitbegründer des Ersten Wiener Heimorgelorchesters. 2018 für den Roman »Königin der Berge« mit dem Österreichischen Buchpreis und dem Johann-Beer-Preis ausgezeichnet. 2021 mit seinem Roman »Wir bleiben noch« auf der SWR- und der ORF-Bestenliste. 2023 für »0 1 2« ausgezeichnet mit dem Wiener Buchpreis und dem Würdigungspreis für Literatur der Stadt Wien. Zuletzt erschien der Roman »Smart City«.

Daniel Wisser

012

Roman

btb

Haimo Wisser gewidmet

ich wurde geboren
am 17. august
bald wurde ich größer
doch war's mir nicht bewußt
ich lernte auch sprechen
und bausteine brechen
dann bin ich gestorben
am 17. august
ein jahr nur ein jahr nur
hat gott mir geschenkt
doch war es ein reiches
wenn man es recht bedenkt

Konrad Bayer

Donkey Kong

01.07.2022
Nikki will mit Leonie und mir ans Meer fahren. Ich sage ihr nicht, dass ich das Meer hasse (oder fürchte?). Ich habe beschlossen, meine Biografie nicht von einer Ghostwriterin schreiben zu lassen. Ich schreibe sie selbst und habe dafür wahrscheinlich nur zwei, drei Monate Zeit.

Immer wieder werde ich gefragt, was ich nach dem Aufwachen als Erstes dachte. There will be an answer: Ich glaubte, eine Schildkröte zu sein. Natürlich erzähle ich das nur, damit ich irgendetwas erzähle. In Wahrheit dachte ich, dass man mich zum Sterben in ein anderes Zimmer geschoben hatte. Ich hatte Krebs, das wusste ich. Brustkrebs. Normalerweise bekommt ein Krebskranker von seinen Mitmenschen geheucheltes Mitleid. Ein Mann, der Brustkrebs hat, bekommt hingegen nur ein blödes Grinsen. Als ob er am Brustkrebs nicht genauso leiden würde wie eine Frau! Ich hatte Brustkrebs, aber daran wäre ich nicht gestorben. Es sollte nur so aussehen, als wäre ich an einer Krebserkrankung gestorben. In Wahrheit wurde ich ermordet.

Alle fragen mich, woran ich mich als Erstes erinnern kann. Und ich sage: DDT. Im Zimmer roch es nach DDT. Und da war noch jemand mit mir im Raum. Ich hatte die

Augen geschlossen, aber ich hörte sie reden. Sie – denn es war eine Frauenstimme.

– Ich höre dich kaum. Hier ist der Empfang so schlecht.

Die Tür ging auf. Plötzlich war eine zweite Stimme zu hören:

– Kommst du mit in die Kantine?

– Was gibt's denn heute?

Schritte. Langsames, fast kindliches Vorlesen:

– Dienstag, 9. November 2021: Fleischbällchen im Speckmantel.

– Na gut, was soll's! Man lebt nur einmal und das wahrscheinlich nicht lange.

Schritte. Tür auf. Tür zu. Beide waren weg. Ich öffnete die Augen.

Alle wollen wissen, was ich als Erstes gesehen habe. There will be an answer: Jesus. Einen billigen, vom Sonnenlicht ausgebleichten Holzjesus, das Gesicht verkrampft, wahrscheinlich von der Abneigung gegen den DDT-Geruch im Zimmer. Was für ein armseliges Spitalszimmer, in dem zwei armselige Acrylgemälde hingen und ein armseliger Holzjesus. Und eine große Uhr. Sie zeigte zwei Uhr und zweiundzwanzig Minuten.

Ich hatte noch das Datum im Ohr, das die Frauenstimme genannt hatte: 9. November 2021. Ich dachte nach. 2021 ist eine Ternärzahl, die wir im Dezimalsystem *Einundsechzig* nennen. Früher hatte ich die Formel im Kopf beherrscht, jetzt musste ich hochzählen:

0 1 2 10 11 12 20 21 22 100 101 102 110 111 112 120 121 122 200 201 202 210 211 212 220 221 222 1000 1001 1002 1010 1011 1012 1020 1021 1022 1100 1101 1102 1110 1111 1112 1120 1121 1122 1200 1201 1202 1210 1211 1212 1220 1221 1222 2000 2001 2002 2010 2011 2012 2020 2021

2021 war die Ternärzahl für den Dezimalwert 61, aber die Formel für die Umrechnung, die ich früher im Schlaf beherrscht hatte, fiel mir nicht mehr ein. Ich blickte wieder zu Jesus auf und dachte: *Wenn der Menschensohn zurückkommen wird in aller Herrlichkeit, wird er sich mit allen Engeln auf den Thron seiner Herrlichkeit setzen.*

Nach einiger Zeit kam wieder jemand ins Zimmer. Es war eine Frau in hellblauer Hose und hellblauem Kasack. Die Hellblaue nahm ein kleines schwarzes Gerät zur Hand und begann es zu streicheln. Das Ding erinnerte mich an die Tric O Tronic-Spiele, die ich früher gespielt hatte. Und mein allerliebstes Tric O Tronic-Spiel war *Donkey Kong*. Man konnte die kleine Konsole aufklappen und spielte auf zwei Bildschirmen. *Multi Screen* – so hieß es auf der Verpackung. Plötzlich begann die Hellblaue zu sprechen:

– Entschuldige, du klingst ganz abgehackt. Warte! Jetzt geht es wieder.

Ich konnte zwar die Brille sehen und die abstehenden Ohren. Aber Kinn, Mund und Nase waren von einer OP-Maske verdeckt. Lange betrachtete ich sie, bis sie plötzlich zu mir herüberblickte und bemerkte, dass ich sie ansah.

Sie stand auf, kam auf das Krankenbett zu, blieb stehen und bewegte ihre Hand langsam vor meinen Augen hin und her.

– Das gibt's ja nicht! Hallo, können Sie mich hören? Hallo! Herr Montelius! Hören Sie mich?

Ich folgte ihrer Hand nicht, sondern blickte ihr in die Augen. Jetzt bemerkte ich, dass sie keine abstehenden Ohren hatte, sondern dass die Zugbänder ihrer OP-Maske ihre Ohren auffalteten. Es war keine normale OP-Maske. Sie hatte eine Schnabelform wie eine venezianische Karnevalsmaske.

– Man lebt nur einmal und das wahrscheinlich nicht lange.

Mehr als sie erschrak ich darüber, die eigene Stimme zu hören. Meine Stimme klang fremd, blechern und (Soraya, füge bitte hier noch irgendein Adjektiv ein!). So, wie wenn man sich selbst mit einem Kassettenrekorder aufnimmt.

– Das habe *ich* doch vor dem Essen zu Schwester Vanessa gesagt. Haben Sie mitgehört?

– Sunday's on the phone to Monday. Tuesday's on the phone to me.

– Herr Montelius! Es ist … ein Wunder!

Sie war aufgeregt. Die hochgesteckten Haare hüpften unentwegt auf und ab. Da sie weitsichtig war und die Brille ihre Augen vergrößerte, sah sie noch aufgeregter aus. Sie hatte die Brille so weit hochgeschoben, dass die Gläser auch ihre Augenbrauen vergrößerten. Doch ich konnte die Augenbrauen nur verschwommen sehen, denn der Atem, der aus ihrer Gesichtsmaske kam, hatte die Brillengläser beschlagen.

– Sie sind ... Sie sind ... wach! Bitte, warten Sie einen Moment!

Sie lief aus dem Zimmer. Ich blickte zur Uhr. Es war immer noch zwei Uhr und zweiundzwanzig Minuten. Wenig später kam sie mit einer anderen Frau zurück, die einen weißen Kittel trug. Die Frau im weißen Kittel hielt einen Plastikbecher in der Hand. Während sie zur Tür hereinkam, redete sie ohne mich zu beachten.

– Ich bin so schrecklich müde. Vielleicht hat's mich erwischt. Ich habe gerade eine Pechsträhne. Gestern ist mir auch noch das Auto eingegangen. Mitten auf der Stadtautobahn. Also, ich hoffe, die Werkstatt kriegt das bis morgen hin. Ich fahre sicher nicht mit der U-Bahn, jetzt wo die nächste Welle kommt!

– Ich auch nicht. Ich fahre mit dem Rad.

– Na ja, jetzt setzen sie ja auch schon auf Herdenimmunität. Wie die Schweden. Also: Wie geht's unserem Zombie?

Sie setzte sich an mein Bett. Ich las das Schild an ihrer Brust: *Oberärztin Dr. Kerkhoff*. (Hatte sie keinen Vornamen?, fragt Soraya. Ich glaube, sie hieß Carmen. Aber das spielt keine Rolle. Oder doch?) Mit dem *Zombie* hatte sie mich gemeint, doch eigentlich sah *sie* wie ein Zombie aus. Sie hatte immer noch den Becher in der Hand, schaute sich um und stellte ihn auf dem Tischchen neben dem Bett ab.

– Warten Sie, ich muss die Maske aufsetzen.

Sie griff in ihren Ärztemantel, zog eine OP-Maske heraus, und die gelifteten Lippen verschwanden darunter. Ich wunderte mich, dass alle hier Masken trugen. Dr. Kerkhoff nahm meinen Arm und fühlte den Puls. Ich blickte zu ihrem Kaffeebecher.

– Wie lange, bis dieser Becher verrottet?

Die Oberärztin reagierte nicht. Die Hellblaue aber rannte aufgeregt herum, suchte nach einem Stift, einem Blatt Papier, nahm den Donkey Kong und rückte einen Stuhl an das Bett.

– 450 Jahre?

Die Hellblaue hatte einen Stuhl ganz nah an mein Bett gerückt und saß an meiner linken Seite. Ich konnte ihren Atem riechen. Das waren wohl die Fleischbällchen.

– Können Sie bitte wiederholen, was Sie gerade gesagt haben?

– Ich habe gefragt, wie lange es dauert, bis dieser Plastikbecher verrottet.

Die Oberärztin griff zum Fußende des Betts und zog einen Zettel aus einem Schlitz. Er steckte in einer Klarsichthülle. Sie brauchte einige Zeit, bis sie den Zettel daraus befreit hatte.

– Plastik, Plastik, Plastik.

– Der denkt anscheinend nur an Plastik.

Dr. Kerkhoff redete nur mit der Hellblauen, nicht mit mir.

– Trinkt man denn immer noch aus Plastikbechern?

Zum ersten Mal blickte mir die Ärztin in die Augen und schüttelte dabei den Kopf. Dann kritzelte sie auf den Zettel.

– Labor machen wir gleich neu. Wegen der Werte muss ich mit Ihnen sprechen, Frau Hanson. Ich sage es gleich den Schwestern: Die Sonde bleibt. Wenn er schlucken kann, soll er was Breiiges probieren. Katheter bleibt. Ich brauche seine Werte rund um die Uhr!

Dann stand die Oberärztin Dr. Kerkhoff auf, verließ das Zimmer und schlug die Tür hinter sich zu. Die Hellblaue rückte mit dem Stuhl näher.

– Herr Montelius!

– Erik. Ich bin Erik. Sie können *Du* zu mir sagen!

– Ich würde es vorziehen, beim *Sie* zu bleiben.

– Wie Sie möchten! Wann werde ich operiert?

– Sie werden gar nicht operiert. Wie kommen Sie denn darauf?

– Warum tragen Sie dann eine OP-Maske?

– Das erkläre ich Ihnen später.

– Später ist es zu spät.

– Herr Montelius, mein Name ist Lillemor Hanson.

Lillemor drückte die Brille mit dem kleinen Finger gegen die Nase und nickte.

– Ich möchte ein Gespräch mit Ihnen führen. Ist es in Ordnung, wenn ich es aufzeichne?

– Wenn ich mir die Aufnahme nicht anhören muss. Meine Stimme …

– Okay, wir starten.

Lillemor legte den Donkey Kong vor sich hin und berührte ihn ein paarmal mit dem Zeigefinger.

– Der Donkey Kong ist ein Kassettenrekorder?

– Was?

– Das Ding da.

– Das ist … Das erkläre ich Ihnen später.

Schon wieder dieses *Später.* Wann sollte das sein? Es wurde ja nicht später. Die Uhr über der Eingangstür zeigte immer noch zwei Uhr und zweiundzwanzig Minuten.

– Herr Montelius, wie geht es Ihnen?

– Warum riecht es hier nach DDT?

– Ich rieche nichts. Was war der erste Gedanke, den Sie beim Aufwachen hatten?

– Der nullte Gedanke. Wir fangen immer bei null zu zählen an.

– Wenn Sie meinen ...

– Also: Ich dachte ... ich dachte, ich bin eine Schildkröte. Die Schildkröte Kurma.

– Herr Montelius, wissen Sie, wann Sie geboren sind?

– Am 29. Februar 1952.

– Hey, das ist richtig. Sie haben also schon gelebt, als der Staatsvertrag unterzeichnet wurde.

– Wenn das das Erste ist, was Ihnen dazu einfällt.

– Und wissen Sie, was heute für ein Tag ist?

– Fleischbällchen im Speckmantel ... Heute ist Dienstag.

– Richtig. Heute ist Dienstag. Dienstag, der 9. November. Und wissen Sie auch welches Jahr?

– Wie war noch mal Ihr Name?

– Hanson.

– Ich meinte Ihren Vornamen.

– Lillemor.

Ich fand es lächerlich, dass sie mir das Du-Wort ausgeschlagen hatte und ich sie *Frau Hanson* nennen musste.

– Lillemor ist ein schöner Name.

– Danke. Als Kind habe ich meine Eltern dafür gehasst, dass sie mich Lillemor genannt haben. Aber inzwischen …

– Ich finde, es passt zu Ihnen.

– Nun ja. Name ist Schall und Rauch, wie schon Goethe sagte.

– Jetzt reden Sie wie mein Vater.

Sie erzählte über sich, wo sie geboren wurde, wo sie aufgewachsen war, von ihrem Vater, der aus Schweden kam, und von ihrem Studium. Über weite Strecken hörte ich nicht zu. Ich konnte mich einfach nicht konzentrieren. Es war wie bei der Formel für die Umrechnung von Dezimalzahlen und Ternärzahlen: Ich konnte nicht bei der Sache bleiben und gab auf. Trotzdem wünschte ich, dass Lillemor immer weiterreden würde und ich nichts sagen müsste. Doch sie hörte nicht auf, mir Fragen zu stellen.

– War Ihr Vater auch Schwede? Montelius ist in Schweden ein häufiger Name.

– Was wollen Sie denn immer mit meinem Vater?

– Herr Montelius, *Sie* haben von Ihrem Vater gesprochen. Nicht ich.

– Sicher nicht! Ich hasse Väter. Väter sind uninteressant. Mein Vater hat immer nur gelesen und zitiert.

– Ihr Vater war also ein gebildeter Mann?

– Schluss! Ich will nicht mehr über meinen Vater sprechen.

Ich erfuhr, dass Lillemor Psychologie studiert hatte. Ihr Spezialgebiet war die Rehabilitation von Komapatienten.

– Bin ich ein Komapatient?

– Genau genommen: Nein. Aber Sie waren lange ohne Bewusstsein, Herr Montelius. Sehr lange. Dreißig Jahre.

– Warum bin ich jetzt aufgewacht?

– Ich denke, Sie sollten sich erst an alles gewöhnen. Wir werden darüber sprechen, und Sie werden viel Neues hören. Wir müssen uns Zeit nehmen.

Ich blickte wieder auf die Uhr über der Tür. Lillemor bemerkte, dass ich ihr nicht mehr zugehört hatte.

– Sie sind müde? Machen wir für heute Schluss!

– Die Ärztin, die hier war …

– Dr. Kerkhoff. Ja. Was ist mit ihr?

– Sie hat gesagt, dass ihr Auto kaputt ist.

– Sie haben sich wirklich alles gemerkt. Ja, das hat sie gesagt.

– Können Sie mir sagen, womit dieses Auto betrieben wird?

– Na ja, mit Diesel oder Benzin. Warum? Woher soll ich wissen, was die Frau Doktor für ein Auto hat!

– Mit Diesel oder Benzin …

– Genug für heute, Herr Montelius. Ich weiß nicht, wie spät es ist.

– Ich schon: Zwei Uhr zweiundzwanzig.

Ich zeigte zur Wand. Lillemor blickte auf die Uhr und lachte.

– Die Uhr ist stehen geblieben. Ich gebe der Haustechnik Bescheid.

02.07.2022
Italien. Überall lange Autokolonnen und Stau! Heute gibt es mehr Autos denn je! Alle fahren noch immer mit Diesel und Benzin. An der Grenze stehen keine Zollbeamten. Wie gut, denn ich habe keinen Reisepass. Abends bin ich todmüde. Trotzdem schreibe ich weiter.

Liebe Einmalgeborene! Das Buch, das ihr gerade lest, wäre nicht entstanden ohne Soraya Unterasinger. Sie hat mich dazu ermuntert, es zu schreiben, und mir einen Computer mit einer Software gegeben, die den Text, den ich diktiere, für mich tippt. Ihr müsst wissen, dass es sehr schlecht um mich steht, dass ich nur noch wenige Wochen zu leben habe. An manchen Tagen fehlt mir die Kraft, auch nur eine Bierflasche zu öffnen. Also muss ich die Tage nützen, an denen ich ein paar Seiten zustande bringe und Menschen finde, die meine Bierflaschen öffnen.

Meine lieben Weltenbürger, bitte lest die Seiten dieses Buches in aufsteigender Reihenfolge beginnend mit Seite 1 – eine Seite 0 gibt es leider nicht. Und fangt nicht an zu interpretieren oder euch beim Lesen etwas auszumalen oder euch gar zu denken, was ihr wollt. Dieses Buch wurde geschrieben, damit die Menschen die Wahrheit erfahren. Ich nenne alle Personen so, wie sie wirklich heißen, und erfinde keine Namen. Und ich siedle die Handlung nicht in Berlin an, nur damit Journalisten sie für Weltgeschichte halten. Ihr, liebe Nicht-Berliner, seid wie ich dazu verdammt, nur für Provinzliteratur zu taugen.

Aber in einem Punkt, liebe Einmalgeborene, seid ihr anders als ich: Ihr kennt euren Todestag nicht. Ich hingegen kenne meinen: Am 27. Februar 1991 bin ich gestorben. Zu dieser Zeit herrschte Krieg. Ein Krieg der USA und ihrer Verbündeten gegen den Irak. Jahrelang hatten die westlichen Staaten den Irak mit Waffen beliefert, damit er einen sinnlosen Krieg gegen den Iran führen konnte. Nun griffen sie den Irak an, um ihm diese Waffen wieder abzunehmen. Verteidigungsminister Dick Cheney sagte am 17. Januar 1991: *Heute Nacht um sieben Uhr begannen die Vereinigten Staaten auf Befehl des Präsidenten eine Operation, um Saddam Hussein zum Rückzug seiner Truppen aus Kuwait zu zwingen.* Eine Operation! Meine Frau Kris sagte damals, dass ich vom Krieg am Golf besessen bin, und sie zog mich auf, weil ich die Worte des amerikanischen Verteidigungsministers auswendig konnte.

Was macht ein Wiedergeborener? Nichts. Er liegt im Bett. Ich lag da und dachte nach. Ich dachte an den Menschensohn, der zurückkommen soll. Angeblich *in aller Herrlichkeit*. So sagt es irgendein Evangelium. Welches hatte ich vergessen. Es hieß dort: *Alle Menschen werden vor ihm versammelt werden und er wird wie der Hirte die Schafe von den Böcken scheiden.*

Darum hatte die Kerkhoff also von Herdenimmunität gesprochen. Obwohl ich nicht ganz verstand, was die Schweden damit zu tun haben. Jedenfalls: Lillemor Hanson war nicht mehr da. Ich überlegte, ob sie zu den Schafen oder zu den Böcken gehörte. Und ich kam zu dem Ergebnis, dass die Oberärztin Kerkhoff ein Schaf im Wolfspelz war, Lillemor aber ein Schaf im Schafspelz. Aber warum durfte ich das Schaf nicht duzen? Warum bestimmte sie, was man mir erzählen durfte und was nicht?

Und konnte es wirklich sein, dass man das Jahr 2021 schrieb? Ich überlegte lange und kam zu dem Ergebnis: Es kann nicht stimmen. Man denke etwa an die Geschichte mit dem Auto der Oberärztin Kerkhoff. Würde im Jahr 2021 ein Auto mit Benzin oder Diesel betrieben werden? Im Jahr 1980 hatte man errechnet, dass die Ölvorkommen auf der Erde noch für 30 Jahre reichen. Selbst wenn man sich dabei um ein paar Jahre geirrt hatte – 2021 würde es kein Benzin mehr geben. Dann die Sache mit dem Plastikbecher. Im Jahr 2021 würden Menschen doch Kaffee nicht aus Plastikbechern trinken. Wieder versuchte ich, die Zahl 2021 ins Dezimalsystem zu übertragen.

1	MAL	(3 HOCH 0)	1 IST	1
2	MAL	(3 HOCH 1)	3 IST	6
0	MAL	(3 HOCH 2)	9 IST	0
2	MAL	(3 HOCH 3)	27 IST	54
SUMME				61

Endlich hatte ich die Formel wiedergefunden. Und plötzlich fiel mir eine Nummer ein: 2020112. Das war aber keine Ternärzahl. Das war eine Telefonnummer. Ich musste meinen Vater anrufen. Ich wollte aufstehen und auf dem Gang nach einem Münzfernsprecher suchen. Als ich aus dem Bett glitt und meine Füße den Boden berührten, trugen mich die

Beine nicht. Zuerst dachte ich, dass der Fußboden sich um neunzig Grad drehte und zur Wand wurde. Erst als ich auf dem Boden lag, bemerkte ich, dass ich einfach umgefallen war.

Ich war gestürzt. Aber ich dachte es nur und fühlte nichts. Auf dem Fußboden war der DDT-Geruch noch stärker. Auf einmal stand ein Mann vor mir. Wie war er in mein Zimmer gekommen? Durch das Badezimmerfenster? Er bückte sich zu mir und streckte die Arme aus. Ich wollte protestieren.

– Wollen Sie mich ganz allein hochheben?

– Vierzig Kilo ... locker.

Vierzig Kilo? Ich hatte doch immer zwischen achtundsiebzig und zweiundachtzig Kilogramm gewogen. Aber da hatte er mich schon gepackt und auf das Bett gesetzt. Er stand vor mir und starrte mich an. Auch er trug eine OP-Maske, die aber unter seinem Kinn hing und Mund und Nase nicht bedeckte. Er hob meine Beine an, drehte mich um neunzig Grad, und schon lag ich wieder genauso da wie vorher.

– Aus dem Bett gefallen?

– Ich wollte telefonieren gehen.

– Telefonieren?

– Was tun Sie denn, wenn Sie jemand anrufen wollen?

– Das Handy verwenden?

– Wer sind Sie?

– Ihr Physiotherapeut. Also, wenn Sie schon stürzen können, würde ich sagen, Sie haben die Phasen A und B übersprungen und wir befinden uns in Phase C.

Keine Ahnung, was er da redete. Ich wollte nur nicht,

dass er wieder ging. Und so war ich erleichtert, als er einen Stuhl nahm und zum Bett schob.

– Wiege ich wirklich nur vierzig Kilo?

– Stört es Sie, wenn ich hier ohne Maske arbeite?

Er setzte sich, nahm die Maske ab und befestigte sie mit den Zugbändern an seinem Oberarm.

– Man bekommt keine Luft mit den blöden Dingern.

– Warum tragen denn alle hier OP-Masken?

– Wegen der Pandemie.

– Was ist das?

– Eine Krankheit, die sich in allen Ländern der Welt ausbreitet. Aber ich darf Ihnen das alles gar nicht erzählen.

– Ich bin Erik.

– Pascal.

Er schüttelte mir die Hand. Er war nicht nur der erste Mensch, mit dem ich per Du war, sondern auch der erste, der mich berührte.

– Pascal. Wie die Programmiersprache? Ich habe noch in Pascal geschrieben.

– Ich auch. Später hieß es Delphi. Aber zu der Zeit warst du schon …

Immer wieder griff er mit der Hand an sein Bärtchen.

– Weißt du, Erik, ich muss es dir sagen: Ich habe alles über dich gelesen … Ich bin wirklich sehr stolz, dass ich dich kennenlernen darf.

– Du hast doch bestimmt Hunderte Patienten.

– Ja, sicher. Aber die meisten sind einfach krank. Du aber, du warst schon tot.

– Tot?

– Du warst tot und hast deinen Körper einfrieren lassen. In flüssigem Stickstoff. Weißt du das nicht?

Dr. James Bedford. Sofort kam mir dieser Name ins Gedächtnis. Ich muss vierzehn oder fünfzehn Jahre alt gewesen sein und lag mit einer schweren Bronchitis drei Wochen lang im Bett. Lisbeth ließ die Tür zu meinem Zimmer offen. Sie kochte in der Küche und manchmal, wenn die Nachbarin kam, las sie ihr aus der Zeitung vor. Und da hörte ich es: Dr. James Bedford aus Kalifornien starb an Krebs und ließ seinen Körper einfrieren in der Hoffnung, dass er, sobald es eine Heilung für Krebs gab, aufgetaut, behandelt und wieder zum Leben erweckt werden konnte.

– Woran bin ich denn gestorben?

– An Krebs. Aber vor zwei Monaten haben sie dich operiert und Teile deiner Leber entfernt, wohin der Krebs gestreut hatte.

– Hast du mich operiert?

– Nein, ich bin kein Arzt. Ich habe dir doch gesagt, dass ich Physiotherapeut bin. Aber ich habe alles über dich gelesen. Ich bewundere dich.

– Wiege ich wirklich nur vierzig Kilo?

Pascal griff nach den Dokumenten, die in dem Schlitz am Fuß des Krankenbetts steckten, und blätterte darin.

– 44,8 kg. Aber das wird schon wieder. Die werden dich hier aufpäppeln, du wirst sehen. Ich habe eine Bitte. Könntest du nochmals aufstehen und versuchen zu gehen. Ich halte dich. Komm, ich halte dich fest.

Ich war zwar müde, aber Pascal zuliebe tat ich es. Er hielt mich zuerst mit beiden Händen fest, und ich stand da, sehr wackelig, meine Beine schlotterten. Dann ließ er mich mit einer Hand los, ich blieb aber stehen.

– Das ist fantastisch. Wir beginnen morgen mit der Stärkung der Beinmuskulatur. Dein Gleichgewichtssinn ist super.

In diesem Moment klopfte es an der Tür. Ohne auf unsere Antwort zu warten, trat ein Mann in grauem Arbeitsanzug ein. Pascal wies den Mann zurecht.

– Wir haben hier eine Therapiesitzung.

– Ich habe ein Ticket bekommen. Die Uhr … Ich bin gleich wieder weg.

Der Haustechniker klappte die kleine Aluleiter auf, die er mitgebracht hatte. Er stieg hinauf, nahm die Uhr von der Wand und öffnete das Batteriefach mit einem Schraubenzieher. Aus der Tasche seines Arbeitsmantels nahm er zwei Batterien, legte sie ein, schraubte das Batteriefach zu und hängte die Uhr auf.

– So. Fertig.

– Sie müssen noch die richtige Zeit einstellen!

Der Haustechniker klappte seine Aluleiter zusammen und sah Pascal lächelnd an.

– Das, lieber Herr, steht nicht in meinem Ticket. Ich störe nicht weiter.

Und schon war er wieder weg. Fast hätte Pascal vergessen, dass ich die ganze Zeit auf schlotternden Beinen dagestanden war. Schnell drehte er mich zur Seite, und ich konnte mich wieder auf das Bett setzen. Kalter Schweiß stand auf meiner Stirn.

– Siehst du, so ist das in diesem Land. Auftrag erledigt! So denken Handwerker, so denken Ärzte, so denken alle.

Wir lachten beide, aber plötzlich sah Pascal sehr ernst drein.

– Weißt du, Erik, ich will dir helfen. Wenn du etwas brauchst, fragst du mich. Dafür musst du mir eines erzählen.

– Aber gerne.

– Wie ist das, wenn man stirbt? Ist das wirklich so, als ob man durch einen Tunnel geht?

Es war wie mit der Schildkröte. Die Schildkröte war immer die richtige Geschichte für die Menschen. Wenn ich ihnen die Wahrheit erzählte, hörten sie nicht mehr zu. Mit Pascal war es genauso. Er wollte die Wahrheit nicht wissen, er brauchte einen Tunnel.

– Also, ich kann nicht sagen, ob es ein Tunnel war. Ich sah ein Licht. Weit entfernt, aber ich sah es deutlich.

– Ja, und? Weiter?

– Mein Vater ... Ich fragte meinen Vater: Fahren wir ans Meer? Er antwortete nicht. Du musst wissen, dass mein Vater sehr wortkarg war. Er zitierte meistens aus Büchern, die er gelesen hatte. Als Kind wollte ich immer auf Urlaub fahren, wie andere Kinder mit ihren Eltern auch. Und als ich ihn eines Tages fragte, ob wir ans Meer fahren, antwortete mein Vater:

Wes Herz vom Oktober durchwettert worden,
dem schmecken nicht Berge,
dem munden nicht Meere,
nicht Waldluft im Süden, nicht Seeluft im Norden,
ein Klima nur sucht er: das revolutionäre!

– Mehr hat er nicht gesagt?

– Er hat vielleicht noch gesagt, dass das ein Zitat von Majakowski ist. Und dass ich das nicht wissen kann, weil ich ja nichts lese. Aber dann fuhren wir doch ans Meer. Und dann sah ich das Meer. Hier das Meer und dort das Meer. Und rundherum war auch das Meer. Dann plötzlich war das Meer weg. Wir saßen in einem Wohnzimmer. Wir waren beim besten Freund meines Vaters eingeladen. Es waren zwölf Menschen im Esszimmer versammelt. Der Freund erklärte stolz, dass es zur Nachspeise eingelegte Kirschen aus dem Piemont gab und jede Person zehn Kirschen essen durfte. Ich stellte mir selbst die Aufgabe, mehr als zehn Kirschen zu essen, schaute, ob andere ins Gespräch vertieft oder zur Toilette gegangen waren und griff, wenn ich mich unbeobachtet glaubte, nach ihren Schalen. Auf diese Weise gelang es mir an diesem Nachmittag, einundvierzig eingelegte Kirschen zu essen. Auf der Fahrt nach Hause fragte ich den Vater: Weißt du, wie viele Kirschen ich gegessen habe? Er blickte reglos auf die Straße und sagte: einundvierzig.

Pascal nickte. Ich sah eine Träne in seinem Auge.

– Erik … Ich kann dir nicht sagen … das … das ist der größte Tag in meinem Leben. Der größte Tag. Danke!

Die Träne rann über Pascals Wange. Dann lächelte er wieder.

– Sag einmal: Du hast einen Computer gebaut?

– Wir haben drei Computer gebaut. Mein Kollege Winfried Haberler und ich. Nicht binäre Computer, sondern ternäre.

– Faszinierend. Ich habe noch die alten Computer: den C64, den C128 und den ZX81. Die gehen immer noch. Die stehen bei mir zu Hause.

– Die hatte ich auch alle. Der ZX81 war doch von Sinclair, oder?

– Richtig. Danach kam der ZX Spectrum.

Pascal nickte und griff wieder nach seinem schütteren Bärtchen.

– Einundvierzig Kirschen. Das ist Wahnsinn!

Pascal schüttelte den Kopf.

– Jetzt verstehe ich es erst: Er hat dich genau beobachtet. Er hat dich keine Sekunde aus den Augen gelassen. Weißt du, das war vielleicht dein Vater, den du da vor dir hattest ... also, für dich hat er so ausgesehen ... aber ... also ... ich glaube nicht an Gott oder so etwas ... aber irgendetwas gibt es ... irgendetwas muss es geben ... und dieser Mann, der für dich wie dein Vater aussah ... das war so eine Art höheres Wesen.

Pascal war von dieser Geschichte so bewegt, wie er von jeder Geschichte, die ich ihm erzählt hätte, bewegt gewesen wäre. Erfunden war sie nicht, aber sie hatte mit meinem Todestag nichts zu tun. An den Tag meines Todes habe ich keine einzige Erinnerung.

– Was bringt so ein trinärer Computer?

– Ternär, heißt es. Größere Rechen- und Speicherleistung. Ein Byte besteht aus 8 Bit, kann also wie viele Informationen speichern?

– Zwei hoch acht: 256.

– Richtig. Und mein Computer basiert auf dem Tryte, das aus 9 Trit besteht.

– Drei hoch neun. Das muss ich ausrechnen.

Pascal hatte auch einen Donkey Kong. Er nahm ihn aus seiner Jacke und tippte darauf herum.

– 19.683.

– Genau: 19.683. Mein Computer hat eine höhere Rechenleistung bei niedrigerer Taktfrequenz. Kannst du mir dieses Ding einmal zeigen?

– Was meinst du? Mein Handy?

– Hast du da drauf gerechnet?

Er nahm seinen Donkey Kong und hielt ihn mir hin. Als die Tastatur aufleuchtete, zeichnete er mit dem Finger etwas darauf. Dann gab er mir das Handy.

– Natürlich. Das ist auch ein Computer.

– Das ist ein Computer? Wo ist denn die Befehlseingabe?

– Es gibt keine Befehlseingabe. Das braucht man heute nicht mehr.

– Aber wie ruft man ein Programm auf?

– Siehst du diese Bilder? Das sind Icons. Wenn man sie antippt, startet ein Programm. Das hier ist der Taschenrechner.

Pascal gab mir den Donkey. Er hatte keine richtige Tastatur, sondern funktionierte durch Berührung des Bildschirms. Ich tippte.

– Was rechnest du da?

– Heute ist der Neunte, Elfte, Einundzwanzig. Also rechne ich 9 + 11 + 21 = 41.

– Einundvierzig! Wahnsinn! Wahnsinn!

03.07.2022
Wir sind im kleinen Ort M. am Ligurischen Meer. Ich bin nicht sicher, ob wir wirklich in Italien sind. Niemand hier raucht. Keine einzige Frau liegt oben ohne am Strand. Im Gegenteil: Viele von ihnen tragen im Wasser T-Shirts und seltsamste Verhüllungen. Leonie schwimmt den ganzen Tag, während Nikki die meiste Zeit schläft. Ich gehe ein paar Schritte ins Meer, nur so weit, bis mir das Wasser bis zu den Hüften reicht.

Als ich aufwachte, saß Lillemor im Zimmer und streichelte ihren Donkey Kong. Sie bemerkte, dass ich wach war, und lächelte.

– Guten Morgen!

– Können Sie mir etwas erklären?

– Sie könnten wenigstens *Guten Morgen* sagen.

– Guten Morgen. Ich habe die ganze Nacht nachgedacht. Ich habe drei Fragen.

– Schießen Sie los!

– Wer hat mich an der Leber operiert? Wieso wurde ich gerade im Jahr 2021 aus dem Tiefschlaf geholt? Und: Warum tragen Sie heute schon wieder diese Faschingsmaske?

– Herr Montelius, das alles sind wichtige, aber sehr komplexe Dinge. Ich erkläre Ihnen das später, aber nicht heute.

– Das sagen Sie ständig. Ich akzeptiere kein *Später* mehr! Ich will es jetzt wissen.

– Einen Moment noch, bitte! Wenn Sie einverstanden sind, zeichne ich …

– Ja, Frau Dr. Lillemor Hanson, Sie dürfen das Gespräch mit Ihrem Handy aufzeichnen.

– Danke.

– Wir leben schließlich im Jahr 2021.

– Das ist korrekt. So, die Aufnahme läuft.

Es gefiel mir, wenn Lillemor ein Bein über das andere legte. Das hieß, dass sie noch lange bleiben würde. Plötzlich beruhigte es mich, dass sie da war.

– Sie haben über Ihren Vater gesprochen.

– Da irren Sie sich. *Sie* reden immerzu von meinem Vater.

– Sie haben ihn zuerst erwähnt. Ich habe Goethe zitiert und Sie haben gesagt: *Jetzt reden Sie wie mein Vater.* Wenn Sie wollen, können wir uns die Aufnahme von gestern anhören!

– Bitte nicht. Ich kann meine Stimme nicht hören.

– Herr Montelius, in welchem Jahr ist Ihr Vater geboren?

– 1927.

– Gut. Und in welchem Jahr leben wir jetzt?

– 2021. Das sagen Sie mir doch alle paar Minuten.

– Gut. Wie alt ist Ihr Vater dann?

– Mein Vater ist etwas über sechzig.

– Herr Montelius, Ihr Vater ist 1927 geboren, und wir leben im Jahr 2021. Er wäre also heute vierundneunzig Jahre alt. Ein sehr hohes Alter. Er hat es nicht erreicht.

Das war die eleganteste Todesmeldung seit der Erfindung der Subtraktion. Und auf meine Nachfrage folgte ihr, ähnlich schmucklos, aber ebenso arithmetisch einwandfrei, die Nachricht vom Tod meiner Mutter, zweieinhalb Jahre nach dem Tod des Vaters. Die Sitzung – so nannte es Lillemor – wurde gleich wieder unterbrochen. Man servierte Schonkost: Grießbrei. Noch dazu verließ Lillemor das Zimmer nicht, sondern sah mir dabei zu, wie ich den Grießbrei anstarrte und dann den Teller drehte, um zu sehen, ob die Südseite ein wenig freundlicher aussah.

– Langsam essen, Herr Montelius! Und vergessen Sie nicht: Sie müssen viel trinken. Das gilt für den ganzen Tag.

– Na gut. Bringen Sie mir zwei große Bier!

Lillemor verdrehte die Augen. Dann widmete sie sich wieder dem Donkey Kong.

– Jetzt sagen Sie bloß, dass im Jahr 2021 die Prohibition wieder eingeführt wurde.

– Herr Montelius, ich freue mich, dass Sie hier sind. Sie können schon wieder sprechen. Das ist fantastisch. Ich habe das nicht erwartet. Aber Sie sind noch nicht gesund.

– Dann eben ein kleines Bier.

– Nein. Vielleicht in ein paar Wochen. Jetzt geht das nicht!

In ein paar Wochen. Lustlos nahm ich ein Löffelchen vom Grießbrei. Mein Vater hatte immer gesagt, es gibt nur drei Dinge, die er seit der Nazizeit nicht mehr riechen kann: Deutsche, Österreicher und Grießbrei.

– Darf ich etwas fragen? Wie alt bin ich?

– Jetzt essen Sie einmal. Wir reden später darüber, okay?

Ich hatte keine Lust mehr, mich vertrösten zu lassen. Ich hatte keine Lust mehr, ein Patient zu sein, dem man nach Belieben Informationen vorenthalten, das Du-Wort ausschlagen und Bier verweigern konnte.

– Ich habe keine Lust mehr, diese Gespräche mit Ihnen zu führen.

– Warum nicht? Was stört Sie?

– Ich habe es schon gesagt: Weil Sie mir die Wahrheit nicht zumuten.

– Ein Patient braucht nach langem Koma eine Phase der Rehabilitation. Sie können nicht alles auf einmal verarbeiten.

– Rufen Sie die Oberärztin. Ich unterschreibe den Revers und gehe.

– Sie unterschreiben einen Revers?

– Genau!

– Herr Montelius, das gab es, als Sie jung waren.

– Wie meinen Sie das? Bin ich denn hier eingesperrt? Holen Sie die Stationsärztin! Ich gehe nach Hause.

– Was wollen Sie denn wissen?

– Wer mich operiert hat.

– Sie wurden von Frau Dr. Heiss operiert.

– Kann ich mit ihr sprechen?

– Herr Montelius, Dr. Heiss ist Chirurgin. Entweder sie hat frei oder sie ist im OP.

Lillemor stand vor mir und verschränkte die Arme. Ihre Brust bebte. Ihr Hals bebte. Sie war mir so nahe, dass ich sie mit Leichtigkeit hätte berühren können. Ich staunte selbst darüber, dass ich so ruhig blieb. Vielleicht war in der Infusion auch ein Beruhigungsmittel.

– Ich will nach Hause. Warum muss ich überhaupt mit Ihnen reden?

– Damit ich Ihre Neuroplastizität einschätzen kann.

– Meine was?

– Ihre Fähigkeit, sich an eine veränderte Umgebung anzupassen. Sie sagen, Sie wollen nach Hause. Wo ist denn Ihr Zuhause?

– Bei meiner Frau.

– Ihre Frau …

– Sie heißt Kristina Montelius. Sie wohnt in Großibm. Postleitzahl: 2526. Gartengasse 1.

Plötzlich spürte ich mein Herz schlagen. Endlich fühlte ich mich lebendig, während Lillemor Hanson sich gefasst hatte und ruhig vor mir stand. Sie nickte. Ich ließ mich im Bett nach vorne fallen und legte mein Gesicht auf ihre Brust, während ich versuchte, sie mit den Armen zu umfassen. Lillemor nahm meine Arme und drückte mich zurück in das Kissen.

– Ich bitte Sie, Herr Montelius. Bei allem Respekt …

– Ist Kris … meine Frau … Kristina Montelius … lebt sie noch?

– Natürlich, Herr Montelius. Sie lebt noch. Und sie heißt heute Kristina Haberler.

Lillemor Hanson konnte ihren Triumph nicht verbergen. So war das also. Man wollte mir bestimmte Dinge verschweigen. Das hatte mir Pascal am Vortag gesagt. Und jetzt verstand ich auch warum.

– Sie kommt her, um Sie zu besuchen!

– Hierher?

– Ja. Nächsten Freitag werden Sie sie wiedersehen. Es lohnt sich also, noch ein wenig hierzubleiben.

– Frau Hanson, wie alt ist meine Frau?

– Herr Montelius, es war alles ein wenig viel für heute. Sie haben jetzt eine Einheit Physio, und dann sollten Sie sich ausruhen. Wir machen am Nachmittag weiter, okay?

– Sagen Sie mir bitte nur noch, wie alt meine Frau ist.

– Wann wurde sie denn geboren?

– Am 15. Februar 1959.

– Na, dann rechnen Sie einmal, wie alt man im Jahr 2021 ist, wenn man im Jahr 1959 geboren wurde.

Ich kann nicht sagen, warum ich diese einfache Subtraktion nicht durchführen konnte. Ich schaffte es nicht einmal zu überlegen, welcher Wert von welchem subtrahiert werden musste. Ich wurde davon nur müde. Meine Plastizität, dachte ich, ist abgeschlossen. Ich bin schon ganz Plastik. Dann muss ich eingeschlafen sein.

03.07.2022
Mit äußerster Anstrengung habe ich die ersten zwanzig Seiten diktiert und sie Soraya geschickt. Ihre Antwort kam wenige Minuten später. Sie findet meine Erzählung wirr, meinen Stil plump, die Dialoge zu lang, und sie schreibt: Die indirekte Rede ist komplett falsch. Und diese dummen ineinander verschachtelten Klammern! Ach, Soraya! Ich war einmal Programmierer (aus diesem Grund (das musst du (BITTEBITTE!) verstehen) liebe ich Klammern so sehr!). Und ihr fehlt die Geschichte meines Vaters. Mein Herr und Vater, denkt ihr denn alle nur an Väter?

Soraya selbst ist in meiner Erzählung noch gar nicht aufgetaucht. Liebe Einmalgeborene, ihr müsst noch Geduld haben. Soraya lerne ich erst im zweiten Teil des Buches kennen. Ich kann euch aber jetzt schon verraten, dass sie Journalistin ist und früher einmal Ghostwriterin war. Das ist ein ehrbarer Beruf, den Menschen ausüben, die ihre Ehre jenen borgen, die keine haben: Betrügern, die behaupten, ein Buch geschrieben zu haben.

Soraya wollte auch meine Lebensgeschichte schreiben, aber ich habe das nicht zugelassen. Ich möchte, dass in diesem Buch die Wahrheit steht und nichts als die Wahrheit. Ich glaube gerne, dass jemand anders mein Leben so erzählen könnte, dass es mehr Leser finden würde als meine Fassung. Ich bin sicher, dass sich eine erfundene Biografie besser verkaufen würde. Aber was wäre ein solches Buch anderes als ein weiterer Mord an mir?

Anfangs war ich gar nicht abgeneigt, Soraya meine Geschichte schreiben zu lassen. Der Plan war: Ich sollte plaudern, sie würde ein Buch daraus machen. Dann aber erzählte sie mir folgende bemerkenswerte Geschichte: Soraya wurde einmal von einem Verleger kontaktiert. Dieser Verleger suchte eine afrikanische Frau, die Genitalverstümmelung, Gewalt und Missbrauch erlebt hatte. Er wollte ihre Lebensgeschichte als packende, mitreißende, wütend machende Autobiografie aufmachen. Schnell hatte er eine brauchbare Person gefunden, eine schöne junge Dame, die auf Englisch ihrem Diktiergerät von sich erzählte und diese Aufnahmen an Soraya schickte, die daraus eine Biografie machen sollte.

Sie sollte Szenen schreiben, Beschreibungen von der Hütte, in der die Frau aufwuchs, dem Brunnen, von dem sie als Kind Wasser holen musste, von der Landschaft ihrer Heimat, dem Boden, den Bäumen, dem Himmel, dem Sonnenuntergang, der Dürre, dem Regen usw. usf. Die Frau schilderte all das nicht. Also wandte sich Soraya mit der Bitte, ihr eine Reise in die Heimat der Frau zu ermöglichen, an den Verlag. Die Antwort lautete, es muss ausreichen, wenn Soraya sich YouTube-Videos ansieht.

Soraya schrieb das Buch trotzdem. Es wurde ein Bestseller. Und während sie dafür dürftig entlohnt wurde, mussten drei hochbezahlte Bodyguards her, deren Hauptaufgabe es war, dafür zu sorgen, dass die vermeintliche Autorin sich auf Buchmessen wenigstens erst nach ihren Auftritten dem Alkohol widmete.

Liebe Leute, ihr seid keine Opfer eines solchen Betrugs. Alles, was ich hier berichte, hat sich genau so zugetragen. Ihr dürft dieses Buch hassen, meine Geschichte hassen, meine Art zu schreiben hassen. Nichts hinterlässt so bleibende Eindrücke wie Dinge, die man hasst. Ihr dürft mich hassen! Aber in diesem Buch wird nichts verschwiegen und nicht gelogen.

04.07.2022
Vielleicht aber wird Soraya dieses Buch fertigstellen müssen, denn um die Wahrheit zu sagen: Es steht sehr schlecht um meine Gesundheit. Ich bin völlig kaputt, kann mich kaum wach halten, und mir fehlt es an Konzentration. Es laugt mich aus wie das Komponieren des eigenen Requiems. Aber die liebe Soraya soll auch etwas bekommen: die Geschichte meines Vaters. Ich kann nur immer wieder sagen, dass mich Familien, Väter und Mütter und Verwandte, niemals interessiert haben. Der Zwang, mit Blutsverwandten aufwachsen und zusammenleben zu müssen, richtet ungeheuren Schaden am Menschen an.

Die Geschichte meines Vaters ist nicht schwer zu erzählen. Das war sie nur für ihn. Er hat sie einmal, befeuert vom Genuss des Rotweins aus Doppelliterflaschen, in drei Nächten in seine Schreibmaschine geklopft. Das Manuskript und zwei Durchschläge wurden in der Buchbinderei Sedlacek in schwarzes Leinen gebunden. Auf dem Rücken stand in goldenen Lettern *Münchhausen 1953*. 1953 war vermutlich das Entstehungsjahr. Das Original hatte meine Mutter, der erste Durchschlag stand in der Bibliothek meines Vaters. Und wohin der zweite Durchschlag verschwunden ist, weiß ich nicht. Ein Satz, den mein Vater ständig wiederholte, lautete: Das Wichtigste für ein Kind ist lesen lernen. Also kletterte ich eines Tages das von meinem Vater gezimmerte Bücherregal aus Buchenholz hoch (als Kind konnte ich das), nahm sein Exemplar von *Münchhausen 1953* und begann darin zu lesen. Und ich erfuhr, dass Lisbeth (die (zweite) Frau meines Vaters) nicht meine Mutter war. Meine Mutter war Johanna Montelius, geborene Kramar. Sie starb, als ich sieben Monate alt war.

05.07.2022
Nikki und Leonie sind essen gegangen.

Das Einzige, was ich am Krankenhaus mochte, war die Physiotherapiestunde. Der Grund dafür war mein Therapeut Pascal. Er interessierte sich aber nicht für seine eigentliche Aufgabe und sagte, dass man nach einer Woche auch nicht viel erwarten kann. Eigentlich wollte er mir das Gehen, das er im Übrigen *Laufen* nannte, gar nicht erst beibringen. Darum beschloss ich, selbst laufen zu lernen, um wegzulaufen.

Ich hatte ein Lied im Ohr. Ich wollte es abstellen, aber es war stärker als ich:

One sweet dream
Pick up the bags and get in the limousine.
Soon we'll be away from here,
Step on the gas and wipe that tear away!

Dass eine Limousine auf mich wartet, kann ich nur geträumt haben. Ein süßer Traum von einer schwarzen Limousine. Pascal hätte sich ohnehin nicht dafür interessiert. Er interessierte sich nur für Gespräche über Computertechnik und immer intensiver für meine Biografie und meine Familie. Während ich Gleichgewichtsübungen machte und Hanteln stemmte, die ein anderer mit dem kleinen Finger aufgehoben hätte, zupfte mein Physiotherapeut an seinem Bärtchen und zog die Stirn in Falten.

– Dieser Dr. Lackermeier hätte dich damals operieren

sollen. Ich verstehe, ich verstehe. Und er war ein Freund deines Kompagnons, sagst du?

– Ja, er war ein Freund von Winfried Haberler.

– Und deine Frau ist jetzt auch eine Haberler?

– Hat mir die Schwedin gesagt.

– Ja, ja … zuerst Haberer, dann Haberler.

Dann wieder brach Pascal in lange Monologe aus, die davon handelten, wie schlecht und kaputt unsere Welt ist. Ich konnte nicht über Umweltschutz sprechen, ohne einen solchen Monolog auszulösen, in dem er über Ökologie und die grüne Partei herzog. Er behauptete, dass sie heute gegen das Verbot von Umweltgiften sind, gegen die verpflichtende Betäubung bei der Kastration von Ferkeln, gegen eine Reichensteuer, und dass sie keine einzige Temporeduktion auf den Straßen durchgesetzt haben, sondern sogar eine Prämie für Neuwagen ausbezahlen. Und das für ihn Verwerflichste an den Grünen war, dass sie – wie Pascal behauptete – in einem Krieg für Bombenabwürfe waren; ich glaube, es ging dabei um Jugoslawien. Glauben konnte ich ihm das alles nicht. Aber ich beschloss, in den nächsten Wochen nachzulesen, was in Jugoslawien geschehen war, was überhaupt in diesen dreißig Jahren meines Totseins geschehen war.

Trotz seiner seltsamen Ansichten war Pascal der einzige Mensch im Krankenhaus, der mich wirklich ernst nahm. Und er sagte mir immer die Wahrheit. Zum Beispiel über diese seltsame Epidemie. Er sagte, dass die meisten Ärzte im Haus fanden, dass es unverantwortlich ist, gerade zum jetzigen Zeitpunkt ein medizinisches Experiment mit einem

Kryopatienten durchzuführen. Durch all diese Grübeleien und Diskussionen vernachlässigte Pascal leider seine Arbeit. Also machte ich zwischen den Physio-Einheiten heimlich allein die Übungen, die eigentlich er mit mir machen sollte. Ich wollte so schnell wie möglich wieder gehen können, meine Umwelt aber in dem Glauben lassen, dass man mich im Rollstuhl herumschieben muss. Ich wollte mir den Tag gut überlegen, an dem ich aus dem Rollstuhl steigen würde. So eine Art wundersame Heilung. Ich würde aufstehen und gehen und nicht aufhören zu gehen und immer weiter gehen, das Krankenhaus verlassen und durch die Welt da draußen laufen.

Pascal bemerkte mein Vorhaben nicht und auch nicht, dass ich mich mit den Übungen leichttat. Er begann, mir immer detailliertere Fragen über mein erstes Leben zu stellen. Er wollte genau wissen, wer dieser Winfried war, der mit mir Computer gebaut hatte, wie lange wir uns davor gekannt hatten, wem ich das Patent an den Rechnern vererbt hatte, ob ich ein Testament verfasst hatte, woher Winfried Dr. Lackermeier kannte, wie viel jeder von ihnen verdiente und wie ihr Lebenswandel war. Fehlte nur noch, dass er die Schuhgrößen und Sozialversicherungsnummern all dieser Menschen wissen wollte und deren Quersummen errechnete.

Dazwischen musste ich vor allem Balanceübungen machen. Es freute mich, dass ich dabei immer besser wurde. Die Kontrolle über meinen Körper war wie ein Videospiel: Nach vier oder fünf neuerlichen Versuchen schaffte ich es immer ein Level weiter. Ich durfte mir keine Fehler mehr erlauben. Ich hatte nur noch ein Extra-Life. Mit diesem Extra-Life musste ich das Spiel gewinnen.

Möglicherweise besserten sich auch meine schlechten Blutwerte langsam, denn eines Tages hörte ich, wie Lillemor Hanson im Gespräch mit Dr. Kerkhoff etwas sagte wie: *Offenbar ist sein Körper doch erst vierzig Jahre alt.*

Immer öfter hielt mir Pascal lange Monologe über den Unsinn der Evolutionstheorie, das Einpflanzen von Chips unter die Haut der Menschen, um sie zu überwachen, dass Impfen die Gegner einer neuen Weltordnung unterwerfen soll, dass Kommunisten heute Umweltschützer sind, die den Westen durch das Aufstellen von Windrädern zerstören wollen, und über gezielt gelenkte Flüchtlingsströme, mit denen die Bank von England gesprengt werden soll. Seine seltsamen Theorien störten mich weniger als seine Fragen.

– Warum hast du dich eigentlich einfrieren lassen?

– Ich habe dir schon gesagt: Ich wollte meinen Körper der Forschung zur Verfügung stellen. Ich finde Beerdigungen sinnlos. Ich finde, Leichen sollten der Wissenschaft überlassen werden.

– Vielleicht wolltest du auch miterleben, wie die ganze Welt deine Computer verwendet?

Ihr seht also, dass er mir nicht glaubte und sich die Antworten auf seine Fragen selbst gab.

Abends ließ ich mir von Lillemor Hanson einen Notizblock und einen Kugelschreiber bringen und wollte alles aufschreiben, was mir einfiel. Eigentlich hätte ich die Zettelchen gerne vor Lillemor versteckt, doch sie war sehr neugierig und fragte jeden Morgen, was ich aufgeschrieben hatte. Ich besaß ja nichts, keine Kleidung, keine Bücher, in denen ich die Zettel hätte verschwinden lassen können. Das hielt mich manchmal davon ab, Notizen zu machen. Manchmal aber fand ich am Morgen doch ein Wort auf dem Notizblock und konnte mich nicht erinnern, es geschrieben zu haben.

So entstanden auch meine Erinnerungen an das Typoskript *Münchhausen 1953*. (Oder hatte es *Münchhausen 1952* geheißen? (Inzwischen war ich unsicher.))

06.07.2022
Gestern über dem Schreiben eingeschlafen. Wir fahren heute weiter nach N., wo Nikki zwei Wochen lang bleiben will.

Mein Vater gab mich nach dem Tod meiner Mutter sofort in die Obhut meiner Großtante, seiner Tante, und begann zu trinken. Erst später, nach einem Spitals-Aufenthalt, lernte er Lisbeth kennen und heiratete sie. Er behauptete immer, dass Lisbeth ihm das Leben gerettet hat. Als ich vier Jahre alt war, nahmen sie mich zu sich. Für mich war Lisbeth immer meine Mutter. Sie erfüllte ihre Pflicht, übererfüllte sie sogar. Daraus entstanden in mir zahlreiche Abneigungen. Ich hatte etwas gegen das Kruzifix, gegen Schuheinlagen, kratzende Wollmützen, lange Unterhosen, gegen Karfiol und Sellerie, gegen den Geruch von Haarfestiger, Hirschtalg, Lavendel und Baldrian. Ich hatte etwas gegen die Art, wie sie meinen Vater umerziehen wollte. Aber trotz alldem war sie die einzige Person, die sich um mich kümmerte. Mein Vater tat das tagsüber nicht, weil er las, und abends nicht, weil er betrunken war.

Pascal wollte nichts über meinen Vater wissen. Er interessierte sich nur für Kristina und Winfried.

– Deine Frau kommt dich also besuchen …

– Hat die Schwedin gesagt.

– Sie haben dich einfach ausgetauscht. Verstehst du?

– Wer?

– Na, deine Frau und dieser Winfried. Du wurdest als Ehemann ausgetauscht, als Vater und als Erfinder deiner Computer. Und du musst jetzt zurückschlagen.

Ihr müsst euch, liebe Debildete, vorstellen, wie ich dieses Gespräch führe, während ich als Neununddreißigjähriger (oder als fast Siebzigjähriger (ich wusste ja nicht, welche Wahrheit die wahrere war)) versuche, meinen Körper drei Zentimeter mit meinen an Ringen zerrenden Händen aus einem Rollstuhl hochzuhieven.

– Zurückschlagen?

– Das ist ein Krieg. Verstehst du? Krieg.

Mir fiel ein Satz aus der *Bhagavadgita* ein: Es gibt für einen Krieger nichts Höheres als einen gerechten Krieg.

– Kennst du die Bhagavadgita?

– Lass mich mit so was in Ruhe. Diese Inder, die kleine Mädchen vergewaltigen und sie dann in den Straßengraben werfen oder gleich anzünden ... Das ist ein grausames Land, das seine soziale Einteilung in Kasten niemals überwunden hat.

Pascal hatte also nicht nur etwas gegen Umweltschützer, Impfen und die Evolutionstheorie, er hatte auch etwas gegen Inder. Ich erzählte ihm, dass ich über die Beatles zur indischen Musik und Philosophie gefunden hatte. Sein Blick verfinsterte sich noch mehr.

– Die Beatles. Diese fröhlichen Affen, die Tanzmusik für Schwiegermütter und ohnmächtige Teenager gemacht haben. Ihr Anfang war mehr als peinlich.

Er hatte also auch etwas gegen die Beatles. Ich durfte Pascal, meinen einzigen Freund, nicht verlieren und hatte daher Angst, ihm zu widersprechen. Also schwieg ich, zog heftiger an den Ringen und hielt meinen Körper einige Sekunden in der Luft über dem Rollstuhl, bis ich nicht mehr konnte.

Ich ließ die Ringe los und fiel in den Rollstuhl zurück. Ich konnte ihm nicht sagen, dass, seit ich aus dem Koma erwacht war, die B-Seite von *Abbey Road* ohne Pause in meinem Kopf lief (vielleicht mit Ausnahme von *Here Comes the Sun*). Aber von *Because* bis *The End* gingen alle Songs ineinander über wie auf der Platte, und sie erzählten meine Geschichte. Ich musste mir selbst eingestehen, dass ich die Songs in meinem ersten Leben gar nicht verstanden hatte. Ein Song kündigte auch Kristinas Besuch an:

Well, you should see Polythene Pam,
she's so good-looking but she looks like a man.

Und ich verstand endlich, dass mit *She Came In Through The Bathroom Window* nicht Kris gemeint war, sondern Engratia Haberler, Winfrieds Frau. Die Zeile

Protected by a silver spoon

hatte ich noch nie verstanden. Nun war mir aber klar, dass sich diese Zeile auf Gratias Herkunft bezog. Sie kam aus einer wohlhabenden Unternehmerfamilie. (Kris hatte früher immer gesagt: *Es steht nicht alles in den Beatles-Texten. Vorsicht! Vorsicht! Manson-Gefahr!*) Ich verschwieg Lillemor meine Vergangenheit, und auch Pascal erzählte ich vieles nicht. Mir war aber, als ahnte er, woran ich dachte. Er stand neben mir und hob den Zeigefinger.

– Er hat sich an deine Frau herangemacht, verdammt noch mal. Hast du dich an seine Frau herangemacht?

Ich war knapp davor, Pascal die Wahrheit zu erzählen. Ach, Gratia und ich! Einmal sind wir heimlich getürmt und zu einem Open-Air-Konzert gefahren. Wir hatten nur ein Zelt mit. Absichtlich. Wir kifften und soffen. Und wir knutschten die ganze Nacht. Aber mehr wurde nicht daraus. Das hat Gratia sehr frustriert. Sie hatte Winfried schon einmal verlassen, um in einer Kommune zu leben. Dort saßen alle nackt beim Essen und riefen die Promiskuität aus. Dann aber wollte niemand Ernst machen mit der Promiskuität, und man diskutierte nur darüber und besoff sich dabei. Ach, Gratia, du hattest die schönste Nase der Welt und überhaupt. Nein, das war keine Wahrheit für meinen Pascal.

– Nein, habe ich nicht.

– Na also. Warum solltest du das auf dir sitzen lassen?

07.07.2022
Hier in N. ist es nicht anders als irgendwo. Ich versuche, viel Zeit mit Nikki zu verbringen und nachsichtig zu sein, wenn sie beleidigt ist. Das Essen darf immer sie aussuchen. Sie sagt, dass ich zu wenig Rücksicht nehme. Zum Beispiel darf sie keinen Prosciutto Crudo essen! Ich vergesse das immer. Abends darf ich zwei Bier trinken.

Auf meinen Wunsch brachte Lillemor mir einen Artikel, der das Weltgeschehen zwischen 1991 und 2021 zusammenfasste. Es war nicht mehr als eine Stichwortsammlung, aber ich las das alles und stellte Lillemor Fragen dazu. Plötzlich war ihr Das-erkläre-ich-Ihnen-später verschwunden, und sie war sehr auskunftsbereit. Und so erfuhr ich, dass bis vor einem Jahr Donald Trump amerikanischer Präsident gewesen war. Lillemor war verwundert, dass ich ihn kannte. Ich erzählte ihr, dass Trump, ein hirnloser Immobilienhai, eine Nachbildung des Taj Mahal hatte bauen lassen und es immer *das siebente Weltwunder* nannte. Natürlich meinte er *das achte Weltwunder*, aber seine Rechenleistung war wie seine Intelligenz äußerst beschränkt. (Oder er war Informatiker und begann bei null zu zählen?) Die USA hatten auch einen Dissidenten, einen Regimekritiker, der den Menschen die Wahrheit sagte, dass sie nämlich vom eigenen Geheimdienst ständig überwacht wurden. Er lebte daher in der UdSSR. Nein, in Russland. Die UdSSR gab es nicht mehr.

Ich besprach diese Dinge lieber mit Lillemor als mit

Pascal, denn sie schien mir vertrauenswürdiger. Aber ich irrte mich in diesem Vertrauen, denn in der Nacht geschahen seltsame Dinge und es wurden Gespräche geführt, die ich nicht hören sollte. So erwachte ich einmal und hörte ein Gespräch zwischen Lillemor und der Oberärztin Kerkhoff mit. Die Kerkhoff redete in ganz normaler Lautstärke:

– Ich habe die neuen Werte.

– Pssst! Herr Montelius hört alles mit.

– Was?

– Er belauscht uns.

Ich hörte Schritte, die im Zimmer auf und ab gingen. Dann blieb jemand knapp vor mir stehen.

– Ich bitte Sie! Zopiclon. Der hört nichts mehr. Hier! Seine Leberwerte.

– So schlecht?

– Hatte er damals ... als er gestorben ist ... hatte er da schon Probleme? Hat er getrunken?

– Nein. Ich glaube nicht ... wir werden sehen ... ich glaube, da ist auch die Kryokonservierung schuld ... es war ... es gab eine Chemikalie, die in seine Blutgefäße gefüllt war. Ich muss mit Dr. Datschenko reden.

– Dr. wer?

– Dr. Datschenko. Sie ist bei *KrioTek* für Kryokonservierung zuständig.

– Datschenko! War da vielleicht Wodka in seinen Blutgefäßen? Das würde zu seinem Blutbild passen.

– Danke, Frau Doktor. Ich kümmere mich darum.

Die Oberärztin Dr. Kerkhoff ging zur Tür. Dann blieb

sie nochmals stehen. Ich konnte das Ticken der Uhr genau hören.

– Wissen Sie, was die Reparatur meines Autos gekostet hat? 2.400 Euro.

– Ach ja, fahren Sie mit Diesel oder Benzin?

– Super. Wieso fragen Sie?

– Herr Montelius hat mich danach gefragt.

– Was, der Zombie? Er soll sich lieber für eine neue Leber interessieren und nicht für mein Auto. Na gut, ich gehe jetzt.

Doch es blieb still. Die Uhr tickte, und ich hörte jetzt auch den Atem der Oberärztin Dr. Kerkhoff.

– Ich meine … ich verstehe nicht: Warum tut man so etwas? Er ist 1991 gestorben. Und jetzt lebt er wieder. Stellen Sie sich vor, mein Großvater wäre plötzlich wieder da. Und meine Urgroßeltern. Das wäre ja schlimmer als eine Flüchtlingswelle, wenn die Friedhöfe wieder all diese Leute ausspucken würden. Gruselig.

– Frau Dr. Kerkhoff …

– Wir kommen auf der Intensiv kaum zurecht. Da kämpfen Menschen um ihr Leben. Um ihr erstes Leben. Und er, der Zombie, braucht ein zweites Leben? Nein. Das ist eine Existenz, die es eigentlich nicht geben sollte. Aber gut: Mit diesen Werten kommt er nicht weit.

Lillemor sagte nichts. Noch immer machte die Kerkhoff die Tür nicht auf, sondern redete weiter:

– Geht die Uhr richtig?

– Auf die Minute genau.

– Schrecklich. Der Nachtdienst dauert noch ewig.

07.07.2022
Leonie erstaunt mich jeden Tag mehr. Ich erzähle von Vaters Tante, die beim Errechnen von Quersummen die Neuner aus den Zahlen strich. Leonie erkennt sofort, dass es damit zusammenhängt, dass es die höchste Ziffer des Zahlensystems ist, und sagt, bei meinem Computer muss es die Ziffer 2 sein, die man streichen kann. Wir rechnen ein wenig ternär, und ich erkläre ihr die Probleme mit der Ungenauigkeit der Gleitkommazahlen. Auch das versteht sie und fragt mich, warum man nicht versucht, einen Rechner zu bauen, der rundet, um sich aufwendige Operationen zu ersparen. Wahnsinn! Genau dieser Gedanke hatte mich dazu bewegt, Rechner zu bauen. Anfangs wollten Winfried und ich einen binären Rechner bauen, der rundet. Wir blicken auf das Abendrot über dem Meer, und ich sage zu Leonie: Schauen wir uns die Natur an. Denn die Natur ist alles. Sie antwortet mir: Die Natur ist nichts.

Schlaflos lag ich da und hielt die Augen geschlossen, damit Lillemor mir nicht auf die Schliche kam. Ich hatte das früher oft mit Kris gemacht. Kris. Plötzlich fiel es mir wieder ein. Kris war *meine* Frau. Ich erinnerte mich, wie wir das erste Mal Sex hatten. In einem Hotelzimmer. Und danach hatten wir uns über den Beatles-Song *Love You To* unterhalten. Kris liebte diesen Song, der die indische Musik in die Songs der Beatles brachte, und sie rätselte, ob mit dem Titel *Love You Too* oder *Love You Two* gemeint sei. Beides ist falsch, sagte ich. Es ist *Love To You* gemeint, und die zwei

Worte sind einfach umgedreht. Aber warum hat man die zwei Worte umgedreht, fragte Kris. Ich antwortete, dass es in den nordindischen Sprachen keine Präpositionen, sondern Postpositionen gibt, dass man also *Haus im* anstatt *im Haus* sagt. Und so wurde aus *Love To You* eben *Love You To*.

Ich glaube, dass dieses Gespräch der Moment war, in dem Kris sich wirklich in mich verliebt hat. Sie war fasziniert und fragte sich, warum das denn noch niemand festgestellt hat. Nach diesem Gespräch im Bett hatte ich für Kris eine (sagt mir ein Fremdwort für *goldene!*) Aura. Ich war für sie ein Genie. Sie verehrte mich. Und jetzt? Jetzt hatte sie einen anderen Mann. Also doch: *Love You Two*?

Aber warum dachte ich an Kris? Ich hatte einen Sohn. Ich lag da, und der Name meines Sohnes wollte mir nicht einfallen.

Plötzlich begann Lillemor zu reden. Ich dachte zuerst, sie will mit mir sprechen, und hätte fast schon die Augen ganz geöffnet. Dann sah ich, dass sie mir den Rücken zugedreht hatte und mit ihrem Donkey Kong redete. In jedem Ohr steckte ein weißer Knopf.

– Können Sie mich hören, Dr. Datschenko?

– Ich höre Sie gut. Aber ich sehe Sie nicht.

– Ach ja, warten Sie! Ich habe das Video deaktiviert. Einen Moment.

Lillemor begann zu erzählen. Sie redete wie ein Wasserfall. Und sie redete über mich. Dass ich nicht nur bei Bewusstsein war, sondern sprechen konnte und sogar sehr witzig war. Dass sie mit mir über die politischen Entwicklungen der letzten dreißig Jahre geredet hat und ich alles verstanden habe. Dr. Datschenko antwortete mit einem Grammatikfehler:

– Dr. Hanson, ich muss Sie gratulieren.

Lillemor erzählte weiter. Dass ich bei einem eigensinnigen Gehversuch gestürzt bin. Dass sie mich nach und nach mit meiner Vergangenheit konfrontiert und alles gut läuft. Mit einer Ausnahme: verheerende Blutwerte. Erst als Lillemor das Gespräch eigentlich für beendet hielt, redete Dr. Datschenko:

– Dr. Hanson, ich möchte Sie etwas sagen.

Der dritte Fall schien ihr Feind zu sein.

– Gerne.

– Ich weiß, dass das jetzt vielleicht seltsam klingt, aber wir haben uns entschlossen, den Fall Montelius nicht über die Medien zu verbreiten. Ich bitte also um Diskretion.

Es war lange still. Lillemor stand auf. Ich rührte mich im Bett nicht.

– Was heißt den Fall Montelius? Das ist der medizinische Durchbruch des Jahrhunderts! Eine Sensation! Das ist wie die Mondlandung.

– Ja und nein! Sehen Sie, Montelius wird nicht lange leben. Das wirft ein schlechtes Licht auf das, was wir tun. Und dann die Pandemie. Tausende Menschen würden jetzt kommen.

– Ja, und? Daran verdienen Sie doch!

– Ich bitte Sie! Wir schaffen kaum die Logistik mit die viele Tote jetzt! Auch geben wir Sie eine sehr großzügige Bezahlung. Sehr, sehr großzügig. Aber ich bitte Sie, dass Sie schweigen.

Lillemor begann mit dem rechten Fuß im Rhythmus auf

den Boden zu tippen, wie McCartney in *Blackbird*. Tapp, tapp, tapp, tapp. Es machte mich wahnsinnig, dieses Getippe.

– Frau Dr. Hanson, Sie werden noch viele wissenschaftliche Erfolge feiern. Da bin ich ganz sicher. Diesmal aber …

– Diesmal? Wir sprechen vom ersten Kryopatienten in der Geschichte der Menschheit, der wieder zu Bewusstsein kam. Warum haben wir ihn denn aus der Kryostase genommen und operiert?

– Familie Haberler hat immer bezahlt für zehn Jahre. Und 2021 wollten sie nicht mehr für weitere zehn Jahre zahlen.

– Das heißt, Sie haben damit gerechnet, dass Erik Montelius stirbt?

– Stirbt? Er war tot. Ich bitte Sie! Wer konnte denn glauben, dass diese Mensch wieder zu Bewusstsein kommt. Sie nicht. Ich nicht. Niemand nicht.

Ich glaube, liebe Trotzkisten der vierten Internationale, dass es Sinn macht, dass Neugeborene noch keine Sprache verstehen, denn täten sie es, dann würden sie sich das Aufwachsen gar nicht antun. Was ich hier zu hören bekam, war abenteuerlich. Erstens: Die Familie Haberler wollte nicht mehr für meine Konservierung bezahlen. Zweitens: Aus diesem Grund wollte man eine Operation an mir scheitern lassen, mich ein paar Monate künstlich beatmen und dann in eine Mülltonne werfen, die sich Friedhof nennt. Ich konnte kaum stillhalten, aber Lillemor war ohnehin so aufgeregt, dass sie mein schweres Atmen nicht hörte. Sie wurde jetzt laut.

– Und jetzt wollen Sie ihn ganz einfach sterben lassen?

– Das habe ich nicht gesagt.

– Weil Sie Geld dafür bekommen?

– Sie verdrehen das jetzt ein wenig. Er wird so oder so sterben. Verstehen Sie mich? Jetzt keine Panik! Sie betreuen noch bis Ende des Monats. Bis 30. November. Verstehen Sie?

– Aber, das ist viel zu kurz! Wir wissen noch gar nicht …

– Frau Doktor Hanson! Unser Geschäftsführer Herr Legajew meldet sich morgen und regelt mit Sie das Finanzielle! Ich wiederhole: Sie betreuen Montelius bis 30. November. Am 1. Dezember wird er von Herr Haberler abgeholt.

– Und was ist, wenn …

– Hören Sie mir gut zu. Wir werden keine …

– Ich muss leider auflegen, Dr. Datschenko. Der Patient ist wach.

Lillemor stand ruckartig auf. Plötzlich stand sie neben meinem Bett und beobachtete mich. Ich tat immer noch so, als würde ich schlafen, zumindest rührte ich mich nicht.

– Schlafen Sie wirklich, Herr Montelius?

– Wie kann man bei diesem Lärm schlafen?

– Ich hoffe, Sie haben zugehört, Herr Montelius. Ich hoffe es. Von mir erfahren Sie nichts. Aber ich kann Ihnen nur eines raten: Nehmen Sie sich in Acht hier!

Lillemor nahm die kleine Medikamentenbox von meinem Nachtkästchen. Sie war in sieben Teile geteilt, für jeden Wochentag eine Mulde. Und sie war natürlich aus Plastik. Lillemor ging damit auf das WC. Ich hörte die Spülung. Lillemor kam mit der leeren Medikamentenbox zurück und legte sie wieder auf das Nachtkästchen.

– Ich hoffe, Sie verstehen, was ich meine!

Ich nickte.

– Gehen Sie mit mir nach Schweden?

– Was machen wir in Schweden?

– Sie retten mich. Und ich rette Sie. Ich rette Ihre Arbeit. Sie bekommen den Nobelpreis. Wir haben täglich Sex. Und ich töte jeden, der Sie bedroht.

– Wer soll mich bedrohen?

– Diese Russin zum Beispiel. Wer auch immer Sie bedroht, ich töte ihn. Ich töte ihn mit einem Buttermesser.

– Mit einem Buttermesser? In Schweden sind Buttermesser aus Holz.

Dann muss ich eingeschlafen sein. Als ich wieder aufblickte, saß Lillemor neben mir.

– Entschuldigen Sie! Ich bin eingeschlafen. Sagen Sie, wie heißt mein Sohn?

– Ihr Sohn heißt Albin.

Albin. Ganz genau. Mein Sohn hieß Albin. Als er zur Welt kam, waren Kris und ich sehr glücklich. Ich trank drei Jahre keinen Alkohol und kümmerte mich mit Kris um das Baby. Sogar mein Vater trank monatelang nur zwei Bier am Tag; das war seine persönliche Bestleistung. Er nannte Albin immer *Erdenbürger*, und als Kris ihn fragte, warum er seinen Enkel nicht beim Vornamen, sondern *Erdenbürger* nannte, sagte er nur: Willst du ihm die Bürgerrechte streitig machen?

Albin konnte schon sehr früh wie ein Erwachsener sprechen und liebte es, Menschen zu imitieren. Oft lachten wir über die Ausdrücke, die er gebrauchte, und die Worte, die er erfand. Im Alter von zwei Jahren spielte er mit meinem Vater auf dem Sofa. (Ich muss vorausschicken, dass mein Vater Gustaf einen Opel fuhr.) Das Sofa war ein Schiff und Albin der Matrose. Gustaf sagte: *Der Opa ist der Kapitän.* Seither nannte Albin meinen Vater *Opel Kapitän.*

08.07.2022
Nikki trübt die Stimmung mit Nachrichten vom Krieg in der Ukraine. Die Welt brennt, die Welt geht unter, sagt sie. Und wir bekommen ein Kind. Wie kann man jetzt ein Kind in die Welt setzen? So haben Kris und ich schon Ende der Siebzigerjahre geredet.

Wie jeden Tag erwachte ich, ohne zu wissen, wo ich war und wann. Wie jeden Tag sagte ich mir vor: Ich lebe im Jahr 2021. Mein Name ist Erik Montelius. Ich hatte verstanden, dass man mich (schon wieder) nicht haben wollte. Und ich beschloss an diesem Tag, aus Trotz zu existieren, nicht als Trotzkist, sondern als Trotzist. Ich wollte diese feindselige Welt durch mein Dasein provozieren. Und was für eine Gelegenheit bot sich bereits an diesem Tag. Kris kam mich besuchen.

Alles, was ich bisher von der Welt gesehen hatte, war mein Zimmer und der Therapieraum. Nun wurde ich das erste Mal mit einem Lift in ein anderes Stockwerk gebracht. Zimmerbesuche gab es wegen der Pandemie nicht. Im dritten Stock hatte man einen Besuchsraum eingerichtet. Ein Pfleger schob mich durch die Gänge. Ich ärgerte mich, dass ich Kris im Rollstuhl begegnen würde. Ich war an diesem Tag in der Physiotherapie ja schon eigenständig gegangen, ohne Rollator, ohne gestützt werden zu müssen. Ich war ein frühreifes Kind. Sofort nach der Geburt hatte ich zu sprechen begonnen, und schon zehn Tage später machte ich die ersten Schritte.

– Wer kommt Sie denn besuchen?

– Meine Frau.

– Das ist aber schön. Was ist sie denn von Beruf?

– In ihrer Jugend war sie Mannequin.

– Was ist das?

– Das ist eine Frau, die auf dem Laufsteg Kleider präsentiert.

– Ach, Sie meinen ein Model.

Der Lift hielt im dritten Stock. Der Pfleger schob mich in einen Raum, der fast leer war. Mit gelb-schwarz gestreiftem Klebeband waren Positionen auf dem Boden markiert. Der Pfleger parkte den Rollstuhl hinter einer solchen Linie und ging zu einem kleinen Schalter. Dort saß hinter einer Plexiglasplatte ein anderer Mann, der einen Aktenordner aufschlug. Der Pfleger übergab ihm einige Papiere durch den Schlitz in der Plexiglasplatte.

– Herr Montelius bekommt Besuch von Frau Montelius.

– Hier steht, die Besucherin heißt Kristina Haberler. Er kann rein. Sie ist schon da.

Dabei zeigte der Mann hinter der Plexiglasplatte auf eine Tür. Es war die seltsamste Tür, die ich je gesehen hatte. Sie war unten abgeschnitten worden, sodass sie mehrere Zentimeter über dem Fußboden hing. Außerdem ließ sie sich nicht schließen, weshalb sie zwei Spaltbreit offen stand. Mehrmals sah ich durch diesen Schlitz ein Kleid vorbeihuschen. Auch hier hing eine Uhr an der Wand. Und auch diese Uhr ging nicht. Sie zeigte vierzehn Minuten vor sieben. Der Pfleger kam zurück. Er löste die Bremsen des Rollstuhls und schob mich auf die Tür zu.

– Wenn Sie fertig sind, ruft der Herr da wieder auf der Station an.

Dann drückte der Pfleger die Tür auf, die ja nicht geschlossen war. In der linken Ecke des Raumes befand sich eine Sitzbank. Dort saß eine alte Frau in dem Kleid, das ich schon durch den Türspalt gesehen hatte. Der Pfleger schob mich bis kurz vor die Sitzbank und fixierte die Bremsen des Rollstuhls. Er sagte noch etwas, das ich nicht verstand, und verließ dann den Raum. Die Frau, die mir gegenübersaß, nahm ihre Maske ab.

– Hallo, Erik! Du bist also wieder da.

– Typisch westliches Denken. Ich war nie weg.

Kris lächelte, sagte aber nichts. Ich redete weiter:

– Keine Angst! Der Rollstuhl kommt weg. Ich bin schon alleine gelaufen.

– Wie geht es dir?

– Kris? Bist du das wirklich?

– Ich bin alt. Es ist schrecklich.

– Du bist so schlank wie eh und je!

– Und du bist schlank geworden.

– Stimmt. Na ja, dieses jahrelange Herumliegen in flüssigem Stickstoff. Da vergeht einem der Appetit.

Ich hatte ihr Haar blond in Erinnerung. Und ich glaubte mich auch zu erinnern, dass sie früher ein sehr blasses Gesicht gehabt hatte und gerne roten Lippenstift verwendete. Vor mir aber hatte ich ein dunkles, fast bräunliches Gesicht, gänzlich ungeschminkt. Kris hatte schon die Vorahnung des Alterns immer abgelehnt. Sie hielt *When I'm sixty-four* für den schlechtesten Beatles-Song aller Zeiten. (Ich fand *Sexy Sadie* den schlechtesten Song. (Oder doch *Piggies*?))

– Wie geht es dir?

– Ich lebe. Schon wieder. Aber ich habe nichts erlebt. Was hat sich bei dir getan?

– Wie soll ich dir dreißig Jahre nacherzählen?

– Fang von vorne an. Oder von hinten. Egal.

Get a dose of her in jackboots and kilt,
She's killer diller when she's dressed to the hilt.

Alle waren dreißig Jahre älter geworden, nur ich nicht. Ich war ein Gott. Oder zumindest die Inkarnation eines Gottes.

– Isst du immer noch Plastik?

– Ich habe nie Plastik gegessen. Die Geschichte hast du dir ausgedacht. Sagen wir mal: inspiriert von den Beatles.

– Du bist in Mailand in der Hotelbar gesessen und hast die Verpackung eines Sandwichs gegessen.

– Das ist nie passiert.

Ich war immer der Meinung gewesen, dass mit *Polythene Pam* Kris gemeint war. Sie hatte von Sandwiches nur das Plastik gegessen. Dadurch war sie schlank geblieben. Nicht durch Sport, sondern durch Plastik-Essen. Alle Männer waren hinter ihr her. Und ich kriegte sie. Aber jetzt sah ihre Handtasche besser aus als sie.

– Du weißt, dass ich nie begeistert war von dieser Sache. Es war deine Entscheidung. Ich habe sie akzeptiert, aber ich fand sie falsch.

– Wovon sprichst du?

– Ich meine diese Kryokonservierung.

– Also stellt man einfach die Zahlungen ein. Aber dann stirbt der erste Ehemann nicht, sondern wacht auf und lebt weiter!

– Erik, wer hätte denn ahnen können … Wer hätte geglaubt …

– Glaube ist egal. Aber der Wunsch … Der Wunsch, dass ich weg bin … Dieser Wunsch muss so groß gewesen sein. Er ging aber nicht in Erfüllung.

– Unsinn! Erik! Es ist schön, dass du wieder da bist. Aber die Welt ist eine andere.

– Stimmt, die Welt ist anders. Autos fahren mit Benzin. Menschen trinken Kaffee aus Plastikbechern. Frauen belügen ihre Männer.

Kris wirkte abwesend. Sie begann auf und ab zu gehen. Ich konnte sie kurz in die junge Kris zurückverwandeln. Der Geruch kam von den Bäumen auf dem Campingplatz oder von Kris' Körper oder aus der Mischung von beidem. Nur in diesem einen Sommer hatte es diesen Geruch gegeben. Eine Jahreszahl hätte mir einfallen sollen. Es war auf unserem Urlaub in Frankreich. Es war das dritte Mal, dass wir einen Trip genommen hatten. Kris hatte einen Lederball mitgenommen, wie man ihn beim Kricket verwendet. Er war sehr schwer, und wenn man ihn nicht genau mit dem Handballen fing, tat es richtig weh. Wir standen auf dem Campingplatz und warfen einander den Ball zu, wobei wir weit auseinandergingen. Wir warfen den Ball auf immer weitere Distanz, ohne dass er zu Boden fiel. Bald hatten sich einige Zuschauer versammelt. Sie bestaunten unsere präzisen Würfe. Oder ihnen gefiel Kris, diese große, schlanke Frau, der man so weite Würfe wohl nicht zutraute. Später musste Kris aufs Klo. Sie blieb lange weg und kam kichernd zurück.

– War es so lustig auf dem Klo?

– Die haben nur diese Stehklos.

Wir lachten und kicherten stundenlang, auch abends noch, als wir vor unserem Zelt saßen, aßen und Wein tranken.

– Erik, ich habe wieder geheiratet.

– Ich weiß. Ich hoffe, du hast deine Scheidungsurkunde mit.

Keine Regung in Kris' Gesicht. Keine Bewegung ihres Körpers.

– Das war nur ein Scherz.

– Erik, du machst keine Scherze. Du hast noch nie einen Scherz gemacht.

– Ich weiß, dass ich nichts zurückverlangen kann. Ich möchte nur meine Computer. Vor allem den Ipoly.

– Das geht nicht. Erik, wir haben das Patent und die Prototypen verkauft. Albi und Nikki haben dafür eine Eigentumswohnung bekommen.

– Wer ist Nikki?

– Winfrieds Tochter. Erinnerst du dich nicht an sie? Du hast ihr das Fahrradfahren beigebracht.

– Zwei Wohnungen? Das ist alles, was ihr dafür gekriegt habt?

– Das ist doch was.

– Wurde der Ipoly dann produziert?

– Erik, es hat sich viel verändert. Winfried sagt es selbst: Der Ipoly ist nicht tauglich für die Massenproduktion. Er war es nie. Und es hat sich so viel getan in der Computerbranche.

Plötzlich hasste ich Kris. Weil sie Dinge nachplapperte, von denen sie nichts verstand. Mein Vater hatte Kris nie leiden können. Er schwieg lange, aber ich spürte, dass er sie nicht ernst nahm, weil sie aus der Modebranche war. Später verachtete er sie, und zwar wegen eines Gesprächs über Brecht, das wir einmal bei Tisch führten. Mein Vater zitierte aus dem Galilei. Nachdem sie lange geschwiegen hatte, sagte Kris:

– Brecht ... ich weiß nicht. Ein Mann, der sich eine Mütze aufsetzt und denkt, dass er deshalb ein Arbeiter ist.

Mein Vater blickte auf und sagte, indem er den Tisch verließ:

– Ein Mannequin ... ich weiß nicht. Ein Mensch, der glaubt, dass unter jeder Mütze ein Kopf ist, der denkt.

Ich wollte diesen Gedanken verscheuchen. Ich wollte alle Gedanken an die Vergangenheit, alle Erinnerungen und Gerüche verscheuchen. Aber wie sollte ich sie durch etwas Gegenwärtiges ersetzen? Da saßen wir beide in diesem Warteraum und warteten, bis unser Gespräch endlich vorbei war. Hätte es wenigstens eine Besuchszeit gegeben, die irgendwann um sein würde. Doch da die Uhren in diesem Krankenhaus nicht gingen, hätten wir auch das nicht bemerkt.

– Kris, ich werde so schnell müde. Ich bin nicht fit. Bitte geh!

– Wo soll ich hingehen?

– Nach Hause. Wohnst du immer noch …

– In Großibm? Ja!

– Auf der falschen Seite der Vorortebahn.

– Du kannst dich noch erinnern!

– Ja, manchmal kann ich mich erinnern. Du wohnst noch dort. Wie schön.

– Wir wohnen dort.

– Wir …

Ich hatte die Worte des Mannes am Empfang im Ohr: Die Besucherin heißt Kristina Haberler.

– Ja, wir: Winfried und ich. Ich habe Winfried 1992 geheiratet. Du denkst jetzt, dass wir … dass wir schon ein Paar waren, als du noch gelebt hast.

– Habe ich nicht gesagt.

– Hast du nicht gesagt. Aber du denkst es.

– Tu ich das?

– Das tust du. Ich kenne jeden deiner Gedanken.

– Das ist praktisch.

– Wir haben darüber gesprochen. Winfried und ich möchten dich bei uns aufnehmen, bis du etwas gefunden hast, wo du bleiben kannst. Aber du kannst nicht für immer bei uns wohnen. Das geht nicht. Verstehst du das?

Ich hatte Kristina geliebt, seit ich ihr im Juni 1977 das erste Mal begegnet war. Achtzehn Jahre alt war Kristina damals gewesen. Ich spielte Bass in einer Band. Wir übernachteten in einem Hotel in Mailand. Und eines Tages ging plötzlich diese große, schlanke Frau durch die Eingangshalle, und alle Männer pfiffen ihr nach. Ich aber war es, der sie anredete. Und ich war es, mit dem sie in die Bar ging, obwohl sie nichts bestellte. Sie trank nur ein halbes Glas heißes Wasser und aß die Plastikfolie, in die mein Sandwich verpackt war.

– Aber das Hotel in Mailand gab es schon, oder?

– Ja, das gab es.

Ich blickte zu Kris auf, doch durch das Fenster stach die Sonne, und ich musste die Augen schließen. Ich griff nach Kristinas Hand, tappte aber ins Leere. Als ich die Augen wieder öffnete, saß sie auf der Sitzbank und blickte mich an. Es war Mitleid in ihrem Blick. Ich hasse Mitleid.

– Du hast geschlafen.

– Ja, Entschuldigung. Erzähl von dir, bitte. Kannst du morgen wiederkommen?

– Nein.

– Das ist schade!

– Wenn du es genau wissen willst: Wir fahren morgen zurück nach Großibm. Erhard feiert seinen Achtzigsten.

– Erhard?

– Erhard Lackermeier. Der Chirurg. Kannst du dich nicht an ihn erinnern? Wir haben ihn einmal in Leopoldsberg besucht. Du wolltest, dass er dich operiert.

– Das hat er dann ja nicht getan.

– Es ging nicht. Leider.

Kris war immer eine coole Frau gewesen. Und sie war es auch in diesem Moment. Sie saß so ruhig da, ohne Gesichtsausdruck, stoisch wie Helmut Schmidt.

– Frag wenigstens einmal nach Albi!

Wir hatten unseren Sohn Albin meist Albi genannt. Das hatte ich ganz vergessen. Es war nicht besonders originell. Wir waren nie besonders originell gewesen, eigentlich immer sehr bürgerlich. Ich brachte das Geld nach Hause, und Kris führte den Haushalt.

– Wie geht es ihm?

– Er hat jetzt plötzlich einen Vater. Und er ist gerade vierzig geworden.

– 22. November.

– Sieh an! Das hattest du zu deinen Lebzeiten oft vergessen!

– Zu meinen Lebzeiten? Bin ich denn jetzt tot?

– Nein, ich wollte sagen …

– Albi wurde am 22. November 1981 geboren.

– Das ist richtig.

– Da war noch etwas am 22. November.

– Das Kennedy-Attentat.

10.07.2022
Gestern nichts geschrieben. Verdammt! Soraya schickt jeden Tag eine Nachricht und fragt, wann das Manuskript fertig ist. Anstatt Ende August zu sagen, antworte ich: Am 19. August. Das bringt mich noch mehr unter Druck. Gestern hatten Nikki und ich so etwas wie Sex.

Ich versuchte nicht an das Gespräch mit Kris zu denken und kritzelte auf meinen Notizblock. Das Mittagessen wurde serviert. Zwei Scheiben Brot mit Plastikkäse und drei Tomatenscheiben. Dieses Essen war die Strafe dafür, dass ich mich über den Grießbrei lustig gemacht hatte. Ich widmete mich der Umrechnung einer Dezimalzahl in eine Ternärzahl:

61 / 3 = 20	**REST 1**
20 / 3 = 6	**REST 2**
6 / 3 = 2	**REST 0**
2 / 3 = 0	**REST 2**

Das war es. Die Restergebnisse in gestürzter Reihenfolge ergaben die Ternärzahl, in meinem Fall also 2021. Plötzlich konnte ich es wieder. Ich wollte mich gerade an eine Kommazahl machen, um die Nachkommastellen ins Ternärsystem zu übertragen, als die Tür aufging. Lillemor kam ins Zimmer gestürmt, aber nicht in ihrem hellblauen Kasack, sondern in einem schwarzen Kleid, mit Ohrringen behangen und stark geschminkt. Sie eilte zu ihrem Platz.

– Oh, Sie sind wieder da. Wie war's?

– Ich habe einen Hutständer getroffen, der einmal meine Frau war.

– Sie sind ein böser Mann.

– Ich bin ein freier Mann. Wollen Sie ihn nicht stehen lassen und mit mir ausgehen?

– Wen?

– Den, den Sie jetzt gleich treffen werden.

– Wieso glauben Sie, dass es ein Mann ist?

Da ich nicht antwortete, fühlte Lillemor sich angestachelt und kam näher an mein Bett. Sie hielt einen Zettel von meinem Notizblock in der Hand.

– Das habe ich gestern bei Ihnen gefunden. Was bedeutet das?

61 / 3 = 20,333333

FISCHILDKRÖTEBER?

NO NO NO NOT A THIRD TIME!!!

– Ich versuche, eine Dezimalzahl in eine Ternärzahl umzurechnen.

– Und was bedeutet FISCHILDKRÖTEBER?

– Was soll es schon bedeuten? Es bedeutet FISCH SCHILDKRÖTE EBER.

– Schon klar. Aber warum diese drei Tiere?

– Weil der Gott Vishnu in seinem ersten Avatar als Fisch zur Welt kam, im zweiten als Schildkröte und danach als Eber. Und die Endbuchstaben …

– Die Endbuchstaben stoßen auf die Anfangsbuchstaben.

– Im Deutschen.

– Und das haben Sie selbst herausgefunden? Das ist genial.

Ich musste an Kris denken, an unseren ersten Abend, als ich ihr meine Theorie über den Titel des Beatles-Songs *Love You To* auseinandergesetzt hatte. Es kommt mir heute seltsam vor, sich wegen so etwas zu verlieben. Vielleicht ist es auch nichts anderes als eine gute Ausrede, eine nette Geschichte, die man erzählen kann, so wie ich meine Schildkrötengeschichte erzähle. In diesem Moment hätte Lillemor eine gute Ausrede gehabt. Sie hätte sich wegen der Notiz FISCHILDKRÖTEBER in mich verlieben können. Wir wären noch in dieser Nacht aus dem Krankenhaus geflohen, nach Schweden gegangen, und alles wäre gut geworden.

– Ich muss jetzt leider weitermachen. Wir unterhalten uns morgen. Ich habe die Mappe mit Ihren Unterlagen vergessen, deshalb bin ich hier. Und schon wieder keinen Akku. Ich stecke das Handy kurz an.

Tja, meine Lieben: *Liebe ist nur ein Wort mit vier Buchstaben*, wie Dylan schrieb und niemals sang. (Wir können ja nachzählen: 0, 1, 2, 3, 4 – Dylan hatte ganz recht!)

Lillemor verschwand am WC, wahrscheinlich um ihr Make-up noch einmal zu verbessern. Das machen Damen so. Und sie verbringen dabei Stunden auf der Toilette. Ich bestrich eine Brotscheibe mit Plastikkäse, als Lillemor zurückkam, nach ihrer Handtasche griff und aus dem Zimmer ging. Ob sie einen Geliebten hatte, einen parfümierten Gigolo, der schon längst alles über mich wusste, sogar, wann ich das zweite Mal sterben würde? Ich schob das Essen, wenn man es so nennen konnte, beiseite und schrieb auf meinen Notizblock Stichwörter für die Fortsetzung der Münchhausen-Geschichte.

Ich las also in *Münchhausen 1953*, dem Roman meines Vaters (konnte man es *Roman* nennen? Wohl nicht!). Er war so geschrieben wie die Literatur in der Kindheit meines Vaters, mit bleiernem Stil und hölzernem Witz. Mein Vater hatte sich, bevor er ein Lügner wurde, immer für einen Pechvogel gehalten. Schuld daran war nach seinem Dafürhalten sein Geburtsdatum, das die Quersumme 1 ergab. Er verbrachte die Kindheit mit seiner Mutter und ihrer Schwester in einer Wohnung in Wien. Sein Vater war verschwunden, als er drei gewesen war. Die Tante meines Vaters war es, die ihm mit vier Jahren das Rechnen und das Lesen beibrachte und eine seltsame Zahlenmystik, die auf Quersummen beruhte. Meine Großtante hatte angeblich auch entdeckt, dass man bei der Berechnung von Quersummen alle Neuner weglassen konnte. Im Haus war sie sehr unbeliebt. Sie mochte auch niemand von den anderen Hausparteien. Sie liebte nur die Tauben, die sie täglich fütterte. Und sie liebte meinen Vater. Er las rasch ihre rund zweihundert Bücher.

Wieder klopfte es. Und gleich darauf kam eine Ärztin zur Tür herein. Sie blieb vor meinem Bett stehen und sah mich fragend an.

– Sie sind Herr Montelius?

Ich nickte.

– Ich bin Dr. Heiss. Dr. Kerkhoff sagt, Sie wollen mich

sprechen. Ich habe zehn Minuten Zeit. Dann muss ich wieder in den OP.

– Frau Doktor, ich möchte mich für die Operation bedanken! Und ich habe nur eine Frage: War meine Lebervene bei der Operation im Weg?

– Wissen Sie, warum ein Medizinstudium sechs Jahre lang dauert?

Ich hätte gerne eine Mutter gehabt, die so war wie diese Frau Dr. Heiss, mit ihrer vertrauenswürdigen Gefühllosigkeit. Wie schade, dass sie keine Zeit für mich hatte, keine Zeit, mich anderthalb Jahre zu stillen, großzuziehen und zurechtzuweisen.

– Und eines sage ich Ihnen: Sie werden diese sechs Jahre Studium nicht in ein paar Tagen absolvieren. Heute will ja schon jeder Arzt sein, der googeln kann.

– Vor Ihnen wollte mich schon ein anderer Arzt an der Leber operieren. Angeblich ein Starchirurg. Er behauptete, er hätte das nicht gekonnt, weil meine Lebervene im Weg gewesen wäre. Kann es stimmen, was er gesagt hat?

– Wann war das?

– 1991.

– Wie soll ich das beurteilen? Mein lieber Herr, wir haben keine Aufzeichnungen aus dem Jahr 1991. Und selbst wenn wir sie hätten …

– Ich möchte nur, dass Sie mir die Wahrheit sagen: Kann es sein, dass der Arzt damals nicht operieren konnte?

– Was ein Kollege vor dreißig Jahren gemacht hat oder nicht gemacht hat, will ich nicht beurteilen.

– Kann sich meine Lebervene verschoben haben?

– Nein.

Wie hätte ich dieser Frau in diesem Moment erklären können, dass sie mich adoptieren soll? Dass sie mich adoptieren musste! Alle meine Probleme wären mit einem Schlag gelöst gewesen, vor allem das Wohnsitzproblem, das für die nächsten Monate mein größtes werden sollte.

Dr. Heiss nahm meine Befunde aus der Klarsichthülle am Fußende des Betts und schüttelte bei jedem Blatt den Kopf.

– Mein lieber Herr, Ihre Leber … und die Nieren … glauben Sie nicht, dass Sie noch ein normales Leben führen werden.

– Wie lange werde ich noch leben?

– Wir sollten uns lieber damit beschäftigen, wie wir Ihr Leben lebenswerter machen.

– Ein Jahr?

– Möglich. Aber nicht sicher. Und glauben Sie nicht, dass ich jetzt in Tränen ausbreche.

– Darf ich Bier trinken?

– Sie halten sich an das, was Dr. Kerkhoff sagt! So, ich muss jetzt. Adieu!

Dr. Heiss war weg. Ich war nun sicher: Lackermeier hatte mich belogen. Und ich hatte noch maximal ein Jahr zu leben. Hatte sie mir verboten, Bier zu trinken? Nein. In diesem Moment dachte ich, ich sollte einfach aufstehen, das Spital verlassen, in das erstbeste Gasthaus gehen und ein Bier bestellen. Leider hatte ich kein Geld bei mir. Ich hätte diese Euros gebraucht. Euro. Was für ein schrecklicher

Name! Und das Schlimmste ist, dass die kleine Währungseinheit Cent heißt. Wie bei den Amis! Peinlich! In meinem ersten Leben hat die europäische Währung noch ECU geheißen.

Lillemor war nicht mehr da. Wenn ich wollte, konnte ich das Spital verlassen. Und plötzlich sah ich ihn auf dem Nachtkästchen liegen. Lillemor hatte ihn vergessen: den Donkey Kong. Jetzt war es an der Zeit, das Gehen auszuprobieren. Ich stieg aus dem Bett. Erst hatte ich Angst wieder zu stürzen, ging dann aber sicher bis zu Lillemors Tischchen. Ich zog das Kabel heraus, an dem ihr Donkey hing, und nahm ihn vorsichtig in die Hand. Auf dem Display sah ich lauter grüne Rechtecke mit abgerundeten Kanten, in denen kurze Texte standen. Ganz oben stand: Irina Datschenko. Eine Nachricht lautete:

ICH MÖCHTE SIE NOCHMALS DEUTLICH SAGEN, DASS DIE BETREUUNG VON DEM KLIENTEN MONTELIUS AM 30. NOVEMBER BEENDET WIRD!

10.07.2022
Nikki und Leonie machen einen Ausflug. Es ist schön, wie sie plötzlich harmonieren. Meistens zumindest. Leonie freut sich auf das Kind. Meine Schwester, sagt sie immerzu, obwohl wir das Geschlecht des Kindes nicht wissen und nicht wissen wollen. In einem Traum heute Nacht konnte ich durch Nikkis Bauch sehen und mit dem Fötus reden. Nikki unterbrach unser Gespräch und sagte zu mir: Das Kind ist von Winfried. Ich habe ihr diesen Traum natürlich nicht erzählt.

Kein Wort sagte Pascal dazu, dass ich an seiner Tür klopfte und auf meinen eigenen Beinen gehend in das Therapiezimmer spazierte. Er nahm mir Lillemors Donkey aus der Hand und strich mit dem Finger über den Bildschirm.

– Warum hat sie nur den Lockscreen deaktiviert?

Er schüttelte den Kopf und las.

– Da sind noch mehr Nachrichten.

– Und was steht dort?

– Dass die Schwedin dich ab Dezember nicht mehr betreuen darf. Dass sie eine Menge Geld bekommt und dafür die Sache geheim hält. Und dass dein feiner Kompagnon dich am ersten Dezember abholen wird. Du wirst bei ihnen wohnen.

– Bis ich etwas gefunden habe, hat Kris gesagt.

– Was hat sie noch gesagt?

– Dass sie Patent und Prototypen meiner Computer verschachert haben, um den Kindern damit Wohnungen zu kaufen. Eigentumswohnungen! Wer hat denn bitte eine Eigentumswohnung? Nur Regierungsräte und Bonzen.

– Okay. Du wohnst einige Zeit bei ihnen. Und dort musst du dann herausfinden, ob sie nicht vom Verkauf Geld abgezwackt haben.

– Wofür?

– Mensch, verstehst du nicht? Du wirst krank, schwer krebskrank. Die Operation könnte dich retten. Dieser Lackaffe …

– Dr. Lackermeier.

– Er soll dich operieren. Er kriegt Geld, damit er es nicht macht. Damit du stirbst. Und seine Ausrede ist diese Lebervene.

Ich war mein ganzes Leben lang zu naiv. Das heißt: Ich war mein ganzes erstes Leben lang zu naiv.

– Sie wollen dich totschweigen. Aber das hat auch einen Vorteil.

– Was soll ich tun?

– Du musst so schnell es geht die Presse informieren. Die Story muss ganz groß werden. Du musst in die Zeitungen. In Talkshows und den ganzen Scheiß. Wenn du in der Öffentlichkeit bist, bist du geschützt.

– Ich gehe also zu Kris und Winfried nach Hause?

– Ja, sicher! Spiel mit! Und dann bei deiner Frau zu Hause musst du an Informationen rankommen, an Dokumente. Klar ist: Winfried hat deine Frau überredet, das Patent zu verkaufen.

– Und Tassilo hat es abgewickelt.

– Wer?

– Tassilo Moser. Ein Rechtsanwalt.

– Der wird vielleicht auch seinen Anteil bekommen haben. Sie wohnen nahe beieinander. Winfried hat sie alle bestochen. Gut, er hat Wohnungen für die Kinder gekauft. Das bedeutet: Es ging ihm nicht ums Geld. Er wollte die Frau haben. *Deine* Frau. Ich kenne mich da aus. John F. Kennedy, erinnerst du dich?

– Natürlich. Dallas. 22. November 1963.

Es war seltsam, dass es mir in jedem Moment so vorkam, als wüsste ich schon, was Pascal in der nächsten Sekunde sagen würde.

– Natürlich war es nicht Oswald. Das wusste schon damals die ganze Welt. Aber wer war es? Was haben alle übersehen? Das Motiv. Es war kein politisches Motiv, sondern Eifersucht. Wer wollte die Frau haben?

– Onassis.

– Onassis. Du sagst es. Und es war perfekt getarnt. All dieser Rummel! CIA und FBI. Das hat den Blick auf andere Thesen verstellt. Wie dein Krebs. Da hat keiner mehr an etwas anderes gedacht.

Nun hatte ich das Gefühl, dass Pascal paranoid oder wahnsinnig oder beides war. Andererseits war es schwer, ihm zu widersprechen. Das hätte auch nichts gebracht. Ich war schließlich nicht der Anwalt von Winfried Haberler. Ich schwieg. Dann verabschiedeten wir uns. Pascal umarmte mich, ohne die OP-Maske wieder über Mund und Nase gezogen zu haben.

– Also, komm morgen normal zur Physio. Aber wir reden nicht mehr darüber, hörst du? Und vergiss nicht die Liste.

– Welche Liste?

– Der Chirurg, der Anwalt, der Kompagnon: Lackermeier, Moser, Haberler.

Wieder zurück im Zimmer musste ich Lillemors Donkey Kong so hinlegen, wie ich ihn gefunden hatte. Immer wieder betrachtete ich seine Position, verschob ihn ein wenig, kontrollierte abermals und so weiter. Lillemor durfte nicht wissen, was ich wusste. Nicht einmal Pascal durfte wissen, was ich wusste und was ich vorhatte. Beide taten mir leid, aber Mitleid ist nicht die größte Tugend der zum zweiten Mal Geborenen. Ich legte mich schlafen. Ich begann damit, Pascals Telefonnummer auswendig zu lernen. Jeden Tag eine Ziffer, dachte ich mir, und begann mit der ersten Stelle: 0.

Die Sommer verbrachte mein Vater mit seiner Mutter und deren Schwester auf einem Bauernhof im kleinen Dorf Rust in Niederösterreich, aus dem auch der frühere Bundeskanzler Leopold Figl stammte, den mein Vater als *ständig betrunkenen Bauern* bezeichnete. Mein Vater liebte die Sommer in Rust, obwohl er behauptete, dort nichts anderes getan zu haben, als den ganzen Tag zu lesen. Er lernte den *Cornet* von Rilke auswendig und erstellte zwei händische Abschriften. Eine davon wurde gebunden und bekam einen Holzeinband, den mein Vater selbst geschnitzt hatte. Dabei hatte er *Cornet* versehentlich mit zwei T am Schluss geschrieben, weshalb er aus dem zweiten T nachträglich einen Fahnenwimpel machte.

Dann kam das Jahr 1944. Was damals geschah, hat meine Großtante immer nur so zusammengefasst: *Er hat gehen müssen.* Als er bei der SS war, las mein Vater Feldpostausgaben von Werken der Klassiker und Romantiker, bis er zwei Schüsse, einen in sein linkes Bein und einen in seine rechte Schulter, abbekam. Er durfte nach Hause und konnte im Krankenhaus endlich wieder richtige Bücher lesen. Er ging sogar einmal ins Kino, um den Münchhausen-Film mit Hans Albers zu sehen, und wurde wieder gesund. Dann aber geschah etwas Seltsames. Die Tante, die Nationalsozialistin war und Juden hasste, obwohl sie bis 1938 Oberbuchhalterin bei einem jüdischen Unternehmer gewesen war, hatte plötzlich Angst, mein Vater könnte ein zweites Mal an die Front beordert werden. Sie schickte ihn zu Fuß nach Rust zu einem Mann, der *der alte Mörth* genannt wurde. Er war blind und brauchte Hilfe.

Mein Vater hatte immer gesagt, er hätte zwar das Gehen nicht wieder erlernt, dafür aber das Humpeln. Also humpelte er auf seinem zerschossenen Bein von Wien nach Rust. Die Tante meinte, der Krieg würde höchstens noch zwei, drei Jahre dauern, deshalb sollte der Vater sich beim alten Mörth verstecken, denn nun würden sie alle verheizen, auch die ganz Jungen.

11.07.2022
In der Nacht hat Leonie zweimal laut geschrien. Das zweite Mal holte Nikki sie aus ihrem Zimmer und brachte sie in unser Bett. Nun lag das Kind zwischen uns. Daraufhin konnte Nikki nicht mehr schlafen. Jetzt ist es 09:48, und beide schlafen (wieder).

Lillemor stand vor mir wie eine alte Geigenlehrerin, die die schlimme Nachricht überbringen muss, dass es außer dem Violinschlüssel noch den Alt- und den Bassschlüssel gibt. Ihre Stirn faltete sich in fünf Notenlinien.

– Herr Montelius, ab 22. November gibt es einen Lockdown.

Ich kannte den Roman *Knockdown* von Dick Francis, bei dem es, wie in jedem seiner Bücher, um Rennpferde und einen Jockey ging. Francis war selbst ein erfolgreicher Jockey gewesen, und als er seinen ersten Roman schrieb, schickte ihm der Verlag einen Ghostwriter, den Francis jedoch ablehnte. (Du bist also nicht die Einzige, der das passiert, Soraya!). Aber was ein Lockdown ist, wusste ich bis dahin nicht.

– Das bedeutet, niemand darf außer Haus gehen.

– Ausgangssperre. Wie damals in Rhodesien …

– Na ja, es gibt Ausnahmen … Krankenbesuche zum Beispiel.

– Das heißt, Sie kommen in dieser Zeit nicht in die Arbeit?

– Doch. In die Arbeit gehen ist erlaubt. Aber Sie können

nicht hinausgehen, um ein Geschenk für Ihren Sohn zu kaufen.

– Das macht nichts. Ich schenke ihm etwas aus dem Krankenhaus. Vielleicht den Holzjesus von da oben.

Lillemor stellte sich dicht neben mich. Ich spürte den leichten Luftzug, den ihre Körperbewegung verursachte, und wünschte mir, eine ganz leichte Berührung ihres hellblauen Kasacks auf den Härchen meines Unterarms spüren zu dürfen. Stattdessen hielt sie mir ein Paket unter die Nase.

– Nicht nötig. Ich habe schon etwas im Internet gekauft.

– Was ist das?

– Ein Geburtstagsgeschenk. Ein Geburtstagsgeschenk von Ihnen für Ihren Sohn.

– Was schenke ich ihm denn?

– Eine schwedische Butterschale und ein Buttermesser.

Ein wenig Mutter war sie also doch. Aber leider nicht meine. Plötzlich fiel ihr die Sache schwer. Hatte Lillemor eine Träne im Auge? Sie beugte sich nur kurz über mich, zog die Maske vom Gesicht und drückte mir ein Küsschen auf die Schläfe. Dann ging sie aus dem Zimmer.

Am 22. November nahm ich zum zweiten Mal im Besucherzimmer Platz. Es war das Zimmer, in dem Kris auf mich gewartet hatte. Wieder sah ich diese viel zu kurz geschnittene Tür und musste an einen Werbespot denken, den Kris früher oft zitierte, wenn sie sich darüber ärgerte, dass unsere Fenster nicht richtig schlossen: *Ihr Tischler macht's persönlich*. Diese Tür. Ich hatte diese Tür lieb gewonnen. Überhaupt war ich in diesen Tagen leicht ergriffen, hatte

Mitleid mit Menschen, Holzjesussen und Türen. Die Oberärztin Kerkhoff bemerkte meine Traurigkeit und verschrieb mir ein Medikament, eine Tablette, die ich einmal täglich morgens bekam, allerdings vor der Schwester nur in den Mund nahm, in einer Zahnlücke versteckte und bei der ersten Gelegenheit wieder ausspuckte.

Als Albi kam, wurde ich von der zweiten Welle der Rührung erfasst. Wieder konnte ich nicht weinen. Er kam auf mich zu, umarmte mich und rieb auf seltsame Weise mit seinen Händen meinen Rücken.

– Hey, du Wahnsinniger, du!

12.07.2022
Immer wieder fordert Nikki mich auf, Albi anzurufen. Inzwischen schreiben wir manchmal Nachrichten. Ich berichte ihm von Italien und dass wir uns entschlossen haben, mit der Fähre nach Kreta zu fahren.

Mir fiel nichts ein, was ich meinem Sohn sagen konnte. Schon Tage davor hatte ich mich damit gequält, mich an ihn zu erinnern. Jeden Tag blieb der Zettel, den ich dafür bereitgelegt hatte, leer. Schließlich fielen mir doch zwei Dinge ein. Null: Eine winterliche Schlittenfahrt, die Albi damit verdarb, dass er nach zwei Minuten sagte, wir müssen rechtzeitig nach Hause gehen, um eine Kindersendung im Fernsehen anzuschauen. Eins: Das blanke Entsetzen von Kris und mir, als wir herausfanden, dass Albi nicht wusste, dass man in einem Geschäft Retourgeld bekommen konnte und dass er also immer, wenn wir ihn mit einem Zwanziger zum Einkaufen schickten, so lange Artikel suchte und ihre Preise addierte, bis die Summe exakt zwanzig Schilling und null Groschen ergab.

– Wie geht es dir?

– Im Moment: eine Überdosis Vater. Aber sonst passt es! Und du?

– Schwer zu sagen. Ich muss mich an eure Welt gewöhnen.

– Das fällt momentan nicht einmal Lebenden leicht.

Auch Albin passierte also dieser Fauxpas – der vielleicht gar keiner war –, dass er mich mit einem solchen Satz zu den Toten rechnete.

– Tot sein ist nicht schlecht. Ich kann ehrlich gesagt nichts dafür, dass sie das jetzt gemacht haben. Ich …

– Ich weiß.

– Wirklich? Da hast du mir etwas voraus.

Viel mehr konnte ich meinem Sohn nicht bieten. Ich erzählte ihm dasselbe wie allen anderen, schilderte mein Erwachen aus dem Koma und fertigte auch ihn mit der Schildkrötengeschichte ab.

– Du solltest zunehmen.

– Mit Grießbrei und Käsebrot geht das nicht.

– Gibt's hier nichts anderes?

– Jedenfalls kein Bier.

– Darfst du raus?

– Ich darf schon raus. Es ist zwar grade dieser Ausnahmezustand ausgerufen worden, aber es gibt eine Menge Ausnahmen. Nur …

– Na dann!

– Hast du Geld? Ich habe nämlich nichts.

– Ja, keine Sorge. Setz die FFP2-Maske auf!

Es dauerte einige Zeit, bis wir den Lift fanden. Dann fuhren wir ins Erdgeschoss und standen plötzlich vor dieser riesigen Glastür. Ich erinnerte mich daran, wie ich einmal in Bombay auf dem Flughafen war und Angst hatte, durch die Glastür ins Freie zu gehen. Und auch in diesem Moment hatte ich Angst. Ich wollte das Spital nicht verlassen. Ich ließ es mir zwar nicht anmerken, aber ich wusste, dass in der Welt da draußen nichts auf mich wartete: nichts Schönes, nichts Gutes und auch keine Erkenntnis.

The farther one travels,
The less one knows.

Ich habe Ortswechsel immer gehasst und bin in meinem nullten Leben ungern gereist. Meine Reisen wurden meist zum Fiasko, besonders die einzige Indienreise, auf die ich mich ein Leben lang gefreut hatte. Ich flog von Wien nach Bombay. Ich weiß nicht mehr, warum Kris damals nicht mitkommen konnte, wahrscheinlich musste sie arbeiten. Der Abschied von ihr fiel mir sehr schwer, und schon auf dem Weg zum Flughafen war ich mürrisch und niedergeschlagen. Die Economy Class, die ich gebucht hatte, war voll. Also durfte ich in der Business Class reisen. Man erwartete von mir Begeisterung. Ich konnte sie aber nicht einmal vortäuschen, auch nicht, als ich Kris von einem Münzfernsprecher vor dem Abflug noch einmal anrief.

In der Business Class saß ich inmitten wohlhabender Inder, die so viel Handgepäck mithatten, dass sie fast eine halbe Stunde benötigten, um alles zu verstauen, besser gesagt, es in alle Fächer, unter und neben Sitze anderer zu stopfen. Mein Sitznachbar und seine Frau fragten mich, ob sie ein Gepäckstück unter dem Sitz vor mir aufbewahren könnten. Und so hatte ich während des gesamten Fluges Töpfe und Bratpfannen, die mich aus einer vollen Tasche anschauten, vor meinen Zehen.

Die Stewardessen wurden von den Indern wie Sklavinnen behandelt. Man schnippte mit den Fingern und orderte Drinks, ohne die Worte *Bitte* oder *Danke* auch nur einmal zu verwenden. Die Stewardessen blieben höflich. Ich kann mich noch daran erinnern, wie eine von ihnen einen Cocktail überreichte und fragte: *Would you like Worcestersauce in your Bloody Mary?* Das Aufeinandertreffen von Engländern und Indern ist für beide ein großes Unheil gewesen. Die Engländer haben Indien ruiniert. Aus Rache dafür haben die Inder England ruiniert, indem sie ihren Kolonialherren nacheiferten und sie in allem übertrafen.

Ein einziger Engländer hatte die richtigen Schlüsse aus seiner Indienreise gezogen: George Harrison. Und als ich in diesem verdammten Flugzeug saß, musste ich andauernd an den Song *The Inner Light* denken:

Without going out of my door
I can know all things on earth.

Wie herrlich, dass Harrison seine Erkenntnis mit indischer Musik ausdrückte. *Arrive without travelling.* Leider erreichte ich Bombay. Dort stand ich unentschlossen und panisch auf dem Flughafen. Ich nahm die Wasserflasche, die Kris mir eingepackt hatte, und machte einen Schluck. Es war Leitungswasser von zu Hause. Ich trank und hatte Tränen in den Augen. Dann ging ich zur Ausgangshalle. Wer das nicht gesehen hat, kann es sich nicht vorstellen. Hinter einer Glasscheibe, die die Halle des Flughafens von der feindlichen Außenwelt trennt, stand eine Milliarde Menschen, die Nasen gegen das Fenster gedrückt und die Ankommenden anstarrend oder ihnen laut ihre Dienste als

Lastenträger, Chauffeur oder Verkäufer anbietend. Taxifahrer, Schaffner, Kulis, Bettler, Kinder, Wasserverkäufer, Obsthändler, Sadhus und Schlangenbeschwörer bildeten eine Menschenmenge, die zu durchschreiten wahrscheinlich nur mit äußerster Brutalität möglich war. Ich beschloss, dass ich diese Brutalität nicht aufbringen konnte. Ich schaffte es einfach nicht, durch diese Tür zu gehen.

Irgendwie gelang es mir, einen Polizisten davon zu überzeugen, dass ich den Flughafen nochmals betreten und in die Abflughalle gehen durfte. Dort buchte ich für den nächsten Tag einen Flug nach Wien. Einen früheren gab es nicht. Die Zeit bis zum Abflug verbrachte ich in der Abflughalle des Flughafens.

Und auch jetzt, in dem Moment, in dem wir vor der großen Glastür des Spitals standen und ins Freie gingen, wäre ich am liebsten auf mein Zimmer zurückgegangen und hätte mich in meinem Bett verkrochen. Ich ließ mir aber nichts anmerken, blieb nur kurz stehen, und dann waren wir auf der Straße.

Liebe Lockdownvögel, ich kann euch nicht beschreiben, was in mir vorging, sondern nur, was da draußen vorging. Ich hatte noch nie so viele Autos gesehen. Ich war fast in Indien gewesen, aber das war alles nichts gegen diese Kolonnen von Lkw und Panzerwagen. Auch die Fahrräder waren größer als früher, und der Rahmen vorne war so breit wie eine Hand. Die Fahrradfahrer trugen Helme und auf dem Rücken einen Würfel mit einem Airbag. Wenn sie an mir vorbeizischten, roch es stark nach Frittierfett. Vor vielen Geschäften standen lange Schlangen von Menschen. Das erinnerte mich an die Bilder aus Polen in den Achtzigerjahren, wo man sich oft vergeblich anstellte, um das letzte Brot beim Bäcker zu ergattern. Tatsächlich schien es mehr Ausnahmen vom Ausnahmezustand zu geben als Normalfälle, denn es waren sehr viele Menschen unterwegs. Viele redeten mit sich selbst. Das glaubte ich zuerst, bis mir Albi erklärte, dass sie über kleine Mikrofone und Kopfhörer mit ihrem Donkey Kong verbunden waren und in Wahrheit telefonierten.

Es war ein unglaubliches Durcheinander, und ich war noch dazu nicht sicher auf den Beinen. Schon an der ersten Kreuzung hatte ich Angst einzuknicken und umzufallen. Als wir über einen Platz gingen, wurde die Angst noch größer. Ich wollte wenigstens an der Hausmauer entlanggehen, aber Albi lief zielstrebig und für mich zu schnell voran. Ich folgte ihm keuchend.

– Können wir kurz stehen bleiben?

Albi hörte mich nicht und ging weiter. Oder er hatte mich doch gehört, denn er blieb wenig später stehen und wir setzten uns auf eine Parkbank.

– Ich gehe jetzt da rein und kaufe ein Bier. Willst du ein IPA?

– Was ist das?

– Eine Art Ale.

– Ich will ein Bier.

– Pils oder Lager?

– Ich will ein Bier, verdammt!

Die Geschäfte waren also geöffnet. Albi ging, und plötzlich bekam ich Panik. Ich wusste nicht, wo ich war. Ich wusste nicht, wie ich ins Krankenhaus zurückfinden sollte. Ich hatte keinen Ausweis, ich hatte keine Identität. Was, wenn Albi nicht mehr zurückkam?

Zum Glück tauchte er bald wieder auf. Er nahm eine Bierflasche aus seinem Rucksack, öffnete sie und gab sie mir. Der erste Schluck Bier nach dreißig Jahren war wundervoll, wahrscheinlich der Höhepunkt meines Lebens. Ich hätte damals, auf dem Gipfel dieses kleinen Hügels, der mein zweites (also mein erstes) Leben darstellte, verächtlich ins Tal blicken, die Belanglosigkeit dieser Welt belächeln und sie sich selbst überlassen sollen.

– Ich bin sehr besorgt um Mama, wegen Covid, weißt du? Mama und Winfried sind irgendwie komisch drauf. Obwohl sie geimpft sind, sagen sie jetzt eigenartige Sachen.

– Darf nicht jeder tun und sagen, was er will?

– Vielleicht. Aber das alles passt nicht zu Mama.

– Seit wann sagst du *Mama* zu Kris?

– Kris habe ich nur gesagt, als ich ganz klein war.

– Wie geht es ihr?

– Du hast sie doch selbst getroffen.

– Wir haben uns eineinhalb Stunden im Besucherraum unterhalten. In dieser Zeit konnten wir die vergangenen dreißig Jahre nicht aufholen. Überhaupt war es mehr wie ein Abschied. Glaubst du, dass es ihr gut geht?

– Es wird dir nicht gefallen, was ich dir erzähle.

– Keine Sorge, das bin ich gewohnt. Mir gefällt gar nichts hier. Außer dieses Bier. Du musst noch zwei holen.

13.07.2022
Nikki hat Angst, in der Schwangerschaft Corona zu bekommen. Wir machen einen Test, den sie Nasenbohrer-Test nennt. Er ist negativ. Nikki ist müde. Sie ist sehr schön, und die Italiener pfeifen ihr ständig nach, auch wenn man schon deutlich sieht, dass sie schwanger ist. Am Abend sagt sie: Ich bin über vierzig und du über siebzig. Unser Kind wird zu mir Oma sagen und zu dir Uropa.

Albi holte noch vier Bierflaschen. Ich betrachtete meinen angeblichen Sohn. Die Augen hatte er von Kris. Aber von wem hatte er diese lange spitze Nase? Es war nicht zu leugnen: Albi sah Winfried ähnlich.

– Was arbeitest du eigentlich?

Albi schwieg. Ich gab die Antwort:

– Das ist kompliziert.

Jetzt lachte er und wiederholte meine Worte:

– Ja, das ist wirklich kompliziert.

– Weißt du, ich weiß immer schon, was du auf meine Fragen antworten wirst.

– Der sechste Sinn.

– Es ist wie früher bei den Beatles-Songs. Ich hörte am Ende eines Lieds immer schon den Anfang des kommenden Lieds. Ich hatte es nicht *geahnt* oder *gewusst*, ich hatte es *gehört*. In den letzten Takten von *Bungalow Bill* auf dem Weißen Album hörte ich schon die Klaviermelodie, mit der *While My Guitar Gently Weeps* beginnt. In *Baby, You Can Drive My Car* schnarrte schon die Sitar von *Norwegian*

Wood. Am schönsten war es, wenn die Platte nach dem Lied aus war, und man nur mehr die Nadel des Plattenspielers hörte. Diese Stille nach *The Long And Winding Road*, mit der das Album *Let It Be* endet.

– Das hast du falsch in Erinnerung. Der letzte Song auf *Let It Be* ist *Get Back*.

– Der letzte Song auf *Let It Be* ist *The Long And Winding Road*.

– Nein. Nach *The Long And Winding Road* kommt *For You Blue* und *Get Back*. Dann ist es aus.

– Ich habe zwar nichts, aber ich wette alles, was ich habe.

Nun zog Albi seinen Donkey Kong aus der Innentasche seiner Jacke und wischte darauf herum. Dann hielt er mir das Ding unter die Nase. Da sah man das Plattencover und die Liste der Songs nach A-Seite und B-Seite geteilt.

– Das glaube ich erst, wenn ich meine Platte sehe. Habt ihr die noch oder habt ihr die auch verscherbelt, um eine Eigentumswohnung zu kaufen?

– Ich habe alle deine Platten.

Es war das Bier in Kombination mit der Kälte. Ich schlich um die Ecke, wo es vor einem Haus eine kleine Rasenfläche mit einem Baum gab. Ich stellte mich an den Baum und pisste. Es wollte nicht aufhören. Drei oder vier Passanten gingen hinter mir vorbei. Früher hätten sie Radau geschlagen oder die Polizei gerufen. Ich bemerkte, dass sie verärgert waren, aber sie sagten nichts und gingen weiter.

Als ich zurückkam, schüttelte Albi den Kopf.

– Ich will nicht wissen, was du jetzt gemacht hast.

– Ach, du bist doch ein Spießer.

– Na ja, die Polizei ist seltsam geworden in der Pandemie. Da muss man aufpassen.

– Du hast ja keine Ahnung. Die Polizei war früher viel schlimmer. Im Jahr 1976 bin ich mit deiner Mutter in einem Park gewesen. Sie saß da, und ich streckte mich auf der Bank aus und legte meinen Kopf in ihren Schoß. Da kam ein Polizist, und ich musste zehn Schilling Strafe zahlen. Ich protestierte. Ich hätte doch nur meinen Kopf in den Schoß einer schönen Frau gelegt. Aber er bestand auf der Strafe. Mir ist es egal, sagte er. Aber was, wenn sich jemand beschwert? So war das Leben früher in diesem Land. Es gab keine Freiheit. Die Nazis waren immer noch da. Nur waren sie nach dem Krieg wieder Katholiken und Sozialisten und Pfarrer, Lehrer und Polizisten und nannten sich *normale Menschen*.

– Es ist schön zu hören, wie verliebt Kris und du einmal wart.

– Oh, wir waren sehr verliebt.

– Ich habe auch anderes gehört.

– Was denn?

– Dass du abends nie mit Mama zu Bett gegangen, sondern immer in der Nacht aufgeblieben bist.

– Was habe ich nachts gemacht?

– Du hast an deinen Computern gearbeitet. Bier getrunken. Geraucht. Und Computerspiele gespielt.

– Nun ja. Was hätte ich sonst machen sollen? Ach ja, verdammt. Fast hätte ich es vergessen.

Lillemor hatte mir das Geschenk für Albi in einen kleinen Rucksack gepackt, den ich umgehängt hatte. Ich hätte Albi eine Armbanduhr schenken sollen. Die Menschen hatten nichts mehr. Keine Dinge, keine Gegenstände, die ihr Interesse für die Welt zeigten. Früher hatte man Armbanduhren, Schreibmaschinen, Fotokameras, Filmkameras, Filmprojektoren, Briefe, Dokumentenmappen, Telegramme, Plattenspieler, Kassettenrekorder, Taschenradios, Reisewecker. Für jeden Zweck einen Gegenstand. Diese Gegenstände waren schön und beruhigend und warm. Im Jahr 2021 aber waren alle diese Gegenstände weg, und die Welt war kalt. Ich nahm Albis Geschenk aus dem Rucksack.

– Alles Gute zum Geburtstag!

– Hat Mama dich erinnert?

– Nein, ich habe mich erinnert. Wirklich. Du kannst Kris fragen. Aber das Geschenk hat meine Psychologin gekauft.

– Das ist sehr nett von ihr, muss ich sagen.

Viel Bewunderung schenkte Albi dem schwedischen Buttermesser nicht. Und ehrlich gesagt sah es auch nicht wirklich bewundernswert aus.

– Tja, jetzt bin ich älter als mein Vater.

– Vielleicht, vielleicht auch nicht.

– Mein Vater, der schon lebte, als der Staatsvertrag unterzeichnet wurde.

Was sie nur alle mit diesem Staatsvertrag haben! Jetzt, wo ich es aufschreibe, fällt es mir wieder ein: Eine Zeit lang wollte Soraya an diesem Buch mitschreiben, und es sollte darin auch eine Szene vom Mai 1955 vorkommen.

Mich störte gar nicht so sehr, dass die Szene völlig erfunden war, sondern ihr Stil. Sie zählte immer drei Begriffe auf, ließ dabei aber das *und* weg. Zum Beispiel so: *Ich wusste, dass niemand zu meinem Begräbnis kommen würde. Kein Kranz, keine Blumen, keine Tränen.* Und was noch mehr nervte, war, dass jede ihrer Szenen mit einem Wetterbericht begann. Nun, ich habe wirklich keine Erinnerung an den Tag, an dem der Staatsvertrag unterzeichnet wurde. Ich war erst drei Jahre alt. Doch Soraya wollte mir eine Geschichte andichten: mein Vater, ich, der Staatsvertrag.

Das las sich ungefähr so: *Trotz des Regens waren sie alle unterwegs – die Eltern, die Kinder, die Alten. Sie wollten rechtzeitig vor dem Schloss Belvedere sein. Auch Erik, der inzwischen zur Beschleunigung des Tempos auf dem Rücken des Vaters getragen wurde, traf dort gerade noch rechtzeitig ein, als die nervöse Menge bereits tobte wie ein aufgepeitschtes Meer. Den Vater hatte das Tragen des Sohnes einige Kraft gekostet. Verschwitzt, keuchend, ermattet stand er in der Menge und konnte den Sohn auch am Ziel nicht überzeugen, abzusteigen. Plötzlich traten die Unterzeichner des Vertrags, allen voran Außenminister Figl, auf den Balkon, was Vater und Sohn nur deswegen bemerkten, weil das Tosen und Zischen der Menschenmenge zunahm. Und genau in diesem Moment, als der Außenminister, den Vertrag in den Händen, an die Balustrade trat, spürte der Vater es über seinen Rücken rinnen. Warm, nass, frei floss die Flüssigkeit, die weder Regenwasser noch der Schweiß von Eriks Vater war. Die Worte des Außenministers auf dem Balkon verstanden die beiden nicht.*

Arme Soraya! Ich habe mich sehr lustig gemacht über diese Ghoststory und über das aufgepeitschte Meer! So wie ich die Tunnel-Geschichte für Pascal erfunden hatte, hatte ich Soraya diese Piss-Ode aufgetischt. In Wahrheit hatte mein Vater damals die ganze Zeit geschimpft und geflucht. Nicht über den Staatsvertrag, sondern dass Österreich in diesem Jahr wieder ein Heer hatte und die Wehrpflicht einführte. Der Zweite Weltkrieg war erst zehn Jahre vorbei. Zehn Jahre des geheuchelten Pazifismus, und nun drückte man der Jugend wieder die Drecksflinte in die Hand. Wozu? Um der gesamten Welt ein drittes Mal den Krieg zu erklären? Die Sache ließ ihm keine Ruhe. Nachts soll er mit einer Farbdose und einem Pinsel vor das Portal der Anlage geschlichen sein, in der sich unsere Wohnung befand. Auf die Fassade jeder Wohneinheit schrieb er in großen Lettern: FIGL IRRT, ES WIRD NICHT EXERZIERT. Und obwohl man es ihm nicht nachweisen konnte, wussten alle, dass nur einer diesen Spruch dort hingeschrieben haben konnte.

– Ja, ich kenne die Geschichte gut.

– Wirklich? Sag, hast du eine Frau?

– Komplizierter.

– Zwei Frauen?

– So ungefähr zweieinhalb.

– Und mit welcher von den zweieinhalb Frauen wohnst du zusammen?

– Mit keiner. Ich wohne alleine.

– Was ist, wenn ich nicht nach Großibm gehe, sondern erst mal ein halbes Jahr bei dir wohne?

– Das geht nicht!

Bis dahin hatte ich den Zustand der leichten Betrunkenheit genossen und lässig dahingeplaudert. Dieser Satz holte mich auf den Boden zurück. Mit welcher Geschwindigkeit und Selbstsicherheit mein Sohn diese Ablehnung ausgesprochen hatte! Ich hatte noch ein Jahr zu leben. Das schien ihm egal zu sein. Mein Magen schmerzte. Ich musste das Thema wechseln.

– Wie zündet man am besten ein Auto an? Molotowcocktail?

– Am einfachsten ist es, Grillanzünder unter die Reifen zu legen. Dauert ein wenig, ist aber ungefährlich und effizient.

– Hast du das je gemacht?

– Nein, aber ich war eine Zeit in Paris, und da kannte ich Typen, die das taten.

Diesmal gingen wir gemeinsam zu diesem Baum und pissten so, dass sich unsere Harnstrahlen überkreuzten.

– Das habe ich als Kind mit dem Opa gemacht. Gute Freunde pissen über Kreuz, hat er gesagt.

– Du hast ihn Opel Kapitän genannt.

– Ich kenne diese alte Geschichte. Mama erzählt sie oft. Ich kann mich daran aber nicht erinnern. Wieso willst du Autos anzünden?

– Es muss endlich etwas passieren in eurer Welt des Totalgehorsams.

– Ich dachte, du bist für friedlichen Protest.

– Ich bin nicht ein zweites Mal auf die Welt gekommen, um mir die Zeit mit Scheinmoral zu vertreiben. Ich habe keine Zeit. Verstehst du?

– Also, was hast du vor?

– Ich weiß nicht. Ich trinke mit dir ein paar Bier und dann gehe ich ins Krankenhaus zurück. Und dann ziehe ich Lillemor die Hose runter und schau mir ihren nackten Arsch an.

– Ist das diese Frau Dr. Hanson?

– Exakt, mein Lieber. Kennst du sie?

– Mama hat sich ein paarmal mit ihr getroffen. Ich sollte etwas über dich schreiben: Erinnerungen an dich und solche Dinge.

– Um Gottes willen, sie vergibt auch Hausaufgaben.

– Ich glaube, sie weiß viel mehr über dich als ich.

– Schrecklich, ich soll lernen, wie der Erik zu werden, der ich einmal war. Vielleicht bin ich jetzt anders. Was dann?

– Dann glauben alle, du spielst ihnen nur etwas vor.

– Genau, ein richtiges Zombie-Theater.

– Wieso Zombie? Du lebst ja!

– Im Krankenhaus nennen sie mich *Zombie*. Vermutlich, weil ich fast drei Monate bewusstlos war und an der Maschine hing. Und jetzt, wo ich spreche und gehe, wie jeder hier spricht und geht, jetzt haben alle Angst vor mir.

– Ich habe keine Angst vor dir.

– Nein? Dann bitte tu mir einen Gefallen.

– Und zwar?

– Kannst du einmal die Woche mit mir auf die Straße

gehen? Du musst mich nur begleiten. Ich habe Angst alleine. So viele Autos, so viele Menschen! Ich vertrage das nicht. Führ mich einfach irgendwohin und erklär mir ein paar Dinge.

– Na klar, das können wir machen. Was eine Parkbank ist, weißt du ja jetzt schon.

– Ich habe schon einiges nachgelesen. Ist es wahr, dass es einen Dissidenten gibt, der nicht in den USA leben darf, weil er aufgedeckt hat, dass der Geheimdienst die Amerikaner überwacht?

– Edward Snowden. Ja, der lebt jetzt in Russland.

– Irgendwie hat sich alles umgedreht. Früher war Andrej Sacharow *der* Dissident. Sagt Sacharow euch jungen Menschen noch etwas?

– Nein. Aber wie gesagt, ich bin älter als du.

– Ich kann dir ein paar Bücher empfehlen.

– Übrigens, ich habe noch Bücher von dir. Die bringe ich das nächste Mal mit.

Ich war nicht sicher, ob ich die Bücher aus meinem vorigen Leben wirklich sehen wollte, und wechselte schnell das Thema.

– Lebt Dick Cheney noch?

– Wer ist das?

Albi brachte mich zum Krankenhaus zurück, auf dem Weg sangen wir Beatles-Songs. Wir wollten die ganze B-Seite von *Abbey Road* ab *Because* singen. Bei *Mean Mr. Mustard* unterbrach er plötzlich.

– Ich gebe dir jetzt mal dreitausend Euro.

– Das kann ich nicht annehmen. Es ist dein Geld.

– Mama hat es mir gegeben. Ich soll es dir geben, aber nicht sagen, dass es von ihr ist.

– Deine Mama schickt mir das? Obwohl ich in der Nacht immer Computerspiele gespielt habe?

– Vor vierzig Jahren.

– Was habe ich denn gespielt? *Donkey Kong*?

– Ja, *Donkey Kong* hast du auch mit mir noch gespielt. Und du hast immer gewonnen.

Als ich das später Pascal erzählte, meinte er nur, es sei ohnehin mein Geld. Er hatte recht. Albi verabschiedete sich.

– Ist es wahr, dass du bei meiner Geburt nicht dabei sein wolltest?

– Ja, das ist wahr. Aber nur, weil ich so etwas nicht aushalte. Was hätte es Kris genützt, wenn ich neben ihr gestanden und die ganze Zeit gekotzt hätte?

Dann ging Albi, und ich betrachtete das Geld, das er mir gegeben hatte. An einem einzigen Tag hatte ich 3.000 ECU verdient.

14.07.2022
Leonie versteht nicht, warum wir das Geschlecht des Kindes nicht vorher wissen wollen. Es beginnen die üblichen Namensdiskussionen. Kris hat auch einmal angerufen. Sie wirkte ratlos und verstört.

Lange sah ich mich selbst nicht als den, der ich einmal gewesen war. Je näher aber der erste Dezember, der Tag der Abreise, kam, desto stärker wurde ein Unwille in mir, den ich aus meinem ersten Leben nur allzu gut kannte: Ich wollte nicht weg. Es war mir nicht recht, das Krankenhaus verlassen zu müssen. Alles in mir sträubte sich dagegen, und ich überlegte, wie ich zu einer Krankheit kommen könnte, die mir den weiteren Verbleib im Spital sichern würde. Auch mein Vater war wohl 1944 nicht gerne von Wien nach Rust gegangen. Aber es war ihm nichts anderes übrig geblieben.

Der alte Mörth in Rust war froh über das Erscheinen meines Vaters. Nicht weil er seinen Haushalt führen sollte, denn der blinde Mann konnte in seiner einzigen Pfanne Eierspeise, Röstkartoffel oder Bratwürste zubereiten, ohne sehen zu müssen. Auch das hölzerne Plumpsklo vor dem Haus fand er ohne Umstände. Und die Körperpflege war bei ihm ohnehin auf das Waschen von Gesicht und Oberkörper mit Wasser aus einem weißen emaillierten Lavoir reduziert. Nein, der Alte brauchte dafür niemanden, aber er wollte täglich vorgelesen bekommen. Mein Vater fand zwar einige Romane im Bücherregal, die neben sieben oder acht Ausgaben von *Mein Kampf* standen. Der Alte aber wollte keine Literatur, sondern schickte den Vater hinaus, um Zeitungen zu kaufen und ihm daraus vorzulesen. Schon aus den Namen der Zeitungen, die der alte Mörth ihm nannte, erkannte mein Vater, dass der Blinde nicht mehr wirklich wusste, in welcher Zeit er lebte. Wenn mein Vater überhaupt eine aktuelle Zeitung in die Hände bekam, war es meist die *Kleine Wiener Kriegszeitung*, die aber im Jahr 1945 nur mehr aus zwei bis maximal vier Seiten bestand. Und da erwachte der Münchhausen in ihm. Er fand im Holzschuppen Stapel von Zeitungen, die aufgehoben worden waren, um sie zum Unterheizen des Sparherds zu verwenden. Viele davon waren mehrere Jahre alt, sogar aus der Zeit vor dem Krieg, und so konnte der Vater den alten Mörth mühelos über jene Zeit informieren, in der er in Gedanken ohnehin lebte.

Meine Laune war schlecht und ich beschloss, mich wieder einmal an der Umrechnung von Nachkommastellen zu versuchen. Ich musste also die Zahl vor dem Komma mit der Divisionsmethode, die Zahl nach dem Komma mit der Multiplikationsmethode in eine Ternärzahl umwandeln. Aus irgendeinem Grund wählte ich 7,17.

7 / 3 = 2　　　REST 1
2 / 3 = 0　　　REST 2

Die Dezimale 7 heißt im Ternärsystem 21. Die Probe war leicht; ich brauchte nur hochzuzählen: 0, 1, 2, 10, 11, 12, 20, 21. Bei der Multiplikationsmethode für die Nachkommastellen war ich mir aber nicht mehr sicher.

0,17 * 3 = 0,51 GANZE 0

0,51 * 3 = 1,53 GANZE 1

1,53 * 3 = 4,59 GANZE 4

Hier stimmte etwas nicht. Mehr als zwei Ganze durften nicht übrig bleiben. Ich weiß nicht, warum mich diese Kalkulationen derart müde machten. Ich hatte überhaupt keine Lust auf Rechnen. Ich fragte mich, was ich in meinem früheren Haus in Großibm eigentlich machen sollte. Ich war zu alt für einen Studenten, der zu Hause bei seiner Mama wohnt. Und ich hatte eigentlich nichts zu tun. Na ja, das stimmte nicht. Pascal hatte mir eingetrichtert, nach Beweisen für seine Onassis-Theorie zu suchen. Was aber, wenn ich dabei ebenfalls sofort müde wurde und aufgeben musste? Auch hatte Lillemor sich von mir entfernt.

Auf der falschen Seite der Vorortebahn

15.07.2022
Leonie sagt auch, dass ich ein Macho bin. Und ein Rassist. Ich weiß nicht warum, aber es macht mir nichts aus, dass Nikki und Leonie immer wieder solche Dinge sagen. Ich habe auch keine Angst vor dem Sterben. Ich habe nur Angst vor dem Meer und vor der langen Fahrt mit der Fähre.

Mit derselben Verachtung wie immer schaute mir die Oberärztin Dr. Kerkhoff beim Abschied in die Augen.

– Danke, Frau Doktor. Ich werde versuchen, in der kurzen Zeit, die mir bleibt …

– Ach, kommen Sie. Wir werden alle sterben. Fragt sich nur, wann und woran.

– Ich bin ja schon einmal gestorben.

– Na, sehen Sie!

Sie ging, wie sie gekommen war. Ihre Einstellung zu mir hatte sich nicht verändert. Ich war für sie der Zombie. Ein Niemand.

15.07.2022
Wir fahren weiter nach O. Am Abend kotzt Nikki im Hotel das ganze Abendessen aus. Dann sitzt sie lange auf dem Balkon und starrt vor sich hin.

Lillemor hatte zwei Geschenke für mich: einen kleinen Rucksack, in dem sich Schutzmasken und angeblich notwendige Dinge zum alltäglichen Gebrauch befanden. Das erinnerte mich an die Dritte-Welt-Pakete, die wir als Schüler packen und verschicken mussten. Ich hatte mich immer gefragt, ob die Verhungernden in Äthiopien wirklich so dringend Zahnbürsten, Zahnpasta und Nagelclipper brauchten. Lillemors zweites Geschenk aber war interessant. Es war eine Schallplatte: *Let It Be*.

– Vielen Dank! Wo haben Sie die denn her?

– Habe ich bei Medimops gekauft.

– Was auch immer das ist. Danke sehr!

Ich las sofort die Reihung der Songs, sowohl auf der Rückseite der Hülle als auch auf dem Etikett auf der B-Seite der Platte. Albi hatte recht gehabt. Der letzte Song war *Get Back*. Verdammt! Konnte er mich nach dieser Sache überhaupt noch ernst nehmen? Vielleicht wäre es ihm ja lieber gewesen, ich wäre nicht aus dem Koma erwacht? Sehr wahrscheinlich sogar. Ich konnte es ihm auch nicht verdenken. Würde er über meinen neuerlichen Tod erleichtert sein? Sicher. Alle würden erleichtert sein.

– Woran denken Sie?

Ich konnte diese Frage nicht mehr hören. Ich hatte es

noch nie leiden können, dieses: *Woran denkst du?* Woran dachte ich? An den Sommer, als Kris und ich unseren ersten Videorekorder kauften. Es war ein *Video 2000*-Gerät, das damals 20.000 Schilling kostete, was auch für uns viel Geld war. Als eines Nachts im Fernsehen der Beatles-Film *Let It Be* lief, nahmen wir ihn auf. In diesem Sommer sahen wir uns den Film jeden Abend an. Und immer davor und danach hatten wir Sex. Daran dachte ich.

– Ich denke an meinen Sohn, Frau Hanson. Meinen Sohn, der diese Platte besser kennt als ich.

– Sie sagen immer *mein Sohn*. Und nie *Albin*.

– Er macht das auch so.

– Kränkt es Sie, dass er Ihren Namen nicht ausspricht?

– Es überrascht mich.

Wir waren viel zu früh fertig. Nun saßen wir da und starrten vor uns hin. Ich blickte hinauf zu meiner Uhr. Am schönsten war sie gewesen, als sie immer nur zwei Uhr und zweiundzwanzig Minuten angezeigt hatte. Seit sie sich bewegte, war sie mir nicht mehr so sympathisch.

– Jetzt sitzen wir hier herum …

– Ich bin Warten gewöhnt.

Für Lillemor gab es kein Warten. Sofort griff sie zu ihrem Donkey, um ihn zu streicheln. Ich hatte es schon bei Albi bemerkt, dass die Menschen es nicht unhöflich fanden, sich mitten im Gespräch mit etwas anderem zu beschäftigen.

Und dann kam Winfried, um mich abzuholen.

15.07.2022
Jede Erwähnung von Winfried macht Nikki unfreundlich und unrund, als ob ich etwas dafür kann. Ich wechsle dann das Thema. Leonie ist auch genervt, aber von ihrer Mutter. Immer öfter gehe ich jetzt nur mit Leonie spazieren.

Ich stand neben der Autotür und wartete, dass Winfried sie aufsperren würde. Er grinste. Ich hasste dieses Grinsen.

– Steig ein! Es ist offen.

– Ach ja. Ich habe ganz vergessen, dass du das Auto niemals absperrst, weil du ja allen Menschen auf der Welt vertraust.

– Nein. Das geht so.

Winfried trug einen schwarzen Anzug, unter dem Sakko aber einen Rollkragenpullover. Ich hasse Menschen, die Rollkragenpullover tragen, aber diesen Menschen hasste ich noch mehr. Er hatte eine kleine Fernbedienung in der Hand und zeigte mir, wie er damit zu- und aufsperrte. Das Auto war so groß, dass ich nicht einstieg, sondern auf den Beifahrersitz klettern musste wie bei einem Lkw. Ich hielt den Rucksack, den Lillemor mir geschenkt hatte, in meiner Hand. Hätte ich doch noch das schwedische Buttermesser, dann würde es jetzt nur noch einen Gott oder Dämon brauchen, um es in Winfrieds Herz zu bohren.

– Ich freue mich, dass du zu uns kommst. Kris macht gerade Pizza.

Ich kam mir vor wie ein Zwölfjähriger, der von seinem Vater vom Fußballtraining abgeholt wird. Winfried fuhr los.

Ich hatte den höllischen Autoverkehr bereits bemerkt, als ich mit Albi das Krankenhaus verlassen hatte.

– Hast du schon ein Handy? Da könntest du mir deine Nummer geben.

Das war der Humor von Winfried. Aber plötzlich war mir alles klar:

I never give you my number,
I only give you my situation,
And in the middle of investigation
I break down.

Nicht auf *Let It Be*, sondern auf *Abbey Road* ist alles schon vorhergesagt. Auf der zweiten Seite von *Abbey Road*, genauer gesagt. Es ist die wirkliche Platte des Abschieds. Und der wirkliche Abschiedssong ist nicht *The Long And Winding Road*, sondern *You Never Give Me Your Money*. Und um ehrlich zu sein, liebe Leute, muss ich sagen, dass ich das in meinem ersten Leben nicht verstanden hatte und auch niemals verstanden hätte.

– Warum holst du mich eigentlich mit einem Lkw ab? Wir sind doch nur zu zweit?

– Wie geht's dir?

– Ich komme zurecht.

– Ich habe ein paar Zeitungen gekauft, damit du dich einlesen kannst. Was so los ist bei uns …

– Das ist lieb von dir. Aber sag, warum fährst du so einen Riesenkübel? Willst du die Luft am Land verbessern?

– Was sagst du?

– Dein Auto. Warum ist es so riesig? Fährt es mit Raps?

– Das ist ein sehr sicheres Auto, weißt du.

– Ich habe mit Albi einen Ausflug gemacht und mir eure heutige Welt angeschaut. Da habe ich diese fetten Autos gesehen. Und immer, wenn ich eines gesehen habe, hatte ich Lust, eines davon anzuzünden und zuzuschauen, wie es ausbrennt. Ich habe mir überlegt, einen Roboter zu bauen, der die Straße entlangfährt und mit einem dünnen Rohr ein Loch in jeden Reifen sticht, den er findet. Seine Energie speist der Roboter allein aus der Druckluft, die aus diesen Reifen kommt. Je mehr Reifen er also plattmacht, desto mehr Energie hat er zum Weitermachen. Könntest du so etwas bauen?

– Du wirst Zeit brauchen, aber du wirst sehen: Du lebst dich wieder ein.

– Winfried, ich habe keine Zeit.

Schnell bemerkte ich, dass er seine Schwerhörigkeit benutzte, um dieses oder jenes nicht gehört zu haben und mit seinem eigenen Text fortzufahren. So vermied er das Argumentieren, wann immer er wollte. Ich hasste dieses Gerede vom Einleben. Und besonders hasste ich das Wort *Wiedereinleben*. Winfried hatte es schon immer mit diesen doppelten Ausdrücken gehabt: das *Aufoktroyieren*. Ja, jetzt fiel es mir wieder ein. Am Computer hatte er auch immer vom *Umrenamen* und vom *Herausdeleten* gesprochen.

– Ist es wahr, dass die Grünen in der Regierung sind?

– Ja, das stimmt.

– Wählst du sie immer noch?

– Was sonst! Weißt du schon, dass wir einen grünen Bundespräsidenten haben?

– Und ihre Wähler fahren mit Penisersatzautos?

– Du musst dich einfach einleben. Mein Gott, Erik! Was ist das für eine wunderbare Wiederauferstehung.

Da war sie schon wieder, diese dumme Ausdrucksweise. Außerdem wollte ich mich nicht einleben. Ich war nicht zurückgekommen, um erzogen zu werden, schon gar nicht von diesem selbstgefälligen Arschloch, das angeberisch an den tausend Knöpfen auf seinem Lenkrad herumdrückte.

– Kannst du dich erinnern, wie wir darüber gestritten haben, ob die Forderung der Grünen nach einer Verkurvung der Landstraßen richtig oder falsch ist?

– Ob was wichtig war?

– Die Verkurvung der Straßen.

– Wofür war ich?

– Du warst dafür.

– Willst du Musik hören?

– Und die Autos fahren jetzt womit?

Winfried lachte. Das Lachen hatte etwas Panisches. Ich hatte mir vorgenommen, ihn in Ruhe zu lassen und zu versuchen, sein Freund zu werden, aber er war in jeder seiner Bewegungen und in jedem seiner Worte abstoßend. Außerdem hatte er viel zu viel von einem scheußlichen Eau de Toilette aufgetragen. Und seine Stimme war viel höher und brüchig, fast heiser geworden.

– Wie geht's Gratia?

– Gut, glaube ich. Sie lebt in Australien. Unsere Trennung

war sehr freundschaftlich, aber jetzt haben wir kaum Kontakt.

– Hat sie einen Mann? Oder zwei?

– Ich glaube schon. Sie hatte nach der Scheidung eine seltsame religiöse Phase.

– Hat sie dir die Zehn Gebote vorgelesen? Du sollst nicht begehren deines Nächsten Haus. Oder: Du sollst nicht begehren deines Nächsten Weib. Sind das nicht die Gebote Nummer neun und zehn?

Ja, liebe Einmalgeborene, ich weiß schon. Das hätte ich nicht sagen sollen. Aber es lag mir eben auf der Zunge. Ich bin der Letzte, der Christen verteidigt. Oder vielleicht der Vorletzte. Aber ich musste Winfried doch klarmachen, dass er es hier nicht mit einem vollkommenen Idioten, einem geriatrischen Wiederaufgetauten zu tun hatte, sondern dass ich über alles Bescheid wusste. Er hüstelte und suchte mit der rechten Hand irgendetwas. Dann fand er eine Schachtel mit Lutschbonbons und steckte eines in den Mund. Er vergaß, mir auch eines anzubieten.

– Nikki kommt am Wochenende, um dich zu sehen. Und sie kommt natürlich zu Weihnachten. Ich hoffe, dass sie Leonie mitbringt, ihre Tochter. Bis heute hat Nikki nicht vergessen, dass du ihr in zehn Minuten das Fahrradfahren beigebracht hast.

– Wirklich? War das so?

– Es war erstaunlich.

– Warum war das erstaunlich?

– Weil du Kinder eigentlich nicht mochtest. Aber es hat

geklappt, weil du Nikki wie eine Erwachsene behandelt hast und nicht wie ein Kind. Du hast zu ihr gesagt: *Pass auf, Nikki, die anderen sagen zu dir, dass sie das Rad festhalten und du nicht umfallen kannst. Ich sage dir, dass ich das Rad nicht halte. Wenn du umfällst, fällst du um.* Und dann ist sie aufgestiegen und konnte plötzlich Rad fahren.

Ich erinnerte mich nicht an eine solche Begebenheit. Wahrscheinlich war diese Anekdote erst entstanden, als ich längst verstorben war und man mir eine goldene Aura verpassen wollte. Winfried drückte wieder auf dem Lenkrad herum. Es gelang ihm nun nicht mehr, mit Small Talk weiterzumachen. Ich dachte an die Verkurvung der Straßen und sang *The Long And Winding Road*. Kris hatte das Lied nie gemocht, es war ihr zu kitschig. Ich aber fand die Version aus dem Film *Let It Be* immer schön.

– Weißt du, ich habe nicht viel Zeit. Niemand soll sich an mich gewöhnen. Ich bin bald wieder weg.

– Jetzt fahren wir gerade in dein früheres Zuhause, und du denkst schon wieder ans Weggehen?

– Du musst mir erzählen, wie das war mit unseren drei Prototypen, die du verkauft hast.

– Aber sicher. Tassilo hat das alles abgewickelt.

– Tassilo Moser, der aus dem Fenster pinkelnde Rechtsanwalt?

– Er hat in der Nähe ein Haus gekauft und renoviert.

– Früher wollten alle Bauern vom Land in die Großstadt. Kommen jetzt alle Proleten aus der Stadt aufs Land und kaufen hier Häuser?

– Viele Häuser stehen zum Verkauf. Wenn die Alten … ach, du weißt schon von Gustaf …

– Dass mein Vater nicht mehr lebt? Ja, sicher.

– Kris pflegt das Grab. Sie nimmt das wirklich sehr ernst. Ich glaube, du solltest mit ihr zum Friedhof gehen.

– Du weißt, ich hasse Kirchen, ich hasse Friedhöfe und ich hasse Eltern. Und ich will euch nicht lange auf den Sack gehen. Ihr sollt eure Ruhe haben.

– Hör auf! Du gehörst zur Familie.

– Nein, Winfried. Ich gehöre nirgendshin. Eine Ärztin im Krankenhaus hat über mich gesagt: Das ist eine Existenz, die es eigentlich nicht geben sollte. Und sie hat recht. Ich weiß nicht einmal, ob ich je in mein früheres Leben gehört habe.

– Aber was sagst du denn da?

– Ich werde die Arbeit am Ipoly nicht wieder aufnehmen können. Ich habe versucht, einfache Rechenoperationen zu verstehen. Ich kann es nicht mehr. Ich bin zu langsam. Ich bin eine Schildkröte.

– Aber wer sagt denn, dass du das können musst?

– Und ich vertrage keine Lügen mehr. Ich werde nicht lügen.

– Musst du ja auch nicht.

– Und darum sage ich dir: Dein Auto ist scheiße. Und du hättest es vor dreißig Jahren auch scheiße gefunden.

Der Tag hatte gut begonnen und war schlechter und schlechter geworden. Ich dachte, ich sollte jetzt besser neben Albi sitzen. Ich sollte versuchen, die wenige Zeit, die ich hatte, mit meinem Sohn zu verbringen und ihm ein wenig Liebe zu geben. Stattdessen saß Winfried neben mir und ich hasste ihn. Ich hasste ihn und wollte ihn weghaben.

– Kommt Albi auch?

– Natürlich. Wir werden ihn gleich anrufen. Du brauchst unbedingt ein Handy.

– Ach, tu mir das nicht an. Dann schaue ich die ganze Zeit auf dieses Ding und kriege überhaupt nichts mehr von der Welt mit.

– Aber du kannst mit Albin telefonieren.

Lead me to your door hallte es in meinem Ohr. Ich war müde, aber ich durfte nicht einschlafen, denn ich hatte Angst vor Winfried. Aber verzeiht mir, dass ich das langweilige Arschgesicht kurz beiseiteschiebe. Mein Gehirn lieferte gerade in diesem Augenblick eine Meisterleistung. Ich wusste plötzlich, welchen Fehler ich bei der Berechnung der Nachkommastellen gemacht hatte. Ich hatte vergessen, die ganzen Zahlen vor der neuerlichen Multiplikation vom Produktwert abzuziehen.

0,17 * 3 = 0,51 – 0 = 0,51
0,51 * 3 = 1,53 – 1 = 0,53
0,53 * 3 = 1,59 – 1 = 0,59
0,59 * 3 = 1,77 – 1 = 0,77
0,77 * 3 = 2,31 – 2 = 0,31
0,31 * 3 = 0,93 – 0 = 0,93
0,93 * 3 = 2,79 – 2 = 0,79

Ich sah schon deutlich, dass ich beim Rückrechnen ins Dezimalsystem nicht exakt auf 7,17 kommen würde. Das sind die Rundungsfehler, die sich ergeben, wenn man mit Gleitkommazahlen arbeiten muss.

– Haben wir das eigentlich probiert, Winfried? Ich meine, wenn wir bei Gleitkommazahlen mit Rundungsfehlern leben müssen, warum lassen wir den Prozessor nicht alle Zahlen runden und werden so viel schneller?

– Wir sind gleich da.

Ich erkannte die Ortseinfahrt von Großibm nicht mehr. Die Häuserzeilen schienen sich weit aus dem früheren Ortsgebiet hinausgeschoben zu haben. Wir fuhren die Hauptstraße entlang und bogen am Ende nach rechts. Dort war der Bahnübergang. Als ich mit den Eltern im Jahr 1958 hierhergezogen war, gab es über dem Bahnübergang nur ein einziges Haus, nämlich unseres. Es gab auch noch keinen Straßennamen, was mir einen unangenehmen Einstand in der Volksschule von Großibm bescherte. Die Lehrerin bat alle neuen Schüler, ihren Namen zu sagen und wo sie wohnten. Als ich an die Reihe kam, sagte ich: Ich heiße Erik Montelius und wohne in Österreich. Die Lehrerin lachte.

– Aber in welcher Straße wohnst du?

Ich blieb still und blickte mich hilflos um, bis die Tochter des Bürgermeisters, die mit mir in die Klasse ging und sehr vorlaut war, das Wort ergriff.

– Er wohnt auf der falschen Seite der Vorortebahn. Hinter den Bahnschranken.

Nun lachten alle. Wahrscheinlich darüber, dass meine

Straße keinen Namen hatte oder dass eine Straße mit nur einem Haus gar keine Straße war. Ich habe nie verstanden, worüber sie eigentlich lachten, aber ich fand dieses Lachen beleidigend. Später bekam die falsche Seite der Vorortebahn doch einen Namen: Gartengasse. Bald wurden drei weitere Häuser dort gebaut, und als ich in die dritte Klasse der Volksschule kam, wurde unsere Gasse asphaltiert.

– Fährt die Bahn noch?

– Schon lange nicht mehr. Aber man kann die Strecke mit einer Draisine abfahren.

Und plötzlich standen wir vor meinem Haus.

15.07.2022
Hoffentlich werde ich auf der verdammten Fähre nicht seekrank.

Je gleichmäßiger der Rasen vor einem Haus gemäht ist, je gepflegter die Rosen, Pelargonien und Thujenhecken sind, je blanker die Fensterscheiben blitzen, je aufgeputzter die Balkone sind und je länger die Autos vor diesen Häusern am Samstag gewaschen, schamponiert und poliert werden, desto grausamer sind die Geheimnisse, die sich in diesen Häusern verbergen. So ist es auf dem Land. Vor jeder Kellertür stockt der Atem, denn dahinter liegen Leichen, wenn es nicht Lebende sind: eingesperrte Kinder, angekettete Frauen. Unvorstellbar sind die Verbrechen, die sich tagtäglich in diesen Häusern abspielen, ohne jemals verfolgt, bestraft oder gerächt zu werden. Vier Fünftel aller Verbrechen in unserem Land werden innerhalb der Familie begangen. Die Familie – so wollen es die Verbrecher, die man *die normalen Menschen* nennt – geht niemand etwas an.

Das Esszimmer der Haberlers war so einfallslos wie sie selbst. Es bestand aus schwedischen Möbeln, die Winfried mit Inbusschlüsseln zusammengeschraubt hatte. Auf selbst zusammengeschraubten Stühlen saßen Kris und Winfried am selbst zusammengeschraubten Wohnzimmertisch, das Essen auf Tellern vor ihnen. Da stand ein dritter Teller. Der war für mich. Ich trat an den Tisch, aber es fehlte ein dritter Stuhl. Ich drehte mich nach rechts und links und sang:

– So I looked around and I noticed there wasn't a chair.

Kris gab Winfried ein Zeichen. Nun musste er aufstehen und einen weiteren selbst zusammengeschraubten Stuhl bringen. Kris drehte sich zu mir:

– Erik, es ist schön, dass du wieder da bist.

Ich musste lachen.

– Ja, ich bin wiederauferstanden. Man hatte mich aus dem Dasein herausdeletet. Aber ich muss meinen Weglöschern eine negative Absage machen: Ich bin wieder hinzugeaddet zu den Lebenden der Erdenwelt.

Kris sah mir in die Augen. Sie lachte nicht.

– Die Kalauer sind nicht besser geworden in den letzten dreißig Jahren.

Winfried hatte nichts verstanden. Ich setzte mich. Wir begannen Suppe zu essen. Ich betrachtete die gerahmten Fotos an der Wand.

– Ist das Albi?

– Links, das ist Albi, als er achtzehn war. In der Mitte, das ist Nikki. Das Foto ist nur ein halbes Jahr alt. Nikki mag es nicht, wenn wir Kinderfotos von ihr aufhängen.

– Sie sieht ganz wie Gratia aus. Diese feinen Gesichtszüge.

– Und rechts, das ist Leonie, Nikkis Tochter.

Schnell hatte Kris von meiner Bemerkung über Engratia abgelenkt. Sie war einmal sehr eifersüchtig auf Gratia gewesen. Obwohl ich zu achtzig Prozent sicher bin, dass auf dem Open-Air-Konzert damals nichts passiert ist, oder sagen wir zu sechzig Prozent, hat Kris mir diesen Ausritt, wie sie es immer nannte, niemals verziehen. Nein, eifersüchtig ist sie nicht, hat sie damals immer gesagt. Sie fand aber, Engratia und ich hätten mit der gemeinsamen Nacht im Zelt unsere Partner hintergangen.

– Wann habt ihr beiden geheiratet?

– Im Mai 1992.

Meine lieben Bobos, Bonobos und Bewacher der Außengrenzen, ich hatte zwar in meiner zweiten Inkarnation verlernt, wie ein Computerprozessor zu rechnen. Das heißt aber nicht, dass ich nicht wusste, was es bedeutete, dass ich im Februar 1991 gestorben war und Kris fünfzehn Monate später Winfried geheiratet hatte.

Winfried begann einen langen Vortrag über die Entwicklung der Weltpolitik von 1991 bis heute. Ich gähnte während dieses Monologs nur selten und habe bestimmt nur zweimal gerülpst.

Kris verschwand wieder in der Küche. Einmal kam sie und bat Winfried, ihr bei der Suche nach der Salatschleuder zu helfen. Ich hatte keine Ahnung, was das sein sollte. Als Zombie kannte ich nur eine Wäscheschleuder. Ein wenig später kam Kris mit einem Servierwagen. Es tat weh, sie so zu sehen. Früher hätte sie sich darüber lustig gemacht, wenn eine Frau mit Schürze in der Küche stand und kochte. Musste man denn wirklich sterben und wiederauferstehen, um zu sehen, wie lächerlich das alles war? Dann bat sie Winfried, die Rioja-Gläser zu holen.

Ende der Siebzigerjahre wollte Kris plötzlich ein Kind, ein Haus, einen Garten, einen Rasenmäher. Und es kamen Albi, ein Haus mit Garten und ein Rasenmäher. Ich war dumm genug, mitzumachen und jahrelang einen Kredit abzuzahlen, nur weil Kris es so wollte. Wahrscheinlich wäre ich nicht gestorben, wenn wir in Wien geblieben wären, dachte ich in diesem Moment.

Doch wir zogen nach Großibm und aus der weltgewandten Kris, aus dem Mannequin, das auf den Laufstegen Europas zu Hause gewesen war, wurde ein niederösterreichischer Gartenzwerg. *The Long And Winding Road* führte in die Provinz, führte jedes Jahr einen Stock tiefer, und nun war sie im Keller der westlichen Welt angelangt: bei Winfried Haberler, einem Servierwagen und Rioja-Gläsern.

Ich hatte Kris überschätzt. Aber Winfried hatte ich unterschätzt. Ich hatte ihn immer für bieder und harmlos gehalten. Bieder stimmte. Aber harmlos stimmte nicht. Er war bereit, über Leichen zu gehen.

– Also Erik, die Kinder kommen morgen. Ist das für dich in Ordnung?

– Kinder, was heißt Kinder? Das sind ja längst keine Kinder mehr! Nikki hat selbst schon ein Kind.

– Also, dass Nikki kommt, kann ich nicht versprechen. Sie hat gesagt, sie kommt. Aber sie ist nicht sehr zuverlässig.

– Mein Gott, Winfried, man kann nicht immer alles so planen, wenn man ein Kind hat. Das müsstest du doch wissen.

– Ich habe nicht das Gefühl, dass ihre Unzuverlässigkeit an Leonie liegt.

– Gut, gut! Aber das diskutieren wir jetzt nicht.

So debattierte das Ehepaar Haberler aufgeregt, während

ich schon drei Stück Pizza verdrückt hatte und mir das vierte nahm. Der Rotwein schmeckte ausgezeichnet, aber ich trank so schnell, dass die Flasche bald leer war.

– Vielleicht ist das eine blöde Frage von mir … wie war es für dich … als du wieder aufgewacht bist?

Ich verzog keine Miene, aß und trank weiter, aber vor allem beantwortete ich Winfrieds Frage mit großer Ernsthaftigkeit. Ich gab ihm die Schildkrötengeschichte. Teenage Mutant Ninja Turtles, dachte ich und versuchte sie aufzuzählen: Leonardo, Michelangelo, Raphael und … Aber wie hieß die vierte? Winfried öffnete eine zweite Flasche Rotwein. Nun sah ich, dass Kris sich gerne bediente, und schnell wurde auch sie gelöster.

– Komm, Erik, gib's doch zu! Das mit der Schildkröte hast du dir ausgedacht!

Ich leugnete und erzählte von der Schildkröte Kurma und wie sie den Weltenberg tragen musste.

– Du erzählst immer noch denselben Unsinn wie früher. Nur hast du damals gesagt, in den indischen Schriften geht es nur ums Ficken.

– Das habe ich nur gesagt, um Erleuchtung vorzutäuschen. Doch in diesem Leben bin ich weiter. Ich *bin* die Schildkröte Kurma. Und ich weiß wie die Schildkröte Kurma mehr über die Welt, da ich ein zweites Mal lebe.

Winfried ließ das Besteck fallen. (Er war der Einzige, der die Pizza mit Besteck aß.) Vermutlich protestierte er, weil Kris *Ficken* gesagt hatte. Er stand auf und ging wortlos.

– Endlich!

– Was heißt endlich?

– Der Grasaffe ist weg.

Kris begann zu lachen. Ich habe sie danach nie wieder so befreit lachen sehen. Sie wurde durch dieses Lachen wieder jung, wenn auch nur für wenige Sekunden. Mir schmeichelte dieses Lachen. Was heißt *schmeichelte*? Es machte mich rasend und forderte mich dazu auf, um Kris zu kämpfen.

Ich will nicht verschweigen, dass das Programm mit Diktierfunktion, das Soraya mir gegeben hat, nur die deutsche Sprache versteht, und es ist sehr lustig, was es schreibt, wenn ich Beatles-Texte diktiere. Zum Beispiel: *I'm looking through you, you are not the same.*

Ein Locken früher
ihr nackt zu sehen

Der beleidigte Beethoven kam zum Tisch zurück und setzte sich wieder. Gespannt wartete ich, was er noch mit mir reden wollte. Zum Glück läutete sein Donkey Kong.

– Hey, Tassilo, rate mal, wer gerade hier bei uns ist?

Ach, es war der Fensterpinkler. So ein Zufall, dass der Doppeldoktor gerade am Tag meiner Ankunft in Großibm anrief.

– Was? Sag das noch mal! Das ist nicht wahr?

Dabei blickte Winfried Kris in die Augen. Er erwartete ihre Aufmerksamkeit. Aber Kris lächelte immer noch still in sich hinein, wie früher, wenn wir etwas geraucht hatten.

– Der Carrera? … Okay, sehr gut! Zum Glück! … Und was machst du jetzt?

Wieder starrte Winfried Kris an und gab ihr mit der rechten Hand ein Zeichen, so als würde er sie bitten, still zu sein. Sie redete aber gar nicht.

– Wahnsinn. Was machst du jetzt? Brauchst du etwas? Soll ich rüberkommen?

Kris machte einen Fehler. Sie schaute zu mir herüber. Als sie bemerkte, dass Winfried ihr dabei zusah, hob sie fragend die Schultern, wie um mir zu sagen, dass sie nicht wusste, was geschehen war. Winfried war inzwischen von seinem Stuhl aufgesprungen.

– Okay, also wenn du mich brauchst, ruf sofort an. Gut. Gut. Bis dann!

Dann legte er auf und steckte den Donkey weg. Dramatisch ging er im Esszimmer auf und ab, das aber so klein war, dass er immer nach zweieinhalb Schritten umkehren musste.

– Was ist denn los?

– Jemand hat Tassilos Auto in Brand gesteckt. Vor seinem Haus. Am helllichten Tag.

– Was?

– Also, eines seiner Autos.

– Wie viele Autos hat er denn, der Herr Anwalt?

– Vier.

– Dann sind ja noch drei übrig.

– Ja, aber Vandalismus, hier bei uns? Am helllichten Tag?

Mein Vater wusste, als er sich in Rust versteckte, dass die Russen bereits die Grenze überquert hatten. Er hörte es, wenn er beim Einkaufen Gespräche im Dorf belauschte, und sah auch immer wieder Menschen an der Dorfeinfahrt, die Panzersperren bauten. Doch er las dem alten blinden Mann Geschichten aus den Dreißigern vor. Den Alten störte es nicht, dass vom Schilling die Rede war, statt von der Reichsmark, dass Politiker vorkamen, die längst tot oder emigriert waren, dass die Welt in den vorgelesenen Nachrichten eine Welt war, die es nicht mehr gab. In einer Zeitung aus dem Jahr 1934 stieß der Vater auf seine Lieblingsgeschichte. Er las sie immer wieder nachts im Bett, bis er bemerkte, dass er sie auch dem alten Mörth mehrmals vorlesen konnte, ohne dass dieser protestierte.

Der Artikel handelte von einem gewissen Johann Hawlitschek aus Ottakring, der seine abenteuerliche Reise von Wien nach Brasilien, in die USA und schließlich nach Ägypten erzählte. Hawlitschek hatte sich in der neuen Welt mit einer Lügengeschichte durchgeschlagen. Er hatte den Farmern in den USA erzählt, dass er ein Altertumsforscher wäre und auf ihrem Grundstück einen alten Schatz vermuten würde. Meist glaubten die Farmer ihm und begannen sofort mit Grabungen. Hawlitschek nutzte ihr Vertrauen aus und ließ sich von ihnen zu Tisch bitten, denn ihm ging es nur darum, essen und trinken zu können.

Während Kris und Winfried nun kopfschüttelnd Betroffenheitsgespräche führten, und Winfried wieder und immer wieder *am helllichten Tag* sagte, wofür ich ihm jedes Mal am liebsten eine Ohrfeige versetzt hätte, wurde ich nachdenklich. Wenn das jetzt wirklich geschehen war, wenn jemand wirklich das Auto von Tassilo Moser in Brand gesteckt hatte, dann war es dasselbe wie mit den Antworten, die ich schon im Vorhinein kannte. Nur diesmal eben nicht mit einer Antwort, sondern mit einer Tat. War ich ein Gott? Und wenn nicht: Wer konnte es gewesen sein, der die Gedanken der Schildkröte Kurma gelesen und ausgeführt hatte. Lillemor? Pascal? Oder war es ein Dämon, den ich durch Gedankenkraft zum Erscheinen gebracht hatte? Winfried saß wieder und schüttelte den Kopf.

– Was sind das nur für Zeiten!

Jetzt musste ich ihn leider zitieren:

– Ja, es hat sich viel verändert.

– Dir scheint es ja richtige Freude zu machen, dass hier ein Verbrechen begangen wurde.

Er hatte vergessen, *am helllichten Tag* hinzuzufügen. Kris wies Winfried zurecht.

– Winfried, lass Erik aus dem Spiel.

– Auf der Fahrt hierher hat er zu mir gesagt, dass er gerne ein Auto anzünden würde.

– Würdest du das nicht auch gerne tun?

– Und du hör jetzt auch auf!

Kris hatte soeben ihren Ex-Ehemann das erste Mal in seinem zweiten Leben angeherrscht. Winfried stand auf. Er sammelte die Teller von uns dreien ein, der brave Hausmann. Dann blieb er stehen und wandte sich zu mir.

– Entschuldige, Erik!

– Ist schon gut.

– Wir müssen dir morgen ein Handy besorgen.

– Ich glaube, zuerst sollten wir Erik Sachen zum Anziehen

besorgen. Erik, ist dieser kleine Rucksack wirklich alles, was du hast?

Winfried ging und kam nicht wieder. Kris stand auf und nahm mich bei der Hand. Sie führte mich in das Zimmer hinter der Küche. Früher war es ein Lagerraum gewesen. Es musste aber zu einem Kinderzimmer umgebaut worden sein, denn es lagen riesige Teddybären herum. Das Bett war allerdings ein Bett für Erwachsene. Es war frisch bezogen, und auf dem Kopfkissen lagen schön zusammengefaltet ein Badetuch und ein Handtuch.

– Als Leonie klein war, war sie oft für ein Wochenende bei uns. Das Zimmer ist noch so eingerichtet wie damals. Weißt du, die Zeit, in der Kinder heranwachsen, verfliegt. Ich habe das Gefühl, alles versäumt zu haben.

Ich setzte mich auf das Bett.

Kris ging. Ich sah mich im Zimmer um. Nein, es stimmt nicht. Ich habe mich gar nicht im Zimmer umgesehen. Ich wusste, dass ich an diesem Ort nicht bleiben würde. Siehst du, liebe Soraya, manche Dinge werden nur so hingeschrieben. Weil die Sprache sie uns nahelegt. Ich hatte das Bild vor mir, wie Tassilo Mosers Sportwagen in Flammen aufging. Und in meiner Vorstellung waren die Flammen hoch, so hoch und so gewaltig, dass der Harnstrahl von Tassilo Moser nichts gegen das Feuer ausrichten konnte. Drei Autos hatte er noch. Bitte, drei weitere Brände! Das ist es, was ich damals dachte. Kris kam mit einem Stoß Wäsche wieder.

– Winfried hat die niemals angezogen. Sie sind neu.

Sie legte mir ein paar Unterhosen aufs Bett.

– Die T-Shirts sind auch neu. Die Hosen sind von meinem Vater, wenn du verzeihst. Er war so schmächtig wie du jetzt. Ich habe ein paar Sachen von ihm aufgehoben. Da: ein Hemd. Und ich kaufe morgen ein paar Sachen für dich. Ach, und hier ist ein Trainingsanzug. Der wurde auch noch nie getragen, den kannst du zu Hause anziehen. Und jetzt gib mir deine Kleider, ich wasche sie.

Kris meinte es ernst. Zuerst dachte ich, sie würde hinausgehen und wiederkommen, aber sie wartete, bis ich mich vor ihr auszog. Ich stand nackt da.

– Du siehst schrecklich aus. So ausgezehrt. Du musst zum Arzt.

– Ich komme gerade aus dem Krankenhaus.

Kris nahm die Schmutzwäsche und schloss die Tür hinter sich. Ich schlüpfte in den Trainingsanzug. Er trug den Schriftzug UNITED SPORTS. Im Auto hatte Winfried mir erklärt, sein Wagen sei ein SUV und das bedeute SPORTS UTILITY VEHICLE. Ich war also in einem sehr sportlichen Haushalt gelandet. Ich lag im Bett und dachte zuerst an Lillemor und dann an Kris. An die junge Kris. Ich dachte an dieses kurze befreite Lachen. Ich war sicher, dass es die alte Kris noch gab. Und mit *die alte Kris* meine ich die Kris von früher, also eigentlich *die junge Kris*. Während die alte Kris, also die gealterte Kris, das lange silberne Haar offen trug, hatte die junge Kris ihre rotbraunen Haare zu Zöpfen geflochten. Wenn sie nackt dasaß, lagen diese Zöpfe auf ihren Brüsten, und ich konnte meinen Blick nicht davon abwenden. Sie machten mich wahnsinnig, diese Zöpfe und diese Brüste.

Ich weiß, Soraya Unterasinger, du willst diese Texte nicht in diesem Buch haben. Aber du musst doch wenigstens zugeben, dass die Beatles das alles schon vorausgeahnt haben.

Ist Henry Renault wärmen
Sittingen Renault wär Lend
meckern an Renault verblends
Frauenoberteil

16.07.2022
Wir kommen auf Kreta an. Auch hier werden wir bei der Einreise nicht kontrolliert. Nikki hat ein Auto gemietet. Sie fährt. Die Kreter haben die seltsame Angewohnheit, den Pannenstreifen auf der Autobahn zu befahren und zu einer eigenen Spur zu machen. Wir fahren zwei Stunden, dann sind wir in P. Nikki kennt den Ort gut, und Leonie war auch schon einige Male hier. Hier wollen sie bis Ende August bleiben. Ich bin mit dem Schreiben fast im Plan.

Vielleicht würde der Schlaf im dritten Leben wiederkommen, im zweiten Leben fehlte er. Mein erstes Problem war, dass ich pissen musste. Ich nahm eine dieser Unterhosen, die Kris mir gegeben hatte. Ich schwöre, dass es eine violette Unterhose mit silbernen Halbmonden war. Ich zog die Unterhose an und wollte das Zimmer verlassen. Als ich die Tür nur einen Spalt öffnete, bemerkte ich, dass Kris und Winfried in der Küche waren. Ich musste aber die Küche durchqueren, um zum WC zu gelangen.

– Aber warum? Warum passiert das gerade heute?

– Was ist das für eine Frage?

– Gerade an dem Tag, an dem er hierherkommt …

Kris und Winfried waren mitten im Gespräch. Ich hielt den Atem an.

– Das ist eben Zufall. Du hast ihn doch selbst abgeholt.

– Ich weiß. Es tut mir leid. Aber so etwas ist hier noch nie passiert.

– Ehrlich gesagt, wenn der Angeber Tassilo ein Auto weniger hat, ist mir das scheißegal. Das zahlt doch ohnehin seine Versicherung.

– Wir müssen trotzdem aufpassen. Vielleicht hat er sich ja radikalisiert.

– Was redest du denn da? Er war dreißig Jahre tot. Er ist ein armes Schwein, er keucht beim Gehen und hat Mühe, sich wachzuhalten. Er hat nichts. Ich habe ihm Sachen zum Anziehen gebracht. Er sieht aus, als käme er aus dem Gefangenenlager. Und du machst ihn jetzt für die Tat irgendeines besoffenen Jugendlichen verantwortlich?

– Es tut mir leid, dass ich das sagen muss: Er ist nicht in Ordnung.

– Hör auf jetzt!

– Kris! Das da drüben im Zimmer, das ist nicht Erik!

– Ach so? Wer ist das sonst?

– Ein Mensch, den wir nicht kennen. Den wir gar nicht kennen können.

So ging es noch lange weiter, aber meine Blase drückte. Zum WC konnte ich nicht, sonst hätte ich an den Haberlers vorbeigehen müssen. Ich schloss die Tür leise wieder. Ich durchsuchte einen Schrank und ein Regal, das sich im Zimmer befand, und stieß auf ein 0,5-Liter-Bierglas mit dem Aufdruck *Kronenbourg 1664*. Was soll ich euch sagen? Das Glas reichte gerade aus.

Dann klopfte es. Ich beeilte mich, das Bierglas ins Regal zu stellen, wo man es nicht sehen konnte. Jetzt nur kein Winfried, der eine Aussprache mit mir haben will, dachte ich. Aber es war Kris. Sie hatte einen Zettel in der Hand und hielt ihn mir hin.

– Das war in deiner Hose. Was bedeutet das?

DER CHIRURG, DER ANWALT, DER KOMPAGNON
I SAT ON THE RUG, BIDING MY TIME
DRINKING HER WINE

– Das ist schon das zweite Mal *Norwegian Wood* heute. Du weißt, wie es ausgeht, Erik?

– Was meinst du damit?

– *So, I lit a fire …*

– Was willst du damit sagen, Kris?

– Nichts. Ach ja, eine Frau vom Fernsehen hat angerufen. Sie würde gerne am Montag kommen und mit dir sprechen.

Fernsehen? War das schon die Arbeit von Pascal?

– Okay. Ist mir egal. Ich habe ja Zeit. Habt ihr einen Plattenspieler?

– Nein, wir haben schon lange keinen mehr. Aber du kannst *Let It Be* auf meinem iPad hören.

– Ich wollte nur überprüfen, ob auf der Platte das Richtige drauf ist. Ist nicht so wichtig. Kann ich ein Bier haben?

– Erik, du solltest nicht mehr trinken heute. Das war genug.

– Genug Wein. Aber ich will ein Bier.

– Und wenn ich dir kein Bier gebe?

– Dann kann ich keines trinken. Du siehst, ich bin von

allen abhängig. Ich kann mich nicht ausweisen, ich habe keinen Reisepass, ich habe keine Rechte.

– Wir werden alles für dich tun, was wir können. Aber du musst Winfried akzeptieren. Er ist mein Mann. Seit fast dreißig Jahren.

– Akzeptiere ich ihn denn nicht?

Kris kam auf mich zu. Ich lag auf dem Rücken, die Beine in die Luft gestreckt. Kris setzte sich auf den Bettrand, so wie die Oberärztin Dr. Kerkhoff das gemacht hatte. Ich sah alles, ihr Haar, die Falten auf ihrem Hals, auf ihrem Gesicht, ihr Frauenoberteil. Und ihre Angst.

– Erik! Was bedeutet das auf diesem Zettel?

– Ach, weißt du … eigentlich wollte ich rechnen. Ich wollte wieder so rechnen können wie früher. Jeden Tag nehme ich Anlauf, aber … ich verstehe nicht mehr, was ich früher gemacht habe. Das Rechnen … die Umrechnung … ich kann es nicht mehr.

– Wer sagt, dass du das können musst?

– Ich möchte eine rauchen.

– Komm, wir gehen hinaus.

– Und Winfried?

– Er ist zu Tassilo gefahren. In der Unterhose kannst du aber nicht in den Garten gehen.

Ich zog mir ein T-Shirt und den Trainingsanzug an. Die Hose war mir viel zu weit, aber Kris schaffte es, die Zugbänder ganz eng zu machen.

– Entschuldige! Wie blöd von mir, dich in der Unterhose zu empfangen.

– Wieso?

– Das ist doch nicht normal.

– Nicht normal? Erik, ich kenne dich nur so. Du sitzt bis drei Uhr morgens in der Unterhose am Computer und programmierst oder in der Küche und trinkst Bier. Und du gehst nicht aufs Klo, sondern pinkelst in ein Bierglas. Das war mein Leben, viele Jahre lang.

– Bis Winfried kam.

Wir gingen hinters Haus. Kris gab mir eine Zigarette und zündete sich selbst eine an. Sie hatte vier Bierflaschen mitgenommen, als ich aber darauf hinwies, dass wir keinen Flaschenöffner hatten, verdrehte sie die Augen, nahm mir meine Bierflasche aus der Hand, drehte am Verschluss und öffnete sie. Sie wirkte frech und wurde mit jedem Schluck Bier schöner. Ach, warum gibt es keinen Hinduismus mit Bier, das wäre eine ideale Synthese. Kris verwandelte sich in eine schöne junge Frau wie die Dämonin Hidimbi.

– Sei ehrlich. Was bedeutet das: der Chirurg, der Anwalt, der Kompagnon?

– Ich habe nur nachgedacht. Und ich muss alles aufschreiben. Wenn ich aufwache … Kris, ich weiß, dass wir im Jahr 2021 leben. Aber kurz nach dem Aufwachen erinnere ich mich an nichts. Ich lebe in der früheren Welt. Ich glaube, dass du dreißig bist und Albi ein Kind und dass Gustaf und Lisbeth noch leben.

– Du brauchst eben Zeit, um das alles zu realisieren.

Wie dumm Kris redete. Dieses *Realisieren*, das war früher eine Floskel von Sportreportern. *Haben Sie schon realisiert, dass Sie die Goldmedaille gewonnen haben?* So redeten diese Affen.

– Kris, sieh mich an. Ich habe nichts mit diesem brennenden Auto zu tun. Schau, wie ich aussehe. Glaubst du wirklich, dass ich gefährlich bin?

– Ich habe Angst vor dir. Vor allem, weil du dieses indische Zeug wirklich glaubst. Glaubst du im Ernst, dass man wiedergeboren werden kann?

– Ich habe Angst. Seit ich wieder lebe, weiß ich … ich weiß Dinge, die ich eigentlich nicht wissen kann. Ich weiß schon, was du als Nächstes sagen wirst.

– Früher hast du gesagt, in den indischen Schriften geht es nur ums Ficken.

– Du hast gesagt, dass es für mich in jedem Buch nur um Ficken gegangen ist.

– Das war auch so.

– Aber du solltest vor Winfried nicht *Ficken* sagen. Das verträgt er nicht.

Dann redeten wir lange nicht. Wir dämpften unsere Zigaretten aus. Ich blickte Kris in die Augen. Für einen kurzen Moment stand ich still. Ich wollte es nicht tun … aber ich musste … ich streckte … ich streckte die Hand aus und legte sie auf Kris' Wange.

– Du brauchst keine Angst haben. Ich kann sowieso nicht ficken.

– Erik! Bitte lass das!

– Was soll ich lassen?

– Bitte hör auf! Akzeptiere die Gegenwart.

– Ich akzeptiere nichts anderes als die Gegenwart.

– Damit machst du alles kaputt. Du wirst mich jetzt küssen. Ich werde es zulassen, weil ich es will. Aber dir wird ekeln vor meinem Kuss, vor meinem Alter. Und du wirst es abstreiten.

Ich beugte mich vor. Kris schaute mir immer noch in die Augen. Sie tat nichts, als mein Gesicht ihrem immer näher kam. Ich zitterte. Kris nicht. Mein ganzer Körper bebte, ihrer nicht. Ich umarmte sie. Wir blieben lange so stehen. Es war noch kälter geworden, aber ich spürte nun die Wärme von Kris' Körper. Wir lösten uns voneinander. Und dann erst küssten wir uns. Allerdings war Kris vorsichtig dabei. Ich hatte das Gefühl, dass sie ihre Zunge vor meiner versteckte. Das war kein leidenschaftlicher Kuss von ihr.

– Darf man sich während eurer Pandemie küssen?

– Wir dürfen uns überhaupt nicht küssen! Und jetzt geh schlafen!

– Schaffe ich das?

– Gute Nacht! Und bitte benutz das Klo!

Ich verschwand wieder in meinem Zimmer. Auf dem Regal, unweit von dem Kronenbourg-Bierglas, das randvoll mit meinem Urin war, stand eine hölzerne Strickliesel. Sie erinnerte mich daran, wie Kris Albi einmal eine Strickliesel gekauft hatte. Als Albi in die Volksschule kam, hatte er auch das Fach Handarbeiten. Eigenartigerweise hatte die Klasse in einem Semester Bubenhandarbeiten und im nächsten Mädchenhandarbeiten. Albi mochte Mädchenhandarbeiten nicht nur viel lieber, er war darin der Klassenbeste, auch besser als alle Mädchen. Er begann also sofort mit seiner Strickliesel zu werken. Die Dinger erzeugen ja nichts anderes als eine dicke Strickschnur. Wenn er schlafen ging, machte ich weiter, Kris musste immer mehr Wolle kaufen, und wenn ein Wollknäuel zu Ende war, den Anfang eines neuen Knäuels anknoten. Und bald hatten wir das Ziel, die Schnur so lang zu stricken, dass wir sie vom Giebel des Hauses vis-à-vis über die Straße bis zu unserem Hausdach spannen konnten.

Unser Nachbar war ein seltsamer Mensch, ein Alkoholiker, der immerzu das Wort *sesselmäßig* sagte. Er schüttelte den Kopf, als wir ihn baten, die Schnur an seinem Giebel zu fixieren, aber er machte mit. Als wir ihm erklärten, dass wir eine Wollschnur, die unser Sohn mit der Strickliesel gestrickt hatte, über die Straße spannen wollten, sagte er nur:

– Sesselmäßig.

Weil wir aber so fleißig strickten – Albi am Tag, aber vor allem ich in der Nacht –, musste ein neues, ein größeres Projekt her. Unser Nachbar erzählte uns, dass er wie jedes Jahr in der Weihnachtsnacht auf dem Kirchturm mit zwei anderen Blechbläsern Weihnachtslieder spielen würde. Damit war mir schon klar, was wir wollten. Wir wollten die Wollschnur vom Kirchturm zu unserem Haus spannen. Kris war vehement dagegen. Sie wollte die Gläubigen nicht provozieren oder vor den Kopf stoßen. Kris war die Einzige von uns dreien, die römisch-katholisch war. Albi und ich waren ohne Bekenntnis.

Kris und ich stritten immer wieder über das Vorhaben.

Albi hatte längst das Interesse verloren. So war nur noch ich übrig. Der Nachbar war bereit, die Schnur am Weihnachtsabend nach dem Turmblasen am Kirchturm anzubringen. Ich hatte einen Sack genäht, in dem sich die lange Schnur befand und den er nach der Befestigung vom Turm werfen sollte. Tatsächlich klappte es. Die Schnur erregte einiges Aufsehen, sogar der Pfarrer kam am Stefanitag zu uns und bedankte sich. Die Schnur sei eine Versinnbildlichung der Verbindung des Menschen mit Gott, sagte er. Und er bedauerte, dass wir unseren Sohn nicht taufen lassen wollten.

Mir aber war diese Schnur eine schöne Erinnerung an den Unterricht vor meiner Erstkommunion, in dem der Pfarrer uns den Sinn der Beichte erklärt hatte. Der Mensch, so sagte der Pfarrer damals, ist wie durch ein Seil mit Gott verbunden. Wenn er sündigt, kappt er das Seil und trennt die Verbindung. Mit der Beichte werden die beiden durchgeschnittenen Enden des Seils wieder verknotet und die Verbindung zu Gott wiederhergestellt. Aber was geschieht, wenn man ein Seil an zwei abgekappten Enden verknotet? Es wird kürzer. Und so kommen wir durch die Beichte Gott näher. Ich meldete mich zu Wort und fragte, ob einem also ständiges Sündigen Gott näherbringt. Dafür erhielt ich vom Pfarrer eine Ohrfeige.

Ich schrieb das alles in Stichworten auf, denn an Schlafen war ohnehin nicht zu denken. Dann ging ich in die Küche und sah nach, ob nicht doch noch irgendwo ein Bier zu finden war oder eine Flasche Wein.

Kris hatte nicht ganz recht gehabt, aber auch nicht ganz unrecht: Mir ekelte zwar nicht vor ihr, aber eine über sechzig Jahre alte Frau zu küssen, war ein eigenartiges Gefühl. Ich spülte es mit einem kleinen Fläschchen Rum hinunter. Ein anderes alkoholisches Getränk konnte ich in der Dunkelheit nicht finden. Am nächsten Tag erfuhr ich, dass es der Rum zum Backen gewesen war.

17.07.2022
Auf einem gemeinsamen Spaziergang mit Leonie am Strand sagt sie zu mir: Die Zikaden klingen wie Schweine.

Ich wurde vom Geräusch eines Motors geweckt, der direkt vor dem kleinen Fenster meiner Kammer lief. Ich hatte den Vorhang ohnehin nicht zugezogen; mein ganzes Leben habe ich kein Fenster verdunkelt. Im Garten stand Winfried mit einem seltsamen Gerät. Es sah aus wie eine Motorsäge, hatte aber statt eines Sägemessers ein Rohr. Aus diesem Rohr kam offensichtlich Druckluft, mit der er die Blätter, die auf dem Rasen lagen, über die Grundstücksgrenze hinüber zum Nachbarn beförderte.

Beim Frühstück (Winfried aß nur kurz und ging dann mit seinen Skistöcken spazieren (Warum geht man eigentlich mit Skistöcken spazieren?)) erfuhr ich, dass das Gerät ein sogenannter Laubbläser war. Am Nachmittag desselben Tages startete dann der Nachbar seinen Laubbläser und blies die Blätter wieder auf unser Grundstück zurück. Sie waren ein hübsches Perpetuum mobile, der Nachbar und Winfried, und sie hatten sogar dieselben Hobbys, außer dass der Nachbar, anstatt mit Skistöcken spazieren zu gehen, mit einem elektrisch betriebenen Waffenrad herumfuhr. Ich seufzte laut, als der Laubbläser endlich abgestellt wurde und wieder Stille eintrat.

– Also früher dachte ich, die sinnlosesten Erfindungen sind Bierwärmer und Klopapier. Aber dieser Blechbläser …

– Ach, lass ihm doch sein Spielzeug. Wir sind alt, wir müssen etwas finden, womit wir uns beschäftigen.

– Sex?

– Ja, natürlich! Aber womit beschäftigen wir uns die restlichen 364 Tage im Jahr?

– Die Kalauer sind nicht besser geworden.

Ich griff nach Kris' Oberarm, sie zog ihn zurück.

– Schön war das gestern.

– Lass das, Erik. Es war ein Fehler von mir. Ich hätte das niemals tun dürfen. Und du weißt das.

– Du hättest Winfried niemals heiraten dürfen.

– Ach so? Wären dreißig Jahre Einsamkeit besser gewesen?

– Nein, du hättest jeden nehmen können. Jeden! Nur nicht ihn!

– Ich möchte das Gespräch jetzt beenden. Und ich will keine weiteren Annäherungsversuche. Ich bin verwirrt. Es ist eine ganz neue Situation. Ich habe mich gestern falsch verhalten und entschuldige mich dafür.

Und dann verschwand Kris in der Küche, und ich saß ganz allein da. Jetzt konnte ich alles tun, was ich wollte. Aber was wollte ich? Es ist leicht, Leben zu spielen. Man bildet sich ein, man muss für die Familie kochen und einkaufen und Blumen gießen und Rasen mähen und Wäsche waschen. Man bildet es sich ein, oder man schaut es sich einfach von anderen ab. Und schon hat man keine Zeit mehr für sich selbst und kann sich darüber auch noch beklagen. Es ist leicht, in ein Büro zu gehen und sich dort aus dem zukünftigen Inhalt von Papierkörben eine scheinbar unverzichtbare Aktenwelt zu bauen. Und wenn man zu alt geworden ist und zu Hause bleiben muss, kauft man sich Skistöcke und geht damit spazieren, oder man übernimmt die Aufgabe des Windes und bläst Laub in die Landschaft oder man stemmt und sägt und hämmert und inbusschlüsselt schwedische Möbel zusammen und braut sein eigenes Bier. Ich hätte mir auch eine Beschäftigung für die langen Tage auf der falschen Seite der Vorortebahn suchen müssen. Aber ich tat es nicht. Ich stand auf und folgte Kris in die Küche.

– Brauchst du etwas, Erik?

– Ich leiste dir Gesellschaft.

– Setz dich hierher!

– Bekomme ich ein Bier?

– Es ist zu früh.

– Soll ich das Geschirr abtrocknen, so wie ich es früher immer …

– Erik, wir haben einen Geschirrspüler.

– Ich schreibe gerade eine Geschichte.

– Oh nein! Bestimmt über deinen Vater.

Woher wusste sie das. Ich musste mir schnell etwas anderes einfallen lassen.

– Nein, nicht über meinen Vater.

– Also erzähl schon!

In einem Dorf – ich glaube, es war in Kalabrien, es könnte aber auch überall anders gewesen sein – kam ein Kind zur Welt. Noch am selben Tag rief man den Priester ins Haus, um es zu taufen, denn man hatte schon einen Namen ausgesucht. Der Priester redete aber erst einmal, er bete zu Gott, dass dieses Kind im Geiste der zehn Gebote aufwachsen und leben möge. Und er begann sie alle aufzuzählen, bis er beim achten Gebot unterbrochen wurde. Denn plötzlich begann das Neugeborene zu sprechen:

– Haben Sie denn niemals falsches Zeugnis abgelegt, Hochwürden?

Die Mutter und der Priester erstarrten. Das Neugeborene hatte gesprochen. Nicht geschrien, nicht geweint, nicht gebrabbelt oder gelallt, sondern klar und deutlich gesprochen. Der Vater und eine Hausmagd wurden gerufen. Das Kind redete weiter.

– Der Pfaffe hier wünscht, dass ich niemals falsches Zeugnis ablege. Nun, dann sage ich jetzt eben die Wahrheit, dass die Zugehfrau, die in der Pfarre kocht und wäscht und den Haushalt führt, auch schon mal mit dem Herrn Pfarrer ins Bett schlüpft.

Alle außer dem Priester bekreuzigten sich. Ein Kind, das am ersten Tag seines Lebens spricht! Der Herrgott stehe uns bei! Doch das Kind redete weiter und erzählte Details. Der Priester widersprach nicht. Als kurz Ruhe einkehrte, sagte er zu den Eltern:

– Ich kann euren Sohn nicht taufen.

Und dann verließ der Priester das Haus; aber nicht nur das Haus: Er lief zur Pfarre, packte in zwei Minuten ein paar Habseligkeiten und verschwand aus dem Dorf. So blieb das Kind namenlos. Schon bald darauf kamen Männer und Frauen aus dem Dorf, denn die Hausmagd konnte, was sie gesehen und gehört hatte, nicht lange für sich behalten. Lange Schlangen standen vor dem Haus der armen Eltern. Alle wollten das Neugeborene sprechen hören, und um sich nicht an Gott zu vergehen, wurde kein Eintritt verlangt. Man verdiente auch so gut, indem man um eine Spende bat.

Doch die Neugier jedes einzelnen Dorfbewohners währte nur so lange, bis er vor dem namenlosen Kind stand. Dann nämlich verwandelte sich die Neugier in Zorn. Das Neugeborene zählte sofort Vergehen und Untaten, Unzüchtigkeiten und Geheimnisse der betreffenden Person auf, bis diese aus Scham und Wut das Haus verließ.

Die Eltern konnten nicht lange im Dorf bleiben. Wurden in der ersten Nacht nur die Fensterscheiben ihres Hauses eingeschlagen, so kam es bereits am darauffolgenden Tag zu einem Brandanschlag. Mutter und Vater entkamen mit dem Kind. Sie ließen Haus und Hof, Hab und Gut zurück und flohen mit ein wenig Geld. Das reichte nicht lange, und so begann der Vater, mit dem immer noch ungetauften Kind auf Jahrmärkten aufzutreten. Die Eltern schärften dem Kind ein, nur über Dinge zu sprechen, die keine der anwesenden Personen betrafen. Es antwortete:

– Ihr wolltet mit mir Geld verdienen. Wie ihr seht, ist es möglich, schon nach der Geburt zu sprechen. Was allerdings Jahre braucht, ist, Lügen zu lernen. Darum sprechen Neugeborene üblicherweise nicht.

Wo sie auch hinkamen, hielt das Kind sich nicht an die Vorgaben der Eltern und enthüllte in jedem Dorf und jeder Stadt die düstersten Geheimnisse, die jahre- und jahrzehntelang zumindest der großen Mehrheit verborgen geblieben waren. Und aus jedem Dorf und jeder Stadt mussten sie fliehen, weil man die entsetzlichen Taten nicht dem anlastete, der sie begangen hatte, sondern dem, der sie aussprach.

So erfuhr der König von dem angeblichen Wunderkind und ließ Soldaten ausschwärmen, um es an den Hof zu bringen. Die Eltern waren sich ihres Todes sicher und beschworen das Kind ein letztes Mal, wenigstens vor dem König keine unangenehmen Wahrheiten auszusprechen.

– Und wie geht es weiter?

Kris starrte mich an. Es war etwas von Verwirrtheit und Blödsinnigkeit in diesem Blick. War diese Frau wirklich meine Kris?

– Was glaubst du denn, wie es weitergeht? Wenn man dir sagt, du sollst um Gottes willen nicht die Wahrheit sagen, was tust du dann? Pizza backen? Riojagläser polieren?

– Du bist so zornig, Erik.

– Ich bin nicht zornig.

– Und wie zornig du bist! Die Wut sitzt dir auf der Nasenspitze.

– Du glaubst, du weißt alles über mich.

– Nicht nur über dich. Wenn ich dich anschaue, habe ich ihn vor mir: den Geist von Gustaf Montelius. Er hat völlig von dir Besitz ergriffen. Und ich habe Angst vor ihm.

– Spukt er noch auf dieser Welt?

– Nein! Er lebt in dir weiter. Und jetzt ist er wieder da.

– Wieso hast du Angst vor ihm?

– Erik, dein Vater hat Menschen getötet. Einen Menschen nach dem Krieg. Und niemand weiß, wie viele er im Krieg getötet hat.

Eigentlich hatte der Vater sich vor den Nazis versteckt, denn er wollte kein zweites Mal in den Krieg ziehen müssen. Er hatte Angst, dass sie ihn an seiner Walther sofort als Wehrmachtssoldaten erkennen würden, wollte sich aber auch nicht von seiner Pistole trennen. Es war nämlich auch Vorsicht vor dem alten Mörth geboten, der von Tag zu Tag nervöser wurde, die morschen Türen seines Häuschens mit vielen Riegeln absperrte (obwohl sie selbst der schwächste Soldat in einer Sekunde eingetreten hätte), Tag und Nacht vor dem Schlüsselloch der Eingangstür saß und seine Luger 08 nicht mehr aus der Hand legte. Überall sah und hörte er Russen. Er erklärte meinem Vater, dass er, wenn die Russen kämen, die Böschung hinauf zum Waldrand laufen und sich im Wald verstecken soll.

Doch mein Vater humpelte immer noch etwas und konnte nicht laufen wie andere. An dem Tag, als Vater russische Soldaten auf das Häuschen zukommen sah, versteckte er sich hinter einer Böschung am Bach unterhalb des Hauses. Er sah noch, dass es fünf oder sechs waren, die das Haus betraten. Zwei brachten Bücher aus dem Haus (das müssen die Ausgaben von *Mein Kampf* gewesen sein), stapelten sie vor dem Eingang und zündeten sie an. Dann zerrten sie den alten Mörth aus seinem Häuschen. Er zeigte noch in Richtung Waldrand, bevor sie ihn erschossen. Dann gingen die Soldaten tatsächlich die Böschung hinauf zum Wald. Mein Vater aber ging ins Dorf.

Diese Hand von Kris, dieser Unterarm von Kris, diese feinen Finger und Knöchel, sie waren plötzlich so weit weg von mir. Ich wollte eigentlich etwas sagen, um sie zu besänftigen, um sie für mich zu gewinnen. Aber ich konnte jetzt nicht auf sie Rücksicht nehmen.

– Erhard Lackermeier hätte mich operieren sollen, damals.

– Er hat dich operiert.

– Er hat mich aufgeschnitten. Mehr nicht. Er hat behauptet, die Lebervene wäre im Weg gewesen und er hätte die Operation wieder abgebrochen.

– Was hätte er machen sollen?

– Eine Frau Doktor Heiss hat vor vier Monaten genau diese Operation an mir durchgeführt. Ich habe mit ihr gesprochen: Da ist keine Lebervene im Weg.

– Das meinst du doch nicht ernst, dass Erhard absichtlich …

– Vielleicht hat er Geld dafür bekommen?

– Jetzt reicht's aber. Erik! Du bist … du leidest an Verfolgungswahn.

– Es war doch praktisch, dass ich weg war.

– Wie kannst du das sagen? Glaubst du, ich wollte, dass du stirbst? Du hast sie ja nicht alle! Du warst tot, und Winfried und ich haben uns um die Kinder gekümmert.

– Das Geld kam wohl aus dem Verkauf des Patents.

– Warum auch nicht? Mach nicht alle schlecht, die sich um andere kümmern. So wie du es bei Lisbeth getan hast. Gut, sie war nicht deine wirkliche Mutter. Und es hat mir immer leidgetan, dass du deine Mutter nicht kennenlernen konntest. Aber Lisbeth hat für dich gesorgt. Und sie hat deinen Vater, diesen ekligen Säufer, diesen widerlichen Nazi, der seine wahre Gesinnung hinter seinen Brecht-Zitaten versteckt hat, ein Leben lang ertragen. Irgendjemand musste sich um die Kinder kümmern. Winfried musste sich um ein Kind kümmern, und ich musste mich um ein Kind kümmern. Und du warst tot.

– Aber musste es mit ihm sein?

– Erik, verdammt, du warst tot! Hier! Hier ist der Totenschein.

Kris ging zum Regal und zog eine schwarze Mappe heraus. Sie nahm ein Dokument, das in einer Klarsichthülle steckte. Es war mein Totenschein.

– Hier, bitte! Du warst tot! Ich war alleine mit einem Neunjährigen.

Ich nahm den Totenschein nicht in die Hand, sondern las nur: *Erik Gustav Montelius*. Zum ersten Mal erinnerte ich mich daran, dass ich Erik Gustaf hieß. Auf dem Totenschein war der zweite Vorname allerdings falsch geschrieben.

– Der Name ist falsch geschrieben.

– Ja. Das hat mir viele Schwierigkeiten bereitet. Der Beamte hat das so getippt. Am schwierigsten aber war deine Beisetzung. Wir wollten in deinem Grab eine leere Urne beisetzen.

– Ich habe ein Grab?

– Ja, sicher! Willst du es sehen?

– Bitte nicht!

– Eine Urne konnten wir nicht beisetzen, weil wir keine Bestätigung vom Krematorium hatten. Einen Sarg konnten wir zwar kaufen, aber dein Körper war ja bei dieser komischen Firma.

– *KrioTek*.

– Sie hieß damals anders. Sie wurde Ende der Neunzigerjahre von der *KrioTek* gekauft und übernommen. Nur weil der Herr Pfarrer uns so gewogen war, konnten wir einen leeren Sarg beisetzen. Ich hätte mich gerne mit anderen Dingen beschäftigt, aber dein Scheiß-Tod hat mir tausend bürokratische Probleme beschert.

– Das tut mir leid.

– Darum hör jetzt auf mit deinen Scheiß-Opfertheorien. Niemand wollte, dass du stirbst. Keiner!

Und dann wurde es doch noch ein Spaziergang. Wir zogen uns warm an und verließen das Haus. Auf dem Weg hinaus begegneten wir Winfried. Kris sagte ihm nur, wir würden zum Tiergarten hinausspazieren. Er nickte und ging weiter auf das Haus zu. Als wir den Waldrand erreichten, brach Kris heulend zusammen. Dann beruhigte sie sich. Wir gingen den Weg, den wir früher immer entlangspaziert waren, links der alte Wald, den sie im Dorf *Urwald* nannten. Er hatte viele Lichtungen, und im September hatten wir dort jedes Jahr riesige Parasole gefunden, um sie dann in der Pfanne zu backen. Wir nannten es das Ersatz-Schnitzel, Kris und ich waren ja viele Jahre lang Vegetarier. Auf der rechten Seite befand sich ein Nadelwald, der wohl inzwischen neu aufgeforstet worden war. Zwischen dem Waldrand und den Äckern führte ein Weg in die Weinberge hinauf. Der Hügel wurde im Dorf *Tiergarten* genannt, warum, hatte mir nie jemand erklären können. Wenigstens waren wir irgendwo, wo ich doch ein Nirgendwo-Mann war, der auch an diesem Ort nichts zu suchen hatte.

– Du denkst an *Nowhere Man*.

– Das stimmt. Ich denke an *Nowhere Man*. War ich früher auch so?

– Wie?

– So durchschaubar?

– Es gibt bei dir nichts zu durchschauen, Erik. Du warst immer ehrlich.

– Immer?

– Ja. Aber ich meine das nicht positiv. Du warst immer ehrlich, aber du warst ein Arschloch.

– Was tun Arschlöcher?

– Was tun Arschlöcher? Dein siebenjähriger Sohn hat eine Gitarre zum Geburtstag bekommen und hat sich sehr darüber gefreut. Du hast sie in die Hand genommen, die Saiten über dem Schallloch zur Seite gezogen und Gegenstände, die auf dem Tisch lagen, in das Loch geworfen. Albi hat schon geweint, und ich habe dich gebeten, damit aufzuhören. Aber du hast immer weitergemacht.

– Habe ich die Gegenstände wieder aus der Gitarre herausgeholt?

– Ja, aber viel später. Der Geburtstag war schon verdorben, und Albi mochte seine Gitarre seither nicht mehr. Einmal musstest du zu einem Computerkongress in Zürich. Da man dir die Reise nicht bezahlte, wolltest du per Autostopp fahren, damit es nichts kostet. Du hast einen deiner Prototypen dabeigehabt, ich glaube den *Arges*. Jedenfalls hat ein junger Mann angehalten, der nach Innsbruck wollte. Du hast ihn nicht nur davon überzeugt, dich mit dem Auto nach Zürich zu bringen, du hast ihm auch eingeredet, dass dein Computer keinen Zigarettenrauch verträgt. Also musstet ihr alle fünfzehn Minuten stehen bleiben, weil du dem, der dich mitgenommen hat, verboten hast, in seinem eigenen Auto zu rauchen.

– Ah, ich kann mich erinnern. Er war aus Südamerika, oder?

– Nein, die Geschichte mit dem südamerikanischen Autostopper ist aus einem Buch von Richard Feynman.

– Apropos Rauchen: Hast du Zigaretten dabei?

17.07.2022
Kreta sieht aus wie in den Achtzigerjahren. Gäbe es keine Donkey Kongs, würde man keinen Unterschied feststellen können. Die vielen Brachflächen, halb fertige Bauten, das Ungenutzte, das Nicht-Getane, das Vergebliche machen die Schönheit dieser Insel aus. So ist letztendlich auch die Technologie. Aus großer zeitlicher Entfernung betrachtet, ist sie vergeblich. Man kann von Glück sagen, wenn man sich in ferner Zukunft an den einstigen Errichter einer Ruine erinnert.

So hätte mein Leben sein können: Kris und ich hätten in unserem Haus gewohnt und wären spazieren gegangen und hätten uns unterhalten und geraucht und wären alt geworden. Ich hatte gar nicht gewusst, wie besonders dieser Spaziergang gewesen war. Was heißt besonders: Er war einzigartig, im wahrsten Sinn des Wortes, denn er fand nur einmal statt.

Auf dem Rückweg kamen wir am Waldrand vorbei, wo wir früher im Herbst Schlehen gesammelt hatten. Kris erzählte, dass uns die Dorfbewohner noch in den Achtzigerjahren gewarnt haben, dass die Früchte giftig sind. Mittlerweile sind die Sträucher schon Mitte September völlig abgeerntet. Ich konnte mich daran erinnern, dass Kris Marmelade daraus gemacht hatte. Angeblich habe ich diese Marmelade gerne gegessen. Manchmal haben wir auch Schlehenschnaps angesetzt. Als wir zurückkamen, stand ein mit den Händen fuchtelnder Winfried im Garten.

– Wo bleibt ihr denn? Ich habe dich ein paarmal angerufen.

Diese Rüge galt Kris. Doch weder Kris noch ich beachteten Winfried. Wir blickten beide auf die junge Dame, die neben ihm stand. Sie trug eine Atemschutzmaske. Kris stieß mich in die Seite.

– Setz deine Maske auf!

– Ich habe keine.

Nun griff Kris in ihre Jackentasche, holte eine Maske heraus und band sie sich um die Ohren. Aus der anderen Jackentasche nahm sie eine noch in Cellophan verschweißte Maske, entfernte die Verpackung und gab sie mir. Winfried war schon dabei, die junge Frau vorzustellen. Aber wir hörten nicht zu. Irgendwann redete sie selbst.

– Mein Name ist Soraya Unterasinger. Ich komme vom Landesstudio Niederösterreich. Kann ich Sie kurz sprechen, Herr Montelius?

Kris bat alle, ins Haus zu kommen. Nun begann, was ich die Hausschuhdebatte nannte. Während man Soraya mitteilte, dass sie gerne ihre Schuhe anlassen kann, Soraya aber die Schuhe aus Höflichkeit auszog, befahl man mir, die Schuhe auszuziehen. Ich hatte aber immer noch keine Hausschuhe und zog aus Protest Schuhe und Socken aus. Kris bemerkte sofort, dass Winfried und sie nicht erwünscht waren, also bat sie Soraya und mich, am Küchentisch Platz zu nehmen, und schob Winfried hinaus.

– Komm, wir lassen die beiden allein.

Ich hätte Soraya eigentlich in mein Zimmer bitten sollen,

aber ich war nicht sicher, ob ich das Bierglas in der Früh ausgeleert hatte.

– Herr Montelius, ich würde gerne einen Beitrag über Sie machen.

– Einen Beitrag?

– Ja, ein Porträt von Ihnen. Für die Nachrichten. Sie sind ja nach dreißig Jahren praktisch wieder auf diese Welt gekommen.

– Woher wissen Sie denn das?

– Herr Montelius, ich bin Journalistin. Meine Quellen würde ich gerne für mich behalten.

Sie war eine willkommene Abwechslung, diese Soraya. Endlich gab es eine Zukunft. Kris und Winfried waren sofort eifersüchtig, da es um mich ging und nicht um sie. Ich gab Soraya Zeit und hätte alles getan, was sie wollte. Barfuß stand ich vor ihr. Am liebsten wäre ich ihr um den Hals gefallen.

– Wissen Sie ... ich bin gerade erst hier angekommen.

– Das ist es ja, was uns interessiert. Wie es Ihnen geht. Was Sie jetzt vorhaben. Wie Sie unsere Welt sehen, nachdem Sie so lange ... ich meine ...

Es war genau das Gegenteil von dem passiert, was diese Frau Dr. Datschenko mit vielen Grammatikfehlern befohlen hatte. Aber wer war es, der ihr einen Strich durch die Rechnung gemacht hatte? Lillemor? Wer sonst! Und warum kam, wenn das erste Mal in der Weltgeschichte ein Mensch das zweite Mal lebte, das Landesstudio Niederösterreich, um einen Beitrag zu machen? Warum kam Soraya Unterasinger und nicht Ed Sullivan (oder wie der Ed Sullivan des einundzwanzigsten Jahrhunderts eben hieß)?

– Frau …

– Können wir per Du sein? Ich bin Soraya.

– Erik. Es ist mir ein Vergnügen!

– Danke, ich freue mich auch sehr. Dieser Beitrag wird wirklich etwas Besonderes. Sonst berichte ich ja nur darüber, wenn die Freiwillige Feuerwehr in irgendeiner Ortschaft einen neuen Wasserschlauch bekommt. Na ja, jetzt hatten wir zumindest ein brennendes Auto.

Man braucht sich nicht zu wundern, dass das Niederösterreichische Lokalfernsehen inzwischen ein Sender von Weltruf ist, da es über so scharfsinnige Redakteurinnen verfügt.

– Ich würde gerne am Dienstag kommen.

– Komm, wann immer du willst. Ich habe Zeit.

– Kann ich dich anrufen?

– Na ja, ich habe keinen …

– Kein Handy?

– So ist es. Ich habe kein Handy. Und das im einundzwanzigsten Jahrhundert. Ich habe auch kein Penisersatzauto, mit dem ich dich abholen könnte. Ich habe ja eigentlich nichts, außer die LP *Let It Be* von den Beatles. Aber ich habe keinen Plattenspieler, um sie anzuhören.

– Bitte heb dir das alles, was du da sagst, für den Beitrag auf.

– Okay!

– Kann ich jemand anderen anrufen?

– Ja, warte. Meine Frau hat ein Handy!

Ich rief nach Kris. Sie kam und tauschte mit Soraya Telefonnummern aus. Sie riefen einander gleich zum Test an.

– Ich speichere das ein. Wie war Ihr Nachname?

– Unterasinger.

Liebe Soraya, du musst so schnell wie möglich heiraten. Am besten einen Perser oder einen Afghanen. Oder noch besser: mich. Dein Nachname … das geht einfach nicht. Soraya lächelte und legte die Hand auf meinen Unterarm.

– Ich melde mich verlässlich bei dir.

Ich beugte mich vor und küsste ihre Wange. Sie drehte den Kopf auf die andere Seite. Kris stand da. Ich konnte sehen, dass sie eifersüchtig war. Dabei hatte sie mir in unserer Jugend immer Vorträge gehalten, dass Eifersucht nichts anderes als ein unerlaubter Besitz- und Machtanspruch über einen anderen Menschen ist.

– Ich möchte ehrlich mit dir sein, Erik. Es werden bestimmt viele Fernsehsender zu dir kommen, wahrscheinlich aus der ganzen Welt. Aber ich möchte die Erste sein, die über dich berichtet. Also, tschüss!

– Tschüss!

Zu Mittag kam Albi, der mir aber seltsam reserviert schien und ganz anders aussah als damals, als er mich im Krankenhaus besucht hatte. Kris hatte gekocht, aber das zweite Kind fehlte: Nikki. Winfried zückte nun seinen Donkey und sagte immer wieder: *Mailbox*. Mein Vater hatte früher immer, wenn er mit dem Luftdruckgewehr den Innenkreis der Zielscheibe verfehlt hatte, gesagt: *Fahrkarte*. Ich weiß nicht, warum ausgerechnet *Fahrkarte*. Albi wollte mir übersetzen, was Winfried gesagt hatte, aber ich verstand es nicht. Schließlich herrschte Kris Winfried an, dass er sich auch setzen soll, damit man endlich mit dem Essen beginnen kann.

– Nikki kommt immer nach dem Essen. Absichtlich. Merkst du das nicht? Sie isst einfach nicht. Das Kind isst nichts.

– Aber sie ist eine Mutter. Wie kann sie sich um ihr Kind kümmern?

– Winfried, bitte nicht jetzt! Wir haben das schon Hunderte Male besprochen. Lass Nikki so leben, wie sie es für richtig hält.

Wie anders Kris plötzlich war. Als sie im Gespräch mit mir gelacht hatte, als sie mit mir rauchen gegangen war und mich geküsst hatte, dachte ich, sie wäre nun aufgetaut. Aufgetaut!!! Haha! Passt auf den Wortwitz auf, ihr Querdenker, Gottlenker und Richterhenker! Hier wird mit der Sprache gespielt wie … wie mit Bausteinen. Ich weiß, Soraya, dieser Absatz muss auch gestrichen werden.

Wir begannen also ohne Nikki zu essen. Ich war sehr müde und muss zugeben, dass ich die Gespräche beim Essen nicht verstand und nur Verständnis vortäuschte. Es ging die meiste Zeit um Nikki. Wie chaotisch und fürchterlich ihr Leben war. Dass sie dieses Chaos einem Kind aufzwang und in ihrem Leben nichts zustande gebracht hatte.

Ich nutzte die erste Pause, die sich ergab. Ich wusste, dass Kris böse sein würde, wenn ich vor dem Dessert ging, aber ich tat es einfach. Ich wollte hinters Haus gehen und eine der Zigaretten rauchen, die Kris mir nach dem Spaziergang gegeben hatte. Ich ging zur Haustür, drückte leise die Klinke und wollte hinausschleichen. Ich erschrak. Vor der Tür stand eine große, schöne Frau mit langen schwarzen Haaren. Sie rauchte eine Zigarette. Als sie mich sah, riss sie die Augen auf und drückte ihren Zeigefinger an die Lippen, um mir zu bedeuten, still zu sein. Sie begann zu flüstern.

– Du bist Erik.

– Stimmt! Und du bist Nikki.

– So ist es. Und da drinnen ziehen sie mich jetzt gerade durch den fucking Kakao.

– Ja.

– Was sagen sie?

– Dass du nichts isst. Dass du immer zu spät kommst. Dass du in völligem Chaos lebst.

Nikki lachte. Sie war sehr schlank. Ihr Gesicht wirkte dadurch streng. Ihre Augen aber waren die schönsten, die ich in meinem Schildkrötendasein je gesehen habe. Sie war sehr blass, auf ihren Wangen waren Hautunreinheiten oder Narben, die mir aber gut gefielen. Sie dämpfte aus und holte eine Schachtel Zigaretten aus ihrer Tasche. Als sie mir keine anbot, griff ich zu meinen Zigaretten.

– Oh, verzeih. Ich wusste nicht, dass du rauchst.

Wir gingen hinters Haus, wo ich am Vortag mit Kris gestanden hatte. Wir rauchten.

– Wiegst du mehr als dreißig Kilo?

– Das fragt man eine Dame nicht. Du schau auf dich

selbst! Bist ja nur mehr Haut und Knochen. Na gut. Du wurdest gerade erst aufgetaut. Wie war's im Eis?

– Es gab nichts zu essen.

– Herrlich. Ich glaube, ich melde mich auch an für dieses Kryo-Dings.

– Was hast du denn da in dieser Tasche?

– Das sind Geschenke. Ich habe für jeden ein Geschenk mit.

– Du siehst Gratia so ähnlich.

– Hey, Eismann, du hast eine Dame vor dir! Mach mir Komplimente und beleidige mich nicht.

– Deine Mutter war eine scharfe Lady. Viele Verehrer hatte sie!

– Vor hundert Jahren vielleicht, als du jung warst.

Das erste Mal nach meiner Wiedergeburt wurde ich in einem Gespräch als gleichwertiges Gegenüber gesehen. Alle anderen taten entweder so, als wären sie mir überlegen und als müsste ich sie beständig darum bitten, mir die Gegenwart zu erklären und bestimmte moderne Begriffe näherzubringen, die ich dann gefälligst auch zu verwenden hatte; oder sie taten so, als wäre ich ihnen voraus, weil ich meinen Tod erlebt hatte. Dafür erwarteten sie aber auch, dass ich ihnen von diesem Tod berichtete. Von diesem Bericht waren sie immer enttäuscht. Nikki aber redete nicht von der Vergangenheit und fing auch nicht wieder mit dieser Du-hast-mir-das-Fahrradfahren-beigebracht-wofür-ich-dir-ewig-dankbar-bin-Geschichte an, sie machte mir keine Vorwürfe und erklärte mir nichts.

– Haben sie sich nicht beschwert, dass ich ohne Leonie komme?

– Ist das deine Tochter?

– Ja.

– Winfried findet, dass du deine Tochter nicht erziehen kannst, weil du selbst im Chaos lebst. Kris findet, du sollst leben können, wie du willst.

– Alles klar. Kris ist eben viel cooler. Ich weiß nicht, was sie an diesem alten Langweiler findet.

– Du hättest sie in den Siebzigerjahren kennen sollen. Sie war die Coolste überhaupt. Alle Männer waren hinter ihr her.

– Und alles, was sie gekriegt hat, warst du?

Ich konnte meine Augen gar nicht abwenden von dieser Stiefschwester meines Sohnes. Konnte Winfried tatsächlich ihr Vater sein? Außer der Körpergröße und der langen, wie mit dem Lineal gezogenen Nase war da nichts von ihm. Ihre Gelassenheit, ihr Lachen, ihre unaufdringliche Art. Erst mit Nikki kam Leben auf die falsche Seite der Vorortebahn.

– Gut, Eismann, wir müssen jetzt da rein. Und vergiss nicht: In ein paar Wochen ist Weihnachten. Das wird noch viel schlimmer als alles, was wir heute erleben.

– Wenn du dabei bist …

– Mal sehen, ob wir das überleben! Gut, dir macht der Tod nichts aus. Du legst dich einfach wieder ins Eis, oder?

– Nein, das nächste Mal strebe auch ich den ewigen Tod an.

– Wirklich! Na, so etwas! Die Nase voll von der Unsterblichkeit? Sag, hat sich eigentlich je eine Frau einfrieren lassen oder nur Männer? Mir kommt es so vor, als wäre das so ein fucking Macho-Ding.

– Du könntest die Erste sein.

– Dazu hab ich nicht das Geld. Ich hab die Rechnungen gesehen, die da für dich zu bezahlen waren. Mann, oh Mann!

18.07.2022
Ein Sturm beginnt, wie es ihn angeblich die letzten zwanzig Jahre nicht gab. Am Strand peitschen uns die Böen den Sand ins Gesicht, dass es wehtut. Wir bleiben also die meiste Zeit am Pool im Hotel. Dort erzählt mir der Bademeister vom Sturm vor zwanzig Jahren. Er repariert Liegestühle und Sonnenschirme, die zerfetzt wurden, hat dafür aber kein richtiges Werkzeug. Die Schnur, mit der er die gepolsterten Matten auf die Liegen bindet, damit sie nicht vom Sturm davongeweht werden, zerschneidet er mit einem winzigen Taschenmesser, das an seinem Schlüsselbund hängt.

Endlich saß die Familie vollständig am Tisch. Nein, nicht vollständig, denn es fehlte Nikkis Tochter Leonie. Das führte schon nach zwei Minuten zum ersten Streit zwischen Nikki und Winfried. Erst viel später hat Nikki mir alles erklärt. Leonie wohnte nicht bei ihrer Mutter, sondern bei einer Freundin von Nikki namens Antje. Und Leonie redete nicht mit Nikki.

Zu diesem Zeitpunkt verstand ich das Gespräch bei Tisch nicht. Ich konnte nicht aufhören, Nikki anzuschauen. Einmal saß sie zusammengekauert auf dem Stuhl, die Beine angezogen, und hielt ihre Fesseln mit den Händen. Ihr Hals, ihr Nacken, das hochgesteckte lange schwarze Haar, ihre langen dünnen Finger und Arme, all das gefiel mir. Dann saß sie wieder aufrecht da und überragte alle anderen. Winfried war vielleicht größer als sie, aber er saß eingefallen da und schrumpfte, je später es wurde. Mir kam es so vor, als ob Kris und Nikki einander nicht mochten.

Später, als die beiden in der Küche hantierten, ging ich unter einem Vorwand zu ihnen, nur um in Nikkis Nähe zu sein. Dort kam mir ihr Gespräch plötzlich sehr freundschaftlich vor. Es herrschte große Eintracht und eine fast verschworene Stimmung, die ich durch mein Auftauchen zerstörte. Ich nahm also eine Bierflasche und ging gleich wieder.

Ich hatte aber die falsche Flasche genommen, denn es stellte sich heraus, dass Albi sein eigenes Bier mitgebracht und in den Kühlschrank gegeben hatte. Niemand anderer sollte sich davon nehmen. Das fand ich kleinlich und schäbig. Zwar bot mir Albi dann doch *sein* Bier an, ich hatte aber keine Lust mehr und ging in die Küche, um Albis Superbier gegen ein normales Bier zu tauschen. Als ich vor dem Kühlschrank stand, legte Nikki ihre Hände auf meine Schultern.

– Hast du vom verbotenen Bier genommen?

Nikki lachte. Aber dann stellte sich Kris zu uns. Nikki nahm sofort die Hände wieder von meinen Schultern. Das war schade. Ich hatte die Wärme ihrer Handflächen genossen.

– Erik sollte eigentlich gar kein Bier trinken.

Ich stellte also auch das normale Bier wieder in den Kühlschrank zurück und seufzte.

Das Essen war mühsam, mich befiel eine tödliche Müdigkeit. Dazu kam auch ein Schmerz, den ich nicht anders als ein Lungenstechen bezeichnen kann. Beim Atmen, besonders beim Ausatmen, brannte meine Lunge und drückte schmerzhaft an meinen Rücken. Das hielt ich eine Zeit lang aus. Dann versuchte ich, den Schmerz durch Bewegen des Oberkörpers zu lindern. Aber egal, ob ich meinen Rücken durchstreckte, den Oberkörper hängen ließ, ob ich mich zur Seite drehte oder auf den Boden legte, der Schmerz verschwand nicht. Ich dachte, ich würde das Essen noch überstehen, ohne etwas zu sagen, und wollte dann in mein Zimmer gehen.

Nikki stocherte ein wenig in ihren Kartoffeln, das Fleisch hatte sie nicht angerührt. Dann sagte sie plötzlich:

– Und du, Mister Schildkröte? Du bist so still. Was sagst du dazu?

– Ich sage: Er ist einfach hervorragend, dieser Schweinsbraten!

– Das ist kein Schweinsbraten.

Der Einspruch kam von Kris, die ich wahrscheinlich verärgert hatte. Ich blickte auf. Winfried sagte nichts, da er keinen neuerlichen Konflikt wollte. Kris fiel es sichtlich schwer, zu schweigen. Albi wollte beruhigen.

– Also mir schmeckt es hervorragend.

– Ich sage ja: Hervorragend, dieser Schweinsbraten!

Damit hatte ich den Rettungsversuch von Albi zerstört. Nikki stand auf und boxte gegen meine Schulter.

– Komm, wir gehen eine rauchen.

Ich stand auf. Nikki legte ihre Hand auf meine Schulter und schob mich ins Vorzimmer. So ging es das ganze

Wochenende: Oft ignorierte Nikki mich, dann wurde sie fast zärtlich, berührte mich oder hielt lange meine Hand, manchmal umfasste sie mich sogar mit beiden Armen und legte ihren Kopf an meine Schulter. Sie tat das meist, wenn Kris sie dabei sehen konnte. Wir gingen vor die Tür.

– Können wir runtergehen bis zum Bahnübergang?

– Wenn du möchtest.

Wir gingen und rauchten.

– Und jetzt sag mir die Wahrheit: Habt ihr gefickt, meine Mutter und du?

– Nein, haben wir nicht.

– Aber ihr hattet mal was?

– Ganz kurz, nur ein Wochenende. Das war 1983.

– Mensch, da war ich ein Jahr alt.

– Ich weiß.

– War ich da bei euch oder bei Papa?

– Um ehrlich zu sein: Ich weiß es nicht mehr.

– Du weißt es nicht mehr? Das ist ja reizend!

Wir kamen beim Bahnübergang an. Ich bog automatisch nach rechts und folgte der Trasse. Nikki ging mir hinterher.

– Redest du jetzt nicht mehr mit mir?

– Hier muss es sein.

Ich ging die Schienen entlang bis zu dem kleinen Häuschen des Bahnhofsvorstehers. Schon als ich ein Kind war, hatte es keinen Bahnhofsvorsteher mehr gegeben, aber die Mutter meiner Schulfreundin Doris hatte einen Schlüssel für das Häuschen. Ein- oder zweimal die Woche kam sie dorthin, pflegte den kleinen Gemüsegarten und goss die Pflanzen, während Doris im Häuschen an dem kleinen Küchentisch saß und ihre Hausaufgaben machte. Oft durfte ich mitgehen. Manchmal, wenn wir mit den Hausaufgaben fertig waren, zeichneten wir mit Buntstiften Bilder. Ich zeichnete immer Cowboys und Indianer und beneidete Doris um ihr Set aus achtundvierzig Buntstiften, in dem es auch einen Stift FLEISCHFARBE gab, den ich für die Haut der Cowboys brauchte; für die Indianer nahm ich ja den Stift ZINNOBERROT. Doris zeigte mir, was ich falsch zeichnete, zum Beispiel endeten bei mir die Arme immer auf Höhe der Hüften. Dazu stand Doris auf, ließ ihre Arme baumeln. Sie hatte recht, die Hände reichten bis weit unter die Hüften. Ich zeichnete die Cowboys und Indianer von nun an richtig. Sie sahen aber nicht mehr so gut aus wie davor.

Das Häuschen sah aus wie früher. In dem kleinen, von einem Eisengitter umfassten Gärtchen wucherten Brennnesseln und anderes Unkraut. Der Vorhang hinter dem Fenster war zugezogen. Ich wischte die dicke Staubschicht von der Scheibe und erkannte das Muster des Vorhangs. Es war immer noch derselbe, der auch dort gehangen hatte, als ich mit Doris Indianer gezeichnet hatte. Ich war gerührt, versuchte mir aber nichts anmerken zu lassen.

Wir rauchten eine zweite Zigarette, und ich erzählte Nikki von Doris. Der Bahnübergang hatte eine zweite wichtige Rolle im Leben von Doris und mir gespielt. Doris' Bruder Christian war einer von drei berüchtigten Golf-GTI-Fahrern im Ort. Sie veranstalteten oft kleine Rennen auf der falschen Seite der Vorortebahn, was meine Mutter immer wieder aufbrachte. Zu den Mutproben der GTI-Fahrer gehörte es, von unserer Seite mit Vollgas auf den Bahnübergang zuzufahren, ihn zu überqueren und die Kurve danach mit so hoher Geschwindigkeit wie möglich zu nehmen. Damals hielten nur mehr drei oder vier Züge am Tag in Großibm, die anderen fuhren durch. Bei einer abendlichen Mutprobe knackte Doris' Bruder den Jackpot. Er fuhr mit ca. 130 km/h auf den Bahnübergang zu und wurde von einem durchfahrenden Zug erfasst. Ich kann mich erinnern, dass wir noch Jahre später Splitter von der Windschutzscheibe und der Karosserie in unserem Garten fanden. Die Leiche soll fürchterlich ausgesehen haben. Ich kann mich nicht erinnern, ob ich Doris nach dem Begräbnis ihres Bruders je wieder gesehen habe.

– Erik? Ist was mit dir?

– Alles in Ordnung.

– Du bist so still.

– Still, Schweighofer und Harm.

– Was?

Ich erzählte Nikki, dass Doris mit Nachnamen Schweighofer geheißen hatte – oder wahrscheinlich immer noch hieß. Und dass ihre Sitznachbarin in der Volksschule Martina Still geheißen hatte. Darum dachte ich, wenn wir im Advent das Lied *Leise rieselt der Schnee* sangen, dass es dort *Still, Schweighofer und Harm* hieß. Ich weiß nicht, wie alt ich war, als ich das erste Mal den richtigen Text las. Er lautete: *Still schweigt Kummer und Harm*. Das zerstörte mein Weltbild.

Ich weiß nicht, warum ich es tat. Ich griff nach Nikkis Hand. Sie zog sie sofort zurück.

– Hey, hey, Mister Schildkröte! Was wird das?

– Mache ich etwas falsch?

– Du machst alles falsch. Alles.

– Sag mir, was ich machen soll.

– Du sollst aufhören, deine Vergangenheit zu suchen. Deine Doris, dein Haus und dieses blöde *Donkey Kong*. Was soll denn das?

– Ich will es ja auch nicht mehr sagen. Aber ich weiß, dass es Winfried und Kris ärgert, und deshalb bleibe ich dabei.

– Lass sie dir doch die Welt erklären. Spiel den braven Schüler, dann kriegst du alles von ihnen. Sag ihnen, wie toll ihr Leben ist. Das wollen sie hören.

– Ihr Leben ist scheiße.

– Ja, aber das wissen sie sowieso. Dazu brauchen sie dich nicht.

– Was wirklich toll ist ... das ... das bist du!

– Na schau! Das klingt schon besser.

Nikki kam auf mich zu und umarmte mich. Sie nahm meine Hand und legte sie auf ihren Bauch. Dann schob sie sie weiter nach oben zu ihren Brüsten.

– So, jetzt darfst du grapschen, du alter, geiler Bock!

– Ganz schön große Brüste für ein Skelett.

– Höre ich da etwa ein Kompliment?

– Musst du wirklich morgen fahren?

– Ja. Mit Papa und mir läuft's nicht so, weißt du.

– Aber …

Nikki legte mir den Zeigefinger auf den Mund.

– Sei bitte still und lass mich ein wenig allein. Ich bin jetzt ziemlich verwirrt.

Und mitten in dieser Verwirrung begannen wir uns zu küssen. Ich kann nicht beschreiben, was da los war. Nikkis Wärme, ihr Geruch, ihr Mund, ihre Hände, die mich hielten, dieser große schmächtige Körper, an den ich mich lehnen konnte; all das machte mich so glücklich, dass es mir nichts ausmachte, sterben zu müssen. In diesem Moment hätte ich mit Nikki sofort Doppelselbstmord verübt, wäre mit ihr zu Boden gesunken und am besten gleich dort neben der Vorortebahn begraben worden. Eng umschlugen von diesem wunderbaren Wesen wäre ich gerne verwest und hätte als Kompost dem unverrottbaren Plastik in der Erde ein wenig Konkurrenz gemacht.

Ich ließ Nikki an diesem Abend wieder fahren und beklagte mich nicht mehr. Auch Albi verließ uns; am Abend saß Kris dann in meinem Zimmer und ich bekam alles ab: Ich hätte mich kein einziges Mal ausführlich mit meinem Sohn unterhalten, dabei wäre dieses Treffen doch dazu da gewesen, einander besser kennenzulernen. Kein einziges Mal hätte ich zugehört oder nach einer Geschichte gefragt, die sich in meiner Abwesenheit zugetragen hat. Und so weiter und so fort.

Mir fiel wieder ein, was Nikki beim Spazierengehen an der Vorortebahn gesagt hatte. Sie hatte recht. Ich weiß nicht mehr, wie ich geschafft habe, was mir seit meiner Wiedergeburt nicht gelungen ist: Ich gab klein bei, blickte niedergeschlagen zu Boden und entschuldigte mich. Kris glaubte mir meine Trauer. Ich war auch wirklich traurig, aber nicht wegen Kris oder Albi, sondern weil Nikki nicht da war. Ich versprach Kris, mich ab jetzt zu bemühen, zuzuhören und mich in der Gegenwart einzuleben.

Kris behauptete, mich in jedem Augenblick zu durchschauen. Aber das stimmte nicht. Sie wusste nicht, was mich bewegte. Ich spielte das Spiel, wie sie es wollte. Ich ging danach sogar aufs WC und urinierte nicht in das große Bierglas. Und noch etwas: Ich schlief in dieser Nacht so fest und tief, dass ich beinahe ausgeruht war, als ich am Morgen erwachte.

Schon beim Frühstück herrschte wieder friedliche Stimmung. Bestimmt hatte Kris Winfried erzählt, was vorgefallen war, denn er war höchst zuvorkommend. Ich stellte ihm ein paar Fragen zur politischen Entwicklung der Gegenwart und machte keine ätzenden Bemerkungen. Ich ließ mir von ihm die Probleme mit diesem Corona erklären und sagte dabei immer *Pandemie* statt *Epidemie*. Ich war mit einem Wort ein gut dressierter Affe, und tatsächlich begannen sich die Haberlers sicher zu fühlen. Auf Kris' Geheiß musste Winfried einen Zettel schreiben mit allen Tätigkeiten, die in dieser Woche vor mir lagen. Das waren ein Arztbesuch bei einem gewissen Dr. Todorov, ein Einkauf, damit ich genug Kleidung hatte, das Sichten der Verträge für unsere Computer mit Winfried, eine Beratung bei einem Rechtsanwalt, um einen Reisepass zu bekommen, ein Besuch auf dem Friedhof und schließlich am Dienstag ein Termin mit meiner Freundin vom Fernsehen (damit war Soraya gemeint). Ich fügte noch einen Punkt hinzu:

– Und ich möchte vielleicht doch auch so ein Handy. Damit ich mit Albi telefonieren kann.

Die Wahrheit, dass ich so bald wie möglich mit Nikki telefonieren wollte, sprach ich lieber nicht aus. Kris schien das auch nicht zu ahnen. Sie befahl Winfried, noch einen weiteren Punkt auf die Liste zu schreiben: ein Wertkartenhandy für mich. (Wie Winfrieds Gehör plötzlich, da alles harmonisch verlief, wieder einwandfrei funktionierte!) Kris meinte, wir sollten gleich morgen mit dem Arztbesuch beginnen, denn da sollte der Lockdown enden.

19.07.2022
Abends essen wir, danach kaufe ich Nikki Ohrringe. Sie freut sich sehr und steckt sie sofort ins Ohr. Dann geht einer davon auf dem Heimweg verloren. Lange suchen wir die Straße ab. Wir finden ihn nicht. Es fließen Tränen.

Ich erinnere mich, dass mir die Art, wie mein Vater seine Flucht aus Rust im Jahr 1945 geschildert hatte, sehr unklar erschien. Mein Vater fand offensichtlich einen Bauern, der aus dem Dorf hinausfahren durfte, um beim Abbau der Panzersperren zu helfen oder so ähnlich. Der verlangte natürlich etwas dafür; nicht Geld, denn das war damals nichts wert. Und so musste sich der Vater von dem goldenen Siegelring trennen, den ihm seine Mutter und Tante zum fünfzehnten Geburtstag geschenkt hatten. Seine Initialen sollen in diesem Ring eingraviert gewesen sein: GM.

In dieser Beschreibung der Flucht aus Rust ging es mehr um diesen Siegelring als um die Umstände der Flucht. Ich weiß nur noch, dass die Schilderung mit dem eigenartigen Satz schloss: *Europa schien dem Untergang entgegenzugehen.* Mich überraschte das Wort *Europa.*

Aber Europa war nicht untergegangen. Im Gegenteil: Hier saßen die, die nach dem Krieg geboren worden waren, und sich an allem bedient hatten, wie es ihnen gefiel. Hungern mussten sie nicht, studieren durften sie und bei der Arbeit haben sie sich kein Bein ausgerissen. Nun war diese selbstgerechte Generation alt. Ich saß neben ihnen, diesen alten Wohlstandshaberlers, die in ihrer Jugend ein wenig

Schein-Revolte praktiziert hatten, nun aber zwischen den Bronchialtees und dem Einnehmen ihrer verwirrenden Tablettensammlungen noch einen Sinn im Leben haben wollten. Im Fall von Winfried und Kris fiel die letzte mögliche Verwendung für sie, die Fürsorge für ihre Enkelkinder, leider aus. Albi war kinderlos geblieben und Nikkis Tochter (die ja genau genommen nur Winfrieds Enkelin war) bekamen sie nur selten zu Gesicht.

Also wurde ich zum Objekt ihrer Fürsorge. Die Haberlers konnten in aller Ruhe die Toten vergessen, die – wie ich nun auf Anraten von Winfried und von seinen wortreichen Kommentaren begleitet in der Zeitung las – in aller Welt immer noch täglich zu Abertausenden produziert wurden. Der millionenfache Hungertod, gegen den wir früher mit Plänen zur weltweiten Umverteilung von Lebensmitteln angetreten waren, und die vielen sinnlosen Kriege und Bürgerkriege, die ein Afrikaner, als Stellvertreter eines reichen Arschlochs im Westen, erbittert gegen seinen eigenen Nachbarn, als Stellvertreter eines anderen reichen Arschlochs im Westen, führen musste, waren nicht nur nicht verschwunden, sondern größer geworden, weil alles im Kapitalismus wachsen muss. Nur wurde dieses Elend nicht mehr allein von Konservativen, sondern auch von Umweltschützern, selbst ernannten Linken und früheren Anhängern der Friedensbewegung herbeigeführt. Ich hatte 1991 noch erlebt, wie der angebliche Achtundsechziger Enzensberger in der Wochenzeitschrift *Spiegel* einen amtlich beglaubigten Vergleich zwischen Adolf Hitler und Saddam Hussein veröffentlicht hatte, um den westlichen Ländern unter Führung der USA, die sich zuvor jahrelang am Irak bereichert hatten, den moralischen Freibrief für einen Einmarsch und das Niedermetzeln der irakischen Zivilbevölkerung auszustellen. Wenn ich richtig verstand, hat man mit allen derartigen Kriegen und Überfällen zwar Chaos und Bürgerkrieg herbeigeführt, war dann aber, um kein zweites Vietnam zu erleben, wieder abgezogen, um dem Verhungern, Sterben und Abschlachten wieder gemütlich von der Couch aus zuzusehen. Alle diese Toten brauchten die Haberlers nicht zu beunruhigen. Einen Toten jedoch sollten sie nicht vergessen: den, der zurückgekommen war.

Kris begann wie wild Untersuchungen für mich zu vereinbaren. Sie konnte nicht fassen, dass es kein Dokument gab, das mich als wieder zum Leben erweckten Kryonik-Patienten auswies. Warum hatte ich keine schriftliche Bestätigung bekommen? Ich wusste keine Antwort auf diese Frage. Kris meinte, ich soll das sofort nachholen.

– Woher weiß dann diese Journalistin vom Fernsehen über dich Bescheid?

Ich musste zugeben, dass ich auch diese Frage nicht beantworten konnte. Also legte Winfried eine E-Mail-Adresse für mich an, nicht ohne mir zu erklären, wie ich mich anmelde, wo ich klicken muss, um eine neue E-Mail zu schreiben. Ich schrieb eine E-Mail an die *KrioTek*, die Kris und Winfried Korrektur gelesen und für gut befunden hatten, und bat um eine Bestätigung für die Kryokonservierung meines Körpers. Meine E-Mail-Adresse lautet erik.montelius@zohomail.eu und Ihr, liebe Spammer im Land der Hämmer, könnt mir gerne schreiben.

Kris nahm alle Befunde, die man mir im Krankenhaus mitgegeben hatte, und steckte sie in eine Flügelmappe. Am nächsten Tag fuhren wir nach dem Frühstück los. Auch Kris hörte leider im Auto Musik. Das Gerät, das diesen Lärm ablieferte, war entweder ein kleiner Fernsehapparat oder ein zu großer Donkey Kong. Kris war wieder ganz in Erklärlaune: Man nennt es Tablet. Das Tablet hat den Vorteil, dass es über keine Tastatur verfügt.

– Willst du fahren?

– Nein, nein, ich kann das ja gar nicht mehr. Außerdem habe ich keinen Führerschein.

– Ach ja. Stimmt.

– Oder hast du meinen alten Führerschein noch?

– Erik, ich muss zugeben ...

Kris gestand, dass sie alle meine Dokumente weggeworfen hatte – mit Ausnahme des Totenscheins. Zuerst wurde ich wütend, doch dann dachte ich an das, was Nikki mir gesagt hatte, und versuchte mich zu beherrschen. Wir waren unterwegs zu diesem Arzt, und ich wollte Kris nicht wieder Vorwürfe machen. Was hätte ich getan, wenn Kris 1991 gestorben wäre? Hätte ich von ihr etwas aufgehoben? Hätte ich Gratia geheiratet? Und wäre Kris, nachdem sie dreißig Jahre tot gewesen wäre, zurückgekommen – was täte ich jetzt an ihrer Stelle? Sie wäre noch jung und schön und die Männer würden ihr nachlaufen und mich für ihren Vater halten.

Rauchen durfte man im Auto nicht. *Schon längst nicht*

mehr, sagte Kris, obwohl sie und Albi Raucher waren. Sie kündigte aber jetzt schon eine einmonatige Alkohol- und Nikotinpause nach Weihnachten an. Es war ein lächerlicher Gesundheitswahn. Ich habe Menschen, die sich nicht selbst zerstören, niemals ernst genommen.

– Wir können ihm das nicht sagen.

– Wem? Was?

– Dr. Todorov. Wir können ihm nicht sagen, dass du Kryopatient warst und wieder zum Leben erweckt wurdest. Solange wir keinen Nachweis haben, wird er uns doch niemals glauben.

– Ich bekomme doch die Bestätigung per E-Mail. Hätte ich wenigstens noch diese Lillemor Hanson. Weißt du, dass die die Betreuung abgebrochen haben, weil sie kein Geld mehr von euch bekommen haben?

– Aber sicher. Das haben Winfried und ich entschieden. Wozu brauchst du denn diese Psychologin? Du hast doch jetzt uns, Erik.

– Ja. Und ich bin sehr dankbar dafür.

Ich hasste mich dafür, diesen Satz über die Lippen gebracht zu haben. Mir ekelte vor mir selbst. Und nun sollte ich auch noch vor einem Doktor so tun, als ob ich krank wäre. Mein ganzes Leben lang habe ich keinen Arzt gebraucht, und als ich einen brauchte, konnte er mir nicht helfen. Ich tat das alles nur für Kris. Sie lebte auf, wenn sie glaubte, mir zu helfen. Vermutlich war es das schlechte Gewissen. Tief im Innersten musste sie es wissen. Ich glaube, sie hatte nur nicht den Mut, sich das einzugestehen. Dafür nahm sie, kaum im Wartezimmer angekommen, gleich ihr Handy zur Hand.

– Sag mir ein englisches Wort mit fünf Buchstaben.

– SPOON.

Ich blickte auf ihren Donkey. Da standen fünf Buchstaben in einer Reihe. Ich hätte ja immer gerne eine Welt gehabt, in der jeder Name aus fünf Buchstaben bestand, und eine Sprache gesprochen und geschrieben, in der es ausschließlich Wörter mit fünf Buchstaben gab. Darum widerstrebte mir diese seltsame und nicht sehr ökonomische Verkürzung des Namens meines Sohnes Albin in *Albi* anfangs sehr. Dann aber gewöhnte ich mich daran.

– Das ist ein Spiel. Es heißt Wordle.

Kris im Erklärmodus. Ich ganz artig. (Dabei hat *Wordle* sechs Buchstaben!)

– Siehst du, der Buchstabe S ist richtig und auch schon an der richtigen Stelle. Das N und das O kommen im Lösungswort vor, aber an einer anderen Stelle.

Wir hatten das Lösungswort beim fünften Versuch. Es lautete SONIC. Dann zeigte Kris mir dasselbe Spiel auf Deutsch. Wieder sollte ich das erste Wort sagen. Ich wählte BRUST. Doch wir kamen nicht zur Auflösung, denn wir wurden aufgerufen.

Es war ein sehr dunkler Raum, in dem Dr. Todorov an einem Schreibtisch saß. Es sah aus wie im Wohnzimmer meiner Eltern in den Siebzigerjahren. Der Spannteppich mit den vielen Kaffeeflecken versetzte mich sofort in meine Kindheit zurück. Und ich hätte schwören können, dass es nach

Zigarettenrauch roch. Kris gab Todorov meine Befunde und wollte eine gründliche Untersuchung. Darauf reagierte der Doktor überhaupt nicht. Er las in meinen Befunden und begann ohne aufzublicken zu sprechen:

– Wissen Sie, es ist nicht mehr lustig. Da kommen Leute zu mir, die krank sind, Fieber haben. Ich verschreibe ihnen ein fiebersenkendes Medikament, aber sie sagen mir, sie nehmen keine Tabletten. Sie sagen, sie wollen das Fieber ausschwitzen. Ausschwitzen! Stellen Sie sich das vor! Sie sagen, sie werden viel Obst essen. Vitaminstoß! Warum kommen die zu mir? Unlängst hatte ich so einen. Neununddreißig. Ein Marathonläufer. Hohes Fieber. Er zieht drei dicke Pullover an und legt sich ins Bett, um das Fieber auszuschwitzen. Das Fieber ohne Medikamente zu überwinden, wird ihn stärker machen, hat er gesagt. Jetzt ist er tot. Myokarditis. Herzmuskelentzündung. Bei Männern mittleren Alters besonders gefährlich. Ich sage es noch mal: ein Ausdauersportler. Hundert Jahre hätte er alt werden können. Die Menschen sind nicht mehr normal. Nicht mehr normal.

Ich verstand nicht, was das mit meinen Befunden zu tun hatte. Dieser Todorov war eine einzige Themenverfehlung. Aber er war lustig. Er trug all das mit völliger Ernsthaftigkeit, mal leidend, mal mit fieberhafter Angriffslust vor. Kris wollte ihn wieder auf die richtige Fährte bringen.

– Herr Doktor, mein … also … Herr Montelius hier … er hat Probleme …

– Wir haben alle Probleme, Gnädigste. So ist es nun einmal.

– Herr Doktor …

– Da habe ich einen gehabt … Blutdruck viel zu hoch … das kann man mit Medikamenten in den Griff kriegen. Hoher Blutdruck ist gefährlich. Herzinfarkt. Schlaganfall. Was macht der Mann? Er verweigert das Medikament. Sagt, er macht lieber eine Ayurveda-Kur. Er lässt sich für ein paar Tausend Euro die Woche täglich mit Mandelöl einreiben. Die Ayurveda! Die traditionelle indische Heilkunst, wie es so schön heißt. Ich sage Ihnen jetzt was: Diese Heilkunst (er zeichnete Gänsefüßchen mit Zeige- und Mittelfingern in die Luft) wusste nichts von der Existenz der Leber. Nichts. Es gab für diese Heiler (er zeichnete Gänsefüßchen mit Zeige- und Mittelfingern in die Luft) keine Leber.

– Was raten Sie uns, Herr Doktor?

Es war sinnlos, diesen Mann zu unterbrechen.

– Da kommt eine und sagt, sie lässt sich nicht impfen, denn sie weiß nicht, was in der Impfung drinnen ist. Die Pocken, die Diphterie, längst ausgestorbene Krankheiten kommen zurück, weil die Menschen sich nicht impfen lassen. Da macht man sich über diese Islamisten lustig, die sagen, sie wollen wie im 13. Jahrhundert leben. Die Menschen bei uns wollen auch wieder im 13. Jahrhundert leben, im Dreck, im elenden Dreck von Pest und Cholera. Weil sie nicht wissen, was *drinnen* ist. Wissen Sie denn, was in Ihrem Essen drinnen ist? Wissen Sie, wie Ihr Computer funktioniert?

– Herr Montelius weiß, wie ein Computer funktioniert, er hat früher selbst Computer gebaut.

Dr. Todorov brauste auf.

– Aha, und deshalb glaubt er, er muss sich nicht impfen lassen?

– Im Gegenteil: Er will sich impfen lassen. Er hat nur keine E-Card und deshalb …

– Er hat keine E-Card?

– Können Sie ihn privat impfen?

– Man kann alles, Gnädigste. Aber sagen Sie mal: seine Leber. Diese Werte.

– Sind sie so schlecht?

– Na ja, ich habe schon schlechtere Werte gesehen. Aber die Menschen, die sie hatten, haben zugegebenermaßen nicht mehr gut ausgesehen.

– Ist es nach so einer Operation nicht normal, dass die Werte da schlecht sind?

– Wir müssen ihn schonen. Extrem schonen.

Kurz las Todorov in meinen Befunden, als würde er sie überfliegen, wobei er immer wieder leise einzelne Worte vor sich her sagte, fast unhörbar, sodass man nur die Bewegung seiner Lippen und sein Kopfschütteln sah und ein unverständliches Murmeln hörte.

– Was wollen Sie von mir hören? Er hat eine schwere Operation hinter sich. Und wir wissen ja nicht, ob der Krebs nicht wiederkommt? Waren Sie schon bei einem Onkologen?

– Nein! Wir sind als Erstes zu Ihnen gekommen.

– Also, ich bin kein Onkologe, aber ich denke, eine Chemotherapie wäre auch nach der Operation anzuraten.

– Und seine Blutwerte?

– Tja, die Blutwerte, das ist eine andere Sache. Wir

haben mehrere Probleme gleichzeitig. Wissen Sie, die Menschen verstehen es nicht. Sie glauben, es gibt immer nur ein Problem.

– Was raten Sie uns, Herr Doktor?

– Ich rate Ihnen, zu einem Onkologen zu gehen. Und ich rate Ihrem Mann, dass er sich schont. Ich schreibe ihm etwas auf.

– Wie ist es mit Alkohol?

– Alkohol, Gnädigste? Sie kommen hierher und fragen mich, wie es mit Alkohol ist, wenn man solche Leberwerte hat? Was glauben Sie? Glauben Sie, wie die Esoteriker, dass man eine Krankheit verstärken muss, damit man sie überwindet? Glauben Sie an weiße Kügelchen und irgendwelche Blüten und Salze? Wenn die Werte wieder normal, oder sagen wir besser werden sollen, dann: kein Alkohol, so wenig Fett und Zucker wie möglich.

– Wie lange?

– Sie sind wirklich zu komisch. Wie lange? Er kriegt jeden Tag geschenkt und Sie fragen: Wie lange? Wir können in drei Monaten wieder eine Blutabnahme machen. Aber ich sage auch: Genießen Sie jeden Tag!

– Ohne Alkohol?

Für diesen Zwischenruf stieß Kris mich in die Seite.

LEBER
WERTE
BRUST
KREBS

Später im Auto störte es Kris, dass ich schwieg. Sie zeigte bei dieser und jener Kreuzung auf ein Gebäude und fragte mich, ob ich mich an dieses oder jenes erinnern kann. Das Gasthaus hier war jetzt eine Flüchtlingsunterkunft, der Greißlerladen dort ein Handygeschäft, die große Kreuzung hatte eine Ampel und überall war ein Kreisverkehr. Ich kann mich nicht erinnern, jemals so viele Kreisverkehre gesehen zu haben. Es war absurd.

– Unser Bundesland hat die meisten Kreisverkehre und Lärmschutzmauern im ganzen Land.

Wieder war es lange still.

– Was denkst du?

– Ich denke an 1990. Litauen erklärte seine Unabhängigkeit. Der Staatschef hieß Landsbergis. Und ich schrieb eine

NATIONALHYMNE FÜR LITAUEN

LANDSBERGIS
LANDSSTROMIS
LANDSÄCKIS
LANDSDOMIS
LANDSHÄMMIS
LANDSZUKUNFTSREICHIS
LANDSGROSSERSÖHNIS
LANDSFÜRDASSCHÖNIS
LANDSVIELGELIEBTIS

When Johnny comes marching home again

20.07.2022
Wir bleiben wegen des Sturms immer noch am Pool. Nikki ist von allem angewidert. Vom Wetter, von den anderen österreichischen Touristen, vom Essen, von mir, von Leonie, vom langsamen WLAN. Ich sage zu ihr: Der Politiker dankt seinen Wählerinnen und WLAN. Nikki sagt: Deine Witze sind mir schon abgegangen.

Wie konnte jemand nur so lächeln wie Soraya Unterasinger, so ganz ohne Schüchternheit oder Befangenheit? Schon als sie mich abholte, tätschelte sie mir ungefähr fünfzehnmal die Schulter. Kris nannte sie deswegen: die kuschelige Frau. Das war natürlich Eifersucht. Kris erklärte mir, dass man in Zeiten der Pandemie Abstand hielt und einander so wenig wie möglich berührte. Soraya war die Erste, die ich traf, die das Wort Covid auf der zweiten Silbe betonte, weshalb ich an die Metamorphosen dachte.

– Erik, ist es okay für dich, einen Covid-Schnelltest zu machen?

Sie erklärte mir das Nasenbohren mit Wattestäbchen. Ich gehorchte und war angeblich negativ, was positiv war. Danach erst begannen die Aufnahmen. Diese Fernsehberichte wurden immer noch gemacht wie in den Sechzigerjahren. Zuerst sollte ich von der Straße auf die Eingangstür des Hauses zugehen. Kris und Winfried verschanzten sich dahinter. Ich ging einmal zur Probe und dreimal für die Aufnahme von der Straße durch das Gartentor auf das Haus zu, öffnete die Haustür, betrat das Haus und verschwand darin.

Danach sollte das Interview im Haberlergarten geführt werden. Das konnte ich verhindern – ich bat Soraya, dass wir hinunter zu den Bahngleisen gehen. So stand ich exakt an der Stelle, an der ich Nikki geküsst hatte. Schon wieder bekam ich Sportreporterfragen: Wie fühlen Sie sich? Was denken Sie sich? Haben Sie das alles schon realisiert?

Ich gebe im ganzen Interview, glaube ich, nur eine einzige gute Antwort, als ich sage, dass ich mir von den Zwanzigerjahren des einundzwanzigsten Jahrhunderts im Vergleich zu meinem Todesjahr mehr Fortschritte erwartet habe, und dass mich die Gegenwart an die Fünfzigerjahre erinnert, in denen ich zum ersten Mal geboren wurde, dass also meines Erachtens viele Rückschritte stattgefunden haben. Und plötzlich ist der Dreh vorbei, und Soraya schickt Kameramann und Tontechniker weg.

– Darf ich dich einladen? Auf dem Hauptplatz gibt es ein Café, oder?

– Darf ich Bier trinken?

– Du darfst trinken, was du willst.

Wir setzten uns an einen Tisch im Freien. Das war bemerkenswert, denn es war Dezember. Über den Tischen befanden sich kleine Heizstrahler, die uns erwärmten, zumindest teilweise. Bei mir bewirkte es, dass mein Rücken und mein

Hinterkopf glühten, während ich im Gesicht und auf dem Bauch fror.

– Hier wird also draußen geheizt, wie luxuriös!

– Das sind Heizpilze. Sonst könnten wir hier nicht sitzen.

– Dann sitzen wir eben drinnen.

– Aber drinnen dürfen wir nicht rauchen.

– Ach ja, stimmt. Versucht ihr auch die Sahara abzukühlen, damit man dort im Winter Zucchini pflanzen kann?

Bevor wir bestellen konnten, mussten wir zuerst unsere Namen, die Tischnummer, unsere E-Mail-Adresse und Telefonnummer aufschreiben. Ich erfand die letzten beiden. Soraya sagte mir, den Zettel würde ohnehin niemand lesen.

– Danke für den Dreh! Wir bringen das allerdings erst nach Weihnachten. Am 29. oder 30. Dezember. Die Firma *KrioTek* war übrigens zu keiner Stellungnahme bereit.

– Hast du mit Lillemor Hanson gesprochen?

– Nein. Mit einer Frau Doktor ...

– Datschenko.

Soraya nahm eine Flügelmappe zur Hand, nein, es war vielmehr ein Brett, an das Blätter geheftet waren.

– Genau: Irina Datschenko.

Wir tranken, und ich versuchte mir meine Unsicherheit nicht anmerken zu lassen. Nach dem ersten Bier war ich besser gestimmt.

– Fandest du meine Geschichte nicht langweilig?

– Na, hör mal! Ein Mensch wird das zweite Mal geboren? Das ist ungefähr das Interessanteste, was mir je untergekommen ist.

– Wirklich?

– Natürlich. Ich bin erst zwei Jahre beim Sender, aber ich kann dir sagen: Ich berichte immer dasselbe. Ein Unfall hier, die Eröffnung eines neuen Feuerwehrhauses da, ein totes Reh am Waldrand dort. Das Highlight dieses Monats war ein brennendes Auto.

– Beim Rechtsanwalt Tassilo Moser.

– Wow, du schaust unsere Sendung?

– Nein, ich kenne den Angeber seit unserer Volksschulzeit.

– Verstehe. Jedenfalls hat noch niemand über einen Menschen berichtet, der das zweite Mal auf der Welt ist. Jetzt bin ich stolz, bei diesem Sender zu sein.

– Was hast du vorher gemacht?

– Ich war Ghostwriterin.

– Ist das nicht schrecklich? Ich meine, die Menschen zu betrügen?

– Erstens bin nicht ich die Betrügerin, und zweitens würde niemand das Buch lesen, wenn es der, der auf dem Umschlag steht, geschrieben hätte.

– Weil er so langweilig ist?

– Weil er kein Buch schreiben kann. Weil er nicht weiß, was die Menschen wollen.

– Und du weißt das?

– Ja.

– Und was wollen die Menschen?

– Zucker, Fett und Alkohol.

– Alle drei wurden mir verboten. Von einem Arzt namens Todorov. Kennst du den?

Soraya schüttelte den Kopf. Mein Glas war leer. Ich bestellte ein zweites Bier. Soraya nahm noch ein kleines Bier.

– Würde ich dir ja auch raten!

– Alkohol zu trinken? Die Ärzte raten mir, wie gesagt, davon ab.

– Nein! Deine Autobiografie schreiben zu lassen.

– Interessiert das jemand?

– Ich sag dir, das Buch wird der Megahit!

– Na ja, der erste Mensch, der seinen Körper kryokonservieren ließ, war Dr. Bedford, Psychologieprofessor aus Glendale. Ich glaube, das war 1968.

– Warte, das muss ich aufschreiben. Das brauche ich für meinen Kommentar.

– Glaubst du, es interessiert sich jemand für mich?

– Aber was hast du denn nur? Alle interessieren sich dafür! Sie müssen nur davon erfahren. Jeder wird sich fragen: Was würde ich tun, wenn ich nach meinem Tod noch einmal zurückkommen könnte?

– Was würdest du tun?

– Soll ich ehrlich sein? Ich würde auf alles scheißen. Ich würde machen, was ich will, und ich würde mich für jedes gottverdammte Unrecht rächen. Wer kann mich belangen? Ich bin frei.

Um ehrlich zu sein hatte ich diese Soraya bis zu diesem Zeitpunkt für eine recht naive, einfach gestrickte Person gehalten. Mit diesem Satz aber war sie plötzlich in einer neuen Sphäre, einer neuen Galaxie gelandet. Nein, ich war in einer neuen Galaxie gelandet. Soraya hatte recht: Ich konnte tun, was ich wollte.

– Kann ich meine Autobiografie nicht selbst schreiben?

– Kannst du auch. Aber bitte lass sie mich als Erste lesen. Versprich mir das!

– Ich verspreche es dir!

– Und wenn du eine Agentur brauchst oder einen Verlag suchst, ruf mich an. Kannst du mir deine Nummer geben?

– Ich habe noch kein Mobiltelefon.

– Ich besorge dir eines.

– Das macht meine frühere Frau.

– Wie du willst. Aber du sagst mir Bescheid wegen der Autobiografie. Damit kannst du wirklich Geld machen.

Die Kleine war nun richtig in Fahrt. Sie hatte schon einen Schwips, ging aber ganz in ihrer Rolle als Ersatzmutter auf.

– Wolltest du nie selbst ein Buch schreiben, statt es für andere zu tun?

– Ja, das wollte ich auch. Aber ich glaube, ich bin zu langweilig.

– Das glaubt doch jeder von sich selbst.

– Du erlebst wenigstens etwas.

– Ich erlebe gar nichts.

– Das glaubst du. Aber in Wahrheit will jeder die Welt so sehen wie du.

Wir bestellten noch einmal und wurden immer besoffener. Kris würde stinksauer sein, das wusste ich schon, aber es war mir egal. Soraya ging in eine Trafik. Ich hatte ihr aufgetragen, eine Packung *Flirt* zu kaufen, aber sie hatte nicht zugehört und kam mit irgendwelchen Zigaretten wieder. Ich zeichnete für sie. Ein Blatt mit diesen Zeichnungen habe ich immer noch:

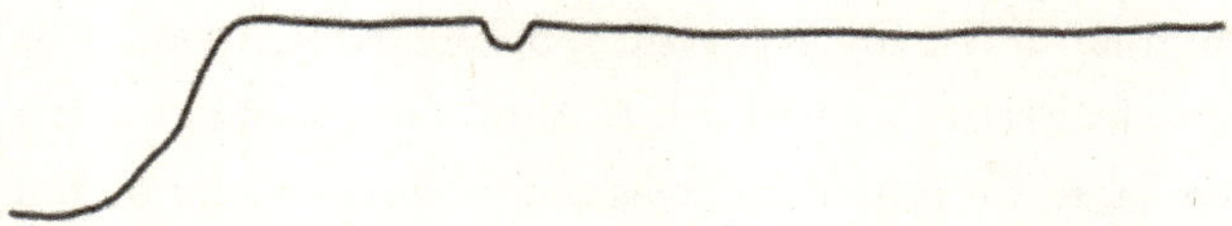

– Was ist das?

– Die Entwicklung meines Nikotinkonsums in meinem ersten Leben.

– Und im zweiten Leben?

– Wahrscheinlich so:

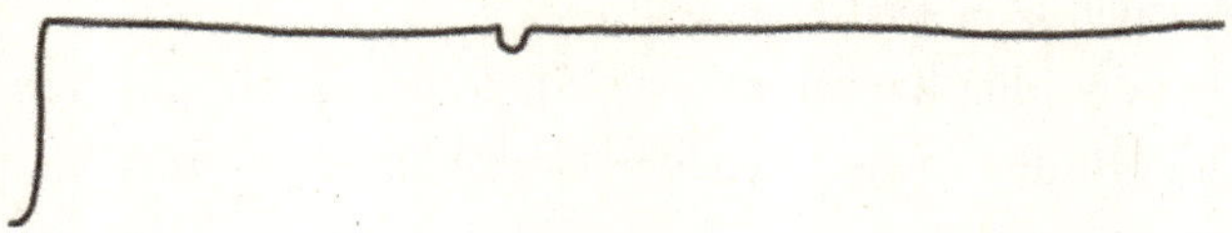

– Wann hast du zu rauchen begonnen?

– Im Alter von drei oder vier Tagen.

– Und das?

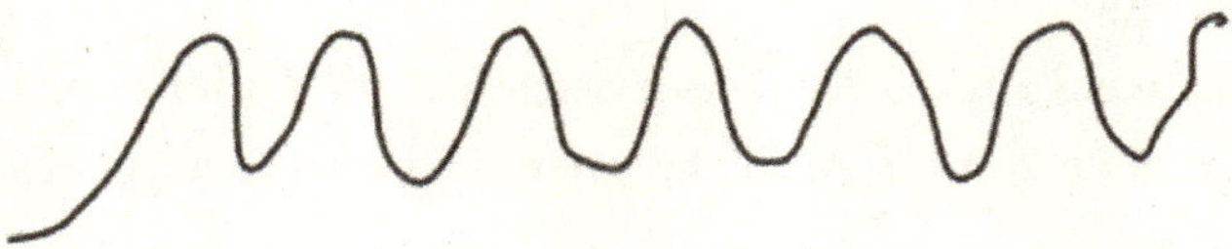

– Mein Alkoholkonsum.

– Magst du mir die Zeichnungen schenken?

– Wofür?

– Für das Buch über dich.

– Du solltest ein eigenes Buch schreiben.

– Ich will dein Buch schreiben, verdammt, hast du es noch immer nicht kapiert. Bitte, bitte, bitte!

Ach, Sorayas Wangengrübchen, ihr Lachen. Ich wusste, dass sie mich nicht für voll nahm. Sie hielt mich vielleicht für verrückt. Aber es gefiel ihr. Und im Gegensatz zu allen anderen sagte sie mir nicht, was ich zu tun und zu lassen hatte.

– Weißt du, ich verstehe diese Welt zwar nicht mehr, aber ich ahne alles voraus. Ich weiß, was passieren wird. Ich bin ein Gott oder ein Dämon oder so etwas. Meine frühere Frau, sie spielt ein Kreuzworträtsel auf dem Handy, wo man ein Wort mit fünf Buchstaben erraten muss.

– Wordle. Das spiele ich auch.

– Und das alles hat mit meiner Wiedergeburt zu tun. Pass auf: Die Hindus sagen, dass der Gott Vishnu zehnmal gelebt hat.

– Reinkarnation.

– Genau. Und in seinem zweiten Leben war er eine Schildkröte und hieß Kurma. Kurma hat auch fünf Buchstaben.

– Ja und?

– Ich weiß alles. Alles, was passieren wird. Zum Beispiel werden noch weitere Autos brennen. Insgesamt werden es fünf sein.

– Zündest du die Autos an?

– Nein, ich habe nur die Idee. Durchführen muss sie ein anderer. Ein Ghostbrandstifter.

– Wo brennt es als Nächstes?

– Bei Erhard Lackermeier in Leopoldsberg.

Irgendwann gingen wir doch, Soraya wankte schon ein wenig, und ich bezahlte die Rechnung. Beim Verabschieden beugte sie sich zu mir. Ich verstand nicht und hielt sie mit beiden Händen an den Schultern fest, weil ich glaubte, sie würde umkippen. Sie küsste mich auf die Wange, erwischte aber meinen Mundwinkel. Auf dem Weg zum Auto erzählte ich ihr noch von der Flucht meines Vaters; ich befürchte, die Schilderung war etwas wirr.

Mein Vater verließ Rust mit einer Pistole und ein paar Büchern. Er wollte aber nicht zurück in die Stadt, denn er wusste, dass gerade die Städter am schwersten an Hunger litten. Daher trieb es ihn in ein südliches Bundesland, wo er auf dem Land bei der Arbeit helfen wollte. Die Bauern hatten alles, was sie brauchten. Wie konnte er sie dazu bringen, ihm zu essen zu geben? Geld hatte er keines. Aber auch wenn er welches gehabt hätte, hätte er nichts bekommen. Ich weiß nicht, ob er die folgende Geschichte erzählt hat, oder ob ich sie in seinem Münchhausen gelesen hatte. Jedenfalls hat sie mich sehr berührt.

In einem Dorf, in dem mein Vater als Hausknecht arbeitete, lebte eine Frau mit drei Kindern. Der Mann war Beamter gewesen und im Krieg gefallen. Mit ihren Lebensmittelmarken bekam die Frau nicht genug Milch für die drei kleinen Kinder. Sie bat eine Bäuerin, ihr aus ihrem Überschuss Milch zu verkaufen, und bot ihr dafür alles Geld, das sie noch besaß. Die Bäuerin lehnte mit dem Hinweis auf die Wertlosigkeit des Schillings ab und verlangte stattdessen den goldenen Ehering der Frau. Die Frau willigte ein, erzählte aber dem Priester des Ortes, dass sie ihren Ehering hergegeben hat, um ihre Kinder mit Milch zu versorgen. In der Sonntagsmesse hielt der Priester eine Predigt über Nächstenliebe. Ohne die Namen zu nennen, erzählte er, dass jemand sich an einer bedürftigen Mutter bereichert und noch dazu ihren Ehering als Zahlung für ein bisschen Milch verlangt hat. Er geißelte die Todsünde der Gier und forderte die Person auf, den Ring am Montag im Pfarrhaus abzugeben. Er selbst würde ihn dann der rechtmäßigen Besitzerin zurückgeben. Am nächsten Tag wurden für den Priester elf goldene Eheringe im Pfarrhaus abgegeben.

Vielleicht hat mein Vater diese Geschichte auch in der Zeitung gelesen. Egal. Er musste nun in dieser feindlichen Welt überleben. Doch als Hausknecht wurde er sehr schlecht behandelt, und so beschloss er, sich fortan mit dem Trick des Hawlitschek und dessen angeblicher Schatzsuche durchzuschlagen.

Am helllichten Tag besoffen, schimpfte Kris, als ich nach Hause kam. Was hatten die Haberlers beide nur mit diesem *helllichten Tag*? Sie hatten den Bierkrug in meinem Zimmer entdeckt und beschwerten sich über den Gestank. Und dass ich zu spät zum Essen gekommen bin. Dieser Terror mit den Essenszeiten war wirklich nervig. Beim Essen versuchte Winfried, Frieden zu stiften.

– Und wie waren deine Fernsehaufnahmen?

– Ich glaube, ich habe nur Unsinn geredet. Aber diese

Frau Unterasinger ist nett. Sie hat angeboten, mir einen Donkey Kong zu schenken.

– Einen was?

– Er meint ein Handy, Winfried. Aber weil er superwitzig ist, sagt er nie Handy.

– Kris, Winfried weiß, was ein Donkey Kong ist, er hat mich nur nicht verstanden, weil er schwerhörig ist.

– Wenn ihr beide durcheinanderredet, verstehe ich noch weniger.

– Ich finde das nett von ihr.

– Erik, wir kaufen dir ein Handy. Oder willst du es nur von dieser Frau vom Fernsehen geschenkt bekommen? Gefällt sie dir?

21.07.2022
Heute den ganzen Tag am Meer. Nikki hat das Lesen entdeckt und verschwindet in ihrem Buch. Ich gehe lange alleine am Strand entlang und erinnere mich an eine Erzählung von Kris, wie ich bei unserem letzten Urlaub am Meer den ganzen Tag am Strand gestanden bin und einen Kanister, der an einem Seil hing, ins Meer hinausgeschleudert habe. Dann habe ich gewartet, bis der Kanister wieder angespült wurde, und ihn wieder hinausgeworfen.

Es war gut, einen Tag mit Albi unterwegs zu sein. Ich konnte mich von Kris und Winfried erholen, und sie konnten sich mit ihrer Eifersucht beschäftigen. Winfried war eifersüchtig, weil das Fernsehen mich interviewt hatte und nicht ihn. Kris war auf Soraya eifersüchtig, und diese Eifersucht löschte die Eifersucht auf Nikki wieder aus.

Albi war der bessere Autofahrer und hatte auch ein normales Auto. Ich überlegte ihn zu fragen, ob er mich zu Nikki bringt. Als ob er meinen Gedanken erraten hätte, begann er von Nikki zu sprechen.

– Weißt du, es gibt niemanden, der zäher und geduldiger ist als Nikki. Für mich ist sie fast eine Außerirdische. Wir waren in Italien auf Urlaub, da war sie zwölf oder so. Sie hat mit Winfried gestritten und ist dann für eine Woche in das Zelt einer dänischen Familie gezogen, mit deren Tochter sie sich angefreundet hatte. Wenn Nikki einmal schmollt, dann lässt sie dich schmoren. Das kann monatelang so gehen. Und jetzt bekommt sie das alles von Leonie zurück.

Ich wusste nicht, was ich auf diese seltsame Offenbarung antworten sollte. Ich vermisste Nikki und wollte so etwas nicht hören.

– Lisbeth war genauso.

– Zu uns Kindern war sie sehr nett. Ich war traurig, als sie gestorben ist.

– Es ist seltsam. Früher dachte ich immer, dass ich ihren Tod erleben würde. Ich habe mir vorgestellt, dass ich auf dem Klo sitze und ein Brot esse.

– Ein Brot?

– Ja, ich sitze auf dem Klo und esse ein Käsebrot. Das heißt: Ich will gerade hineinbeißen, und plötzlich erfahre ich, dass Lisbeth gestorben ist.

– Das ist wirklich seltsam.

– Wie ist sie gestorben?

– Sie hat Mama angerufen, dass sie Schmerzen in der Brust hat. Wir haben die Rettung gerufen. Sie hatte eine Lungenembolie und ist im Rettungsauto gestorben. Noch am Vortag war sie mit uns stundenlang spazieren. Sie war sehr fit, nach Opas Tod ist sie richtig aufgeblüht.

– Meinen Vater hat wohl niemand gemocht …

– Konnte man ihn mögen?

In einem Dorf in der Steiermark ging meinem Vater das erste Mal ein Bauer auf den Leim. Er hatte seine Geschichte des Altertumsforschers, der einen Schatz sucht, gut einstudiert. Mein Vater war zeit seines Lebens, das vor meinem ersten Leben begonnen und nach meinem ersten Leben geendet hat, ein Mann mit Autorität. Er sprach nicht viel und sah einem mit starrem, durchdringendem Blick in die Augen. Man fühlte sich dabei meist unwohl, geradezu taxiert, und versuchte diesem Blick zu entgehen. Ich kann mir vorstellen, wie überzeugend er gewirkt haben muss, als er (mit welchen Lügen auch immer) von den Schätzen, die sich vermutlich auf dem Grundstück befanden, erzählte. Und wenn man dann die Knechte holte und zu graben begann, geschah es, dass ihn der Bauer abends zu Tisch bat. Viele ließen ihn auch auf dem Hof übernachten. Mein Vater musste im richtigen Augenblick über Nacht verschwinden; dann nämlich, wenn er die wachsende Ungeduld der Bauern bemerkte. Er hatte auch Angst, dass irgendwann in der Zeitung stehen könnte, mit welchem Trick sich ein Landstreicher, der sich als Altertumsforscher ausgab, im Land herumtreibt.

Doch für ein paar Monate kam er so über die Runden. Seine Mutter war inzwischen verstorben, aber seine Tante schrieb ihm immer wieder und riet ihm im Jahr 1946 ausdrücklich davon ab, zurück nach Wien zu kommen. Er log ihr immer wieder von einer Anstellung vor, die er angeblich in Vorarlberg hatte, und versprach Geld und Lebensmittelmarken zu schicken, was er dann wieder mit Ausreden hinauszögern musste, da er selbst nichts hatte.

21.07.2022
Fast täglich lese ich von Autoblockaden, die herbeigeführt werden, indem Menschen in den Städten ihre Hände an den Asphalt kleben. Mir kommt das ein wenig unbeholfen vor. Ich frage mich, warum sie nicht in der Nacht straßenweise parkende Autos anzünden. Weil ihnen dann Sachbeschädigung vorgeworfen wird? Sachbeschädigung ist weniger schlimm als die Tötungen und Verletzungen, die vom Autofahren ausgehen. So what?

– Also, was möchtest du machen?

– Ich weiß es nicht. Was kann ich denn machen?

– Wir können spazieren gehen, im Prater, in Schönbrunn, auf den Kahlenberg. Wir können einkaufen gehen. Wir können in ein Museum gehen oder in ein Kaffeehaus.

– Wenn ich in einem Auto sitze, möchte ich gar nicht aussteigen. Ankommen macht mich fertig.

Albi fuhr also zum Kahlenberg. Der große Parkplatz war noch so, wie ich ihn in Erinnerung hatte. Er war vor allem hässlich. Wir stiegen aus und gingen ein paar Schritte an der Kirche vorbei zum Aussichtspunkt, von wo man auf die Donau blicken konnte. Der Kahlenberg war inzwischen ein richtiger Berg geworden. Die Menschen, die dort unterwegs waren, trugen alle Bergsteigerkleidung. Niemand hatte normale Hosen oder Jacken an.

Neben dem Aussichtspunkt stand eine Tafel mit einem Gedicht des Nazis Weinheber. Ich wetterte ein wenig, dass man in diesen Zeiten noch Tafeln mit Texten von Nationalsozialisten aufstellte, aber Albi war daran nicht sehr interessiert.

– Weißt du, Albi, ich bin nicht so der Mensch, der … also, ich habe doch mein ganzes Leben auch nur schweigend in mein Bier gestarrt … wie … wie das die meisten Männer machen … ich habe nie … ich habe es wahrscheinlich nicht geschafft, dir als Kind zu sagen, wie sehr … wie sehr ich dich liebe … und ich schaffe es wahrscheinlich auch jetzt nicht … du musst es dir dazudenken.

Albi blickte vom Aussichtspunkt auf die Donau und ich ebenfalls. Ich hatte überhaupt keine Erinnerung an die Donau, sie ist mir bis heute fremd geblieben. Albi klopfte mir auf den Rücken. Jetzt hätten wir beide weiterreden müssen. Ich hätte weiterreden müssen. Vielleicht hätten wir wieder Bier trinken sollen, wie bei unserem ersten Treffen. Wir gingen zum Auto.

– Darf ich mit dem Auto fahren?

Albi ließ mich auf der Fahrerseite einsteigen. Ich war ein wenig nervös. Ich trat die Kupplung und startete den Wagen. Ich legte den ersten Gang ein und ließ die Kupplung sehr vorsichtig los. Wir fuhren. Am Ende des Parkplatzes bog ich Richtung Grinzing ab. Früher hatte ich es geliebt, über die Höhenstraße zu fahren, besonders im Herbst, auch wenn die Höhenstraße ein Werk der Nazis war. Ich schaltete in den dritten und vierten Gang. Albi nickte.

– Haut hin!

– Ist das mein dermatologischer Befund?

Er lachte zwar nicht über meinen Kalauer, aber er schlug mir mit der Hand auf den Oberschenkel.

– Jetzt bist du endlich wieder du!

Zuerst freute ich mich über diesen Satz; erst später überlegte ich, ob das nicht eine kleine Schmälerung meiner Liebeserklärung an Albi war, die ich mir so hart abgerungen hatte.

– Wo willst du denn hinfahren?

– Also, ich hoffe, du lachst mich jetzt nicht aus. Ich möchte in einen Supermarkt gehen. Ich möchte einmal etwas essen, was ich selbst ausgesucht habe. Ich möchte in ein Blumengeschäft gehen und Blumen verschicken.

– Das lässt sich alles machen. In einem Blumengeschäft war ich aber auch seit dreißig Jahren nicht mehr.

Ich hatte anfangs ein wenig Probleme mit der Kupplung, aber nach vier- oder fünfmal Schalten kam ich zurecht. Ich hatte Angst, dass Albi Angst hatte und es bereute, dass er mich ans Steuer gelassen hatte. Er aber war ganz woanders.

– Mach dir nichts draus. Wir können das alle nicht: unsere Gefühle ausdrücken. Ich habe mir gewünscht, normal zu sein. So wie die anderen. Aber als wir dann zusammengewohnt haben, Mama, Winfried, Nikki und ich, da hat Mama Nikki immer bevorzugt, um zu zeigen, dass sie uns beide gleich behandelt. Winfried konnte das besser. Dann ist Nikkis Mutter nach Australien gegangen, und Nikki hat aufgehört zu essen. Sie war immer die Arme von uns beiden, sie lag in diesen Spitalsbetten und wurde künstlich ernährt. Sie hat sich nie beklagt. Aber sie ist vollkommen hart geworden. Sie hat Gerald praktisch rausgeworfen.

– Wer ist das?

– Der Vater von Leonie.

– Nikki braucht niemanden. Aber ich hätte dich schon

gebraucht in all dem Wahnsinn. Irgendwann war ich achtzehn und konnte weggehen. Das war eine Erleichterung. Aber jetzt, wenn du neben mir sitzt, bin ich wieder ein neunjähriges Kind.

Und Albi redete weiter, zeigte mir zwischendurch, wo ich abbiegen sollte. Anscheinend hatte ich ihm das Gefühl gegeben, dass ich zuhörte. Ich schaffte es aber gar nicht, zum einen, weil ich mich auf den Verkehr konzentrieren musste, zum anderen, weil er nun begann von seinen Frauen zu reden und ich mir nicht merken konnte, welche Anna ist, welche Tina und welche Clara. Dazwischen verstand ich auch andere Namen, und das verwirrte mich noch mehr. Irgendwann blieb ich auf dem Parkplatz eines Supermarktes stehen und stellte den Wagen ab. Albi sah mir in die Augen:

– Was würdest du an meiner Stelle jetzt tun?

– Eine Wurstsemmel essen.

– Ich bin Vegetarier.

Wir gingen in den Supermarkt. Es war dort nicht anders, als ich es in Erinnerung hatte, nur dass es viel mehr Waren gab. All diese Würste. Ich wollte mir eine Semmel mit Bergsteigerwurst nehmen. Albi zeigte mir, dass es auch aufgeschnittenen Schweinsbraten gab. An der Kasse zeigte er mir das kontaktlose Zahlen mit Karte und erklärte mir auf Nachfrage, dass man schon noch mit Geld zahlen kann, dass er das aber nie macht.

Dann saßen wir im Auto, und ich verdrückte zwei Semmeln, während Albi ein vegetarisches Sandwich aß. Ich hatte aber immer noch Hunger. Nun musste ich allein in den

Supermarkt gehen und noch eine Semmel mit aufgeschnittenem Schweinsbraten kaufen und an der Kasse mit Bargeld zahlen. Zuerst war es ein wenig seltsam, aber bald gefiel es mir, im Supermarkt allein zu sein, und ich tat etwas, das ich auch in meinem ersten Leben nie gemacht hatte: Ich schaute mir an, was in den Regalen stand. Es gab so viele verschiedene Buttermarken, das war beängstigend. Was wohl der Unterschied zwischen ihnen war? Bestimmt war es genauso wie früher mit den Waschmitteln, sie waren alle gleich, nur die Werbespots waren anders. Als ich zum Auto zurückkam, stand Albi gestikulierend auf dem Parkplatz.

– Wo bleibst du denn so lange? Ich dachte schon, es ist etwas passiert.

– Nein, nein, ich habe mich nur umgesehen.

– Das passt aber gar nicht zu dir.

Wir fuhren weiter, ich ließ wieder Albi ans Steuer. Ich glaube, ich bin fast eingeschlafen auf dem Beifahrersitz. Meine Angst, dass Albi in das Blumengeschäft mitkommen könnte, war unbegründet. Er betrachtete es wieder als eine Art Überlebenstraining und ließ mich allein gehen. Tatsächlich gab es die Möglichkeit, Blumen zu verschicken, und ich hatte mir Nikkis Adresse genau gemerkt. Ich war in ein paar Minuten fertig. Diesmal war Albi erstaunt, dass ich so früh zurück war.

– Und wo sind die Blumen?

– Die habe ich versenden lassen.

– Oh, die Liebe!!! An die Schwedin?

– Nicht alles geht dich etwas an.

– Bin schon still.

Zurück zu Hause in der Höhle der Rioja-Gläser saß ein Drache und spuckte Feuer. Eine schrille Dame in einem neongelben Kleid hatte es sich auf Winfrieds Fauteuil bequem gemacht, sprang aber auf, als sie mich sah. Winfried stellte uns vor.

– Erik. Das ist Esther Herklotz, die Tochter von Erhard. Esther, das ist mein alter Freund Erik.

– Die Tochter von Dr. Lackermeier?

– Ja, genau! Mein Lieber, ich habe viel von Ihnen gehört! Sie werden jetzt ein Star.

– Nein, ich bin vom Landesstudio Niederösterreich interviewt worden.

– Ach was, die anderen Sender kommen noch, Sie werden sehen. Sie werden noch an meine Worte denken. Wollen Sie zu mir zum Abendessen kommen?

– Esther, Erik war den ganzen Tag mit Albin unterwegs und muss sich ausruhen.

Ich wollte widersprechen, tat es aber nicht. Es herrschte kurz peinliche Stille.

– Aber das versteh ich doch. Ich bin zu aufdringlich.

– Aber nein!

– Ich möchte eben gerne mit ihm reden. Ich habe schon gehört, mein Lieber, dass Sie ein Computerpionier sind. Ich sage Ihnen, früher gab es viel mehr Fortschritt als heute. Heute herrscht Stillstand in der technologischen Entwicklung. Vor fast dreißig Jahren wurde in London die erste robotergesteuerte Prostataoperation durchgeführt.

Und was machen wir heute? Täglich wühle ich in den Eiern alter Männer herum.

– Erik könnte nächsten Dienstag zu dir kommen.

– Fein! Also, ich geh dann. Mach's gut, Kris, mein Schatz! Wie wirst du denn jetzt weitermachen? Jetzt hast du zwei Männer.

– Zwei Männer mit alten Eiern.

Esther lachte nicht über meinen Scherz, aber sie drehte sich zu mir.

– Mein Lieber, ich freue mich, wenn Sie zu Besuch kommen.

– Aber sicher. Ich bin übrigens Erik.

– Gibt es etwas, das du nicht isst, Erik?

– Ich esse kein Menschenfleisch. Sonst alles.

– Das ist schön. Mir gehen sie schon auf die Nerven, die Veganer und Allergiker. Eine lästige Mischpoke. Der eine darf keine Milch, der andere kein Getreide. Wie haben wir nur die Siebziger- und Achtzigerjahre überlebt?

– Esther, wir müssen jetzt.

– Ja, sicher! Also, nächsten Dienstag, Erik. So um 19:00?

Ich nickte. Winfried wollte, wie es üblich war, die Fäuste zur Verabschiedung gegeneinanderschlagen, aber Esther fiel ihm um den Hals. Auch mich umarmte und küsste sie drei Mal: links, rechts, links. Endlich war sie weg, aber der Tag war nicht vorbei. Das Wichtigste sollte erst noch kommen: Kris hielt mir ihren Donkey Kong hin.

– Das ist Nikki. Sie will mit dir sprechen.

Ich ging mit dem Telefon automatisch zu dem kleinen Kästchen im Vorzimmer, wo früher das Telefon gestanden hatte. Erst nach dem Telefonat bemerkte ich, dass ich überall hätte hingehen können, zum Beispiel auf mein Zimmer.

– Hey, Aufgetauter! Ein Joint mit Schnittblumen ist hierhergebracht worden.

– Hättest du lieber einen Blumentopf gehabt?

– Alles gut. Danke! Womit habe ich das verdient?

– Sie haben mir beim Frühstück was in den Kaffee getan, das meinen Gehirnstoffwechsel durcheinandergebracht hat. Ich habe heute schon meinem Sohn meine Liebe gestanden. Und dann warst du dran.

– Also, morgen bist du wieder normal?

– Kommst du am Wochenende?

– Leider nicht. Ich habe am Wochenende eine Fortbildung, weißt du. Ich habe ja auch noch einen Beruf!

– Verstehe!

– Jetzt bist du sauer.

– Die Blumen halten lange, hat die Floristin gesagt.

– Aber ich komme zu Weihnachten. Und freue mich sehr!

Dieses Telefongespräch war niederschmetternd. Kris bemerkte es natürlich, aber sagte nichts. Ich blieb tagelang auf dem Zimmer. Ich dachte wieder mehr an Lillemor und telefonierte zweimal mit Soraya, die den Traum von meiner Autobiografie immer noch nicht aufgegeben hatte. Es war Dezember, aber es war wie im Herbst. Winfried wütete mit dem Laubbläser. Als ich fragte, ob es zu Weihnachten schneien würde, lachte Kris und sagte:

– Schnee zu Weihnachten, das gab es das letzte Mal vor dreißig Jahren.

22.07.2022

Im Rahmen meiner politischen Bildung habe ich über alle österreichischen Minister nachgelesen. Dabei bin ich auf Folgendes gestoßen: Ein Minister hatte lange Haare und hat sie sich auf öffentlichen Druck hin schneiden lassen. Das ist keine Nachrichtenmeldung aus den Sechzigerjahren, sondern vom April 2022 (in Worten: Zweitausendundzweiundzwanzig!).

Als Kind hatte ich mit den Eltern eine Fernsehserie gesehen, in der eine deutsche Familie im neunzehnten Jahrhundert zu Weihnachten vor dem Christbaum nicht *Oh, Tannenbaum* singt, sondern zu derselben Melodie den Text *Oh, Bananenbaum*. Ich kann mich weder an den Titel noch an den Inhalt dieser Fernsehserie erinnern, sondern nur an diese einzige Szene, die mich jahrelang faszinierte. Und als ich schließlich im einundzwanzigsten Jahrhundert mein erstes Weihnachtsfest feierte, am 24. Dezember 2021, kam es mir so vor, als wäre ein Bananenbaum tatsächlich passender gewesen als ein Tannenbaum. Die Heizpilze trugen schon Früchte.

Es war nicht viel passiert in den Tagen vor Weihnachten. Esther Herklotz hatte Corona bekommen. Die Einladung musste verschoben werden, das gemeinsame Abendessen sollte nun am 29. Dezember stattfinden. Am 23. Dezember verließ Winfried das Haus, um einen Weihnachtsbaum zu kaufen. Ich setzte mich mit Kris auf das Sofa, wir wollten fernsehen.

– Was möchtest du sehen?

– Wie meinst du das? Was läuft denn gerade im Einser und Zweier?

– Nein, Erik, das ist nicht mehr so. Wir können inzwischen alles sehen, was wir wollen und wann wir wollen.

– Dann bitte die Lottoziehung vom kommenden Samstag.

Kris zeigte mir ein Menü: Dort sah man ein kleines Bildchen, neben dem eine kurze Inhaltsangabe des Films stand: *Auf einer Brücke zwischen Dänemark und Schweden wird eine grausam zerstückelte Leiche gefunden.* Mit der Fernbedienung konnte man zum nächsten Film weiterblättern. *In einem billigen Motel außerhalb von Chicago wird eine grausam zerstückelte Leiche gefunden.* Weiterblättern. *In Phoenix wird die grausam zerstückelte Leiche einer jungen Frau aufgefunden.* Was hatten wir noch? *L. A. in den 1940er-Jahren: Die grausam zerstückelte Leiche einer jungen Prostituierten wird aufgefunden.* Die Vielfalt erdrückte mich und machte mir die Auswahl unmöglich.

– Gibt es denn keine Filme ohne grausam zerstückelte Leichen?

– Es gibt alles.

Dieses Alles war schwer zu erforschen, aber nachdem wir drei Stunden mit der Suche verbracht hatten, fanden wir einen Film für mich: *Wir sind keine Engel* mit Humphrey Bogart und Peter Ustinov. Und da er zu Weihnachten passte und wir gerade in Erwartung der Ankunft Winfrieds und des Bananenbaums waren, fühlten wir uns, als lebten wir in Französisch-Guayana, in einer Tropenwinternacht ohne Heizpilze.

Danach befahl Kris mir, mein Zimmer aufzuräumen. Sie selbst brach in aggressives Staubsaugen aus. Ich weiß nicht, wie es euch geht, ihr Fischavatare und Grünohren, aber ich finde Staubsaugen das Nervtötendste, was es überhaupt gibt. Männer werden davon impotent, Komponisten verlieren ihr Gehör, Haustiere verkriechen sich, Goldfische sterben und Computer geben ohne erkennbaren Schaden ihren Geist auf. Und der Staub? Er wird vom Staubsaugen nur aufgewirbelt und kommt kurze Zeit danach wieder zurück wie ein [bitte beachten Sie diesen Vergleich, Anm. d. Verf.] aus flüssigem Stickstoff befreiter Zombie. Kris verärgerte Winfried und mich so sehr, dass wir beide vor die Tür gingen und uns unterhalten mussten.

– Ich habe es immer gehasst, dieses panische Aufräumen, wenn Gäste kommen.

Winfried sah mich mit zugekniffenen Augen an.

– Hast du eine Zigarette?

Ich hatte noch die Schachtel, die Soraya gekauft hatte, und zog sie aus der Hosentasche. Eine seltsame Marke mit einem Indianer auf der Schachtel. Als ich darüber gelacht hatte, hatte Soraya mich im Café laut angeherrscht, dass ich nicht dauernd *Indianer* sagen soll, dass man *Indianer* überhaupt nicht mehr sagen darf.

– Warte, wir gehen hinters Haus, damit sie uns nicht sieht.

– Kannst du dich noch daran erinnern, wie wir diesen Roman geschrieben haben?

– Wir haben einen Roman geschrieben?

Winfried sah mich streng an.

– Komm, Winfried! Kannst du dich nicht erinnern? Ich habe mit Data-Becker *Textomat* geschrieben, und du hast mich immer dafür ausgelacht.

– Ja, ich glaube, ich erinnere mich.

– Wirklich? Erinnerst du dich noch an den Titel?

– Nein.

– *Der Sklave und das Ding.*

– *Der Sklave und das Ding.* Nein, ich erinnere mich nicht. Warum wollten wir einen Roman schreiben?

– Das weiß ich nicht mehr. Ich glaube für irgendeinen Wettbewerb.

Winfried war nachdenklich. Wir rauchten eine zweite Zigarette. Immer wieder checkte er die Nachrichten auf seinem Donkey.

– Nikki verspätet sich. Mann! Kris wird ausflippen.

Winfried nahm die Zigarettenstummel, wickelte sie in ein Taschentuch, ging zum Müllcontainer und öffnete ihn. Er hob einen Müllsack aus dem Container, warf das zusammengeknüllte Taschentuch hinein und legte den Müllsack wieder obenauf.

– Und wenn es zu brennen beginnt?

– Ach, hör auf, bei uns brennt doch nichts.

Wir gingen in Winfrieds Arbeitszimmer. Dort stand ein langer Schreibtisch in L-Form, an dem sowohl Kris als auch Winfried einen Computerarbeitsplatz hatten. Ich durfte mich auf Kris' Platz setzen, aber sie kam sofort hinter mir ins Zimmer und sagte, es sei schändlich, was für ein Chaos auf ihrem Schreibtisch herrsche. Sie nahm einige Stapel

Briefe vom Tisch und siehe da, plötzlich war der Blick frei auf einen Briefbeschwerer. Es war ein Stein, etwa so groß wie zwei Fäuste. Kris und ich hatten ihn an der Côte d'Azur am Strand gefunden. Ich hatte darauf einen Schriftzug eingravieren lassen:

STEIN
EWIG WÄHRT AM LÄNGSTEN

Ich war, liebe Herzen aus Stein, in diesem Moment eher ein Herz aus Butter. Ich weiß, es ist nicht auszuhalten, wenn ich hier über alle Momente der Rührung berichte. Wenn man einen Spaziergang durch diese Welt überstehen will, muss man sich das Herz herausschneiden oder es von einem Herzchirurgen entfernen lassen. Wer beginnt, in der Gegenwart die Vergangenheit zu suchen, hat schon verloren. Ich war abwesend und abweisend geworden, als Winfried mir die Verträge für den Verkauf unserer Computer zeigte. Vor mir lag ein Dokument von mindestens vierzig Seiten. Auf der zweiten Seite angelangt, tat ich noch so, als würde ich lesen. Aber ich dachte: Muss ich einen vierzigseitigen Vertrag lesen, um Winfrieds Verrat beweisen zu können?

Dann kam Kris staubsaugen. Ich las weiter, ohne zu verstehen, Winfried brüllte mir manchmal ins Ohr, während Kris mit dem Staubsauger unter den Schreibtisch fuhr und gegen meine Füße stieß. Hundertachtzig Quadratmeter Wohnfläche hatte das Haus. Und wir drei benutzten gleichzeitig einen einzigen davon.

Zum Glück trafen dann die sogenannten Kinder ein. Alle hatten die Taschen voll mit Geschenken. Albi und Nikki waren in einem Auto gekommen. Ich hatte mir vorgenommen, mich diesmal auf meinen Sohn zu konzentrieren, aber ich war sofort mit Nikki beschäftigt, die wieder ohne ihre Tochter gekommen war. Ich begann an der Existenz dieser Tochter zu zweifeln. Nikki umarmte mich und drückte mir einen Kuss auf die Schläfe, aber da Kris uns zusah, stand ich versteinert da.

– Na, junger Sack? Haben sie dir schon einen Dinki Donki gekauft? Oder ist er in einem der Pakete?

Darüber war Winfried wieder verärgert. Überhaupt war er ständig verärgert über seine Tochter. Und dann wieder: essen, essen! Nur Nikki saß bloß auf ihrem Stuhl, die Beine angezogen, und sah den anderen zu. Ach, Nikki! Leider war ich so müde, dass ich mich nach dem Essen hinlegen musste. Kris hatte Angst, dass ich auch Corona hatte, dass Esther Herklotz, die es sich nicht hatte nehmen lassen, beide Männer zum Abschied zu umarmen und zu küssen, mich angesteckt hatte. Sie wollte noch einen Test machen, aber ich schlief ein und wachte erst um neun Uhr morgens wieder auf.

Nach dem Frühstück konnte ich endlich mit Nikki spazieren gehen. Wir gingen wieder zum Bahnübergang hinunter und dann die Schienen entlang in den Wald. Es ist anstrengend, auf Schienen zu gehen, und ich war froh, als wir endlich abbogen.

– Endlich sind wir dem Hausdrachen entkommen.

– Kris passt eben auf dich auf.

Und in diesem Moment nahm Nikki meine Hand. So gingen wir weiter, ohne viel zu reden. Ich dachte, dass ich Bier und Wein lassen sollte, um fit zu sein, wenn ich schon das Glück hatte, dass Nikki da war. Sie war wie jeden Tag seit sechs Uhr morgens wach, ich hingegen erst um neun aufgewacht, und so hatte ich drei Stunden verschlafen, in denen ich dieses herrliche Geschöpf neben mir hätte haben können.

– Wie lange wirst du hier wohnen?

– Uff, können wir nicht über etwas anderes sprechen?

– Über Schnittblumen, die mit dem Boten geschickt werden? Oder über das Buntstiftset deiner Doris, in dem es auch einen fleischfarbenen Stift gab? Oder über deinen Arztbesuch?

A lifetime is so short,
A new one can't be bought,
But what you've got means such a lot to me.

Wir gingen immer weiter. Ich würde nicht mehr zurückfinden, aber das machte mir nichts aus.

– Nikki, du solltest weglaufen. Vergiss mich. Wenn ich das tue, was ich will, werde ich dir nur Schmerz zufügen.

– Hat das der Arzt gesagt?

– So ähnlich.

– Und dann hat er gesagt: Aber schicken Sie ihr doch Schnittblumen mit einem Botendienst.

– Du redest immer von den Blumen. Irgendetwas muss ich falsch gemacht haben.

– Erik!

Nikki blieb stehen. Sie trug eine lange schwarze Jacke, die baumelte an ihr, wie alle Kleider an ihr baumelten. Darunter hatte sie einen Norwegerpullover an, der sah noch genauso aus, wie diese Dinger in meiner Kindheit ausgesehen hatten. Ich hatte als Kind eine Wollmütze mit einem Norwegermuster. Ich konnte mich genau erinnern, wie Lisbeth diese Wollmütze nach dem Waschen immer auf ein Handtuch auf einem Schemel neben der Heizung legte.

– Du musst hier raus! Und du kannst bei mir wohnen. Es sind so hundertzehn Quadratmeter. Ich muss vorher noch ein Problem lösen. Leonie, meine Tochter, sie wohnt im Moment nicht bei mir.

– Das weiß ich schon!

– Ich will nicht darüber reden, und ich will nicht hören, was andere darüber sagen.

– Alles klar.

– Ich werde das alles klären und mit Leonie reden. Und dann kommst du zu uns. Also: Wenn du das auch willst.

– Ich will.

Ich streckte meine Hand aus.

– Danke!

Sie schüttelte den Kopf und blickte mir in die Augen.

– Nicht mit der Hand!

– Anderer Körperteil? Aber welcher?

Nikki machte einen Schritt auf mich zu, und schon küssten wir uns. Liebe Falafelisten und Schwarma-Intelligenzler, ihr haltet mich jetzt für einen Kitsch-Bruder, einen lächerlichen Schwärmer, der versprochen hat, anders zu sein, der sich aber wie alle anderen von einer Liebesschnulze überwältigen lässt. Ich kann euch die Wahrheit nicht ersparen. Ich war in meinem nullten Leben ein Gegner der Monogamie. Aber in diesem Moment riefen die Bäume des Waldes, die Eichen und Birken und Buchen und all die Zellulose, Lignine und Hemizellulose, aus der sie bestanden, mir laut zu: *Das ist deine Frau.* Sie fühlte sich genau so an. Und sie schmeckte auch so. Und ich wusste, dass sie schon beim ersten Luftholen wieder etwas Ätzendes sagen würde.

– Bei mir kannst du trinken, was du willst, aber in Biergläser wird nicht gepinkelt. Verstanden? Bei mir wird alles so gemacht, wie ich es sage.

– Zu Befehl. Muss ich eine Uniform tragen?

– Nein, aber diesen beschissenen Trainingsanzug kannst du hierlassen. Und da du Schnittblumen so magst, könntest du jetzt einen Baum fällen. Wir brauchen morgen einen für das Fest.

– Zu spät! Winfried hat schon einen Baum besorgt.

– Okay. Bitte weiterküssen!

23.07.2022
Es ist schon nach 10:00 vormittags, und Nikki und Leonie schlafen immer noch. Ich kann schreiben, bis sie aufstehen. Dann hole ich Kaffee.

1946 versuchte sich mein Vater in einer Stadt (ich glaube, es war in Linz) als Jongleur, Hühneraugenausschneider, Schuhputzer und Scherenschleifer. Ein Scherenschleifermeister war es auch, der Gustaf Montelius schließlich Bücher von Marx, Engels, Trotzki und Rosa Luxemburg gab. Es muss in dieser Zeit gewesen sein, dass mein Vater sich dem Sozialismus zuwandte. In seiner Familie hatte es zuvor keinen Sozialisten gegeben. Mir sind Sozialisten immer suspekt gewesen. Faschisten und Katholiken stehen wenigstens zu ihrem Spießbürgertum. Doch die Sozialisten sind Spießbürger, die wie andere Spießbürger nur an Geld, Haus und Auto denken, aber so tun, als ob sie das alles durch ihre Arbeit verdient hätten. Als wäre das tägliche achtstündige Herumlungern in einer Fabrik oder das Herumsitzen in einem Büro edler als die Langeweile eines Großgrundbesitzers!

Warum mein Vater nicht beim Scherenschleifermeister in Linz blieb, sondern weitergewandert ist und wieder mit dem Hawlitschek-Trick begonnen hat, weiß ich nicht.

23.07.2022
Ich habe ein witziges Lokal entdeckt. Die Dame hinter der Kaffeemaschine versucht immer, sich mit mir zu unterhalten. Gestern hat sie mir lange erzählt, dass der Kaffee aus Äthiopien viel besser als der Kaffee aus Costa Rica ist.

Und dann kam er, der 24. Dezember. Shanti, Shanti, Shanti. Das Alkoholverbot war aufgehoben. Tage zuvor hatten Kris und Winfried noch gestritten, ob sie mir keinen Alkohol mehr geben würden (Kris' Meinung) oder ob ich das selber entscheiden musste (Winfried). Doch gerade dieser Streit hatte mich stutzig gemacht. Ob Winfried wirklich liberaler war? Oder hatte er die Hoffnung, dass ich schneller wieder sterben würde, wenn ich mehr trank? Ich beschloss daher unumstößlich, noch zwei Tage zu trinken und dann am 26. Dezember Alkohol und Nikotin für immer sein zu lassen. Ich würde in Zukunft auch mit Skistöcken spazieren gehen und statt Butter aus dem Inland zerstampfte Avocados essen, die in Plastikcontainern Tausende Kilometer aus dem Süden Afrikas hergeflogen worden waren. Diese Avocados und eine weiße Brühe aus Sojaschleim im Kaffee würden mich über hundert Jahre alt werden lassen. Zu meiner Zeit hatte das Wundermittel ja Kefir geheißen, verdorbene Stutenmilch, die bei der Schachweltmeisterschaft 1978 Anatoli Karpow zum Triumph über Viktor Kortschnoi verholfen hatte.

Also: Weihnachten. Wir hatten schon zu Mittag begonnen, eine Zigarette nach der anderen zu rauchen. Jedes Mal mussten wir dafür hinters Haus gehen, doch bald hatten wir auch zu trinken begonnen und waren zu faul, hinters Haus zu gehen. Wir rauchten also gleich vor der Haustür, die bald gar nicht mehr geschlossen wurde. Allerdings wurden wir so von den vorbeigehenden Ibmern gesehen, die zwar freundlich grüßten, doch befürchtete Winfried, dass sie unfreundlich über uns redeten oder zumindest unfreundlich von uns dachten. Und so wurde das Rauchverbot im Haus aufgehoben. Zuerst öffnete Albi noch das Fenster im Wohnzimmer. Später waren wir auch dafür zu faul.

Weil sie bereits einen leichten Schwips hatte, ließ Kris den Braten zu lange im Rohr. Der Rauch stand schon dicht im ganzen Haus. Als Kris das Backrohr öffnete, entkam ihm eine Rauchwolke. Und dann ging der Feueralarm los, und kleine Wassersprenkler an den Zimmerdecken, die ich bis dahin nicht bemerkt hatte, pissten das dünne Rinnsal eines Prostatakranken auf uns herunter. Plötzlich begann Albi *Stille Nacht, Heilige Nacht* zu singen. Wir stimmten ein. Allerdings hörten wir in der Ferne das Geräusch von Sirenen, die immer näher kamen. Und plötzlich stand die Freiwillige Feuerwehr Großibm vor dem Haus und bald im Haus.

Sie waren froh, keinen Brand vorzufinden, sondern eine Menge Weißweinflaschen, die Kris nun öffnen musste. Es waren nicht genug Sitzplätze für alle, also nahmen wir mit den Herren im Stehen ein paar Gläser. Mein Vater war angeblich schon lange tot. Aber sein Geist, von dem Kris behauptete, er wäre in mich gefahren, schien an diesem Abend doch eher in Kris gefahren zu sein. Sie hörte nicht auf zu ätzen und sagte zu den Feuerwehrleuten:

– Sie sind doch auch nach Moosbrunn gerufen worden, als das Auto von Dr. Moser, dem Rechtsanwalt, brannte, oder?

Die jungen Feuerwehrmänner, die eigentlich Bauern waren oder Arbeiter, die täglich nach Wien pendelten, blickten verschämt um sich.

– Ist es wahr, dass die Berufsfeuerwehr Schwechat zwanzig Minuten vor euch eingetroffen ist, obwohl sie einen viel längeren Anfahrtsweg haben?

Sofort versuchte Winfried abzulenken. Er erkannte, dass Kris einen sitzen hatte. Auch dem alten Feuerwehrkommandant war es peinlich. Plötzlich aber blickte er mir in die Augen. Und von diesem Moment an konnte er seinen Blick nicht mehr von mir abwenden. Irgendwann streckte er seine Hand aus, zeigte auf mich und sagte laut, indem er Winfried das Wort abschnitt:

– Sie sehen genauso aus wie Ihr Vater, junger Mann. Ich habe ihn gut gekannt. Ich hab oft sein Auto repariert, einen roten VW-Passat. Und er hat mir Programme installiert, auf dem Commodore C64. Ja, damals noch von Diskette. 5-¼-Zoll-Disketten waren das. Ja, auf dem Computer hat er sich ausgekannt, der Herr Sibelius.

– Montelius.

Kris hatte den Kommandanten korrigiert. Winfried machte noch zwei Flaschen auf, ging eine Runde und goss jedem Feuerwehrmann nach. Nur, der Alte war jetzt nicht mehr am Trinken interessiert.

– Natürlich: Montelius. Entschuldigung. Ich bin schon

alt und blöd. Sie sehen aus wie Ihr Vater, Herr Montelius. Nur viel schlanker.

– Das hier *ist* Erik Montelius.

– Ist er nicht sein Sohn?

– Nein. Sein Sohn steht hier und heißt Albin. Das hier ist Erik Montelius. Der Mann, von dem Sie reden.

Hätte Winfried sich verkriechen oder in Luft auflösen können, er wäre in diesem Moment verschwunden. Nikki, Albi und ich mussten grinsen. Aber dem Feuerwehrkommandanten war nicht nach Lachen zumute.

– Liebe Frau Haberler! Wir alle haben schon getrunken, aber es ist Weihnachten und nicht Fasching oder erster April.

Die anderen Feuerwehrleute tranken fleißig weiter und unterhielten sich. Der Kommandant schüttelte den Kopf.

– Am Weihnachtstag jemand zum Narren zu halten vor allen anderen ... das tut man nicht, Frau Haberler.

Ich ging auf ihn zu.

– Kris hält Sie nicht zum Narren. Ich bin Erik Montelius, Herr Gamperl.

Der Kommandant wandte sich an die anderen.

– Jungs, wir gehen.

Er drehte sich zu Winfried.

– Einen Fehlalarm im Jahr sehen wir noch nach, Herr Haberler. Aber dass man mich hier verarscht ... das ... ich ... das hätte ich nicht von Ihnen gedacht!

Er wollte gehen, doch ich stellte mich vor ihn.

– Walter! Du bist Walter Gamperl. Du bist genau eine Woche vor mir geboren, am 22. Februar 1952. Deine Frau heißt Angelika. Du hast zuerst bei einer Kfz-Werkstätte in Gramatneusiedl gearbeitet, warst dort aber unzufrieden und bist zum ÖAMTC gegangen. Ich habe dir viele Spiele installiert, dein Lieblingsspiel aber war *Battle Through Time*. Man fuhr dabei mit einem Jeep durch den Ersten Weltkrieg, den Zweiten Weltkrieg, Koreakrieg, Vietnamkrieg, den Dritten Weltkrieg, den Krieg der Mutanten und im letzten Level war man wieder bei den Dinosauriern in der Urzeit.

Der Kommandant sah nun nicht mehr sehr gut aus. Ich redete weiter.

– Die Musik. Kannst du dich erinnern, Walter? Die vom Ersten Weltkrieg weiß ich nicht mehr. Aber im Zweiten Weltkrieg ging sie so: *When Johnny Comes Marching Home Again, Hurrah, Hurrah!*

Die Feuerwehrmänner kannten zwar den Text nicht, aber die Melodie, und sangen laut und mit Begeisterung mit. Auch die Kinder und Winfried stimmten ein, um die Männer irgendwie loszuwerden. Walter Gamperl aber kam bleich auf mich zu und flüsterte mir ins Ohr.

– Ich habe Erik damals ein Geheimnis verraten, beim Videospielen. Etwas, das niemand in diesem Dorf weiß.

– Ich kann mich gut erinnern.

Er sah mich mit weit aufgerissenen Augen an.

– Sag es mir ins Ohr! Was habe ich dir damals erzählt?

– Ich habe geschworen, es nie jemand zu erzählen. Auch meiner Frau nicht. Ich habe mich immer daran gehalten. Ich darf es auch jetzt nicht sagen.

– Das Verbot ist hiermit aufgehoben.

Ich hielt meinen Mund noch näher an sein Ohr.

– Du hast zwei Kinder mit deiner Frau gehabt. Aber da war noch ein drittes uneheliches Kind, das du gezeugt hattest. Deine Familie wusste nichts davon. Es lebte damals bei seiner Mutter in Mannheim.

Walter Gamperl starrte mich an:

– Du bist der Teufel!

Und dann gingen sie marching home, one by one: *Hurrah! Hurrah!*

Weihnachten war verdorben. Zumindest für Winfried und Kris. Sie stritten den ganzen Abend. Winfried meinte, Kris hätte das niemand erzählen dürfen und machte ihr schwere Vorwürfe. Aber Kris antwortete klug. Sie ist mit mir zu Ärzten und Rechtsanwälten gefahren, um für meine Rechte zu kämpfen. Daher muss sie doch auch öffentlich zu meiner Identität stehen und damit zu mir. Albi und Nikki lachten über die ganze Sache, Kris fühlte sich aber von beiden nicht unterstützt.

So eine Bescherung! Es wurde *Stille Nacht* gesungen und die Geschenke wurden überreicht. Doch gleich danach stellte Winfried seine Pakete, ohne sie geöffnet zu haben, in die Ecke und ging zu Bett. Er hatte nicht einmal das Hörgerät ausgepackt, das mir Albi für ihn besorgt hatte. Kris protestierte:

– Es ist 20:30. Wie kannst du denn an Weihnachten um diese Uhrzeit schlafen gehen?

Winfried drehte sich zu ihr um und brüllte aus vollem Hals:

– Du bist jetzt endlich still! Du hast genug Unheil angerichtet.

24.07.2022
Ich bin ein alter fleischfarbener Mann, habe aber immerhin drei non-binäre Computer gebaut. Und ich möchte deutlich feststellen, was meine Botschaft ist, nämlich GAR KEINE. *Die Welt heute ist nicht schlechter als früher. Sie ist immerhin der Aufenthaltsort meiner geliebten Nikki.*

Ich packte meine Geschenke aus. Kris hatte mir Unterhosen geschenkt und Winfried irgendein Buch. Von Nikki bekam ich ein Set aus achtundvierzig Buntstiften. Sie sagte, ich müsse sofort nachsehen, ob auch FLEISCHFARBE dabei wäre. Das beste Geschenk allerdings war von Albi: Es waren die Bücher, die er noch von mir hatte. Ich bestaunte eines nach dem anderen. Da war es noch: *Der Käse und die Würmer*. An den Rändern hatte ich Notizen gemacht und bestimmte Absätze markiert. Das Buch handelt von Menocchio, einem Müller, der im sechzehnten Jahrhundert in einem Dorf in Friaul lebte und wegen seines seltsamen Weltbildes Opfer der Inquisition wurde. Er war nämlich der Meinung, dass die Welt ihren Ursprung im Gerinnungsprozess der Käseproduktion hat.

Dieses Buch und alle anderen Bücher hatte ich vor meinem Tod oft in Händen gehalten. Der Gedanke machte mir Angst. Ich konnte mich an ein Buch im Bücherregal meines Vaters erinnern. Als Sieben- oder Achtjähriger hatte ich es entdeckt, warum weiß ich nicht, jedenfalls zog ich es heraus und begann es durchzublättern. Es war ein Buch über sogenannte medizinische Versuche der Nationalsozialisten an Menschen.

Ich war so entsetzt, dass ich das Buch weglegen wollte, dann musste ich mir aber doch jedes Foto lange und genau ansehen. Nachts konnte ich nicht mehr schlafen. Und eines Tages erzählte ich meiner Mutter davon. Ich weiß nicht, warum ich das tat; vermutlich nur, um mich auszusprechen. Es hatte allerdings einen verheerenden Effekt: Meine Mutter konfrontierte meinen Vater damit. Zuerst wollte sie nur, dass er das Buch aus dem Regal entfernt. Er weigerte sich. Ich weiß nicht, ob es wirklich so gewesen sein kann, aber ich habe die klare Erinnerung daran, dieses Gespräch mitgehört zu haben:

– Die Geschichte ist die Geschichte. Warum soll man sie vertuschen?

– Aber der Kleine muss doch so ein Buch nicht sehen.

– Warum darf er die Wahrheit nicht sehen?

– Dann erzähl ihm die Wahrheit! Und erzähl mir die Wahrheit! Erzähl, wo du im Krieg warst, und was du gemacht hast.

Der Vater verließ daraufhin die Wohnung oder ging in den Keller. Jedenfalls redete er tagelang kein Wort mit einem von uns beiden. Ich wusste immer, dass er nicht über die NS-Zeit sprach. Im Keller, wo er Hand- und Reparaturarbeiten durchführte, hatte er eine kleine Pinnwand, an der Notizzettel hingen. Eines Tages fand ich dort einen Zettel mit einer Auflistung von nötigen Reparaturen, über denen *ARBEIT MACHT FREI* stand. Nicht nur das. Der Schriftzug verlief genau so wie der auf dem Eingang im KZ Auschwitz, mit dem seltsamen B mit dem größeren Bauch oben.

– Und sind es noch dieselben Bücher wie früher?

– Kann sein. Aber ich bin nicht mehr derselbe wie früher.

Es waren auch drei Bücher von Erwin Schrödinger dabei, den ich immer verehrt hatte. Seltsamerweise kam auch ein Brief von Lillemor Hanson dazu. Er enthielt die Transkripte der Interviews, die Lillemor mit Kris, Albi, Winfried und anderen gemacht hatte, bevor ich aus dem Koma erwacht war. Um aber den Weihnachtsfrieden, der längst keiner mehr war, nicht zu stören, beschloss ich, das Gelesene noch für einen Tag zu vergessen.

Und ich bekam natürlich ein Handy geschenkt, ein sogenanntes Smartphone. Ich legte es vor mich auf den Tisch. Ich schaltete es – trotz mehrfacher Aufforderung von Kris – nicht ein, streichelte es manchmal. Einmal hielt ich es ans Ohr und begann im Zimmer auf- und abzugehen. Ich redete dabei vor mich hin:

– Montelius ... ja ... ja ... ich bin gerade ... ich bin gerade im Wohnzimmer ... ja ... und ich höre Sie nur schlecht ... der Empfang ... die Empfängnis in diesem Wohnzimmer ist sehr befleckt ... was sagen Sie? ... ja ... jaaaaa ... jetzt bin ich auf dem Weg zur Toilette ... ja ... ja ... nein, nicht zu einem Bierkrug, zur Toilette ... ja ... ja ... ihre Stimme ist irgendwie ... sind Sie ... haben Sie ... ja ... ja ... ja ...

Die anderen lachten. Wir saßen da und tranken. Und dann sangen wir wieder: *When Johnny comes marching home again, Hurrah! Hurrah!*

Die Wahrheit ist: Wenn Johnny zurückkommt, wird niemand jubeln. Man wird die Fahnen hissen, die Kapellen spielen lassen, ein Fest vortäuschen. Doch in Wirklichkeit wird

Johnny der Gesellschaft, in die er zurückkehrt, fremd geworden sein. Mehr noch wird man ihm, der mit dem Feind und dem Tod in Berührung war, mit demselben Argwohn und derselben Angst begegnen, die man selbst gegen den Feind und den Tod hegt. Umgekehrt wird auch Johnny die Gesellschaft, in die er zurückkehrt, fremd geworden sein. Noch während des Singens hatte Albi einen ersten Joint gedreht.

– Ach, Albi. Ich danke dir für die Bücher. Du weißt nicht, was mir das bedeutet. Gleich morgen werde ich Schrödinger wieder lesen.

– Na ja, was Schrödinger betrifft, wäre ich etwas vorsichtig. In den letzten Jahren haben sich da unangenehme Umstände herausgestellt.

– Wieso? Ist die Schrödingergleichung falsch?

– Nein, aber der Herr war ... sagen wir so ... er hatte ein reges Sexualleben mit sehr jungen Damen.

– Ja und?

– Ach, bitte. Lassen wir doch diese Diskussionen.

Kris versuchte das Gespräch zwischen Albi und mir hier zu unterbrechen. Ich verstand nicht, warum.

– Warum dürfen wir denn nicht diskutieren?

– Er hat eine Siebzehnjährige geschwängert und sie gezwungen abzutreiben.

– Und welche Bedeutung hat das für seine Leistungen in der Quantenmechanik?

– Gar keine. Aber ich will einfach keine Bücher lesen ... von einem ... von einem Kinderficker.

In diesem Moment wollte mir Albi, der links von mir saß,

den Joint übergeben. Ich weigerte mich, ihn zu nehmen. Nikki nahm ihn und rauchte. Sie war bei Tisch ganz still und sagte selten etwas. Das gefiel mir. Aber ich ärgerte mich über meinen Sohn.

– Die Gesetzmäßigkeiten der Natur können doch nicht abhängig von der Biografie der Forscher sein, die sie entdeckt haben.

– Aber du musst zugeben, dass solche persönlichen Verfehlungen den Wert von Schrödingers Leistung doch erheblich schmälern.

– Was? Was ist das für ein Unsinn? Würden seine wissenschaftlichen Leistungen den Wert seiner Affären mit jungen Frauen schmälern?

– Jetzt redest du Unsinn!

– Außerdem ist Sex mit Minderjährigen für mich nicht verwerflich, wenn er freiwillig ist.

– Jetzt ist aber Schluss! Heute ist Weihnachten!

Mit diesem Einschreiten wollte Kris eine zweite Krise an diesem Tag verhindern. Aber die Stimmung war bereits verdorben. Ich redete mit Albi kein Wort mehr. Ich war schockiert und traurig über seine Ansichten. Was ist das nur für ein Mensch, dachte ich, der, um sich das Verständnis der Wissenschaft zu ersparen, im Leben ihrer Helden nach Vergehen sucht.

Albi ging zu Bett oder auf sein Zimmer, das es immer noch im Haus gab, obwohl er vierzig war und seit zweiundzwanzig Jahren nicht mehr dort wohnte. Er sagte mir nicht gute Nacht. Dann stand Nikki auf. Sie klopfte mir beim Vorbeigehen dreimal auf die Schulter, als Kris gerade dabei war, eine Weinflasche zu entkorken. In der Diskussion hatte sie sich kein einziges Mal zu Wort gemeldet. Nun saß ich mit Kris alleine da. Nur wenige Meter Luftlinie von uns entfernt schliefen die Selbstgerechten und Beleidigten. Wie Kris es geschafft hatte, trotz Alkohol, Marihuana, Nikotin, eines Feuerwehreinsatzes, der Dummheit ihres Sohns, des Wütens ihres zweiten Ehemanns und der plötzlichen Anwesenheit ihres verstorbenen ersten Ehemanns, noch bei klarem Verstand zu sein, war mir ein Rätsel. Aber sie hatte es geschafft. Ich saß da und war am Ende. Ich hatte keine Kraft mehr, mich zu wehren. Kris warf sich ihren Schal über die Schultern und stierte mich an.

– Ich sage dir, wie es war. Falls du dich nicht mehr erinnern kannst.

– Wie was war?

– Du wirst es gleich hören. Kannst du dich noch an das *Bitches Brew* erinnern?

– Das Jazzcafé?

– Das Jazzcafé. Dort saßen wir oft mit den Haberlers.

Es war seltsam, wenn Kristina ihren eigenen Nachnamen so verwendete. Aber in diesem Fall meinte sie Engratia und Winfried.

– Ja, ja, dort saßen wir oft. Es war ja unser Stammlokal.

– Ich weiß nicht mehr, wann es war. Vielleicht 1986. Vielleicht 1985. Ich weiß nicht mehr, wie es angefangen hat. Jedenfalls hast du plötzlich begonnen, Winfried zu verarschen. Du hast seinen Dialekt nachgemacht. Ziemlich schlecht übrigens. Du hast gesagt: *Ja, ich bin der Haberler Winfried, ja, und ich bin ein Hardwaretechniker, ja. Kein ziemlich guter. Aber Hardwaretechniker braucht man immer, ja. Und ich möchte zu einer großen Firma und viel, viel Geld verdienen.*

– Das war alles richtig. Was hat Winfried darauf gesagt?

– Winfried hat dich nachgeahmt: *Ich bin der Erik. Ich will mit allen per Du sein. Ich will die Welt retten, mit einem neuen Supercomputer. Ich kann rechnen, wie kein Zweiter. Und ich bin so cool, dass ich vor niemandem Angst habe. Außer vor meinem Papa.*

– Ich kann mich nicht daran erinnern. Kris, es ist schon spät und ich …

– Und du hast weitergemacht: *Ich bin der Haberler Winfried, ja. Und ich werde Erik aussaugen. Ich werde alles aus ihm rausholen, was ich brauche.*

– Es war Spaß.

– Ein schöner Spaß.

– Waren wir danach zerstritten?

– Du kannst dich also wirklich nicht daran erinnern. Nein, ihr habt euch am Ende umarmt.

– Siehst du.

– Erik, wie kann so etwas Spaß sein? Es war bitterer Ernst.

– Warum erzählst du mir das? Hat Winfried dich überzeugt, dass ich an allem schuld bin?

– Winfried, mein Mann, hat mich heute angeschrien. Er hat mich angeschrien, weil ich dich verteidigt habe.

– Und das ist meine Schuld?

– Nein, aber wir müssen uns etwas anderes überlegen. So geht es nicht weiter.

Ich stand auf.

– Es ist schon spät. Fröhliche Weihnachten, Kris!

Das war der Heilige Abend des Jahres 2021. Ich glaube, dass es dem Erlöser egal ist, dass sein Geburtstag eine solche Farce war. Er ist ja ein ganz normaler Mensch, wie Menocchio festgestellt hat, und weiß, dass Geburtstage manchmal die schlimmsten Tage sind. Außerdem liegt Jesus Christus noch in flüssigem Stickstoff. Und er hat Glück, dass er nicht weiß, was hier abgeht, und dass seine Herde längst nach Herdenimmunität strebt.

Ich ging leise in mein Zimmer. Ich zog mein T-Shirt und die Hose aus und setzte mich auf die Bettkante. Plötzlich berührte etwas meine Schulter. Zuerst erschrak ich, doch dann spürte ich eine warme, weiche Hand.

– Das Bett ist sehr schmal.

– Wem sagst du das.

– Rechts neben der Tür, auf dem Regal ganz oben liegt der Schlüssel. Kannst du bitte zusperren!

Ich stand noch einmal auf, ging zum Regal und tastete nach dem Schlüssel. Vor allem war das Regal staubig. Aber schließlich fand ich den Schlüssel und sperrte die Tür ab.

– Woher weißt du das mit dem Schlüssel?

– Ich hab hier oft mit Leonie geschlafen, als sie klein war.

Ich setzte mich wieder auf das Bett. Nikki streichelte meinen Rücken. Ich war betrunken, bekifft und jetzt auch ein wenig nervös. Es war viel Zeit vergangen seit meinem letzten Einsatz. Um ehrlich zu sein hatte ich nicht mehr mit der widmungsgemäßen Verwendung meines Geschlechtsorgans gerechnet.

– Und jetzt?

– Jetzt schlafe ich hier mit dir.

– Okay. Was muss ich tun?

– Improvisieren.

24.07.2022
Soraya schreibt mir, dass ich beschreiben soll, wie Nikki aussieht. Ich antworte: Ihre Haut ist FLEISCHFARBEN. Außerdem will sie, dass ich die Geschichte meines Vaters weitererzähle. Ich weiß nicht, warum sich in mir alles dagegen sträubt. Aber bitte:

Im Frühling des Jahres 1947 kam mein Vater nach Kärnten zum Hof des Bauern Knauder. Wieder behauptete er, als Altertumsforscher nach einem Schatz zu suchen, der wahrscheinlich auf einem Acker des Bauern Knauder vergraben war. Der Bauer Knauder (er hieß noch dazu mit Vornamen Adolf) schien zuerst skeptisch, bot aber dann doch an, mit meinem Vater zu graben. Der Vater hatte Schwierigkeiten, seinen Dialekt zu verstehen. Die zwei Knechte, die mitgruben, redeten überhaupt kein Wort. Der Knauder war sehr ängstlich und vorsichtig, und so mussten alle abends den Hof verlassen. Mein Vater fragte, ob er auf dem Heuboden übernachten konnte, aber der Knauder schickte ihn weg, und so schlief Gustaf Montelius oft im Wald oder in einer Höhle.

Bei den Grabungen beim Bauern Knauder hatte mein Vater Glück. Schon nach drei oder vier Tagen fanden zwei Knechte drei alte Münzen, wahrscheinlich aus der Römerzeit. Auch mein Vater war überrascht, tat aber so, als würde er ihre genaue Herkunft analysieren. Mit seinem Vorschlag, dass zwei der drei Münzen Knauder behalten und eine davon mein Vater für Forschungszwecke an sich nehmen durfte, versuchte er, den Bauern für sich zu gewinnen. Der blieb paranoid, erhöhte aber das Personal, das die Grabungen durchführte. Und so kam am nächsten Tag eine schöne, aber ausgemergelte junge Frau dazu. Mein Vater konnte seinen Blick nicht von ihr abwenden und hatte das Gefühl, dass ihm die Ärmste immer wieder Blicke zuwarf und versuchte in seiner Nähe zu sein. Knauder aber unterband jeden Kontakt. Wenn er der Frau Befehle gab, tat er es in einer eigenen Sprache oder zumindest in so starkem Dialekt, dass mein Vater nichts verstehen konnte. Sie selbst sprach nicht. Auch als mein Vater sie nach ihrem Namen fragte, gab der Knauder die Antwort.

– Das ist die Hanni. Und jetzt genug. Weitergraben!

Irgendetwas stimmte nicht auf dem Hof des Bauern Knauder, und das ließ meinem Vater keine Ruhe. Eine Frau Knauder oder eine Familie gab es nicht. Von den Knechten, die den Knauder immer umgaben, erfuhr er nichts. Also beschloss er, in der Nacht in das Haus einzudringen. Das war nicht einfach, denn der Schäferhund des Bauern war ein guter Wächter. Er würde mit Fleisch besänftigt werden müssen. Aber woher sollte mein Vater Fleisch nehmen?

24.07.2022
Am Pool im Hotel steht ein Schild, dass Frauen aus Rücksicht auf die anderen (wie es heißt) nicht topless (wie es heißt) baden sollen. Die Männer aber baden dort ohne Oberteil. Es ist wohl nicht das Zeitalter der Gleichberechtigung, sondern eher der Prüderie und Bigotterie. Oben ohne gibt es nicht mehr. Trotzdem leben die Menschen freier als in den Achtzigerjahren, sie bemerken es nur nicht und werfen ihre Freiheit weg wie die Pullover, die sie im Dutzend im Internet bestellen.

Ich habe die Transkripte der Interviews, die ich von Lillemor Hanson als Weihnachtsgeschenk bekommen hatte, für euch gekürzt. Ich weiß nicht, ob mir Lillemor damit wirklich eine Freude bereiten wollte. Aber lest selbst:

ALBIN MONTELIUS:
Ich soll mir eine Frage überlegen, die ich meinem Vater gerne stellen würde. Aber es tut mir leid, dass ich das sagen muss: Ich weiß nicht, was ich ihn fragen könnte.

KRISTINA HABERLER:
Erik war zwei Jahre lang in Engratia, die Frau seines besten Freundes Winfried, verliebt. Damals hat er mich darum gebeten, dass Engratia, er und ich eine Dreierbeziehung führen. Was Winfried hätte tun sollen, weiß ich nicht.

ENGRATIA NICODEMUS:
Begabt.

ALBIN MONTELIUS:
Ich weiß nicht, was mein Vater gemacht hat. Also, ich weiß natürlich, dass er Programmierer war. Aber das sollen Ihnen andere erzählen. Ich glaube, er hat mich immer wie einen Erwachsenen behandelt, auch als ich ein Baby war. Das hat mir Angst gemacht. Ich hatte großen Respekt vor ihm. Manchmal war er nicht besonders zugänglich. Als ich ganz klein war, hat er ein neues Computerspiel entdeckt. Es hieß *Lemmings*. Den ganzen Tag sagte er nichts anderes als: die Lemminge, die Lemminge. Auf jede meiner Fragen, sagte er: die Lemminge, die Lemminge.

ENGRATIA NICODEMUS:
Witzig. Er konnte so witzig sein.

KRISTINA HABERLER:
Er interessierte sich plötzlich für Pilze. Er kaufte ein Pilzmesser und wollte eine professionelle Shiitake-Zucht starten.

WINFRIED HABERLER:
Er war ein Genie im Rechnen mit Zahlensystem und in der Gleitkommarechnung. Er beherrschte das wie eine Maschine. Alle Systeme interessierten ihn. Einmal hatte er sich einen japanischen Rechenschieber besorgt und ein Buch, in dem stand, wie japanische Kinder damit das Rechnen erlernen. Monatelang hatte er diesen Rechenschieber dabei. Er erklärte mir, wie er funktioniert, und sagte, dass die Japa-

ner im Rechnen viel besser sind als wir, weil sie mit diesem Rechenschieber lernen, den Rechenvorgang in einzelne Schritte zu zerlegen. Wie ein Computer.

ENGRATIA NICODEMUS:
Innerlich zutiefst unsicher.

TASSILO MOSER:
In der dritten und vierten Klasse der Volksschule saß ich neben ihm. Nach einem Unfall mit einer Kreissäge hatte ich eine tiefe Wunde im linken Zeigefinger. Monatelang war dieser Zeigefinger in einem Verband. An dem Tag, als ich das erste Mal mit dem Verband in die Schule kam, drehte Erik sich mitten in der Stunde zu mir um, nahm meinen verbundenen Zeigefinger mit der rechten Hand und drückte fest zu. Ich schrie vor Schmerz auf. Als die Lehrerin kam und fragte, was los ist, entschuldigte Erik sich und sagte, er wollte nur testen, ob ich wirklich eine Verletzung unter dem Verband habe.

WINFRIED HABERLER:
Der ternäre Computer, das war eine Spielerei. Erik aber glaubte daran, wie an … wie an einen … es war wie eine Religion. Geringer Ressourcenverbrauch und so. Sein Geld hat er aber als Entwickler verdient. Er war an einem der ersten Tabellenkalkulationsprogramme für PC-Anwender beteiligt. Ich glaube, es hieß Lotus 1–2–3. Es war in Assembler geschrieben. Darin war er ein Genie.

ALBIN MONTELIUS:
Wir saßen abends im Garten, und er entdeckte neben dem Kellerfenster eine Spinne, die gerade ihr Netz webte. Um das Netz besser sehen zu können, stellte er seinen schwarzen Aktenkoffer dahinter. Mama und ich sahen ein wenig zu, gingen dann aber ins Haus. Er war dort natürlich nicht mehr wegzubringen. Am nächsten Tag sagte unser Nachbar zu mir: Dein Vater hat gestern im Garten gekniet und zwei Stunden lang seinen Aktenkoffer angestarrt.

WINFRIED HABERLER:
Ich habe das inzwischen alles vergessen: Speicherverwaltung in den Segmentregistern, vorzeichenbehaftete Zahlen, *sign flag* und *overflow flag*. Es ist für mich wie die Sprache aus einer alten Zeit, die ich nicht mehr verstehe. Erik hat sich jeden Tag damit beschäftigt, vom Aufstehen bis acht Uhr abends. Dann begann er, Bier zu trinken und Computerspiele zu spielen. Er war ein Nerd. Aber das Wort gab es damals noch nicht.

ENGRATIA NICODEMUS:
Ehrlich. Entsetzlich ehrlich. Man erfuhr sofort alles über ihn. Er verließ die Wohnung nur ungern. Und später natürlich das Haus in Großibm. Er wollte am liebsten immer nackt im Haus herumlaufen. Wenn er aufs Klo musste, wollte er sofort gehen. Wenn er Sex haben wollte, sollte es sofort sein. Und Kris war eine so schöne Frau. Ich war neidisch auf ihre Schönheit. Erik und ich ... wir haben ...

wir haben einen Fehler gemacht. Wir hätten damals alles für uns behalten sollen. Ich wollte das auch. Aber Erik hat Kris alles erzählt. Nicht nur das. Er wollte mit uns beiden leben. Keine Ahnung, wie er sich das vorgestellt hat. Dann aber … Kris … ich bin daran schuld … zumindest mit schuld … sie hat … sie hat einen Selbstmordversuch unternommen.

NIKOLA NICODEMUS:
Ich weiß nicht, ob ich mich daran erinnern kann oder ob man mir das nur erzählt hat: Im Alter von drei Jahren hatte ich eine schwierige Phase. Ich schrie den ganzen Tag laut, dass ich Durst habe. Ich heulte und brüllte. Meine Eltern brachten mir ein Glas Wasser. Ich nahm es, drehte es um, verschüttete so das Wasser und fing wieder zu heulen an, dass ich furchtbar durstig bin. Wochenlang soll das so gegangen sein. Meine Eltern waren fertig. Onkel Erik glaubte ihnen nicht, nahm mich auf seinen Schoß und gab mir ein Glas Wasser. Ich nahm das Glas aus seiner Hand und trank. Und nie wieder trat das Problem auf.

WINFRIED HABERLER:
Erik und sein Vater. Das war eine eigene Geschichte. Ich hatte Angst vor ihm. Alle hatten Angst vor ihm. Aber wir haben oft mit dem Alten diskutiert. Wir waren ja in der Anti-Atomkraft-Bewegung. Gustaf, also Eriks Vater, hat uns dafür verachtet. Ihr sitzt den ganzen Tag vor euren Computern und erklärt der Gesellschaft, dass sie keinen Strom

braucht, sagte er. Kein einziges Buch hat Erik je gelesen, sagte Gustaf, er sitzt immer nur vor dieser blöden Kiste.

KRISTINA HABERLER:
Wir hatten damals das Gefühl, dass alles anders werden würde. Besser. Demokratie, Gleichheit, Fortschritt. Es ist sehr schwer, sich das heute vorzustellen. Die Leute haben uns ausgelacht. Unsere Kinder nannten uns beim Vornamen, weil wir beschlossen hatten, dieses kleingeistige *Mama* und *Papa* sein zu lassen. Wir haben die ausgelacht, die uns ausgelacht haben. Und wir dachten, bald würden es alle kapieren, dass eine neue Zeit anbricht. Erik ... ich weiß noch, wie er 1986 sagte: Alles wird immer besser. Ich weiß, dass uns das heute keiner glaubt, dass wir in Zeiten von Reagan und Thatcher, in Zeiten, als es die UdSSR noch gab und den Kalten Krieg, eigentlich eine optimistische Grundstimmung hatten. Es war aber so. Das Leben war schön damals. Nur Eriks Vater teilte unseren Optimismus nicht. Die beiden haben immer gestritten. Irgendwann wurde auch Erik plötzlich pessimistisch. Das war, bevor wir von seiner Krankheit wussten. Es ist etwas passiert mit ihm, ich weiß aber nicht, was der Auslöser war. Erik hat immer von einer Reise nach Indien geträumt. Er wurde auf einen Kongress eingeladen, und dann wollte er noch eine Woche bleiben und sich Bangalore und Mysore anschauen. Das war 1989. Erik flog nach Bombay, stieg dort aus dem Flugzeug, buchte für denselben Abend einen Rückflug und kam wieder zurück. Aber er kam völlig verändert zurück.

ALBIN MONTELIUS:
Er las ein Buch über Reinkarnation und erklärte mir, was das Wort bedeutet. Ich fragte ihn, ob er an Wiedergeburt glaubt, und er antwortete, dass er weder daran glaubt noch nicht daran glaubt.

WINFRIED HABERLER:
Ach, diese Bücher, die er immer las. Da redete er tagelang nur von einem Buch über Spieltheorie. Das tollste Buch der Welt in seinen Augen. Na gut, ich las es also auch. Als ich fertig war und endlich mitreden wollte, sagte er zu mir: Ich habe da etwas über die Inquisition gelesen, das ist total interessant. Und dann redete er nur mehr darüber. Die Spieltheorie war längst vergessen.

ENGRATIA NICODEMUS:
Warmherzig.

WINFRIED HABERLER:
Als wir wussten, dass Erik … dass er unheilbar krank war … wir sind sehr offen damit umgegangen. Und Erik war auch sehr ehrlich und offen. Er war allerdings … in diesen Tagen war er vom Irakkrieg besessen. Er hat mit allen darüber diskutiert. Lieber als über seinen Gesundheitszustand. Darüber redete er nicht gerne.

ENGRATIA NICODEMUS:
Eigensinnig.

WINFRIED HABERLER:
Im Grunde war er nicht lebensfähig.

ENGRATIA NICODEMUS:
Man hatte manchmal das Gefühl, dass er voller Leben ist. Dann wieder saß er da und starrte vor sich hin. Er litt oft unter depressiven Stimmungen und Angstzuständen.

ALBIN MONTELIUS:
Ich habe noch Bücher von ihm. Sein liebstes war *Der Käse und die Würmer*.

KRISTINA HABERLER:
Er war von Käse besessen. Einmal hörten wir dieses dumme Lied im Radio: *Living in the Love of the Common People*. Den ganzen Tag sang Erik dann: *I am living in the Schachtel of the Camembert. I am the Cheese Worm*.

NIKOLA NICODEMUS:
Er hat mich als Einziger wie einen normalen Menschen behandelt. Das war unglaublich! Für die anderen war ich ein nerviges Kind oder ein dummes Kind und dann ein krankes Kind. Erik nahm mich ernst.

ENGRATIA NICODEMUS:
Dass er nun wieder da ist … ich kann es nicht glauben. Ich würde ihn gerne sehen. Aber ich habe mit meinem Leben in Österreich abgeschlossen. Schlimm genug, dass ich meine

Erinnerungen habe. Sie erneut zum Leben zu erwecken … das würde mich … nein … bitte stoppen Sie!

KRISTINA HABERLER:
Irgendwann hat er begonnen, Winfried zu hassen. Ich weiß nicht, wie und warum es passiert ist. Er hätte niemals zugegeben, dass er zornig ist, dass er jemanden hasst. Er hätte es abgestritten und sich selbst das Gefühl nicht erlaubt. Aber wie kann man der Sohn eines solchen Vaters sein und nicht hassen?

ENGRATIA NICODEMUS:
Geben Sie ihm meine Adresse. Er kann mir gerne schreiben. Oder wir können einen Videochat machen.

KRISTINA HABERLER:
Er liebte Käse. Und rohe Eier. Manchmal saß er spätabends betrunken neben dem Kühlschrank, öffnete ihn immer wieder, nahm ein rohes Ei heraus, schlug ein Loch in die Schale und saugte es aus. Er trank gerne kalten Schwarztee. Abends trank er immer Bier. Er rülpste auch vor Gästen. Vor Gästen war er oft peinlich. Manchmal saß er in der Unterhose am Küchentisch; wenn er überhaupt eine Unterhose anhatte. Wir hatten einmal einen amerikanischen Programmierer zu Gast. Erik hatte nichts gegen ihn, glaube ich. Sie arbeiteten zusammen an diesem Tabellendings. Er kannte alle Zappa-Texte auswendig. Und plötzlich stand Erik auf, zeigte vor mir auf den Amerikaner und sagte ganz laut: *Cause you're*

an asshole, you're an asshole. That's right! Cause you're an asshole, you're an asshole. Yes! Yes! Das war ein Zitat aus dem Song *Broken Hearts Are for Assholes.* Ich glaube nicht, dass Erik den Mann beleidigen wollte. Aber natürlich war der Amerikaner danach beleidigt.

ENGRATIA NICODEMUS:
Ich habe ihn geliebt. Ich habe ihm das sogar gesagt. Er hat darauf gesagt: Glaubst du wirklich, dass ich lieben kann?

25.07.2022
Manche Dinge haben sich nicht geändert. Kaum ist man in der Fremde, versucht man sich dort so einzurichten wie zu Hause. Ich werde es nie verstehen. Früher haben Kris und ich die Deutschen auf Campingplätzen ausgelacht, die als Erstes mit Steinen einen Zaun um ihr Grundstück gelegt und so getan haben, als sei ihr Platz ihr Besitz. Nikki spielt hier mehr zu Hause als zu Hause. Dass sie keine Pakete bestellen kann, ersetzt sie durch Einkäufe.

Nikki blieb am 25. Dezember. Wir versteckten uns zwar, aber wir versteckten uns schlecht. Ich grinste den ganzen Tag. Kris hasste mich. Winfried verschwand gleich nach dem Essen.

Nikki und ich gingen spazieren, und wir nahmen Kris nicht mit.

– Du kannst mich jederzeit anrufen. Jetzt hast du ja ein Telefon.

– Sag mir deine Nummer. Ich möchte sie auswendig lernen.

– Kris hat meine Nummer und die von Albi schon eingespeichert.

– Ich muss sie trotzdem auswendig lernen.

Nach zwei Minuten kannte ich Nikkis Nummer auswendig. Am 26. reiste Nikki ab. Sie gab mir links und rechts ein Küsschen auf die Wange, als wäre nichts gewesen. Dann stieg sie zu Albi ins Auto. Ich, der Dissident, blieb ab diesem Zeitpunkt auf meinem Zimmer. Ich lernte das Chatten. Ich schrieb nur Nachrichten mit Nikki. Hunderte Male ging es so hin und her. Dann schrieb sie einmal drei Stunden nichts, und ich litt wie ein alter Flusskrebs.

Am 27. Dezember hatte Kris einen Termin bei einem Rechtsanwalt vereinbart, den Tassilo Moser empfohlen hatte. Er hieß ... Vergessen! Ich nenne ihn Doktor Geheimratskäse. Wir saßen in seinem Wartezimmer. Eine Dame mit Perlenkette und Seidenschal kam immer wieder an uns vorbei, einen Stapel Akten in den Händen, und sagte, dass der Herr Doktor uns gleich empfangen wird.

– Spielst du heute nicht das Fünfbuchstabenspiel?

– Ach ja, das hätte ich fast vergessen. Du kannst es jetzt auch auf deinem Handy spielen.

Ich tat nichts dergleichen und hätte auch nicht gewusst wie. Ich schrieb Nikki eine Nachricht, aber es kam keine Antwort.

– Du könntest deiner Freundin vom Fernsehen eine Nachricht schreiben. Wie heißt sie?

– Soraya? Ich habe doch ihre Nummer gar nicht.

– Aber ich habe sie.

Tatsächlich hatte Kris Sorayas Nummer. Ich wollte sie auswendig lernen, aber Kris zeigte mir, wie man unter *Kontakte* einen Namen mit der Nummer speichert. Ich kam mir bei dieser Lektion wie ein kleines Kind vor. Ich schrieb an Soraya:

LIEBE SORAYA,
ICH BIN IN DER JUNGSTEINZEIT GELANDET
LIEBE GRÜSZE, ERIK

Umgehend kam die Antwort:

hi erik
wie schön! übrigens, dein beitrag wird heute um 19:00 gesendet.
glg soraya

Kris war begeistert.

– Siehst du! Wie gut, dass du ihr geschrieben hast. Jetzt wissen wir, dass wir heute die Nachrichten schauen müssen.

Schnell schrieb ich Nikki, dass sie heute fernsehen musste. Ich drehte den Donkey dabei ganz zu mir, damit Kris nicht mitschauen konnte. Gleich darauf wurden wir zu Doktor Geheimratskäse gebeten. Er war ein grauer Mann, nicht grauhaarig, sondern als Ganzes grau, saß an einem Schreibtisch und hielt seine Füllfeder über dem vor ihm liegenden Bogen Kanzleipapier. Nach seiner Aufforderung, Platz zu nehmen, setzten wir uns ihm gegenüber. Kris begann schon zu reden, als wir den Raum betraten, doch der Jurist sagte lange nichts. Erst als es still geworden war, begann er:

– Ich würde zuerst gerne Ihre Daten aufschreiben, wenn Sie erlauben. Ihr Name ist?

– Erik Gustaf Montelius. Gustaf mit F.

Doktor Geheimratskäse schrieb meinen Namen auf.

– Geboren am 29. Februar 1952 in Wien.

– Verheiratet?

– Also … ich war verheiratet.

– Also geschieden.

– Nein. Ich war bis zu meinem Tod verheiratet.

Ich wusste schon, dass das nichts werden würde. Genau wie der Besuch beim Arzt. Es war einfach Zeitverschwendung. Aber ich wusste auch, dass Kris die Liste mit den Dingen, die sie für mich tun wollte, Punkt für Punkt abarbeiten würde. Sie ergriff das Wort:

– Herr Doktor, die Geschichte klingt vielleicht ein wenig …

– … seltsam?

– Ungewöhnlich.

Der Geheimratskäse schien nicht begeistert darüber, dass Kris ihn korrigiert hatte, reagierte aber nicht und sah wieder zu mir.

– Wenn Sie mir bitte noch Ihren Wohnsitz sagen.

– Gartengasse 1, 2526 Großibm.

Ich bemerkte, dass Kris protestieren wollte, aber ein kurzer Blick aus dem Augenwinkel reichte, um ihr zu signalisieren, dass ich einfach die Diskussion, warum ich keinen Wohnsitz hatte, vermeiden wollte.

– So, dann erzählen Sie mir, was so seltsam klingt.

– Mein Mann … also Herr Montelius war mein Mann. Er war …

– … bis zu seinem Tod mit Ihnen verheiratet.

Wieder hatte der Jurist Kris' Satz vollendet. Ich fiel ihnen ins Wort.

– Ich bin am 27. Februar 1991 verstorben.

Doktor Geheimratskäse nahm seine Füllfeder. Ich sah nicht, was er aufschrieb. Vielleicht notierte er meinen Todestag. Vielleicht aber malte er nur kleine Kringel auf das Papier und dachte, dass er zwei Wahnsinnige vor sich sitzen hatte, dass sie aber seine Klienten waren und er daher freundlich bleiben musste. Er blickte mich an.

– Wie haben Sie Ihren Tod überlebt?

– Gar nicht.

– Gar nicht. Verstehe.

– Ich habe meine Leiche von einem Unternehmen konservieren lassen. Die Firma heißt *KrioTek* und betreibt Kryokonservierung.

– Ihre Leiche wurde eingefroren.

– Sagen wir so: in flüssigem Stickstoff gelagert.

– Im Altgriechischen bedeutet *kryos* Kälte. Aber auch Eis.

Ach, die Menschen, die Altgriechisch können! Ihnen ist einfach nichts fremd.

– Ende des vergangenen Jahres wurde ich …

– … aufgetaut.

In diesem Moment hätte ich gerne das altgriechische Wort für *auftauen* gewusst und es ihm triumphal entgegengeschmettert.

– Bei einer Operation hat man von Metastasen befallene Teile meiner Leber entfernt und mich danach wieder zu Bewusstsein gebracht.

– Ich habe gehört, dass Menschen sich einfrieren lassen. Ich dachte, das sind diese Roddenberrys und Timothy Learys, die an Sternenstaub glauben und an das Auswandern des Menschen ins All. Ich wusste nicht, dass die Wiedererweckung zum Leben jemals stattgefunden hat.

– Ich bin der erste Fall, bei dem das gelungen ist.

Wieder mischte Kris sich ein:

– Sie können heute sogar einen Bericht im Fernsehen über Erik sehen.

Doktor Geheimratskäse nickte mit versteinerter Miene. Früher gab es diese Wettbewerbe, bei denen Menschen nicht lachen durften und einander dabei so lange ansehen mussten, bis einer von ihnen lachte und dadurch verlor. Frank Zappa soll darin sogar professionelle Clowns geschlagen haben. Aber ich glaube, dieser Jurist hier hätte gegen Zappa gewonnen.

– Haben Sie irgendwelche Dokumente von früher? Geburtsurkunde? Reisepass? Staatsbürgerschaftsnachweise? Oder irgendwelche Lichtbildausweise?

– Den Totenschein. Wir haben den Totenschein.

Kris überreichte dem Käse die Urkunde, die sie im Wohnzimmer so sorgsam aufgehoben hatte, während sie alles andere, was ihr von mir geblieben war, entsorgt hatte. Der Geheimratskäse mitsamt seiner Wachshülle saß da und überflog das Dokument.

– Ja, das ist ein Totenschein. Hier steht *Gustav* übrigens mit …

Der Käse zeigte auf eine Stelle auf dem Dokument, aber Kris unterbrach ihn.

– Der Beamte hat das damals falsch geschrieben.

– Das ist nicht unbedingt hilfreich, aber nicht unser größtes Problem. Was kann ich also nun für Sie tun?

– Herr Doktor, mein Mann …

– Ihr Ex-Mann.

– Mein Ex-Mann hat keinen Reisepass, keine Papiere. Er kann nicht gegen Covid geimpft werden, weil er keine E-Card hat.

– Ich verstehe.

– Kann man da nichts tun?

– Nun ja. Wir kennen solche Fälle natürlich in Zusammenhang mit Flüchtenden oder solchen, die eine Flucht vortäuschen. Bei Menschen aus anderen Ländern sind wir dabei großzügig. Mit der eigenen Bevölkerung sind wir weniger gnädig. Das ist halt so unsere Art.

Mein Gott, er war auch noch ein Arsch. Ich wollte gehen. Kris wusste das und hielt mich fest. Nun wandte sich der Käse an mich.

– Es ist ungewöhnlich. Ungewöhnlich. Aber wir können etwas versuchen. Ich brauche zwei Dinge von Ihnen: Erstens müssen wir Ihre Angaben plausibilisieren. Sprich: Menschen wie die Dame neben Ihnen müssen bereit sein, an Eides statt zu bezeugen, dass Sie die Person sind, die zu sein Sie vorgeben.

– Wir können das alle aussagen. Meine Kinder und ich. Und mein Mann.

– Welcher Mann?

– Mein zweiter Mann. Ich heiße ja jetzt Haberler und nicht Montelius.

Der Käse schrieb das alles auf. Ich glaube, er wollte Kris bitten, ihm alle Familienmitglieder aufzuzählen, doch sie hörte nicht zu reden auf.

– Und Walter Gamperl kann es auch bezeugen. Nicht

wahr, Erik? Der Mann von der Freiwilligen Feuerwehr in Großibm. Der war neulich bei uns, und Erik hat in eindrucksvoller Weise …

Doktor Geheimratskäse ließ die Füllfeder auf das Papier fallen. Ich glaube, er hat in diesem Moment aufgegeben, doch er blieb ganz der humorlose Clown, der er war, und sagte ernst:

– Und das Wichtigste wäre also, dass dieses Unternehmen, das Ihren Körper eingefroren hat …

– Die Firma *KrioTek.*

– … dass diese Firma uns Dokumente vorlegt, die belegen, was Sie mir erzählt haben.

– Das sollte machbar sein.

Kris beugte sich vor und hob die Hand, wie eine Schülerin, die aufzeigt.

– Und die Fernsehsendung heute Abend ist kein Beweis?

– Nun, ich kenne die Tatsachen nicht, die dort belegt werden. Aber wenn Sie mir diesen Bericht als Video schicken, kann ich sehen, ob er uns weiterhelfen kann. Wichtiger aber: Sie schreiben mir Namen und Kontaktdaten von Personen auf, die in diesem Sinne die Identität bestätigen können und bereit sind, vor einem Gericht auszusagen. Zweitens: Wir brauchen einen Anlass. Sprich: Ihnen muss an einer Stelle die Ausfertigung eines Dokuments verwehrt werden, wogegen wir klagend vorgehen können.

Kris hasste Menschen, die *Sprich* sagen und das von ihnen Gesagte noch einmal zusammenfassen.

– Haben Sie schon einmal versucht, an einen Pass oder eine E-Card zu kommen?

– Nein.

– Dann bitte ich Sie, das zu tun und mir die Behörde mitzuteilen, die Sie abweist.

– Muss ich mich denn wirklich derart demütigen lassen?

Der Käse blieb ganz kalt.

– Sie haben mir zuvor Ihren Wohnsitz genannt. Sind Sie im Besitz eines Meldezettels für diesen Wohnsitz?

– Nein.

– Liegt eine Nicht-Meldung vor?

– Ich glaube, es liegt hier eine Nicht-Existenz vor.

– Ich schlage Folgendes vor: Sie erstatten Selbstanzeige wegen eines Meldeverstoßes. Sie sollten dann der Verwaltungsübertretung schuldig sein.

– Ich soll mich selbst anzeigen, weil ich ich bin?

– Nein! Wir erklären, dass Ihnen sowohl Meldung als auch Nicht-Meldung unmöglich waren, und machen in diesem Zuge Ihre Staatsbürgerschaft und Ihre Identität vor Gericht glaubhaft.

– Wie lange wird das dauern?

– Mein Herr, wie Sie selbst sagen, ist Ihre Geschichte eine einmalige oder erstmalige. Ich werde mich damit befassen, aber ich gehe davon aus, dass es keinen Präzedenzfall gibt. Sprich: Das zuständige Bezirksgericht wird Ihre Klage ziemlich sicher abweisen. Das bedeutet aber nicht viel. Wir müssen dann eine Instanz höher und so weiter. Ich kann Ihnen beim besten Willen keinen Ausblick geben, wie lange ein solcher Prozess dauert. Wie lange waren Sie in flüssigem Stickstoff gelagert?

– Dreißig Jahre.

– Na bitte. Da haben Sie doch schon eine Ahnung von der Prozessdauer in diesem Land bekommen.

– Darf ich Sie noch etwas fragen? Was heißt Geheimratskäse auf Altgriechisch?

Ich wusste, als wir im Auto saßen, dass das meine letzte Autofahrt mit Kris sein würde. Sie schwieg. Was hatte uns nur in diese Situation gebracht? Ich konnte mich nicht daran erinnern, dass Kris und ich in unserem ersten Leben voreinander verstummt waren. Hatte ich wirklich Engratia geliebt und Winfried gehasst und uns damit in eine unmögliche Situation gebracht? Ich konnte mich daran einfach nicht erinnern. Wir kamen zu Hause an. Ich ging auf mein Zimmer.

Jeden Abend aß der Vater mit dem Knauder. Und jeden Abend trank der Knauder Schnaps und gab meinem Vater keinen Tropfen davon. Mein Vater war sehr verbittert über das Verhalten der Bauern im Krieg. Wenn wir später eine Nachrichtensendung hörten, in der von Stützungen des Milchpreises oder Agrarförderungen die Rede war, sagte er immer: Die armen Bauern! Im Krieg haben sie – ohne mit der Wimper zu zucken – alle anderen verhungern lassen, aber jetzt brauchen sie staatliche Förderungen von meinem Steuergeld. Und dann erzählte er, dass er im Krieg hungrig zu einem befreundeten Bauern gehen und um eine Kleinigkeit zu essen bitten musste. Der Bauer erlaubte ihm, auf seinem abgeernteten Kartoffelacker nach Wurzeln zu graben und schlug ihm die Tür vor der Nase zu.

Jedenfalls gab der Knauder keinen Schnaps her, trank aber abends so viel davon, dass der Vater hoffte, er würde betrunken oder zumindest müde. Und tatsächlich schlief er eines Abends auf seinem Stuhl ein. Sofort ging mein Vater zur Hanni an den Herd und sammelte Fleischreste und Knochen ein. Sie zeigte zur Tür, die in den Erdkeller führte.

Nachts wartete er. Aber nicht lange, denn er wollte den Schlaf des Bauern ausnutzen. Gustaf Montelius putzte und lud seine Walther, nahm das Fleisch und die Knochen, ein langes Stück Draht und eine Petroleumlampe und ging auf den Hof zu. Der Hund bellte zwei-, dreimal, bis er das erste Fleischstück zu fassen kriegte. Er war genauso mager und ausgemergelt wie die Hanni, denn der Knauder war ein geiziger Mensch. Mit dem Draht konnte er das Türschloss schnell öffnen. Mein Vater konnte so etwas. Als ich ein Kind war, hatte er mir gezeigt, wie man mit einem Stück Draht oder einem Kleiderhaken ein Türschloss öffnen konnte. Aber ich war zu ungeduldig und nie so gut wie er. Auch Lisbeth wusste, dass das Wegsperren von Schnapsflaschen keinen Sinn machte. Er konnte jedes Schloss im Nu knacken.

Kris holte mich kurz vor dem Fernsehbericht. Wir saßen auf dem Ledersofa. Sogar Winfried kam dazu. Er sagte sogar etwas Belangloses: *Also, heute ist der große Tag* oder so ähnlich. Wir mussten zwei Berichte abwarten, dann kam es. Der Titel war: *Der Mann aus dem Eis*. Schon das missfiel mir. Dann begann er mit der Geschichte von Dr. Bedford. Man hatte sogar ein Foto von ihm aufgetrieben oder das Foto von irgendjemand. Wer konnte schon überprüfen, ob der Mann auf dem alten Schwarz-Weiß-Foto wirklich Dr. Bedford war.

Dann sah man mich vor dem Haus auf der falschen Seite der Vorortebahn stehen. Ich betrachtete es und ging dann hinein. Alles war wie von einem Laiendarsteller gespielt. Es folgte das Interview. Ich erzählte, dass man mich aus dem Koma geholt und operiert hatte. Gott, meine Stimme! Sie klang heiser und brüchig und war viel zu hoch, fast Mezzosopran. Soraya fragte mich, wie ich die Welt von heute sehe. Ich antwortete, dass ich mich gerade einlese. Dass die Frauen schöner geworden sind und es deutlich mehr Käsesorten im Supermarkt gibt.

Soraya fragte, ob ich als einziger Mensch, der bereits einmal gestorben war, eine Erinnerung an den Tod habe. Sie meinte damit das Sterben und nicht den Tod. Ich korrigierte sie nicht, sondern sagte nur, dass ich als Krebspatient mit Morphinpräparaten sediert wurde und keine Erinnerung an die letzten Lebenstage habe. Unweigerlich folgte die Frage nach den ersten Gedanken beim Aufwachen. Ich antwortete, ich habe mich durch Rechenaufgaben und das Aufzählen der Bundesstaaten der USA zunächst einmal meines Bewusstseins versichert. Nur die Hauptstadt von Idaho ist mir nicht eingefallen, die diensthabende Ärztin kannte sie auf meine Nachfrage aber auch nicht. Damit endete der Bericht.

– Na, so was! Wir kriegen die Schildkröten-Story und im Fernsehen erzählst du eine ganz andere Geschichte. Was ist das mit den amerikanischen Bundesstaaten. Stimmt das?

– Nein, ich musste etwas finden, das sich gut anhört und witzig ist.

– Ach ja. Die Show. Wie heißt die Hauptstadt von North Dakota?

– Bismarck.

Winfried stand vom Sofa auf.

– Gratuliere!

Mit diesem Wort verließ er das Wohnzimmer.

26.07.2022
In der Früh mieten wir ein Auto. Als ich vor dem Büro auf Nikki warte, bleibt ein Mann vor mir stehen. Woher kenne ich Sie, fragt er sofort auf Deutsch. Ich lächle und versuche eine fremde Sprache zu imitieren. Irgendwann geht er weg.

Noch am Abend der Ausstrahlung des Fernsehbeitrags brach eine Flut von Presseanfragen über mich herein. Zum Glück hatte niemand die Telefonnummer meines Handys. Winfried versicherte mir, dass niemand diese Nummer herausfinden konnte, außer Kris, er oder ich oder eines der Kinder gab sie weiter. Angerufen wurde immer beim Fernsehsender.

Soraya meldete sich also nach jeder Anfrage bei mir und bot an, die Kontakte für mich zu managen. Am 28. Dezember kam sie vorbei, und wir besprachen unser Vorgehen in meinem Zimmer: Welche Interviews wir unter welchen Bedingungen machen. Pascals Plan war aufgegangen. Wo hatte ich nur das Zettelchen mit seiner Handynummer? Aber wollte ich ihn anrufen? Ich war nicht sicher.

Alles ging schnell. Das erste Interview sollte bereits am 30. Dezember stattfinden. Winfried hatte wegen des Ansturms auf meine Person plötzlich wieder Achtung vor mir. Und er bekam ungefähr zwanzig Anrufe von Esther Herklotz, die nachfragte, ob ich noch zum vereinbarten Abendessen käme, jetzt, wo ich ein Star wäre. Winfried bestand darauf, mich an diesem Abend nach Leopoldsberg zu bringen. Vorher musste ich allerdings mit ihm in den Weinkeller gehen, wo er mir Vorträge über die Flaschen hielt, die er gelagert hatte.

– Esther trinkt gerne trockene Rote, weißt du. Wie Kris. Also, das ist ein Morellino, Jahrgang 2016. Den kann man schon trinken. Ich glaube, der hat 88 Falstaff-Punkte.

– Was auch immer das bedeutet.

– Aber weißt du was, nimm doch diesen hier: Ornellaia 2015. 96 Falstaff-Punkte. Das ist was Richtiges für so einen Abend mit einer Dame. Nimm doch zwei Flaschen.

Ich hatte ja noch viel von dem Geld, das Albi mir bei seinem Krankenhausbesuch gegeben hatte, und zog eine Geldrolle aus meiner Hosentasche.

– Was bin ich dir dafür schuldig?

– Komm, Erik! Lass das Geld stecken.

– Ach, Winfried. Ich wohne hier in deinem Haus, ich lasse mich von Kris und dir durch die Gegend fahren. Und jetzt nehme ich auch noch deinen Falstaff als Geschenk mit.

Winfried aber war sich plötzlich seiner Rolle sehr sicher. Wir stiegen ins Auto. Und Winfried redete. Er redete viel und lang, und ich verstand nichts. Ich glaube, er erklärte mir gerade, was nach den Anschlägen auf das World Trade Center passiert war. Ich hörte etwas wie OBAMA oder OMAMA oder OSAMA. Ich war kurz panisch und hatte das Gefühl, die menschliche Sprache überhaupt nicht mehr verstehen zu können. Ich konnte auch nichts sagen. Nichts Sinnvolles zumindest. Wie sollte ich im Fernsehen und im Radio und im Interview mit Nachrichtensendern in aller Welt sprechen, wenn ich nichts verstehen und nichts sagen konnte? Ich hoffte nur, dieser Anfall würde wieder vorbeigehen, bevor wir in Leopoldsberg ankamen. Winfried bemerkte nichts und redete weiter.

Bestimmt würde mich Esther für einen Wahnsinnigen halten. Bestimmt war es ein Schlaganfall. Es gibt ja nicht nur Schlaganfall-Schlaganfälle, sondern Schlaganfälle, die niemals bemerkt werden und nur wenige Minuten oder Sekunden dauern.

Winfried ließ mich aussteigen und verabschiedete sich. Esther stand schon am Fenster und winkte. Ich ging auf das Haustor zu. Ein Brummen erklang, und ich wollte gegen den Knauf des Tors drücken, aber es öffnete sich von selbst und eine Frauenstimme sagte: *Tür geöffnet*. Die Eingangstür führte zu einer Treppe, die ins Hochparterre führte.

– Da sind Sie ja, mein Lieber. Ich habe die Bedienerin nach Hause geschickt.

– Waren wir nicht per Du?

Ich war so froh, dass meine Sprechwerkzeuge einigermaßen funktionierten. Zwar störte es mich wieder, meine eigene Stimme zu hören, aber immerhin konnte ich sagen, was ich sagen wollte.

– Winfried schickt Wein, der dir schmeckt.

– Das macht er jedes Mal. Er weiß mehr über mich als ich selbst. Stell die Flaschen hier ins Eck. Komm!

Mit der rechten Hand strich sie ihr halblanges Haar zurecht. Sie trug eine rosafarbene Bluse, die sehr weit war, dazu eine schwarze Hose und elegante Schuhe. Es war ein seltsamer Auftritt, als wären viele Gäste geladen. Aber es war niemand da. Sie führte mich zu einem Sofa.

– Wir nehmen zuerst einen Aperitif.

Was störte mich eigentlich an ihr? Ach ja, dass sie die Tochter von Erhard Lackermeier war. Neben dem Sofa stand ein kleiner Wagen mit verschiedenen Flaschen von Likör, Schnaps und Bitter.

– Ein Campari Soda vielleicht?

– Gibt es Bier?

– Aber sicher doch. Ich bin gleich wieder da.

Bestimmt war es falsch gewesen, nach einem Bier zu fragen. Ich sah, dass der Esstisch gedeckt worden war und ein Servierwagen danebenstand. Hatten denn jetzt alle Menschen einen Servierwagen zu Hause? Ich kannte das nur aus Filmen, in denen die Marx Brothers oder Stan Laurel und Oliver Hardy bei Reichen eingeladen waren, und einer von ihnen im Laufe des Films auf den Servierwagen fiel, damit unfreiwillig durch den Raum fuhr und schließlich mit dem Kopf in einer Hochzeitstorte landete oder sich die Finger in einem zufallenden Fenster einklemmte. Bestimmt würde es Wild oder Fisch geben. Ich mochte beides nicht.

Sie kam mit einer Bierflasche zurück, die so klein war, dass ich sie schon durch bloßes Anschauen ausgetrunken hatte. Sie setzte sich neben mich auf das Sofa, unangenehm nahe, und machte sich irgendetwas mit Campari.

– Ich bin so froh, dass ich einmal mit einem intelligenten Menschen sprechen kann. Also, dein Auftritt da neulich im Fernsehen. So klug!

– Und ich bin froh, mit einer Chirurgin sprechen zu können.

– Um Himmels willen, ich hoffe, du siehst in mir nicht nur die Chirurgin.

– Wieso?

– Du weißt doch, welchen Ruf wir haben: Chirurgen gelten als brutal und dumm.

– Also, ich habe eine sehr gefühlvolle Chirurgin getroffen.

– Nein, wirklich? Was hat sie denn Gefühlvolles gesagt?

– Sie hat zu mir gesagt, dass ich nur mehr ein paar Monate leben werde, dass ich aber nicht erwarten soll, dass sie deswegen in Tränen ausbricht.

– Wie schrecklich! Ich geniere mich für sie. Das ist wirklich dumm! Aussagen über Lebenserwartungen: Das geht gar nicht. Ignoriere das! Sie dürfte das gar nicht sagen.

Plötzlich klopfte es dumpf an eine Wand. Wir hörten zu reden auf. Dann klopfte es wieder vier oder fünf Mal.

– Da hast du den nächsten gefühlvollen Chirurgen. Mein Vater!

– Was macht er denn?

– Er lebt jetzt leider bei mir. Ignorier ihn, bitte!

Wir redeten über andere Dinge. Sie wollte unbedingt, dass ich meine ganze Geschichte erzählte. Und so erzählte ich, wie ich gehen gelernt hatte und von meinen Rechenversuchen. Und während ich erzählte, bemerkte ich, wie gerne ich davon erzählte und dass mich niemand von meiner Familie je danach gefragt hatte. Meine Familie? Hatte ich gerade *meine Familie* gedacht? War es überhaupt *meine Familie*? Dazwischen bekam ich eine Nachricht: *CNN, Baby! Es ist nicht zu fassen: CNN!!!!!!*

Es klopfte wieder an der Wand. Esther ging. Ich hörte sie im Nebenzimmer laut schimpfen. Er war also nebenan, der alte Lackermeier. Und er fühlte sich nicht wohl, weil ich da war. Gut so. Dann kam Esther wieder mit einer Miniatur-Bierflasche und setzte sich zu mir.

– Bitte entschuldige! Mein Vater kann nicht einschlafen. Was ich mit ihm alles durchmache. Es ist schrecklich. Sei froh, dass du noch jung bist.

– Ich habe aber Beschwerden wie ein alter Mann.

– Na ja, aber die gute Kristina schaut ja jetzt nach dir. Ich hätte mir immer eine Mutter gewünscht wie deine Ex-Frau. Entschuldige, darf ich das so sagen?

– Ja, sie ist eine Gute. Aber ich kann den beiden nicht ewig zur Last fallen.

– Aber du bist doch gerade erst gekommen. Was hast du denn jetzt vor, Erik?

– Ich weiß nicht. Jetzt mache ich erst mal ein Interview mit CNN.

– CNN? Wahnsinn! Das sagst du erst jetzt? Das muss gefeiert werden.

Ich kann mich nicht an viel mehr erinnern, außer dass ich während der gesamten Konversation großen Durst hatte. Als Esther mich schließlich zu Tisch bat, fragte sie, ob es irgendetwas gab, das ich nicht essen durfte. Ich verstand die Frage nicht und antwortete ausweichend. Es gab zuerst durchsichtige Frühlingsrollen, dazu einen leichten Weißwein, der sehr gut runterging.

– Das ist ein Junker aus der Südsteiermark. Ich hoffe,

du magst die Sommerrollen. Ich hatte gehofft, dass du kein Veganer bist.

– Du wirst lachen, aber ich weiß nicht, was das ist.

– Wie gut, einen jungen Mann vom alten Schlag zu treffen. Die gute Kris muss wirklich auf dich schauen. Du musst mehr essen. Komm, greif zu! Warst du immer schon so mager?

– Nein, ich bin so aus dem Koma aufgewacht.

– Hab ich schon gesagt, dass ich immer eine Mutter haben wollte wie Kristina?

– Ja, hast du schon gesagt. Ich hätte immer gerne einen Vater gehabt wie Richard Feynman. Kennst du das Buch *Kümmert Sie, was andere Leute denken?*

– Nein, warte. Das muss ich mir aufschreiben. Ist ja so wertvoll, wenn einem von einem Geistesmenschen Lektüre vorgeschlagen wird.

Sie rannte im Zimmer auf und ab und suchte etwas. Als sie zu mir blickte, hielt ich die leere Weinflasche in die Höhe, und sie nickte mir zu. Gleichzeitig klopfte es wieder an der Wand. Dann verschwand sie lange, und ich konnte mich umsehen. Wahrscheinlich war die ganze Einrichtung teuer. Ich interessierte mich aber mehr für den kleinen Wagen mit den Flaschen, der immer noch neben dem Sofa stand. Ich holte mein Glas vom Tisch, goss mir einen Campari ein und schüttete ein wenig Wasser aus der Karaffe dazu, die wir bisher nicht angerührt hatten. Bald kam Esther mit einer vollen Flasche Weißwein zurück.

– Er ist wie ein Kind, ich muss ihm jeden Tag seine Tabletten geben. Bitte, setz dich doch! Ich hoffe, du magst Sushi.

– Ich mag die Beatles, Frank Zappa, Miles Davis und indische Musik.

– Weißt du, was Sushi ist?

– Nein.

– Es kommt aus Japan. Also, es ist roher Fisch.

– Eigentlich Japaner, aber trotzdem ungar.

– Sehr spitzfindig! Du bist ein Künstler, Erik!

– Was nimmt er denn für Tabletten, der Papa?

– Ach, seine Antidepressiva. Er nimmt immer noch so alte Dinger: trizyklische Antidepressiva. Zeug aus den Fünfzigern. Winfried nimmt die ja auch. Ich besorge sie ihm oft mit meinem Ärzteausweis. Ich sage ihm immer, er soll sich auf was Zeitgemäßes umstellen lassen.

– Was ist daran so schlimm? Winfried ist doch auch aus den Fünfzigern.

– Na ja, man kann die überdosieren. Man kann sich damit umbringen.

– Wirklich?

– Ja, also, man muss schon eine hohe Dosis nehmen. Trotzdem ist der Gedanke dauernd da …

– Ist denn dein Vater selbstmordgefährdet?

– Nein, eigentlich nicht. Ich weiß nicht … Du hast doch von einem Buch gesprochen …

– Wirklich, ich hab es schon wieder vergessen. Ich bin schon betrunken.

– Das macht doch nichts.

– Nein, es ist herrlich. Ich möchte ja trinken und rauchen und überhaupt …

Esther blickte mir in die Augen. Auf einmal war sie kindlich, mädchenhaft. Ich tauchte den ungaren Fisch in die grüne Paste, damit ich ihn nicht schmecken musste. Das Zeug war aber so scharf, dass mir Tränen in die Augen traten. Esther lachte. Ihre Wangen waren nun ganz rot.

Soraya sagt übrigens auch – ich füge das jetzt schnell ein, bevor ich endlich zur Sexszene komme, die der Ghostwriterin natürlich auch nicht gefällt –, dass die vielen Einschübe in meinem Text unerträglich sind. Gut so, seither verwende ich sie wieder mehr. Ich hätte es fast vergessen.

Esther hatte diese kleinen quadratischen Schälchen, in denen eine schwarze Sauce war. Sie tauchte ihren Ungarfisch auch dort ein. Ein Schälchen aber war noch leer. Mitten im Gespräch legte Esther eine blaue Tablette darauf und schob das Schälchen in meine Richtung.

– Verzeih, dass ich sehr … dass ich … sehr direkt bin …

Ich wusste nicht, was das für eine Droge war, aber ich war bereit für einen Trip und erinnerte mich an das erste Mal, dass Kris und ich LSD genommen hatten. Bei mir: nichts. Keine Lucy-in-the-Sky, keine Farben, keine Muster. Ich betrachtete die Bäume und sah die Fotosynthese, ich sah wie Bäume und Sträucher und Gras stoffwechselten und atmeten. Das war alles.

– Was ist das?

– Viagra. Es kräftigt deine Erektion.

Eigentlich war mir ein wenig übel geworden vom Ungarfisch, doch wir gingen mit einem Drink zum Sofa. Esther ging zum Fenster und zog einen Vorhang vor. Ich hatte das blaue Ding schon genommen, als Esther mich in ein Gespräch verwickeln wollte über die Langweiligkeit des Lebens. Alle Tage verliefen gleich, ihr Dienst im Krankenhaus begann so früh, mit der Pandemie war alles noch viel schlimmer geworden. Dazwischen einzelne unappetitliche Details aus ihrem Alltag als Menschenfleischhauerin. Sie rückte immer näher zu mir.

– Ein Tag folgt auf den anderen und neues Leben sprießt aus den Ruinen.

Sie lachte. Das Zitat von Morgenstern erkannte sie nicht, dafür legte sie ihre Hand auf meinen Oberschenkel. Ich dachte an Nikki. Und ich dachte einen verdammten Gedanken: Ich wollte Nikki treu sein. Ich erschrak vor mir selbst und wollte mich ablenken, indem ich mir kurze Gedichte ausdachte oder mich wieder an der Umrechnung in Gleitkommazahlen versuchte. Ich tat das sogar kurz, und mir fiel ein Wort ein: Bias. Was ist der Bias? Ich wusste nur, dass ich das in meinem ersten Leben gewusst haben musste. Bias. Inzwischen begann Esther sich auszuziehen. Dann zog sie mir Hose und Unterhose aus und saß bald auf mir. Sie roch nach Schweiß und Fisch, ungar und menschenfleischhauerlich.

Doch dann rettete mich eine Bewegung: Ich weiß nicht, wann und warum ich meinen Kopf zur Seite drehte. Ich tat es einfach und blickte auf den zugezogenen Vorhang, der plötzlich von hinten beleuchtet wurde. Es war, als ob eine Lichtshow im Gange war. Helle Farben blitzten auf. War die blaue Tablette doch ein Halluzinogen? Ich brauchte wohl eine Minute, bis ich verstand, was los war. Da draußen brannte es.

– Es brennt.

– Wo? Im Mund? Das kommt vom vielen Wasabi.

– Es brennt.

– Sei jetzt still und küss mich!

– Es brennt vor deinem Haus.

Esther lachte. Dieses Lachen wurde von der Feuerwehrsirene unterbrochen. Man kennt diese Sirene in kleinen Ortschaften gut, denn sie ertönt jeden Samstagmittag zur Probe. Daher nimmt sie auch niemand ernst. Jetzt aber war es spätabends. Esther blickte zum Fenster.

– Was ist denn das?

– Es brennt.

27.07.2022
Nun haben wir österreichische Nachbarn im Hotel. Sie sitzen schon frühmorgens auf dem Balkon, und ich muss jedes Wort verstehen. Entsetzlich.

Mein Vater betrat die Stube. Wo die beiden Knechte waren, wusste er nicht. Er musste daher vorsichtig sein. Er ging zur Tür, die zum Keller führte, und schlich langsam hinunter. Er machte mit der Lampe Licht. Was er dann entdeckte, entzieht sich jeder Vorstellung. Die Hanni, die mein Vater immer Johanna und niemals Hanna oder gar Hanni nannte, war im Keller in einem Holzverschlag untergebracht. Sie hing an einer langen Kette, sodass sie in der Waschküche arbeiten konnte. Sie schlief ohne Decke auf einer Holzpritsche, und ihr Essen stand in Blechnäpfen auf dem Boden wie für einen Hund.

Mein Vater setzte sich zu ihr und hielt ihre Hand, die sich anfühlte wie die Hand eines Skeletts. Sie erzählte ihm ihre Geschichte. Der Knauder war wegen eines Streits um ein Grundstück mit einem Bauern ein paar Dörfer weiter verfeindet. Diesem Bauern waren zwei Äcker des Bauern Knauder zugefallen; zwar im Austausch zu einer Erweiterung zweier seiner großen Äcker, doch der Knauder hatte diesen Tausch immer als nachteilig angesehen. Knauders Feind (Johannas Vater) und sein Sohn waren beide eingerückt und 1945 nicht wieder zurückgekommen. Da ergriff der Knauder die Gelegenheit. In einer russischen Uniform (der Teufel weiß, woher er die hatte) kam er in der Nacht, vergewaltigte Johannas Mutter, tötete sie, zündete das Haupthaus an und nahm Johanna mit. Seither hielt er sie als Sklavin, schlug und vergewaltigte sie regelmäßig. Alle Leute erzählten, die Russen hätten den Hof überfallen und die Hanni mitgenommen. Dass die anderen Bauern diese Geschichte glaubten, ist unwahrscheinlich, denn Johanna erzählte, dass es ihr manchmal gelungen war, vom Knauder-Hof zu fliehen, dass die Bauern, an die sie sich um Hilfe wandte, sie aber immer überwältigt und zum Knauder zurückgebracht hatten.

Mein Vater war tief bewegt von diesem Unrecht, hatte aber keine Zeit, sich mit seinen Gefühlen zu beschäftigen. Der Knauder war wieder erwacht. Ob er etwas gehört hatte, ob es eine seiner Kontrollrunden war, oder ob er sich wieder einmal an Hanni vergehen wollte – er leuchtete plötzlich mit einer Lampe den Keller aus. Da stand der Bauer Knauder auf der Treppe mit angelegtem Gewehr und sah meinen Vater.

27.07.2022
Gestern mit Leonie am Anlegeplatz der Fähre. Sie las den Namen des Schiffes: SAMARIA I. Gibt es auch eine SAMARIA II?, fragte ich. Und wieder sagte sie etwas Bemerkenswertes: Die richtige Frage wäre, ob es auch eine SAMARIA 0 gibt.

Normalerweise hätte der Haberler-Alltag auch an diesem Tag seinen gewohnten Lauf genommen: Kris hätte sich beschwert, dass Winfried und ich nicht rechtzeitig bei Tisch erscheinen, unsere Schmutzwäsche nicht in den dafür vorgesehenen Korb gegeben haben, und dass sie in einem fort nur Arbeit hat mit Kochen, Aufräumen und Waschen. Doch am Morgen, nachdem der Pkw von Esther Herklotz vor ihrem Haus abgebrannt war, herrschte Totenstille. Winfried kam zu Tisch, als Kris und ich dort schon saßen. Ich fragte ihn, ob er mir an diesem Tag die Verträge vom Verkauf der Computer Zusam, Arges und Ipoly zeigen könne. Sofort rastete er aus.

– Wir haben jetzt andere Sorgen! Wen kümmern jetzt die Basteleien von vor dreißig Jahren?

Ich muss Winfried heute dankbar dafür sein, dass er mich mit diesen Sätzen, mit denen er mich zur Schnecke machen wollte, wieder zur Schildkröte machte und an die Aufgabe meiner Inkarnation erinnerte. Er glaubte, nun einen guten Grund zu haben, mir die Unterlagen des Betrugs, den er an mir begangen hatte, gar nicht zeigen zu müssen: weil vor den Häusern von Tassilo Moser und Esther Herklotz ein Auto abgebrannt war. Mich verzückten diese Brände, aber mich quälte eine Frage: Wer war mein Helfer? Wer war es, der offensichtlich immer in Momenten, in denen ich ein handfestes Alibi hatte, Feuer legte? Mir fielen nur zwei erklärbare Lösungen ein: Albi oder Kris.

– Entschuldige, Winfried! Ich habe so viel zu tun mit dem Planen meiner Medientermine, dass ich dich ganz vergessen habe.

– Medientermine. Da scheiß ich drauf! Erzählst du denen dann die Wahrheit?

– Welche Wahrheit, mein Lieber?

– Das fragst du noch? Erst wurde das Auto von Tassilo in Brand gesteckt und jetzt das von Esther. Hier, bei uns, wo es niemals Einbrüche oder Vandalismus gegeben hat.

– Die Feuerwehr scheint ja wieder eine sehr magere Leistung abgeliefert zu haben. Die löscht ihren Durst schneller als Brände, wie wir gesehen haben.

– Hör auf mit deinen Frechheiten!

– Wenn ein paar dieser breitarschigen Autos von der Straße verschwinden, ist das ganz gut für die Umwelt. Außerdem trifft es nicht die Armen.

Der Ärger machte Winfried jünger. Plötzlich schien er überhaupt nicht mehr schwerhörig zu sein. Er schlug mit der Faust auf den Tisch und brüllte:

– Egal, ob du es warst oder nicht: Du gehörst hier weg!

– Oh, die gute alte Nazi-Diktion! Ich bin ja bald weg, lieber Winfried.

Kris stand auf und sah Winfried an:

– Wieso sollte Erik das Auto angezündet haben?

Winfried atmete kurz aus. Ich hörte es. Auch Kris musste es hören. Das Einatmen danach hörte ich nicht mehr. Dafür aber, wie er dreimal so laut wie vorher brüllte:

– Nichts mehr mit Erik. Es ist aus mit Erik. Erik geht jetzt und kommt nicht mehr wieder! Seit er hier ist, brennen Autos. Hier! Hier bei uns! Hier brennen aber normalerweise keine Autos, verdammt noch mal!

– Du kannst ihn doch nicht einfach beschuldigen. Das ist nicht fair.

– Er hat es mir beim Herfahren gesagt, dass er Lust hätte, Autos anzuzünden. Er hat es selbst wortwörtlich gesagt.

– Winfried, er hat doch mit Esther im Haus gegessen. Lass Erik aus dem Spiel!

Ich grinste und drehte mich zu Winfried um:

– Wo warst du denn, als Esthers Auto brannte?

Winfried stand auf. Er trug ein lächerliches schwarzes Poloshirt, das ihn wohl zum seriösen Familienvater machen sollte. Ich konnte mich noch daran erinnern, wie seine Pullover früher gestunken hatten, wenn er nächtelang in seinem Zimmer gearbeitet hatte. Gratia hatte immer gesagt, eigentlich muss man Winfrieds Pullover nicht waschen, sondern wegwerfen. Nun aber rochen sie nach seinem widerlichen Eau de Toilette. Er sah erbärmlich aus. Auch der goldene Ehering an seiner linken Hand sah lächerlich aus. Er drehte sich zu mir um und schrie wieder:

– Was erlaubst du dir, du Zombie? Verschwinde! Verschwinde aus meinem Haus! Verabschiede dich von Kris. Und wenn ich zurückkomme, bist du weg. Für immer.

Winfried stand auf. Er stand da und zippte sein Sportoberteil zu, so eine Trainingsjacke, in der er aussah, als wäre er ein Rapper, der in der Bronx eine Mülltonne anzündet. Er ging zum Tisch, nahm ein Glas mit Orangensaft und trank es aus. Dann verließ er das Haus. Ich schaute zu Kris.

– Was sagst du dazu?

– Ich bin auf der Seite meines Mannes. Auch bei schwierigen Entscheidungen. Winfried hat recht. Erik, bitte geh!

Ich ging auf mein Zimmer, das wahrscheinlich ebenfalls Winfrieds Zimmer war. Es verstörte mich, dass er *mein* Haus sagte. Es verstörte mich, dass Kris sagte: *Ich bin auf der Seite meines Mannes*. In fünf Minuten packte ich meine Sachen und rief Nikki an. Denn das Haus war mein Haus, und Kris war meine Frau.

– Ah, unser Fernsehstar!

– Nikki, hast du Zeit? Kannst du mich hier abholen? Kann ich bei dir wohnen?

– Was ist passiert?

– Sie werfen mich raus. Ich muss sofort weg.

– Im Ernst? Darf ich vorher mit ihm telefonieren?

– Mach das am Abend. Bitte hol mich jetzt!

Ich saß in der Küche. Kris saß immer noch da und starrte mich an.

– Nikki holt mich ab und bringt mich nach Wien.

– Ah, du hast schon eine Neue. Wie praktisch.

– Man nimmt die Hilfe, die naheliegend ist. Oder? Hast du das nach meinem Tod nicht auch getan?

– Eines kannst du: Provozieren!

– Ich habe nicht mehr lange Zeit. Ich muss jetzt sagen, was ich sagen will, und ich werde es sagen.

– Daran zweifle ich nicht.

– Du wärst besser tot, als mit einem Laubbläser oder einem Servierwagen herumzulaufen.

– Danke!

– Und Winfried wäre besser tot, als weiter anderen zu schaden.

– Wie kannst du so etwas sagen?

In diesem Moment verstand ich, wie die Schildkröte sein muss, um das Recht durchzusetzen: langsam, zäh, gepanzert mit einer dicken Schicht der Gleichgültigkeit gegenüber der Rührseligkeit, die die alternden Menschen an den Tag legen und mit der sie glauben, sich der Verurteilung ihrer Untaten entziehen zu können, wie die verdammten Nazis es gemacht hatten.

Nikki brauchte kaum eine halbe Stunde. Doch Kris kam mit zum Auto.

– Fahren wir noch zum Friedhof? Zum Grab deiner Eltern?

– Wozu?

– Weil es der letzte Punkt der Dinge ist, die ich mit dir tun wollte.

– Ach ja, weil *deine* Liste dann abgearbeitet ist. Dann bist du frei!

Wie seltsam es für Nikki gewesen sein muss, uns zum Friedhof zu fahren. Sie fuhr und sagte kein Wort. Albi hatte recht gehabt: Nikki konnte unglaublich hart sein. Ich saß auf dem Beifahrersitz, Kris hinten, sie trug ein Kopftuch. Als wir nach Großibm gekommen waren, auf die andere Seite der Vorortebahn, hatten alle alten Frauen Kopftücher getragen. Was heißt alt. Frau Schreiner, die ein kleines Häuschen mit einem Laden gehabt hatte, den es noch gab, als ich ein Kind war, hatte öfter auf mich aufgepasst, wenn meine Eltern nachmittags arbeiten mussten. Sie trug ein Kopftuch, und ich hielt sie für alt. Als ich aber Ende der Siebzigerjahre zu ihrem sechzigsten Geburtstag eingeladen wurde, begann ich zu rechnen und stellte fest, dass sie damals, als ich sie für eine alte Frau gehalten hatte, knapp über vierzig gewesen sein musste.

Kris und ich stiegen aus. Nikki blieb im Auto.

Kris zeigte mir den Weg. Sie holte eine Gießkanne, um die Pflanzen auf dem Grab zu gießen. Irgendwann holte sie mich mit der Gießkanne ein. Sie watschelte neben mir her, und ich nahm ihr das schwere Ding nicht ab. Dann standen wir vor dem Grab meiner Eltern.

Es folgte die eigenartigste Stelle im *Münchhausen*. Ich kann mich erinnern, dass mich diese Szene wirklich fesselte. Sie begann mit einer seltsamen Faselei über plötzliche Wachheit im richtigen Moment, die Gräuel des Krieges und menschliche Gerechtigkeit. Mein Vater wusste nicht, was er tun sollte. Und dann stand dort: *Ich wusste nur, dass es keinen Menschen von Ehre gibt, der solchen Zuständen ruhig zusehen würde.* Viel später, als ich schon Mitte zwanzig war, las ich zufällig eine Rede von Adolf Hitler und fand diesen Satz dort wortwörtlich. Ich fand noch mehr Sätze, die leicht verändert oder ohne Änderung von Hitler übernommen worden waren.

Ich kann heute gar nicht mehr sagen, ob im *Münchhausen* beschrieben wurde, was ganz offensichtlich passiert ist, mein Vater in seinem Leben aber niemals ausgesprochen hat: dass er den Bauern Knauder erschossen hat. Er erschoss ihn und vermutlich hat er mit meiner Mutter ebenfalls einen Übergriff russischer Soldaten vorgetäuscht, um von sich abzulenken.

Die beiden gingen in das Dorf meiner Mutter. Sie begannen, den Hof wieder aufzubauen. Mein Vater fühlte sich in dem Dorf nicht wohl. Er erzählte immer nur zwei Dinge: dass alle Bewohner des Ortes Nazis waren und bis heute geblieben sind und dass sein Kehlkopf von der Luft in dieser Gegend chronisch geschwollen war und er jeden Morgen beim Zähneputzen erbrechen musste.

Johanna, meine Mutter, bekam 1949 ein Kind, das im Alter von drei Monaten wieder starb, und im Februar 1952 kam ich zur Welt. Meine Mutter aufzupäppeln ist meinem Vater nie ganz gelungen, und schon bald nach meiner Geburt wurde sie sehr krank. Sie starb zu Hause. Was auch immer die beiden miteinander gesprochen haben, nie hat jemand davon erfahren. Mein Vater hatte ein einziges Foto von meiner Mutter. Es stand auf seinem Bücherregal, und man durfte nicht einmal wagen, in die Nähe des vergoldeten Bilderrahmens zu kommen. Ich weiß, dass er sie wirklich geliebt hat, aber woher ich das weiß, weiß ich nicht.

– Willst du alleine sein?

– Nein! Ich hasse Gräber. Und mehr noch hasse ich Eltern.

– Natürlich. Willst du dein Grab sehen?

– Sicher nicht!

Auf dem Grabstein vor uns waren die Namen meiner Eltern eingraviert: Gustaf Montelius. Lisbeth Serafina Montelius, geborene Oberskaia. Der Grabstein war nach meinem Tod gemacht worden, aber er sah trotzdem genauso aus wie alle anderen. So, als wäre er immer da gewesen. Ich empfand nichts.

Kris nickte stumm. Sie hielt die Handfläche an ihre Stirn, um mich gegen die Sonne anzusehen, den Kopf hielt sie schief. Nun war sie wirklich wie die alten Frauen auf dem Land geworden, die ich als Kind gekannt hatte.

– Da wartet sie nun im Auto auf dich. Und sie triumphiert innerlich. Verdammte Schlampe!

Ich sagte nichts. Kris blickte in die Leere, während sie weiterredete.

– Dabei habe ich sie großgezogen. Deine feine Gratia ist nach Australien ausgewandert, als Nikki zwölf Jahre alt war. Wie kann man nur so egoistisch und hartherzig sein. Wir haben drei Jahre lang um Nikkis Leben gekämpft. Und jetzt …

Es war schön, wie der Wind Kris' Haar in Unordnung brachte. Sie kämpfte umsonst mit ihren Händen dagegen.

– Willst du nicht kurz zum Grab von Doris Schweighofer schauen?

– Ich hasse Gräber.

– Kein Wort der Entschuldigung von dir bis heute.

Kannst du dich erinnern, dass ich versucht habe, mich umzubringen, als du in Gratia verliebt warst? Dann wäre Albi Vollwaise geworden mit deinem Tod.

– Komm, Kris, das war doch kein Selbstmordversuch. Das war ein Hilferuf!

– Ja, Erik, du bist wirklich ein Zombie. Du bist immer ein Zombie gewesen. Geh!

Ich ging und drehte mich nicht mehr um. Am Eingang kamen mir zwei Frauen entgegen. Ich grüßte sie. Sie murmelten nur etwas. Ich bemerkte, wie sie hinter mir stehen blieben, sich umdrehten und rätselten, wer ich sein könnte. Ich hatte das Gefühl, dass ich mir die Hände waschen sollte. Plötzlich hatte ich die Vorstellung, Leichengift an meinen Händen zu haben.

Wiping the dirt from his hands
As he walks from the grave,
no one was saved.

Ich stieg in Nikkis Auto, sie fuhr sofort los.

– Ich habe in drei Tagen um 14:00 einen Pressetermin in der Bar des Hotel Bristol.

– Ich bin also die Chauffeuse eines berühmten Mannes. Was hast du denn schon wieder Böses angestellt?

– Ich habe ein Auto nicht angezündet.

– Wie konntest du das nur unterlassen?

– Jemand anders hat es für mich getan.

– Ein indischer Dämon?

– Vielleicht.

– Ich wollte sowieso, dass du bei mir wohnst. Allerdings …

– Das mit Leonie regle ich.

– So, so, unser Onkel Erik regelt das!

– Also, nicht ich persönlich, sondern mein indischer Dämon.

Sofort nach dem Begräbnis meiner Mutter verließ mein Vater Kärnten. Er brachte mich nach Wien in die Wohnung meiner Großtante, wo ich vier Jahre lang aufwuchs. Ich weiß, dass mein Vater zu trinken begann, denn die Großtante ließ ihn nur nüchtern in die Wohnung. So ging es vier Jahre, bis er schwer krank wurde. Er landete im Krankenhaus, wo ihm die Ärztin vor der Entlassung nahelegte, nein befahl, nie wieder Alkohol zu trinken.

Nach zwei Wochen verließ mein Vater das Krankenhaus wieder, ging in die kleine Imbissstube, die dem Haupteingang des Spitals gegenüberlag, bestellte ein Bier, zündete seine Zigarette an und begann eines der Bücher zu lesen, das er in seiner Tasche hatte. Als er beim zweiten oder dritten Bier war, stürmte die Ärztin, die ihm das Trinken verboten hatte, ins Lokal und nahm ihm sein Bierglas weg. Das war Lisbeth, meine Mutter, für die ich sie lange hielt und als die ich sie immer anredete. Mein Vater war ihr Projekt. Ein Projekt, dessen Scheitern gewiss war. Sie heirateten, und wir zogen zu dritt in Lisbeths Wohnung. Das war, als ich vier Jahre alt war.

Vogelherz

Erträgt ein kleines Vogelherz
die viele Sehnsucht, all den Schmerz?
Versucht es, statt ihn zu besiegen,
nicht lieber doch davonzufliegen?

Und wird nicht in dem neuen Nest,
in dem es sich dann niederlässt,
dem armen kleinen Vogelherz
die neue Welt zum alten Schmerz?

Erik Montelius

31.07.2022
Drei Tage nicht geschrieben. Das Essen hier schlägt mir auf den Magen. Von Knoblauch und Zwiebel kann man nicht einschlafen, von zu viel Salz wacht man in der Nacht auf, und vom Alkohol träumt man schlecht. Ich werde mich an Nikkis Kost anpassen. Sie hält sich sehr streng an alle Verbote, aber auch daran, dass sie essen muss. Manchmal habe ich das Gefühl, sie tut es sogar ein wenig gerne.

Den Klugen von euch muss ich es wohl nicht sagen, dass an dem Tag, an dem mich Nikki in ihrer Wohnung in der Zwerggasse aufnahm, das Auto von Winfried Haberler vor seiner Haustür in Flammen aufging. Der Penisersatz brannte völlig aus. Es tut mir bis heute leid, dass ich ihn nicht in Brand gesteckt habe, und ich weiß, dass der Gott, der das für mich erledigt hat, ein Mensch war. Ein göttlicher Mensch.

Wir betraten das Haus Zwerggasse Nr. 5, einen Altbau aus der Gründerzeit. Plötzlich kam mir alles vertraut vor. Nikki ging vor, öffnete mechanisch ihren Briefkasten, nahm die Post heraus, warf sie in den Altpapiercontainer, dann gingen wir die Treppe hoch. An Nikkis Tür klebten vier oder fünf Zettel. Sie nahm sie ab und sperrte auf. Wir betraten die Wohnung, eine große Altbauwohnung, die sich in nichts von den Wiener Wohnungen unterschied, die ich in meinem ersten Leben gekannt hatte.

– Also, willkommen im Chaos. Zum Aufräumen bin ich nicht gekommen.

Nikki führte mich in ein Zimmer. Es musste das Zimmer ihrer Tochter sein.

– Da Leonie nicht da ist, wohnst du jetzt hier. Kannst gerne alles umstellen.

– Sie wohnt wirklich permanent bei jemand anderem?

– Sie lebt hier im Haus bei einer Freundin namens Antje. Wenn du es genau wissen willst: Meine Tochter redet seit anderthalb Jahren nicht mehr mit mir. Wenn sie mir etwas mitteilen muss, schreibt sie Zettel oder schickt mir Nachrichten.

– Das weiß ich doch alles schon.

– Dann frag nicht so blöd.

Nikki hatte das Bett schon überzogen. Es war ein breites Bett. Endlich hatte ich Platz, viel mehr Platz als bei den Haberlers, obwohl an einer Wand Kartons gestapelt waren, bestimmt zwanzig oder dreißig.

– Was ist in diesen Kartons?

– Dinge, die ich bestellt und noch nicht ausgepackt habe.

– Warum packst du sie nicht aus?

– Jetzt fang du nicht auch noch an. Ignorier sie einfach, okay?

In zwei Schränken, einer davon mit großen Schubladen, befand sich eine Menge Kleidung und Spielsachen. Ich kramte ein wenig in einer Schublade.

– Ich mache dir zwei Laden frei. Wann holst du deine Sachen?

– Ich habe alles mit.

– Was? Das ist alles? Ich dachte, du hast morgen ein Fernsehinterview.

– CNN.

Nikki starrte mich an.

– Du hast ein Interview mit CNN und willst in diesem abgefuckten Trainingsanzug erscheinen? Willst du dich vor aller Welt lächerlich machen?

– Hey, ich bin abgefuckt. Ich habe keine Papiere, keine Identität, kein Zuhause. Soll ich da im Frack im Fernsehen auftreten?

– Also … nein … das geht einfach nicht.

– Hör jetzt auf, mich zu bemuttern.

– Hey, ich bin eine Mutter. Vergiss das nicht!

Ich kramte ein wenig in den Spielsachen. Alles war aus Plastik. Zwischen Lego und Playmobil fand ich einen Soroban.

– Darf ich das von deiner Tochter ausborgen?

– Du kannst es behalten. Was ist das überhaupt?

– Ein japanischer Rechenschieber.

– Komm, wir müssen noch einkaufen gehen. Zuerst musst du dich duschen.

Nikki ging ins Badezimmer und ich folgte ihr.

– Zieh dich aus. Wir müssen Unterwäsche, T-Shirts und Hosen für dich bestellen. Das geht ja so nicht weiter.

– Sollte ich nicht zuerst …

– Pass auf! Wir machen das so: Du tust, was ich dir sage.

Ach ja, ich sag es dir gleich: Ich bin nicht geimpft. Wenn du deshalb wieder gehen willst …

– Ich bin auch nicht geimpft.

Ich zog mich aus. Als Nikki meine Kleidung nahm und in die Waschmaschine warf, wollte ich protestieren, denn ich hatte ja nichts mehr zum Anziehen.

– Ich wasche deinen abgefuckten Trainingsanzug.

– Und was ziehe ich an?

– Ich habe einen Wäschetrockner. Inzwischen schlüpfst du in diesen Bademantel. Lass dir Zeit. Ich gehe meine Pakete holen.

Erst später fand ich heraus, dass die Zettel, die an Nikkis Tür geklebt waren, Abholscheine von Paketen waren, die andere Hausparteien für sie angenommen hatten. Nikki war bestellsüchtig. Sie ließ täglich mehrere Pakete kommen, wobei sie das meiste davon wieder zurückschickte. Ich habe gehört, dass es im Pazifik eine schwimmende Insel gibt, die viermal so groß ist wie Deutschland und die nur aus den Waren besteht, die Nikki an die Versandhäuser, von denen sie sie liefern ließ, wieder zurückgeschickt hat; die werden nämlich nicht wiederverkauft, sondern entsorgt. Diese Insel hat bisher keinen Namen. Auf dieser Insel gibt es keine Einwohner, keinen Flughafen und keine Hotels. Trotzdem sollte es sich ein Christoph Columbus unserer Zeit zur Aufgabe machen, der erste Mensch zu werden, der dort landet. Und er sollte eine amerikanische Flagge in den Boden dieser Insel rammen, die aus zurückgeschickter Unterwäsche in Originalverpackung besteht.

Ich stieg in die Duschkabine. Nikki hatte eine riesige Brause. Die Dusche war ein kleiner, domestizierter Regen, ein herrlicher Wasserstrahl. Danach betrachtete ich mich im Spiegel. Ich hatte schon im ersten Leben immer Angst vor meinem Spiegelbild gehabt. Je länger ich mich anschaute, desto mehr Hinweise auf Krankheiten und Abartigkeiten entdeckte ich. Ich hatte das Gefühl, durch die Haut mein Skelett sehen zu können. Meine Haut war gelblich und sah ungesund aus. Nach dieser Dusche aber hatte ich das erste Mal das Gefühl, dass wieder Leben in meinen Körper kam. Nikki betrat das Badezimmer ohne zu klopfen.

– Zieh noch mal aus, den Bademantel.

Sie stand da, streifte ihre Bluse, ihre Hose, dann den BH und die Unterhose ab und schaute mich mit einem Lächeln an.

– Du willst es doch auch, oder?

In diesem Moment war die Schildkröte machtlos. Wie eine Taube stürzte Nikki sich auf mich und nahm mich mit.

Ich hatte schon am Weihnachtsabend in Großibm festgestellt, dass Nikki keine Anbahnungen und kein Vorspiel brauchte. Sie ging ganz entschieden zur Sache und kümmerte sich um sich selbst. Sie wollte dabei auch nicht reden. Als ich einen Satz begann, hielt sie mir den Mund zu. Es war unwahrscheinlich einfach. Danach nahm sie ihre Kleidung vom Boden und verließ das Badezimmer.

Den restlichen Tag war sie sehr distanziert. Zum Rauchen mussten wir auf den Balkon gehen.

– Warum rauchst du nicht in der Wohnung?

– Vergiss es, Erik, in Innenräumen wird heute nicht mehr geraucht. Schon gar nicht, wenn hier ein Kind wohnt.

Das Kind wohnte eigentlich nicht in der Wohnung, aber das wollte ich in diesem Moment nicht sagen.

– Meine Eltern haben im Auto geraucht, wenn ich auf dem Rücksitz saß.

– That was when you were young.

Vom Balkon aus blickte man auf einen riesigen Baum inmitten einer kleinen Parkanlage. Kleine Vögel setzten sich auf das Geländer und blickten uns an.

– Wir könnten Vogelhäuschen für den Balkon bauen.

– Warum?

– Weil wir uns gerne mit Vögeln beschäftigen.

– Ach, die schlechten Witze von Erik. Zwei, drei am Tag müssen es schon sein.

– Dann könnten die Meisen sich hier Futter holen, und wir könnten sie beobachten.

– Bei mir bleibt nicht einmal das eigene Kind im Nest.

Dann läutete Nikkis Telefon. Mich störte ihr Klingelton und ich wollte, dass sie rangeht, damit die elende Melodie aufhörte. Doch Nikki betrachtete das Display, ließ das Handy seelenruhig läuten und fluchte.

– Verdammt, der Arsch. Er ruft dauernd an. Ich muss ihn blockieren.

– Was heißt das? Wer ist der Arsch?

– Mein Vater. Oder besser: der, der einmal mein Vater war.

01.08.2022
Jede Erwähnung Winfrieds führt zum Streit mit Nikki. Danach ist sie beleidigt. Auch heute legen wir das den ganzen Tag nicht bei. Beim Schlafengehen dreht sie sich weg. Ein Scheißtag.

Endlich war das Läuten vorbei. Kurz danach aber folgten drei Brummtöne hintereinander. Nikki wischte auf dem Ding herum, dann hielt sie es mir unter die Nase. Da standen drei Nachrichten:

> **Nikki, bitte geh ran. Gestern wurde unser Auto angezündet. Vor dem Haus.**
>
> **Heute ist Erhard Lackermeier tot aufgefunden worden. Ich glaube nicht, dass er eines natürlichen Todes gestorben ist.**
>
> **Nikki, wir sind in Lebensgefahr. Bitte melde dich.**
> **Dein Vater**

Nicki tippte etwas in ihr Handy.

– Was machst du?

– Ich schreibe dem Arsch eine letzte Nachricht.

– Warum?

– Weil ich will. Ich schreibe: *Du bist nicht mehr mein Vater.* So!

Das alles erfreute mich. Ich fragte mich nur wieder einmal: Wer war es? Wer war mein Helfer, und warum stellte er sich nicht bei mir vor?

Nikki ging mit mir einkaufen. Und trotz all meiner Begeisterung über ihre Hilfe, ihre unkomplizierte Art, ihre Regendusche und ihre eigenartigen sexuellen Praktiken, die mich zurück auf die Erde gebracht hatten, zeigte mir diese Einkaufstour Seiten von ihr, die ich besser nicht entdeckt hätte. Es war für mich absolut anstrengend, in all diese Hosen und Hemden und Jacken zu schlüpfen. Doch wäre der Daumen wenigstens einmal oben gewesen und sie hätte sich für ein Kleidungsstück entscheiden können! Aber je länger es dauerte und je mehr ich anprobierte, desto weniger gefiel es Nikki.

Letztendlich saßen wir, ohne irgendetwas gekauft zu haben, in einem Café. Es waren nicht viele Gäste da, was damit zu tun hatte, dass die Lokale nach dem Lockdown gerade erst wieder den Betrieb aufgenommen hatten. Die gute Nachricht war, laut Nikki, dass wir ohne Maske am Tisch sitzen durften. Ich sah das Lokal, die Plakate an der Wand, die Bar, die Kellner und fühlte mich sofort in die richtige Welt versetzt; die Welt von früher. Wie schön die Achtzigerjahre gewesen waren im Vergleich zu dieser Zeit des ethischen und ästhetischen Bankrotts. Wenn ich zur Toilette ging, bewunderte ich jedes einzelne Detail in diesem Lokal. Als ich zum Tisch zurückkam, muss ich sehr gerührt oder nostalgisch ausgesehen haben. Doch Nikki kommentierte das zum Glück nicht. Sie war wieder bedächtig und sympathisch, nicht die einkaufswütige Furie, die nach Stunden des Anprobierens immer noch nichts gekauft hatte.

– Bist du eifersüchtig auf diese Antje?

– Warum?

– Weil dein Kind bei ihr wohnt?

– Leonie. Was du *mein Kind* nennst, heißt Leonie.

– Bist du eifersüchtig?

– Ach, Eismann, es sind da viele Dinge vorgefallen. Ich erzähle es dir besser nicht. Ich bin müde.

– Warum seid ihr alle müde? Warum sagen mir alle, dass sie müde sind? Dass sie erschöpft oder gestresst sind? Wieso sind alle Menschen solche Jammerlappen geworden?

– Ist das so?

– Das ist so. Ihr lebt hier im Luxus, und alles, was ihr könnt, ist, ständig euer Leiden mit hundertachtzig Dezibel vor euch herzutragen. Nervt euch das nicht selbst?

– Also, ich bin nicht alle. Kritisier mich, wenn du mich meinst.

– An deiner Stelle würde ich aufhören zu jammern. Und wenn du es willst, wenn du es wirklich willst …

– Was?

– Dann bringe ich Leonie zu dir zurück.

– Oh, der große Checker Erik! Na, dann mach mal!

– Mach ich! Ich verspreche es dir. Und ich verspreche sonst niemals etwas.

Wir gingen in ein weiteres Geschäft, wo Nikki ein paar Lumpen von einem japanischen Designer kaufte. Sie fand, dass sie mir außerordentlich gut standen. Für mich sah ich darin aus wie ein Reissack, der zu drei Viertel leer gefressen und ausgebeult war. Aber ich wollte Nikki eine Freude machen – und vor allem: Ich wollte der Einkauferei ein Ende bereiten. Also fand ich die Sachen eben cool.

– So, jetzt bin ich beruhigt.

– Was hat dich beunruhigt?

– CNN, mein Lieber, das ist nicht das Landesstudio Niederösterreich.

Wie schlau sie war, meine abgemagerte Wirtin. Auf die Idee, dass ich hungrig sein könnte, kam sie nicht, weil sie selbst nichts aß. Erst abends bemerkte sie es. Nikki war auf die Toilette gegangen, und ich kramte heimlich im Kühlschrank. Doch sie kam zu schnell wieder aus der Toilette und erwischte mich.

– Ach, sorry. Hast du Hunger?

– Ich sollte zunehmen, weißt du.

– Es tut mir leid. Ich denke nie an Essen. Vergiss den Kühlschrank. Die Sachen sind alle abgelaufen. Wir bestellen was. Was hättest du gerne?

Nikki lachte, als ich mich für Kalbsbutterschnitzel mit Kartoffelpüree entschied.

– Unterm Strich bist du doch ein richtiger Österreicher.

Sie sah mir dabei zu, wie ich alles aufaß. Dann holte sie ihren Laptop und zeigte mir, wie man diese Videokonferenzen machte. Nun redete ich virtuell mit Soraya oder einer Pixellandschaft, die ihr ähnlich sah. Wir gingen alle Fragen und Antworten für das morgige Interview durch. Es war erstaunlich, was für Datenmengen da über die Leitungen gingen. Ich fragte mich, wozu die Menschen überhaupt noch zu Interviews, Gesprächen, Konferenzen und Treffen fuhren, wenn das Gespräch doch einfach zu Hause möglich war. Man könnte sich so viel unnötigen Verkehr und damit Energieverbrauch ersparen. Wozu musste ich am nächsten Tag ins Hotel Bristol fahren?

Sorayas Ideen und ihr sogenanntes *Coaching* gingen mir einigermaßen auf die Nerven. Beständig erklärte sie mir, ich muss *authentisch* bleiben. Es ist so ungefähr der größte Unsinn, den ich jemals gehört habe, dass jemand in einer außergewöhnlichen Situation wie einem Interview mit einem der größten Nachrichtensender so tun soll, als säße er gerade am Küchentisch und würde seine Zehennägel schneiden. Ich schlug Soraya vor, mir während des Interviews die Zehennägel zu schneiden. Soraya sagte, sie will ihre Zeit nicht mit Scherzen vergeuden. Wie kam sie darauf, dass ich einen Scherz machte?

Bevor ich zu Bett ging, sagte ich Nikki gute Nacht. Wortlos ging sie in ihr Schlafzimmer. So stellte sie sich also unser Zusammenleben vor: Wir machen zwar Quickies im Badezimmer, schlafen aber getrennt. Ich hoffte heimlich, dass sie sich in der Nacht zu mir legen würde. Aber sie kam nicht.

02.08.2022
Jeden Morgen hole ich Kaffee von einem Lokal namens PALM TREE. *D. h. zwei Kaffee und eine heiße Schokolade für Leonie. Es ist die einzige Form von Alltag, die ich habe. Ich plaudere jeden Tag mit der Frau dort.*

Nikki lag noch im Bett, als ich gehen musste. Ich klopfte an ihre Zimmertür. Dann trat ich ein. Es war das erste Mal, dass ich ihr Schlafzimmer sah. In diesem Zimmer standen noch viel mehr Kartons als in meinem Zimmer. Ich tat so, als hätte ich nichts bemerkt. Ich wollte Nikki einen Kuss geben. Sie drehte sich weg.

– Ich hab noch nicht Zähne geputzt.

– Ich auch nicht.

– Du Schwein! Ach ja, nimm den Schlüssel mit, der in der Tür steckt. Er gehört jetzt dir. Ich habe einen zweiten.

Soraya wartete schon vor der Haustür auf mich. Ich verließ die Wohnung. Als ich ins Taxi einstieg, starrte sie mich an:

– Was hast du da an? Wo ist dein Trainingsanzug?

– Ich hab das gestern gekauft.

– Was willst du darstellen? Einen gerade dem Tod und dem Krebs entkommenen Mann mit vierzig Kilo, der in Designerklamotten daherkommt? Wo ist dein Trainingsanzug?

– Oben.

– Also, bitte hol ihn!

Ich war nicht sicher. Würde Nikki mitkriegen, dass ich den

Trainingsanzug holte? Würde sie mir eine Szene machen? Aber auch wenn sie es nicht mitkriegte, würde sie mich später mit dem Trainingsanzug im Fernsehen sehen. Das konnte ich ihr nicht antun. Was war das überhaupt für ein Spiel, das hier mit mir gespielt wurde? Ich wurde wütend.

– Was ist?

– Kann es sein, dass hier über mich hinweg entschieden wird?

– Erik, wir haben keine Zeit zu diskutieren.

– Bin ich nur Teil einer Show?

– Ja, du bist Teil einer Show. Fernsehen ist immer Show. So ist das eben. Und jetzt hol den Trainingsanzug.

Ich ging also nochmals in die Wohnung. Das Aufsperren funktionierte. In der Wohnung war nichts zu hören. Ich schlich ins Kinderzimmer, um den Trainingsanzug zu holen. Doch er war nicht mehr da. Ich ging ins Badezimmer. Nikki stand nackt vor dem Spiegel. Sie erschrak, als ich die Tür öffnete.

– Hast du mich erschreckt. Was ist?

– Ich suche den Trainingsanzug.

– Den wasche ich gerade.

– Den hast du doch gestern erst gewaschen?

– Ich wasche täglich. Wozu brauchst du ihn denn?

– Vergiss es!

Nun saß ich mit einer versteinerten Soraya im Taxi. Sie hatte zu viel Make-up aufgetragen und fluchte, weil ich auf meinem neuen Outfit bestanden hatte. Da könnte ich gleich einen Anzug tragen; so oder ähnlich schimpfte sie vor sich hin. Der Taxifahrer starrte sie ständig an. Vom Autofahren verstand er nichts. Er sprach auch unsere Sprache nicht und kannte Wien nicht. Rundheraus fragte er, wo das Hotel Bristol sei. Soraya sah auf dem Donkey nach und nannte ihm die Adresse: *Kärntner Straße 1*. Diese Adresse als Taxifahrer nicht zu kennen und als Journalistin erst suchen zu müssen, ist ungefähr so, wie wenn ein Fremdenführer sich in Paris zum Eiffelturm durchfragt. Die Szene war einfach zu komisch. Aber es war keine Zeit für Scherze.

– Erik, vergiss es bitte nicht: Es ist CNN. Du gibst CNN ein Interview.

– Das heißt?

Wir stiegen vor dem Hotel aus und gingen in die Bar. Sie war eigentlich geschlossen, aber wir erhielten Zutritt. Zuerst wurde ich zur Maske gebracht. In einer Ecke des Raumes war ein kleiner mit Paravents abgetrennter Bereich. Dort stand eine dicke Frau neben einem Schminkspiegel und wartete schon auf mich. Ich setzte mich, und Soraya ging. Die Dame in der Maske begann mit einem Pinsel in meinem Gesicht herumzuwischen.

– Es tut mir leid. Ich kenne Sie nicht. Sind Sie ... sind Sie sehr berühmt?

– Nein, ich bin ... ich bin ein Sonderfall. Ich war tot und wurde wieder zum Leben erweckt.

– Oh, nach einem Unfall?

– Nein, ich bin 1991 gestorben. An Krebs. Ich habe meinen Körper konservieren lassen. Vor ein paar Monaten wurde ich wieder aufgeweckt.

– So etwas gibt es wirklich? Ich kenne das nur aus einem Film. Wie hieß der nur?

– Ich bin der erste Mensch, bei dem das gelungen ist.

– Das ist ja interessant. Die Augen kurz zumachen, bitte. Wie alt waren Sie, als Sie gestorben sind?

– Achtunddreißig.

– Hm, das ist nicht sehr alt.

– Krebs!

– Das tut mir aber leid. So, bitte stillhalten. Ich trimme Ihnen noch kurz die Augenbrauen, da sind ja ganz lange dabei. Sie sind jetzt also wieder da. Seltsam! Wieso macht man das nicht mit bekannten Persönlichkeiten? Wenn man Sie einfrieren und wieder auftauen konnte, warum hat man dasselbe nicht mit Prinzessin Diana gemacht?

Ich hatte keine Ahnung, wovon die Frau redete. Sie war eine freundliche, aber sehr dumme Person. Leider sollte sich bald herausstellen, dass die Interviewer der Nachrichtensender um nichts klüger waren als diese Schminktante.

– Also, wenn Sie die letzten dreißig Jahre nicht gelebt haben, dann wissen Sie ja gar nicht, dass Prinz William und Kate drei Kinder haben.

– Wer sind die?

– Prinz William? Sie kennen Prinz William nicht? Der Sohn von Prinz Charles und Lady Diana.

– Ich habe ihre Hochzeit gesehen. Im Sommer 1981. Da war ich mit meiner Frau auf einem Campingplatz in Italien, in Marina di Castagneto. Die deutsche Familie neben uns hatte einen Fernsehapparat in ihrem Wohnmobil. Das war eine Sensation. Und sie haben uns und andere Nachbarn eingeladen, auf diesem Fernseher die Hochzeit von Charles und Diana anzuschauen. Haben Sie sie auch gesehen?

– Mein Herr, ich bin im Jahr 1989 zur Welt gekommen. Aber Sie haben recht mit dem Datum. Bei den Royals kenne ich mich nämlich aus. Die Hochzeit war am 29. Juli 1981. Dass es so ein böses Ende nehmen musste mit der schönen Diana!

– Sie meinen die etwas beschränkte Kindergärtnerin mit der schiefen Nase? Was ist mit ihr?

– Das wissen Sie nicht? Sie wollen mich doch nur aufziehen.

– Gnädigste, ich bin 1991 gestorben.

– Ach ja! Sie ist bei einem Autounfall ums Leben gekommen. In Paris. Am 31. August 1997. Das weiß doch jedes Kind.

Das Gespräch wurde langweilig, aber die Dame von der Maske hatte ihren Pinsel zur Seite gelegt und erzählte mir, was sie wohl in einer Unzahl von Schundmagazinen gelesen hatte.

– Es ist ein Skandal. Man hätte ihr Leben noch retten können. Als sie aus dem Auto gezogen und in den Krankenwagen gebracht wurde, war sie noch bei Bewusstsein und redete sogar. Die Sanitäter bemerkten nicht, dass eine Vene in ihrer Lunge blutete. Daran starb sie dann.

Immer diese Venen. Ich war ungeduldig geworden und versuchte, von dieser Dame loszukommen. Die kam aber gerade erst in Fahrt.

– Sie lebte ihr Leben wie eine Kerze im Wind.
– Wer hat das gesagt?
– Elton John.
– Ach, der schwule Kitschbruder.
– Haben Sie die Serie *The Crown* auf Netflix gesehen?
– Was ist das?
– *The Crown*? Eine Serie über Queen Elizabeth.

Zum Glück waren wir fertig. Ich setzte mich auf einen Fauteuil. Und wartete.

02.08.2022
Die Tagesfahrt mit der Fähre nach E. wird verschoben. Nikki hat den Wecker gestellt, aber Leonie und sie schlafen bis 11:00.

Der Interviewer kam und gab mir die Hand. Das Interview wurde in englischer Sprache gehalten, und ich muss sagen, dass ich mich mit meinem verrosteten Englisch gut schlug. Soraya hat es transkribieren lassen, und ich gebe hier die ungeschnittene Version in der deutschen Übersetzung wieder. Mir gegenüber saßen eine Assistentin vom Sender, ein Mensch, den man mir nicht vorgestellt hatte, und Soraya.

– Herr Montelius, ich nehme nicht an, dass Sie den Film *Late for Dinner* aus dem Jahr 1991 kennen.

– Nein.

– Das ist Ihnen auch nicht vorzuwerfen. Der Film kam am 20. September 1991 in die Kinos. Sie sind aber schon mehr als ein halbes Jahr zuvor, am 27. Februar 1991, gestorben. In *Late for Dinner* wird ein Mann, dessen Körper im Rahmen eines kryonischen Experiments konserviert wurde, nach dreißig Jahren wieder zum Leben erweckt. Im Film ist das Fiktion. In Ihrem Fall ist das Realität. Haben Sie vor dreißig Jahren, als Sie beschlossen, Ihre Leiche konservieren zu lassen, daran geglaubt?

– Nein. Ich wollte mit der Konservierung meiner Leiche der Wissenschaft eine Chance geben und ihr meinen Körper zur Verfügung stellen. Jeder wissenschaftliche Fortschritt wurde irgendwann einmal für unmöglich gehalten.

– Nun wurde er möglich. Sie sind der erste kryokonservierte Mensch, der wieder zu Bewusstsein gebracht wurde. Wie fühlt man sich, wenn man auf die Welt zurückkommt?

– In dem Moment, in dem ich zu Bewusstsein kam, kam mir alles sehr weit entfernt vor. Ich glaube, jeder kennt es, wenn man sich selbst fremd ist. Wenn Sie Ihre Stimme mit einem Kassettenrekorder aufnehmen und diese Aufnahme anhören, dann haben Sie dieses Gefühl.

– Wir verwenden heute natürlich keine Kassettenrekorder mehr. War es anfangs schwer für Sie, die Technik der heutigen Zeit zu verstehen?

– Nein, sie ist auf demselben Niveau wie damals. Schon als ich gestorben bin, sind im Spital alle Uhren falsch gegangen. Und als ich dreißig Jahre später wieder aufwachte, war es genauso: Die Uhr im Zimmer ging falsch.

– Und wie waren für Sie die ersten Begegnungen mit Menschen, die Sie von früher kannten?

– Als Erstes bin ich meiner Frau, also meiner früheren Frau, begegnet. Ich lebe jetzt bei ihr im Haushalt.

Das war die erste Lüge, auf der das sogenannte Coaching von Soraya beharrte. Ich sollte sagen, dass ich bei meiner früheren Frau wohne. In dem Moment, als ich die Lüge aussprach, lief es mir kalt den Rücken runter. Warum tat ich es? Warum sagte ich die Unwahrheit? Ich hasste mich selbst dafür.

– Ihre Frau wird in Kürze 62, Herr Montelius. Sie werden in Kürze 70. Aber wenn man die dreißig Jahre, die Sie in Eis gelagert wurden …

Soraya und ich hatten vereinbart, dass ich Formulierungen wie »in Eis gelagert«, »eingefroren« und »aufgetaut« nicht durch eine exaktere Terminologie korrigieren würde. Wieder gehorchte ich. Was war ich für ein Feigling!

– ... abzieht, dann sind Sie eigentlich 39. Und Sie sehen auch aus wie 39. Lieben Sie Ihre Frau noch, obwohl sie zumindest körperlich 23 Jahre älter ist als Sie?

Für den Fall einer solchen Frage (und Soraya hatte entweder gewusst oder geahnt, dass sie gestellt werden würde), hatten wir vereinbart, dass ich darauf antworte, dass es für mich nur eine Frau auf der Welt gibt, nämlich meine Ehefrau.

– Wissen Sie, meine Frau hat, während ich tot war, wieder geheiratet. Ich werfe ihr das nicht vor. Im Gegenteil: Ich verstehe es. Natürlich war Kris, meine frühere Frau, eine wichtige Person in meinem ersten Leben. Aber jetzt habe ich ein zweites Leben. Zum Glück habe ich mir ihren Namen nicht eintätowieren lassen.

An dieser Stelle lachte der Kerl hinter der linken Kamera. Soraya, die nur wenige Meter entfernt saß, war jetzt wahrscheinlich zornig. Ich sah sie aber zum Glück nicht, denn die Scheinwerfer blendeten mich zu stark. Nun taute ich auf und sagte endlich die Wahrheit.

– Also, Sie sind kein Romantiker. Können Sie sich an Geschehnisse in Ihrem früheren Leben erinnern?

– Natürlich!

– Können Sie sich an Ihren Tod erinnern?

– Also, Sie meinen damit vermutlich mein Sterben. Die Menschen verwechseln ständig Tod und Sterben.

– Herr Montelius, es ist eine uralte Frage der Menschheit, was nach dem Tod passiert. Sie sind der Einzige, der uns Auskunft geben kann.

– Ich weiß, ich befürchte nur, dass die Menschen nur das hören, was sie hören wollen.

– Wir möchten das hören, was Sie zu berichten haben.

– Über den Tod kann ich gar nichts berichten. Und ich fürchte, auch über das Sterben nicht viel. Ich war auf der Onkologie. Ich bekam immer stärkere Schmerzmittel und driftete oft weg. Ich kann den Menschen nur sagen, dass es im Leben um das Leben geht, und dass Tod und Sterben keine Bedeutung für sie haben sollten.

– Die Mehrheit der Menschen glaubt an ein Leben nach dem Tod.

– Die Mehrheit der Menschen tut so, als ob sie an ein Leben nach dem Tod glaubt. In Wahrheit weiß jeder, dass es das nicht gibt. Man sollte mehr an die Forschung glauben und an den Fortschritt. Wir sollten die Welt besser und gerechter machen und das, was wir haben, gerecht verteilen. Wie man an mir sieht, ist ein zweites Leben möglich. Aber es ist eine Errungenschaft der Wissenschaft. Ein Leben nach dem Tod, wie es die Religionen versprechen, ist Unsinn. So etwas gibt es nicht.

– Kommen wir zu einem anderen Thema, bei dem wir hoffen, von Ihnen tröstlichere Auskunft zu bekommen. Als Sie verstorben sind, besaßen in den USA 15 % der Menschen einen Computer, in Europa weniger. Heute haben 97 % der Menschen einen Computer, die meisten davon sogar drei oder vier, wenn man Smartphone und Tablet dazurechnet. Die Vernetzung dieser Computer hat neue Formen von Kommunikation, Konsum und Unterhaltung geschaffen. Wie sehen Sie nach Ihrer Rückkehr die technologische Entwicklung der Menschheit? Ist das überwältigend für Sie?

– Die Idee der Computervernetzung ist recht alt. Ich kenne sie von früher. Aus technologischer Sicht sind wir immer noch in der Steinzeit der Informationstechnologie. Natürlich klopfen sich die Steinzeitmenschen gerne auf die Schulter, wenn sie ein Beil gezimmert haben, das nicht ordentlich schneidet. Aber wir sollten vorwärts schauen und vor allem den Kinderkrankheiten und dem Missbrauch der Technologie den Kampf ansagen.

– Was meinen Sie damit?

– Das heutige Mobiltelefon ist ein Überwachungsinstrument, das die Überwachten noch dazu freiwillig betreiben.

– Ist unser Fortschritt vielleicht gar keiner?

– Nun ja. Autos fahren immer noch mit Verbrennungsmotoren. Überall auf der Welt werden Atomkraftwerke betrieben. Die USA sind heute kleiner als der gesamte Plastikmüll in den Meeren, wenn man ihn zu einer Insel aufhäufen würde. Der Hunger auf der Welt ist nicht nur nicht beseitigt worden; es hungern mehr Menschen als früher. Die Überbevölkerung hat man nicht in den Griff gekriegt. Im Gegenteil.

– Ich muss Sie stoppen, Herr Montelius. So viele Themen können wir heute gar nicht besprechen. Sind Sie mit einem Wort *enttäuscht* über die Welt des Jahres 2022?

– Meine Gefühle spielen keine Rolle. Wichtig ist doch,

dass man die Probleme der Menschheit löst. Ich habe das Gefühl, dass man das aber gar nicht will.

– Kommen wir zurück zu Ihnen. Obwohl Sie offensichtlich ungern über sich sprechen, möchte ich das erwähnen: Sie haben vor dreißig Jahren einen Computer entwickelt. Einen Computer, der anders ist als die Computer, die wir verwenden. Können Sie das Prinzip kurz erklären.

– Gerne. Der heute übliche Computer basiert auf dem Bit, das heißt seine kleinste Informationseinheit hat zwei mögliche Zustände. Das ist der binäre Computer. Bei meinem hatte sie drei mögliche Zustände. Ein ternärer Computer also. Die Idee war nicht von mir. Ein solcher Computer wurde bereits Ende der Fünfzigerjahre in der Sowjetunion gebaut.

– Kann es sein, dass sich diese Idee, wie auch die Sowjetunion und ihre Ideen, im Lauf der Zeit überlebt hat?

– Mir geht es um Technologie und Ökologie, nicht um politische Propaganda. Das Wesentliche am ternären Computer ist, dass er höhere Rechen- und Speicherleistung bei viel geringerem Energieaufwand erbringt. Die heutigen Computer sind Spielzeuge, die viel zu viel Energie fressen. So wie die Glühbirne. Sie produziert zu 5 % Licht, zu 95 % Wärme. Eine Glühbirne ist eigentlich ein Ofen. Die Hitze, die eine Glühbirne produziert, ist Müll. Und das, was man heute zu 95 % mit Computern macht, ist ebenfalls Müll. Man sollte den Computer für das nutzen, was er kann und was wirklich Nutzen bringt: Ein Computer ist zum Rechnen da.

– Ich möchte wieder zu Ihnen zurückkommen. Was haben Sie nun in Ihrem zweiten Leben vor?

02.08.2022
Immer wieder bezeichne ich mich als Wiedergeborenen. Das ist natürlich genauso Unsinn wie das Wort Sonnenaufgang.

Soraya hatte mir eingetrichtert, auf keinen Fall zu sagen, dass meine Lebenserwartung nur eine sehr geringe war. Ich verstand, warum. Denn dieser Interviewer hätte mich, wenn ich die Wahrheit darüber gesagt hätte, vermutlich fertiggemacht.

– Ich will dasselbe wie alle Menschen. Ich will glücklich sein und meine Ziele erreichen. Leider bin ich zurzeit ausschließlich mit bürokratischen Aufgaben beschäftigt.

– Können Sie das genauer erklären?

– Ich existiere eigentlich nicht. Meine Existenz ist mit meinem Tod erloschen. Ich habe keinen Reisepass, überhaupt keine gültigen Papiere, ich bekomme keine Impfung gegen diese … dieses Corona. Ich muss nun gegen den Staat klagen, weil er mir keine Papiere ausstellt. Darum müssen wir dieses Gespräch hier in Wien führen, denn ich kann weder in ein anderes Land fahren noch danach wieder in mein Heimatland einreisen.

– Was ist das Problem?

– Ich bin kein Jurist. Ein Experte hat mir erklärt, dass die Gesetze keine Möglichkeit vorsehen, eine durch den Tod erloschene Existenz fortzusetzen. Wenn Jesus Christus also, wie die Bibel sagt, noch einmal auf die Erde zurückkehrt, dann wird er es nicht bis zum Jüngsten Gericht schaffen, sondern höchstens bis zum Bezirksgericht.

– Glauben Sie an Jesus Christus?

– Es ist egal, ob ich an ihn glaube oder nicht.

– Mich interessiert es aber. Glauben Sie an ihn?

– Ich glaube, dass es die historische Person gab. Ob seine Lehre, wie wir sie kennen, wirklich von ihm stammt, ist nicht mehr festzustellen. Es ist über weite Strecken eine gute Lehre, eine Lehre der Menschlichkeit und des Friedens. Was allerdings aus dieser Lehre gemacht wurde, ist verheerend. Zweitausend Jahre Menschenfeindlichkeit und Wissenschaftsfeindlichkeit. Ich bin nicht gegen die Lehre Christi, sondern gegen das Christentum, das sich als Kirche organisiert und die Menschen jahrhundertelang geknechtet hat.

– Ist das nicht eine Sache der Vergangenheit?

– Zum Teil, doch viele Irrtümer wirken fort. Das Christentum hat das heliozentrische Weltbild bekämpft. Und das wirkt heute in unserem Denken und unserer Sprache nach. Nehmen Sie nur das Wort *Sonnenaufgang*. Herrgott noch mal! Es gibt keinen Sonnenaufgang. Die Sonne geht weder auf noch unter.

– Herr Montelius, Sie betonen immer wieder die Wichtigkeit der Wissenschaft. Sind Sie Wissenschaftler? Was haben Sie studiert?

– Ich war in meinem ersten Leben Computerprogrammierer. Ich habe zwar Physik studiert, aber das Studium abgebrochen. Ein brauchbares Studium der Informatik gab es in meiner Jugend nicht.

– Sie sind also Autodidakt?

– Die meisten Computerpioniere haben nicht Informatik

studiert. Brian Kernighan war Elektrotechniker und Donald Knuth Mathematiker, wenn ich mich richtig erinnere.

– Aber die beiden haben studiert.

– Was wollen Sie damit sagen?

– Herr Montelius, Sie haben die Überbevölkerung der Erde bereits erwähnt. Wenn nun, wie zu erwarten ist, die Betreiber der Kryokonservierung immer mehr Menschen erfolgreich wieder zum Leben erwecken, und sich daher immer mehr Menschen nach ihrem Tod konservieren lassen, besteht dann nicht die Gefahr der Bevölkerungsexplosion?

– Natürlich ist die Bevölkerungsentwicklung ein Problem, allerdings nicht in den westlichen Industriestaaten. Überbevölkerung ist ein Problem der Armut, der Staaten, die in Wahrheit noch Kolonien sind und deren Rohstoffe und billige Arbeitskraft wir ausbeuten. Mit der Entfernung dieses Missverhältnisses wird man die Bevölkerungszahl dort stabilisieren können. Außerdem ist die Bevölkerungsentwicklung auf der Erde nur ein Problem, solange wir nicht in der Lage sind, in den Weltraum auszuwandern.

– Das klingt aber nun gar nicht nach Wissenschaft, sondern nach Science-Fiction.

– Auch Kryokonservierung galt einmal als Science-Fiction. Ihr Menschen seid bequeme Kerle geworden. Ihr sitzt hier müde auf einem von einem Virus verseuchten Planeten und begnügt euch damit, alles, was jemand tut, schlechtzureden oder für unmöglich zu halten.

– Sie denken also doch positiv, Herr Montelius. Das finde ich sehr schön. Ich möchte Sie am Schluss etwas sehr

Persönliches fragen. Da Sie der Meinung sind, dass unmögliche Dinge einmal Wirklichkeit werden können, frage ich Sie: Wenn Sie drei Wünsche äußern könnten, die sofort in Erfüllung gehen, welche wären das?

– Also, der erste Wunsch wäre, dass ich nach Erfüllung des dritten Wunsches wieder drei Wünsche offen hätte.

– Man merkt, dass Sie Informatiker sind. Beschränken Sie sich auf drei!

– Ich wünsche mir erstens die Liebe einer Frau. Sie heißt Nikki, und ich liebe sie sehr.

– Schön. Der zweite Wunsch?

– Es laufen noch viele Menschen hier herum, die anderen grobes Unrecht angetan haben. Ich wünsche mir, dass diese Menschen bestraft werden.

– Sie wollen also Rache, nicht Vergebung.

– Vergebung erst nach der Rache.

– Und der dritte Wunsch?

– Ich würde gerne etwas rückgängig machen können, das ich in meinem früheren Leben falsch gemacht habe.

– Dürfen wir erfahren, was das ist?

– Nein, das ist etwas sehr Persönliches. Ein schwerer Fehler, der mit leidtut.

– Herr Montelius, ich danke Ihnen für das Gespräch.

Nach dem Gespräch verließen wir das Hotel Bristol sofort. Soraya brachte mich in das Studio eines Fotografen, der Pressefotos machte. Dann fuhren wir wieder in die Zwerggasse.

03.08.2022
Heute kommt der Enkel der Frau im PALM TREE, die täglich an der Kaffeemaschine steht, und sie hat keine Zeit, mit mir zu plaudern.

Das Interview wurde am nächsten Tag, dem Silvestertag, erstmals gesendet. Nikki fand es *witzig*, Soraya fand es *sehr gut*, ich fand es verheerend. Es wurde laufend wiederholt, und dazwischen wurden alte Beiträge über Kryonik ausgestrahlt. Es hatte zur Folge, dass sich nun Nachrichtensender aus aller Welt meldeten. Nikki redete nicht viel darüber. Sie hatte eingekauft. Schon nach dem Interview wurde ich von ihr bekocht. Das Bier stand auf dem Balkon, damit es kühl blieb. Nikki teilte mir mit, dass es im Haus bei ihr üblich war, dass man zu Silvester in die verschiedenen Wohnungen ging, um dort zu trinken, zu plaudern und auf das neue Jahr anzustoßen. Dabei würde ich auch Leonie und Antje kennenlernen.

Sowohl Albi als auch Kris riefen an. Um ehrlich zu sein, fiel es mir sehr schwer, nicht ranzugehen. Dann läutete nachmittags wieder der Donkey Kong. Auf dem Display stand: *No Caller ID*. Ich zeigte Nikki das Display. Sie bläute mir ein, in einem solchen Fall und bei allen Anrufen von Nummern, die nicht eingespeichert waren, nicht abzuheben. Wobei es *Abheben* nicht mehr gab. Sehr abgehoben, ein Kommunikationsinstrument nicht zu benutzen.

Ich kam mit Nikki überein, dass sie mir ein zweites Mobiltelefon kaufen würde und ich nur das benutzen sollte, um mit ihr zu telefonieren. Sie stand in einer Schürze hinter dem Herd und lächelte.

– Du hast mir eine öffentliche Liebeserklärung gemacht. Auf CNN. Ich fasse es nicht.

– Es war mir ein Bedürfnis.

– Danke, mein Schatz. Ich vergewaltige dich später dafür. Ich verstehe aber nicht, warum du dir nicht diese Unterasinger nimmst? Ist die nichts für dich?

– Sie wäscht nicht jeden Tag.

An diesem Tag hatte ich wieder eine Videokonferenz mit Soraya. Wir gingen die Termine durch, und sie kündigte mir an, dass sich um 15:00 ein gewisser Dr. Oehme zuschalten werde, der für seinen Verlag die Rechte für meine Autobiografie kaufen wolle. Soraya bat mich, während der Konferenz auf ihre SMS zu achten, außerdem sollte ich, sobald Dr. Oehme einen Geldbetrag nannte, nur antworten: *Darüber bewahren wir lieber Stillschweigen.* Schließlich war es wirklich so weit. Ein weiterer Pixelhaufen wurde in der Videokonferenz sichtbar.

– Hallo, Herr Montelius. Ich gratuliere Ihnen zu Ihrem Auftritt. Eine tolle Sache ist das, Ihre Geschichte. Wir sind sehr beeindruckt.

– Danke!

– Ich möchte gleich zur Sache kommen. Es geht um Ihre Autobiografie. Haben die anderen viel mehr als fünfhunderttausend geboten?

– Darüber bewahren wir lieber Stillschweigen.

– Verstehe. Rundheraus, Herr Montelius, wir bieten Ihnen

siebenhundertachtzigtausend; die Hälfte jetzt, die andere Hälfte bei Erscheinen des Buchs.

– Dr. Oehme!

– Sie haben sich meinen Namen gemerkt?

– Ich merke mir alle Namen. Ich gebe sogar den Blaumeisen auf der Terrasse Namen. Jeder einzelnen Meise gebe ich einen Vornamen.

– Das erinnert mich an jemanden, einen Erfinder, glaube ich. Er gab den Tauben Namen.

– Tesla. Nikola Tesla. Er war mir in vieler Hinsicht ähnlich. Er glaubte, durch das Trinken von Whiskey sehr alt zu werden, und befürchtete daher durch die Prohibition eine Verkürzung seines Lebens.

– Also, Herr Montelius. Haben wir einen Deal?

– Dr. Oehme, eine Ärztin hat mir gesagt, dass ich bald sterben werde. Ich brauche die gesamte Summe sofort. Sie verstehen? Das Erscheinen meines Buches erlebe ich nicht mehr.

– Herr Montelius, unsere Geschäftsführerin sitzt neben mir. Warten Sie bitte kurz … Okay, das geht in Ordnung. Wir schicken den Vertragsentwurf an Frau Unterasinger. Wenn Sie dann kurz drüberlesen. Ich hoffe, wir können das digital unterzeichnen und bis 2. Januar abschließen.

– Frau Unterasinger wird das klären. Wissen Sie, ich möchte Vogelhäuschen bauen. Also Meisenhäuschen. Ich habe bereits recherchiert. Die Meisen brauchen runde Öffnungen. Angeblich 28 Millimeter, aber ich mache sie noch etwas kleiner, um die Kleiber, Ammern und Kernbeißer abzuhalten.

Dr. Oehme verabschiedete sich. Ich redete noch kurz mit Soraya, dann stieg ich aus. Nikki hatte die ganze Telefonkonferenz mitgehört.

– Siebenhundertachtzigtausend. Ich pack es nicht.

Sie zog mich aus dem Stuhl hoch.

– Wohin?

– Diesmal machen wir es im Bett.

03.08.2022
Mit Windkraft und Gezeitenkraftwerken müsste Kreta ganz einfach imstande sein, seinen Strom selbst zu erzeugen. Und mit der Gewinnung von Trinkwasser aus Meerwasser müsste der Wasserbedarf locker zu decken sein; auch der für die Olivenbäume vor dem Hotel, die nachts mit einer Sprinkleranlage gegossen werden.

Es war Silvester, der letzte Tag meines letzten Jahres. Die Wohnung, in die wir um 18:00 gingen, lag im dritten Stockwerk. Nikki erklärte mir, wer dort wohnte und wer oder was sie waren. Aber ich interessierte mich gerade nicht dafür. Nikki und ich, wir müssen bei diesem Auftritt wie zwei Teenager ausgesehen haben. Sie, sonst leichenblass und regungslos, hatte gerötete Wangen. Und irgendwie konnte sie gerade gar nicht von mir lassen. Wir stiegen die Treppe hoch zum dritten Stock, da nahm sie meine Hand.

Nikki stellte mich dem Pärchen vor, dem die Wohnung gehörte. Die Frau hieß Linda, das merkte ich mir sofort, den Namen des Mannes vergaß ich gleich wieder. Es waren schon zwei Gäste da, die Nikki nur durch kurzes Zunicken begrüßte. Dann ging sie in die Küche und kam mit zwei Gläsern wieder, in denen sich Sekt oder Schaumwein irgendwelcher Art befand.

– Oh je, Wein mit Kohlensäure! Ich will ein Bier.

Sie kam mit einer Bierdose wieder, stellte sie auf das Sideboard an der Wand und drückte sich dann gegen mich, wobei sie mir mit der rechten Hand in den Schritt griff.

– Ich bin gerade ganz … Gott … Hoffentlich bleibt dieser Zustand nicht.

– Verliebt?

– So eine Scheiße. Nein, nein. Das darf nicht sein.

– Nikki. Ich sag's nur einmal.

– Sag es lieber null Mal!

– Also, ist die Antwort *Ja*?

– Was meinst du?

– Du willst mich auch heiraten?

– Verdammt, du Arsch! Das ist der erste fucking Heiratsantrag meines Lebens.

Sie sagte es recht oft, dieses *fucking Irgendetwas*. Es tat mir weh, nicht in den Ohren, sondern eher vom Hals die ganze Wirbelsäule hinunter. Ich habe die Phrase in diesem Buch weitgehend ausgespart. Aber in dieser Situation habe ich Nikkis Worte noch genau im Ohr.

– Wirst du mich heilen?

– Wovon?

– Von meinem Bestellzwang?

– Nein. Ich bin Hindu.

– Hindu? Hast du nicht gestern Gulasch mit Rindfleisch gegessen?

– Ich bin eben ein schlechter Hindu. Darum wurde ich auch wiedergeboren.

Nun kamen neue Gäste, und für die nächste halbe Stunde entfernte sich Nikki und plauderte mit allen. Ich stand alleine da und schüttete Bier in mich hinein. Immer wieder musste ich in die Küche. Die Gastgeberin Linda sah mich eine weitere Bierdose aus dem Kühlschrank nehmen und fragte:

– Ist das Bier gut?

– Es ist Bier.

– Ich weiß nicht. Ich habe Sie doch schon einmal gesehen, oder?

– Wir können *Du* sagen. Ich bin Erik.

– Linda, freut mich. Warst du einmal im …?

– Nein.

– Verdammt, ich komm nicht drauf.

Ich ging zurück ins Wohnzimmer. Dort stand ich wieder allein herum, bis Nikki es bemerkte. Sie entschuldigte sich dafür, mich allein gelassen zu haben. Sie bot mir an, mich vorzustellen, aber ich lehnte das ab. Dann verließen wir die Wohnung und gingen zu Antje, wo ich Leonie kennenlernen sollte. Danach würden wir alle gemeinsam zu einer Freundin zum Fondue gehen. Auf dem Weg zu Antjes Wohnung blieb Nikki auf der Treppe stehen.

– Also, die Kurzfassung: Ja, ich bin eifersüchtig auf Antje, weil Leonie lieber bei ihr ist als bei mir. Ja, ich hatte was mit ihrem Typen, Philipp. Den wirst du gleich kennenlernen. Antje ist dahintergekommen. Und ja: Ich hatte auch was mit Antje. Nur damit du alles weißt.

– Was für ein Chaos. Jeder war mit jedem im Bett.

– Nicht wahr? Das kann im Haus Haberler-Montelius nicht passieren.

Nikki ging weiter. Dann blieb sie nochmals stehen.

– Ach ja, wir essen dann später bei Dorothea Fondue.

Wenn dort eine Debatte über das Impfen beginnt, dann bitte verhalte dich ruhig und versuch von etwas anderem zu reden.

Ich hatte noch gar nicht an später gedacht, sondern wollte mich noch innerlich darauf vorbereiten, nun in Antjes Wohnung gefangen zu sein. Doch wir hatten Glück. Gerade als wir auf die Wohnungstür zukamen, öffnete sie sich und Antje, Leonie und Philipp kamen mit Schüsseln voller Salate und Saucen aus der Wohnung. Antje sah uns gleich.

– Oh, ihr seid spät dran. Wir müssen schon runtergehen zu Doro.

Zwar wurden wir einander nun vorgestellt, aber in dem heillosen Durcheinander waren alle überfordert. Wir kamen bei Doro an. Sofort begannen alle, in der Wohnung irgendwelche Dinge herzurichten, und ich stand alleine im Vorzimmer.

Ich stellte mich in eine Ecke neben dem Fenster und beschloss, mir diese Antje einmal anzusehen. Was jeder über sie zehn Mal pro Minute sagte, war, wie *nett* sie ist. Ich fand nicht, dass sie nett war, sie lächelte nur fast immer. Hier in der fremden Wohnung hatte sie sofort begonnen, Dinge zu checken, herzurichten. Sie flitzte herum und war sehr effizient, während ihr Philipp, genauso wie ich, nicht wusste, was er eigentlich tun sollte. Ich stellte mir vor, dass sich ihr Verhältnis umkehrte, wenn sie alleine waren. Dann dominierte Antje diesen Philipp, fesselte ihn an Ketten, schlug und quälte ihn. Nur Leonie verhinderte, dass es zu Schlimmerem kam.

Und so hatte ich eine erste Theorie, was hier los war. Antje brauchte Leonie als Schutz, als Schutz vor sich selbst. Denn am Morgen, nachdem sie Philipp eine Nacht lang mit sadistischen Spielen gequält hatte, bereute sie es. Sie hatte ein schlechtes Gewissen, wie ein Trinker, und dachte immerzu: Das muss aufhören. Und mit Leonies Einzug hörte es auf. Ich musste mein Versprechen wahr machen und Leonie dazu bringen, wieder zu Hause zu wohnen. Antje hielt sich, nachdem Nikki aufgetaucht war, von Leonie fern. Auch das war natürlich nett und sympathisch und rücksichtsvoll, wie die Antje des Tages eben immer nett und sympathisch und rücksichtsvoll war.

Ich hatte noch eine zweite Theorie. Dieser Philipp war Antje langweilig geworden, und um ehrlich zu sein, wenn man ihn betrachtete, kam einem das sehr plausibel vor. Dann hatte Nikki etwas mit ihm angefangen. Und plötzlich war er für Antje wieder interessant geworden. Leonie diente also dazu, sich an Nikki zu rächen. Diese Theorie kam mir plötzlich sehr einleuchtend vor. Aber sie nützte mir nichts, denn ich musste ja Leonie überzeugen und nicht Antje.

Als wir uns schließlich zu Tisch setzten, fragte Dorothea, ob ich etwas trinken will. Ich bat um ein Glas Leitungswasser. Sie zeigte auf einen Krug mit Wasser, in dem Steine schwammen.

– Nimm das. Das hat die Energie der Kristalle.

– Da sind Steine drinnen. Ich will Leitungswasser aus der Wasserleitung. Ohne Steine.

Aus dieser Falle rettete Nikki mich noch. Sie nahm mein Glas, ging zur Kücheninsel und füllte es in der Spüle. Dann brachte sie mir das Glas und verdrehte die Augen. Als wenig später die Impfdebatte begann, verstummten alle rundherum. Dorothea aber redete in einem fort:

– Dann reden sie uns ein, dass es mehr Tote gibt als sonst. Stimmt nicht. Und dass mehr Menschen im Krankenhaus liegen als sonst. Nun, das stimmt vielleicht. Aber das kommt von den Impfschäden. Und jetzt will man uns zwangsimpfen. Bist du schon einmal zwangsgeimpft worden, Erik?

– Ich bin geimpft worden. Wie alle. Gegen Diphtherie, Tetanus und Keuchhusten. Und danach habe ich keine dieser Krankheiten bekommen.

Ich konnte Nikki nicht sehen. Sie saß nicht mehr am Tisch.

– Und du wurdest gezwungen?

– Die Schüler wurden im Turnsaal versammelt und geimpft. Als der Sohn unseres Nachbarn weglief und sich hinter einem Stapel von Turngeräten verkroch, gingen vier starke Männer los, um ihn da rauszuziehen. Sie stellten ihn vor den Arzt, hielten ihn fest und der drückte ihm die Spritze in den Oberarm.

– Wie schrecklich! So autoritär.

– Zum Glück gab es damals noch keine Alternativen.

– Wie meinst du das?

– Also, ich meine alternative Bewegungen. Der völkische Nationalsozialismus war so eine alternative Bewegung. Denen geht es um das Bekämpfen von Aufklärung und Wissenschaft. Was willst du mit Menschen anfangen, die Krankheiten heilen wollen, indem sie sich mit Mandelöl einreiben?

– Willst du aus allen Nazis machen, die Alternativmedizin anwenden?

– Alternativmedizin ist gar keine Medizin. Aber wer wendet sie an? Ich muss ja erst nachlesen, was auf der Welt seit 1991 vorgefallen ist. Da habe ich neulich gelesen, dass der Massenmörder Radovan Karadžić nach dem Jugoslawienkrieg als Alternativmediziner gearbeitet hat, zum Teil auch in Wien. Stimmt das?

Später sagte man mir, meine Worte hätten große Belustigung und Zustimmung hervorgerufen. Davon bemerkte ich nichts. Es herrschte Stille. Bei dieser Doro war ich auf jeden Fall unten durch.

Das Fondue wurde nun eine quälende Angelegenheit. Man versuchte, Themen zu finden, die nicht mit dem Impfen zu tun hatten. Aber die Gespräche kamen nicht wirklich in Gang. Alle aßen und tranken zu schnell, weil sie nicht wussten, was sie sonst tun sollten. Endlich wurden Vorbereitungen für Mitternacht getroffen. Der Champagner und die Gläser mussten auf die Terrasse gebracht werden. Und ein Lautsprecher, an dem kein Radio oder Plattenspieler hing, der irgendwie ganz von alleine den Donauwalzer spielte. Ich hatte keine Ahnung, wie das funktionieren sollte.

Am Ende saßen nur mehr Leonie und ich am Tisch. Ich wusste auch nicht, was ich mit ihr reden sollte. Aber sie erledigte die Themensuche.

– Ist es wahr, dass du vom Tod wiederauferstanden bist?

– Ja.

– Wie ist das so?

– Weißt du, ich habe das Gefühl, dass mich niemand versteht. Niemand hat dasselbe erlebt wie ich.

– Das verstehe ich gut.

– Ich habe nur wenig Zeit, weißt du. Ich bin krank und sterbe in ein paar Monaten.

– Schon wieder?

– Ja. Ich sag dir was: Ich liebe Nikki. Und du kannst mir helfen.

– Wozu brauchst du meine Hilfe?

– Nikki hat etwas Schlimmes erlebt. Ihre Mama ist weggegangen, als sie zwölf war. So alt wie du jetzt. Sie konnte mit niemandem über ihre Gefühle reden. Und jetzt fällt es ihr schwer zu sagen: Ich hab dich lieb.

– Weil sie niemanden lieb hat.

– Doch. Sie hat dich lieb. Aber das geht mich gar nichts an. Damit sie aber mich noch ein bisschen lieben kann, bevor ich sterbe, brauche ich dich.

– Mich?

– Ja. Bitte zieh wieder zu Hause ein. Nur bis ich tot bin, dann kannst du wieder machen, was du willst.

– Was bekomme ich dafür?

– Was würdest du gerne dafür bekommen?

– Ich weiß nicht.

– Überleg es dir! Ich habe nicht viel, aber was ich dir geben könnte, wäre ein Totenschein, eine Beatles-LP oder eine viel zu weite Hose von einem japanischen Designer. Vielleicht kannst du daraus ein Zelt schneidern.

Wir gingen in eines der Kinderzimmer. Denn Dorothea, die von der Energie der Kristalle lebte, hatte drei Kinder. Im Kinderzimmer lag eine Gitarre. Leonie nahm die Gitarre. Ich kann euch sagen, liebe Schrubber, Schrammer und Jammersänger, dass ich dreißig Jahre lang im Eis war und dass sich in dieser Zeit nichts verändert hat. Dieses aus dem Nest gefallene Vögelchen spielte mir *Stairway to Heaven* vor, und es klang so erbärmlich, wie es bereits Jahrzehnte davor schon bei allen Gitarrenschülern geklungen hatte.

– Das hat man schon gespielt, als ich noch jung war.

– Vor hundert Jahren?

– Es ist von einer Band namens Led Zeppelin.

– Ist das wichtig?

– Wahrscheinlich nicht.

– Tust du mir wenigstens einen Gratis-Gefallen?

– Was denn?

– Kommst du zu uns zum Abendessen?

– Mama isst nichts. Sie hasst essen.

– Nein, nicht mehr! Für mich kocht sie jetzt jeden Tag. Und wir essen gemeinsam.

– Das glaube ich nicht.

– Okay! Eine Wette. Wenn du kommst und Nikki kocht und isst, ziehst du wieder zu Hause ein, bis ich sterbe.

– Okay!

In diesem Moment hörten wir auf dem Balkon einen Aufschrei. Ich blickte auf die Uhr: Es war erst 23:46. Nikki rief nach mir, ich ging auf den Balkon. Auch Linda war gekommen, um mit den anderen den Jahreswechsel zu feiern. Sie hielt ihren Donkey Kong in der Hand. Auf einer Nachrichtenseite war mein Foto, das Pressefoto, das Soraya von mir hatte machen lassen, ganz oben. Die Schlagzeile lautete: *Wieder aufgetaut! Das zweite Leben des Erik Montelius.*

04.08.2022
Heute ist die Frau im PALM TREE nicht da. Hinter der Kaffeemaschine ist ein Mann. Ich muss ihm alles erklären. Auch, wie viel es kostet. Er lacht, als ich ihm den exakten Preis nenne.

So begann das neue Jahr: Ich war berühmt und in meinem Haushalt geliebt. Meine politische Bildung ging sehr schleppend voran. Auch das hatte einen Grund: Nikki. Wenn es um Politik ging, klinkte sie sich sofort aus. Unser längstes Gespräch darüber verlief ungefähr so:

– Politik? Ist das das mit den Grauen und Gelben und Roten und Silbernen?

– Machst du nicht Gebrauch von deinem Wahlrecht?

– Ich würde nur eine Partei wählen: die Partei, die die Winterzeit abschafft. Schau einmal raus. Es ist vier Uhr nachmittags, und es ist finster wie im Arsch.

Ich gab nur mehr die Interviews, die ich geben wollte. Ich war überall in den Nachrichten: in Japan, Australien, Peru, Surinam, im Bezirksblatt, Gemeindeblatt, Viertelblatt und Achtelblatt. Wir schrieben Gastkommentare hier und da. Das heißt: Ich diktierte, und Soraya machte das Ganze druckreif. Das Geld wurde auf Nikkis Konto überwiesen. Ich hatte immer noch nichts. Keinen Reisepass, keine Nicht-Meldung, keine E-Card, kein Konto. Aber mit Soraya hatte ich einen guten Plan gefasst. Wir wollten meine Popularität nützen und die Pläne für die Hochzeit von Nikki und mir öffentlich machen. Die Heirat scheiterte natürlich daran, dass ich immer noch keinen legalen Status hatte. Also richteten wir uns mit einem Brief an den Bundespräsidenten, mit der Bitte, von höchster Stelle einzugreifen und mir zur Wiedererlangung meiner bürokratischen Existenz zu verhelfen. Soraya fand die Pläne gut und arbeitete einen Zeitplan aus. Sie meinte, wir sollten damit Mitte oder Ende März an die Presse gehen. Das würde auch dem bis dann uninteressant gewordenen Image des identitätslosen Wiedergeborenen eine neue, überraschende Note geben. Liebe ist immer das beste Motiv, sagte sie.

Nikki war mit diesem Plan einverstanden. Überhaupt war sie gerade butterweich, denn am 4. Januar war Leonie zu uns zum Essen gekommen. Nikki hatte Faschierten Braten gemacht und aß sogar selbst. Ich weiß nicht, ob sie uns etwas vorgespielt hat oder nicht, aber es sah wirklich so aus, als würde ihr das Essen und auch der Gurkensalat, den sie dazu gemacht hatte, gut schmecken. Man merkte, dass Nikki Talent zum Kochen hatte, denn diesen Gurkensalat musste man richtig machen, die Gurke hauchdünn schneiden und mit Knoblauch, Öl und Paprika marinieren. Dieser Gurkensalat tötet Bakterien, Krankheiten und sogar die Liebe. Außer beide Liebenden haben ihn gegessen, dann verstärkt er die Liebe; denn minus mal minus ist plus.

Leonie kam von da an jeden zweiten Tag zum Essen. Und am 14. Januar war es so weit. Antje klopfte und unterhielt sich mit Nikki zwei Stunden lang, wobei sie ihr erzählte, dass Leonie gesagt hat, sie will ab nächsten Montag wieder zu Hause wohnen.

Einen Tag vor Leonies Einzug war der gesamte Vorschuss des Verlags auf Nikkis Konto gelandet. Nikki konnte es nicht fassen. Eine sechsstellige Summe auf ihrem Konto.

Mit ihren Bestellungen kleidete Nikki mich in kürzester Zeit ein. Ich hatte Unterwäsche, Socken, Hosen, T-Shirts, Hemden, Pullover, Jacken, Mäntel, ein halbes Dutzend Paar Schuhe, sogar einen schwarzen Anzug und drei oder vier Wollmützen. Täglich läutete es an der Tür. Entweder kam ein Bote, der Pakete brachte, oder eine Nachbarin, die ein Paket angenommen hatte. Ich musste alles anprobieren. Was nicht passte, wurde ins Exil auf die Plastikinsel geschickt.

Wenn Nikki arbeitete, musste ich still sein. Sie ging nicht in ein Büro, sondern arbeitete am Küchentisch und sagte dazu *Homeoffice*. Ich nannte es bezahltes Herumsitzen. Sie war Steuerberaterin, saß vor dem Computer und starrte in ein Tabellenkalkulationsprogramm. Neben ihr lag ein Taschenrechner. Als ich sie fragte, wozu sie den eigentlich benötigte, erklärte sie mir, dass sie damit rechnet. Sie zeigte auf den Bildschirm und sagte immer wieder: das Exl, im Exl, ins Exl eintragen. Das Programm sah aus wie Lotus 1–2–3, nur standen die Zahlen nicht in Kolonnen, sondern in einem Raster.

– Das verdammte Exl. Also, ich muss die Zahlen einer Spalte zusammenrechnen und unten das Ergebnis eintragen.

– Wieso kann das Ding das nicht selbst ausrechnen?

– Welches Ding? Das Exl?

– Wieso heißt es eigentlich Exl?

Nikki zeigte mit dem Daumen auf die Oberkante des Bildschirms. Ganz oben im Fenster stand *Excel*. Excel, was für ein dummer Name für ein Computerprogramm.

– Ach so: Excel. Das heißt ja eigentlich: Übertriff!

– Wie soll denn das Ding von selbst rechnen können?

Es war vermutlich ein Tabellenkalkulationsprogramm, das hier als Textverarbeitung im Tabellenformat verwendet wurde. Ich probierte, mit **@SUM** die Summe zu bilden, das funktionierte aber nicht. Ich klickte auf »Hilfe« und musste die Dokumentation lesen. Dann versuchte ich es so:

=SUMME(A3:A32)

Und schon wurde unten die Summe angezeigt. Nikki schüttelte den Kopf.

– Also, du bist ein MacGyver. Wie hast du das denn gemacht?

– Das ist wie Lotus 1–2–3. Ich habe das früher programmiert.

Ich errechnete auch die Summen der anderen Felder. Nikki kam aus dem Staunen nicht mehr heraus.

– Mein Gott, ich habe das immer mit dem fucking Taschenrechner ausgerechnet. Kannst du jetzt auch noch die Summen aller Quartale addieren?

Es gab für jedes Quartal ein eigenes Tabellenblatt. Nikki zeigte mir das vierte Quartal. Ich errechnete auch dort die Summen einer Spalte neben den händisch eingegebenen Summen.

– Was machst du da? Bitte in alten Tabellen nichts Neues eingeben!

– Ich schaue nur, ob du richtig gerechnet hast.

Und wirklich waren einige Fehler gemacht worden. Ich zeigte sie Nikki.

– Wie ist denn das passiert?

– Weil du dich beim Rechnen mit dem Taschenrechner vertippt hast. Das passiert, wenn man händisch rechnet. Man sollte der Maschine mehr vertrauen als dem Menschen.

Ich korrigierte alle Summen im September durch die von der Formel errechneten Summen. Jetzt musste ich nur herausfinden, wie die Summe aus diesem Tabellenblatt in das Tabellenblatt für den Oktober übertragen werden konnte. Das war nicht schwer:

=Q42021!A34

Nun konnte ich darunter die Differenz ausrechnen. Die Arbeit war in wenigen Minuten erledigt. Nikki war außer sich. Für kurze Zeit war ich ein Held. Eine goldene Aura umgab mich. Ich überlegte mir mögliche Belohnungen: Sex, Gurkensalat, einen gültigen Reisepass oder ein Bier, bevor diese geistlose Arbeit vorbei war.

– Also, ich hab ja gewusst, dass du einmal ein Computergenie gewesen bist, aber das …

– Dieses Programm ist zum Rechnen da.

– Woher soll ich das denn wissen? Du hast in fünf Minuten geschafft, wofür ich drei Tage brauche. Jetzt werde ich Papas Buchhaltung in einem Tag fertig haben.

– Du machst Winfrieds Buchhaltung?

– Leider. Ich mache gerade 2021 fertig.

– Warum tust du es überhaupt?

– Weil ich Steuerberaterin bin. Das ist mein Beruf.

– Teufel, wie kann man so etwas zu seinem Beruf machen.

– Weil man Zahlen lieber hat als Menschen?

Mir fiel ein, dass ich mich nie bei Pascal gemeldet hatte. Er hatte mir seine Nummer aufgeschrieben. Aber wo hatte ich diesen Zettel hingetan? Seltsam war es damals im Krankenhaus gewesen, als Pascal mit hochgezogenen Augenbrauen zu mir gesagt hatte: *Die Macht ist immer bei dir!* Und doch fühlte ich in diesem Moment, als Nikki ein neues Exl öffnete, auf dem Winfrieds Kontobewegungen des vergangenen Quartals zu sehen waren, dass Pascal recht gehabt hatte.

Nikki stellte mir eine neue Aufgabe. Ich versuchte Zeit zu gewinnen und sagte, ich müsse mir erst die Tabelle ansehen. Sie ging also und machte uns Tee. Ich war außer mir, ich zitterte, ich scrollte durch die Lastschriften, und da sah ich, dass jeden Monat eine Summe von 1.250,00 an Tassilo Moser und 750,00 an Erhard Lackermeier überwiesen wurde. Pascal sollte recht behalten. Ich entdeckte aber noch etwas viel Schlimmeres: Ende Dezember hatte Winfried eine Summe von 36.546,90 an Irina Datschenko überwiesen.

– Ich muss dir etwas zeigen.

– Was denn?

– Hier, sieh dir diese Überweisung an.

– Ist das nicht ein bisschen creepy, dass du dir Papas Konto anschaust?

Ich zeigte auf die Summe.

– Uff, ein ziemlich hoher Betrag. Wofür das wohl ist?

– Das ist Schweigegeld.

– Schweigegeld? Was soll denn verschwiegen werden?

– Und schau dir mal an, wo sie wohnt: in Kleinibm.

– In Kleinibm? Ich dachte, sie ist Russin?

Wir gingen auf den Balkon rauchen. Ich erzählte Nikki von Pascal und seiner Theorie. Nikki sagte dazu nichts. Wir schwiegen lange. Ich zeigte auf zwei Plätze an der Mauer und schlug vor, hier Vogelhäuschen aufzuhängen. Wir rauchten eine zweite Zigarette, aber Nikki machte nur zwei, drei Züge, dann warf sie sie in eine große Blechbüchse, die halb mit Wasser gefüllt war.

– Was ist?

– Ich dachte gerade: Es ist ein guter Zeitpunkt, um mit dem Rauchen aufzuhören.

– Was ist, wenn wir alle deine Kartons auspacken und im Schlafzimmer wieder Platz schaffen?

– Sag, beginnst du etwa, mein Leben umzukrempeln? Das wird mir jetzt ein bisschen viel mit deinen fucking Änderungsvorschlägen.

– Machen wir es so: Wir packen alle Kartons aus, dafür höre ich auch mit dem Rauchen auf. Jetzt hier in diesem Moment.

Ich hielt meine Zigarette über die Blechbüchse und wartete auf Nikkis Antwort.

– Jetzt wird's aber kitschig.

Ich ließ die Zigarette fallen.

– So. Nie wieder rauchen.

– Oh Gott, ich werde dick werden. Dabei magst du doch nur abgemagerte Frauen.

– Das ändern wir dann auch.

Das erste Vogelhäuschen war längst fertig. Es war eigentlich ein Futterhäuschen, mit einem Deckel oben, um Kerne nachzufüllen, und mit einer Stange, auf der die Meisen landen konnten. Nikki hatte im Supermarkt Vogelfutter gekauft und es in das Häuschen geleert. In den kommenden Wochen saß ich oft stundenlang vor der Terrassentür und wartete, dass eine Meise sich auf die Stange setzte, einen Kern pickte und damit wieder wegflog.

An diesem Nachmittag packten wir alle Kartons in Leonies Zimmer aus. Es war haarsträubend, was Nikki da in den letzten Jahren zusammengekauft hatte: Kleider für Leonie, die ihr inzwischen nicht mehr passten, Rucksäcke, Wanderstöcke, Kerzen in allen Größen und Formen, Spiele, Bastelzubehör und jede Menge Schuhe. Wir füllten das Zeug in Säcke und brachten es in das Kellerabteil. Nikki sagte, sie will einmal einen Flohmarkt veranstalten. Ich brauchte drei Stunden, um alle Kartons zusammenzuschneiden und in die Altpapiercontainer zu werfen. Die Container für das gesamte Haus waren damit vollgestopft. Nun war endlich Platz in Leonies Zimmer, und wir bezogen das Bett frisch.

Als Leonie das erste Mal die Tür zu ihrem Zimmer öffnete, staunte sie.

– Wow, wer hat denn hier aufgeräumt?

– Wir. Du hast noch einen Pyjama hier. Dann kannst du dich gleich hinlegen.

– Und wo schläfst du?

Nikki verdrehte die Augen.

– Bitte nicht! Es hat schon gereicht, dich durch die Wand schnarchen zu hören. Jetzt hab ich das fucking Trompetenkonzert direkt neben mir!

Leonie machte die Tür zu. Nach einiger Zeit aber kam sie im Pyjama wieder aus dem Zimmer:

– Habt ihr eine Zahnbürste für mich?

– Ja, mein Schatz. Warte kurz!

Nikki kramte in einer Schublade im Badezimmer und zog drei, vier ungeöffnete Packungen Zahnbürsten heraus.

– Welche hättest du am liebsten?

– Die violette.

Später, als Leonie im Bett war, kamen Nikki Tränen, die Nikki-Tränen, die nicht aufhören wollten. Und ich hatte die ganze Nacht etwas Weiches, Verwundetes und doch Dankbares neben mir. Üblicherweise war mein Bett morgens nass, weil ich beim Schlafen so viel schwitzte. Am nächsten Morgen dieses Tages war es durchnässt von Nikkis Tränen.

Ich weiß, liebe Einwegexistenzen, ihr, die ihr nicht recycelt werden könnt, habt auch kein Erbarmen mit anderen Einwegexistenzen. Ihr werdet mir nicht verzeihen, dass ich weich geworden bin, rührselig, kitschig. Ihr wartet auf die Rache der Schildkröte. Aber vergesst nicht: Es gehört auch zu den Aufgaben der Schildkröte Kurma, die Guten zu beschützen.

06.08.2022
Lange mit Soraya telefoniert. Die Präsidentschaftskanzlei fragt an, ob ich zu einem Gespräch mit dem Bundespräsidenten komme. Der Bundespräsident kann mich am Arsch lecken. Zu meiner Zeit kämpften wir für die Abschaffung des Bundesheeres und des Bundespräsidenten. Außerdem hat Soraya Ärzte gefunden, die mich untersuchen würden. Nikki sagt: Lass dich nicht untersuchen, dann lebst du länger.

Der Januar 2022 war der glücklichste Monat in meinem ganzen Leben. Wir waren alle verliebt und froh, dass wir einander hatten. Es kam kaum etwas dazwischen. Einmal eine Erwähnung von Kris, die Nikki verstörte. Kris schrieb manchmal Nachrichten. Manche beantwortete ich. Einmal telefonierten wir, aber ich tat es, als Nikki aus dem Haus war, um einzukaufen. Ich schwieg die meiste Zeit, und Kris fragte, ob wir uns denn nichts mehr zu sagen hätten. Ich antwortete, dass ich schon immer gefunden habe, dass das krampfhafte Kontakthalten, wenn man nicht zusammenlebt oder wenigstens zusammenarbeitet, nur Selbstbetrug ist. Dann fragte Kris natürlich nach Nikki. Ich antwortete, dass Nikki sehr glücklich ist, weil Leonie wieder bei ihr wohnt.

Tatsächlich hatte ich nun einen Alltag. Ich stand auf, um Leonie Jausenbrote einzupacken und Frühstück zu machen. Nikki blieb meist im Bett liegen. Einmal sagte sie:

– Du darfst nicht sterben, sonst muss ich den Scheiß machen.

Bevor Leonie zur Schule aufbrach, kam Nikki in die Küche, um sich von Leonie zu verabschieden. Am Nachmittag erzählte Leonie mir von der Schule. Sie zog immer mich ins Vertrauen. Und dann, knapp nach ihrem Geburtstag Ende Januar, bekam sie das erste Mal ihre Monatsblutung und ließ es uns nur wissen, indem sie das Klo blutverschmiert hinterließ. Ich zeigte es Nikki, nachdem Leonie zur Schule gegangen war.

– Schau, das ist ein Zeichen.

– Ja, aber für dich. So ist es, wenn man einen Mann im Haus hat.

Später gab es ein Gespräch zwischen Nikki und Leonie, von dem mir Nikki nur berichtete, dass es *gut* gewesen sei. Ich machte mich ein wenig lustig über Nikkis obskure Andeutungen. Daraufhin sagte sie zu mir:

– Was soll ich dir sagen? Ich musste dieses Gespräch damals mit Kris führen, denn es war keine fucking Mutter mehr da.

– Und wie war es?

– Es war so, wie wenn du den Pfarrer fragst, wie Ficken geht. Dann ist er aufgeregter als du.

Und dann war da noch Albi, mit dem ich mich einmal traf, um Materialien für ein Vogelhaus zu kaufen. Diesmal sollte es ein wirkliches Häuschen werden, ein Meisenhaus in Fachwerkbauweise. Albi gab mir recht unmissverständlich zu verstehen, dass er meine Verbindung mit Nikki nicht gutheißen konnte. Er litt offensichtlich darunter, beziehungsweise ekelte er sich. Es war schwer, mit ihm nicht in Streit zu geraten, aber das einander Anschweigen war noch unerträglicher. Nikki meinte dazu lapidar: *Er hat noch nie etwas gut gefunden, was ich gemacht habe.*

Und ich weiß nicht mehr warum, aber wegen dieser Aussage ist es plötzlich zu einem Streit gekommen. Ich verteidigte Albi und dachte mir nichts dabei. Ich glaube auch, dass ich das nicht sehr scharf tat. Irgendwann aber sagte Nikki:

– Kannst du dir das vielleicht vorstellen, wenn dein Vater plötzlich eine andere hat und dir ihren Sohn als Bruder hinsetzt und andauernd nur ihn bewundert und verteidigt?

– Kann Albi etwas dafür, wie Winfried sich verhalten hat?

– Er hat sich darin gefallen. Und er ist immer auf mich losgegangen, ohne je dafür gerügt zu werden.

– Das tut mir leid, aber ich habe damals nicht gelebt.

– Aber jetzt lebst du. Und er fängt schon wieder an. Er leidet unter unserer Beziehung? So ein Arsch. Stell das ab! Stell ihn zur Rede. Sonst bin ich weg.

Und tatsächlich ging Nikki weg. Ich war paralysiert und wusste nicht, was ich machen sollte. Ich starrte ein wenig auf das Vogelhäuschen. Nach einiger Zeit kam sie zurück, ich wollte sie in den Arm nehmen, aber sie schlug meine Hand weg und redete nicht mehr mit mir.

Nikki schwieg einige Tage. Und da erinnerte ich mich daran, wie Albi mir auf dem Weg zum Kahlenberg gesagt hatte, dass Nikki schon als Kind manchmal monatelang gegrollt hat. Dass sie in einem Urlaub sogar in das Zelt einer anderen Familie gezogen war.

Ich ging an diesem Tag zu Antje, um noch Sachen zu holen, die Leonie gehörten. Als ich klopfte, fragte Antje mich, ob ich Kaffee oder Tee will. Und schon saßen wir in der Küche.

– Philipp?

– Ist arbeiten. Je mehr Frust zu Hause, desto mehr Überstunden.

– Ein Klassiker.

– Möchtest du Milch?

– Ja.

– Hafermilch?

– Ich möchte Milch aus dem Euter einer Kuh. Hast du so was?

Das war ein so neuzeitliches Gespräch. Es hat in meinem früheren Leben immer diesen dummen Satz gegeben: *Die Eskimos haben vierzig Wörter für Schnee.* Aber jetzt war es mit Milch und Bier und Butter nicht anders. Antje konnte über so etwas nicht lachen.

– Ja, ich habe Milch. Was sagst du jetzt?

– Ich sage: Die Neuzeitindianer haben vierzig Wörter für Milch.

– Bitte, Erik. Es gibt Bezeichnungen für Bevölkerungsgruppen, die wir nicht mehr verwenden. Weil diese Gruppen selbst sie als beleidigend, erniedrigend oder verletzend empfinden. Es ist doch nicht so schwer, das nachzulesen. Du bist doch intelligent genug. Hat Nikki dir das nie gesagt?

– Sie sagt im Moment wenig zu mir.

– Oh nein! Ist es wieder so weit? Die Schweigemauer? Philipp nennt das so.

– Hat sie das mit euch auch gemacht?

– Mit jedem von uns. Philipp ist daran fast zerbrochen. Du weißt ja, dass die beiden …

– Ich weiß. Aber ich stelle es mir nicht gerne vor. Ich bin eifersüchtig.

– Was glaubst du, was ich war? Wenn man hier in diesem Haus etwas lernen kann, dann wie man mit Eifersucht und der Schweigemauer umgeht. Ich weiß schon, dass es mit Nikkis Kindheit zu tun hat. Ihr Vater …

– Oh, den kenne ich besser als jeder andere.

Nie hatte ich gehört, ob Antje arbeitet oder was sie arbeitet. Wie sie mir so Zucker und Milch hinstellte, sich setzte und mit mir auf diese selbstverständliche Art redete, als würde ich schon seit Jahren da sein, gab sie mir das Gefühl, dass das ihre Arbeit ist. Die Küche ist ihr Büro. Und hier verwaltet sie die Schicksale von Leonie, Nikki und Philipp.

– Hast du Zigaretten?

– Wir rauchen beide nicht. Und in der Wohnung wird nicht geraucht. Wann hat sie zu reden aufgehört?

– Gestern. Es war eine ganz nichtige Sache. Ich war nicht einmal anderer Meinung als sie. Ich hatte gar keine Meinung.

Nun lachte Antje das erste Mal, aber es war kein Lachen der Belustigung, sondern ein Lachen des Sich-Auskennens.

– Merksatz 1: Wann es kommt und aus welchem Anlass, ist völlig unberechenbar.

– Und wann geht es vorbei?

– Genauso unberechenbar.

– Und was kann man tun?

– Ehrlich gesagt, ich hatte gehofft, dass du mir diese Frage beantworten kannst.

Drei Tage später ging die Schweigemauerphase zu Ende. Ich war dabei, die Kerne in das Vogelhäuschen zu füllen und überlegte, wo ich mein zweites Vogelhäuschen anbringen würde. Nikki kam auf den Balkon.

– Was machst du?

– Ich denke.

– Woran?

– Das kann ich dir nicht sagen.

– Soll es beim Denken bleiben oder willst du es auch tun?

Später im Bett zeigte Nikki mir auf dem Donkey Kong ein paar Pensionen und Berghütten, die man mieten konnte. Im Februar war eine Woche schulfrei, und Nikki wollte eine solche Hütte. Wir suchten eine aus und buchten sofort. Am Ende des letzten Schultags, einem Freitag, fuhren wir dorthin. Ich bewunderte Nikki, wie souverän sie Auto fuhr und wie sie, als der Schneefall immer dichter wurde, stehen blieb und Schneeketten anlegte. Ich hätte das nicht gekonnt. Wir hatten uns mit warmer Kleidung und Lebensmitteln ausgerüstet. Es gab dort nur einen Herd zum Heizen und Kochen. Er erinnerte mich an den Herd bei meinen Großeltern, also übernahm ich gerne die Aufgabe, Holz zu hacken und einzuheizen. Besonders morgens war das schön. Die Hütte kühlte ohne Heizung schnell ab, und man schlief hervorragend. Ich hatte in meinem zweiten Leben keinen besseren Schlaf als in dieser Hütte. In der Früh musste ich mich dann warm anziehen und in der Stube einheizen. Dort wartete ich beim Kaffee darauf, dass es warm wurde, und brachte Nikki Kaffee ans Bett.

Leonie beschäftigte sich mit ihrem Tablet, und selbst wenn sie Gitarre spielte, störte das nicht zu sehr. Nikki hatte sich Strick- und Häkelarbeit auferlegt. Ich verstand es nicht, aber es machte sie friedlich. Sie saß auf der hölzernen Eckbank in der Stube, sah dem Schneetreiben draußen zu und sagte manchmal:

– Jetzt wär es herrlich, eine zu rauchen.

Nikki gefiel das Nichtstun. Sogar ihren Waschzwang legte sie ab. Sie lief die ganze Woche in derselben Trainingshose herum und genoss es. Nur manchmal sagte sie:

– Mein Gott, wir verlottern hier völlig.

Ende Januar war Nikkis Regelblutung ausgeblieben, und wir hatten vereinbart, dass wir, wenn sie auch im Februar ausbleiben würde, Leonie in Kenntnis setzen mussten. Und – das war Nikkis Projekt, und ich konnte sie nicht davon abbringen – auch alle anderen sollten dann erfahren, dass wir nun eine Familie waren, mit einem weiteren Familienmitglied, das im September zur Welt kommen würde. Mich störte der Gedanke nicht, es Winfried mitzuteilen. Es aber Kris zu sagen, davor hatte ich Panik. Ich hatte auf der Hütte zwei Albträume. Im ersten hatte Kris sich nach dieser Nachricht das Leben genommen. Im zweiten gerieten wir in einen heftigen Streit, und Kris attackierte mich mit einem Küchenmesser.

Ich erzählte Nikki nichts davon. Wir spazierten im Schnee. Es ist ein Glück, wenn man nicht an die Zukunft denkt. Nur so gelingen die Dinge. Mein zweites Leben war nur möglich gewesen, weil ich mir zum Zeitpunkt, da ich mich für die Kryokonservierung entschieden hatte, nicht hatte vorstellen können, dass es wirklich möglich sein sollte, nochmals zu leben. Ich hatte nicht einmal daran gedacht.

Nikki hatte ein schlechtes Gewissen mir gegenüber, weil sie meinte, ich würde mich so rührend um Leonie und sie kümmern und so wenig dafür zurückbekommen und dafür auch noch dankbar sein. Ich hatte auch ein schlechtes Gewissen Nikki gegenüber, weil sie ernsthaft begann, Familie zu spielen, ohne zu bedenken, dass sie damit bald alleine sein würde. Einmal gingen nur Leonie und Nikki auf einen Schneespaziergang. Danach saß Nikki mit mir am Küchentisch.

– Warum geht das jetzt plötzlich alles mit Leonie? Das bist du!

– Nein, das bist schon du.

– Ich bin nicht anders als sonst.

– Doch, du strahlst jetzt Liebe aus.

– Ich fühle mich zum ersten Mal als richtige Frau. Mensch, ist das kitschig.

Ich hatte über hundert Interviews gegeben, manchmal vier oder fünf an einem Tag. Soraya akzeptierte die meisten meiner Entscheidungen, die ich alle zusammen mit Nikki traf. Von meinem Vorschuss hatte Soraya, wie von allen meinen Honoraren, fünfzehn Prozent bekommen. Wenn Nikki meine Einnahmen auf ihrem Konto sah, sagte sie: *Du bist reich!*

Manchmal hatte es Streit mit Soraya gegeben wegen meiner Kleidung und bestimmten politischen Aussagen. Als ich in einer britischen Zeitung Sympathie für Nicht-Wähler zum Ausdruck brachte, rügte sie mich und erzählte mir, es hätte deswegen – ich zitiere – *einen Shitstorm auf Twitter* gegeben. Nun, meine lieben Bits und Bots, ich brauche jemand, der mir solche Sätze ins Deutsche übersetzt. Jedenfalls aber werde ich mich weder von der *Operation Shitstorm* noch von der *Operation Desert Storm* von meiner Meinung abbringen lassen.

Ein wenig trübte es auch die Hüttenidylle des Februar, dass Soraya, was unser sogenanntes Outing betraf, immer nervöser wurde. Sie bedrängte nun Nikki, in Zukunft mit mir aufzutreten. Sie beschwor uns, das Bild einer glücklichen Familie abzugeben, deren Glück nur durch eine Sache bedroht war: meine Schwierigkeiten, die Identität des Erik Montelius offiziell wieder zugesprochen zu bekommen. Soraya hatte sogar schon Statements für Nikki verfasst, obwohl Nikki kategorisch ausgeschlossen hatte, in den Medien aufzutreten. Soraya hingegen meinte, es würde mich menschlich und sympathisch machen, wenn Nikki offen über ihre Schwangerschaft spricht, das Kind, das wir erwarteten, und wie sie sich mit über vierzig auf den späten Nachwuchs freut. Wie sie mich liebt, einen bewundernswerten Menschen, dem sie, jetzt, da er so in der Öffentlichkeit steht, Geborgenheit, Ruhe und Kraft geben will. Purer Kitsch also.

06.08.2022
Bei den Mädchen sind Mathilda, Tilda, Johanna, Lea und Philomena übrig geblieben. Bei den Jungen Isaak, Hendrik und Hanns.

Im Jahr 2022 gab es keinen 29. Februar, also hatte ich nicht Geburtstag. Nikkis Regelblutung blieb wieder aus, zwei Schwangerschaftstests waren positiv, und wir sagten Leonie Bescheid. Nikki war sicher, dass wir das Kind am Weihnachtsabend im Hause Haberler gezeugt hatten. Hurray! Hurray!

Und dann begann der Krieg. Es war alles wie damals, kurz vor meinem Tod, und ich dachte, dass es vielleicht mein Schicksal ist, dass mein Sterben immer in die Zeit eines beginnenden Kriegs fällt. Kriege beginnen immer mit einem erlogenen Satz. *Weihnachten sind wir wieder zu Hause*. Mit diesem Satz begann der Erste Weltkrieg. Beim Zweiten Weltkrieg, beim Sturz Mossadeghs im Iran durch Eisenhower und Churchill, beim Koreakrieg und in Vietnam war es nicht anders. 1991 beim Angriff auf den Irak hieß es: *Die Befreiung Kuwaits hat begonnen*. Kuwait, ein Land, in dem es weder Meinungs- noch Religionsfreiheit, dafür aber regelmäßige Hinrichtungen gab, sollte also befreit werden. Westliche Firmen hatten dem Irak jahrelang Waffen geliefert, auch deutsche und österreichische Firmen. Nun sollten diese Waffen dem Irak wieder abgenommen werden. Und überall: Hoffen auf ein baldiges Ende. Das war das neue *Weihnachten sind wir wieder zu Hause*.

Immer wieder kam es mit Nikki deswegen zum Streit. Nikki war der Meinung, alle Länder müssten die Ukraine im Krieg gegen Russland unterstützen. Ich war entsetzt.

06.08.2022
Beim Schreiben fällt mir auf, dass Nikki mir schon im Februar dieselben Vorwürfe machte wie jetzt. Sie hat das Gefühl, wenn ich davon rede, dass ich mich krank fühle oder bald sterben werde, verlasse ich sie und mache mich aus dem Staub. Aber körperlich ist unser Einverständnis gut. Abends, bevor wir essen gehen, steht sie lange vor dem Spiegel und probiert verschiedene Kleider an. Ich sage immer, wie schön ich sie in diesem und jenem Kleid finde. Nikki sagt nur, dass ich verrückt bin, und dass sie schwanger, fett und hässlich ist. Sie glaubt, ich mache ihr nur aus Höflichkeit Komplimente. Dabei sage ich immer die Wahrheit.

Der Krieg hatte auch zur Folge, dass die Ausstrahlung eines Interviews mit mir verschoben wurde. Der Fernsehsender wollte sich die Sendeplätze für den aktuellen militärischen Konflikt in der Ukraine frei halten, wie es hieß. Soraya war nicht amüsiert. Der Krieg wirft uns aus den Schlagzeilen, sagte sie.

Oft saß ich in diesen Tagen und Wochen in dem kleinen Kabinett in Nikkis Wohnung. Ich sah meistens aus dem Fenster und beobachtete die Meisen. Das Futterhäuschen war stark frequentiert, und ich überprüfte jeden Tag, ob es auch gut gefüllt war. Das Vogelhäuschen, das ich mit Albis Hilfe gebaut hatte, war ein Misserfolg. Die Meisen ignorierten es. Wahrscheinlich hatten wir die Öffnung zu klein gemacht. Albi schrieb mir eine Nachricht: Er hatte nachgelesen, dass Meisenhäuschen unbedingt zur Belüftung und Entfeuchtung kleine Löcher im Boden brauchten. Die hatten wir vergessen.

Ich mochte den Alltag, half Leonie bei den Hausaufgaben und sah zu, wie Nikki plötzlich zu essen begann, regelrechte Heißhungerattacken bekam, und außerdem legte ich mir ein weiteres Hobby zu: Einkaufen. Ich entdeckte den Supermarkt ganz neu für mich. Schon morgens notierte ich alles, was Nikki brauchte. Sie sagte es mir in wirren Aufzählungen auf, aber ich hatte die Idee, mir im Supermarkt einen Plan von allen Regalen zu machen und von den Waren, die sie enthielten. Dann legte ich einen fixen Weg durch den Supermarkt fest. Ich begann links vom Eingang bei Obst und Gemüse, dann kamen die Regale mit Fleisch, Wurst und Käse, dann die Feinkosttheke, Tiefkühlnahrung, Konservendosen, danach Reis und Nudeln und Mehl, dann die Getränke und so weiter. Ich verfasste zunächst eine freie Liste, wenn ich Leonie und Nikki fragte, was sie haben wollten. Dann verfasste ich die Liste nochmals in der genauen Abfolge meines Einkaufs. Diese Liste hieß Walk-Sort. Da es dabei manchmal zu Fehlern kam, und Nikki außerdem oft noch dieses oder jenes vergessen hatte, machte ich zum Schluss eine Reinschrift.

Ich nutzte die Stunden, in denen ich mich fit fühlte, um einkaufen zu gehen. Ich hielt immer zwei bis drei Meter Abstand zu anderen Menschen, denn sie konnten ja die Krankheit haben und mich anstecken, und ich würde nicht einmal behandelt werden können. Aber es war schwer, Abstand zu halten. Obwohl ich die venezianische Karnevalsmaske aufhatte, kamen mir die Menschen immer wieder zu nahe, viele trugen keine Masken mehr. Es war eines Morgens im Supermarkt, als ich beschloss, die Sprache der Gegenwart ganz anzunehmen. Kein Donkey Kong mehr, keine ECU, keine Karnevalsmasken und kein Bildschirmtext, sondern Handy, Euro, FFP2-Maske und Internet.

Der Supermarkt machte meinen Walk-Sort zunichte. Dort, wo sonst Marmelade und Apfelmus standen, fand ich plötzlich Kaffee, Tee und Kakao. Ich musste also alles ändern. Der Reis war plötzlich dort, wo früher Nudeln und Tomatenmark gestanden waren. Nikki hatte mir aufgetragen, *irgendeinen Reis* zu kaufen, also suchte, fand und kaufte ich *irgendeinen Reis*. Sie nahm ihn entgegen mit den Worten:

– Ach so, *diesen* Reis hast du genommen.

Nichts war jemals gut genug. Nichts war jemals das Richtige. Der Zucker war kein Rohrzucker, die Karotten nicht bio. Ich hatte gedacht, alle Karotten sind bio. Ich schloss daraus, dass ich einfach nicht einkaufen konnte. Nikki wurde rosiger und ein wenig runder und schöner. Und wir hätten das auch gebührlich gefeiert, wenn ich halbwegs dazu in der Lage gewesen wäre. Doch ich schlief bei jeder Gelegenheit ein. Nikki saß da, schaute Filme und stopfte salziges Zeug in sich hinein. Noch war kein Bauch zu sehen, keine Anzeichen einer Schwangerschaft. Ich fragte mich, wie das bei Kris gewesen war, als sie mit Albi schwanger war, aber ich hatte keine Erinnerung daran.

Nikki war nun gesund und zugleich auch lebensfroh. Und

ich hoffte, dass ich für diese Lebensfreude wenigstens mitverantwortlich war. Sie hatte so ihre Art, an manchen Tagen nicht an mir vorbeizukommen, in mich hineinzulaufen oder mich scheinbar zufällig zu berühren. Dann ging es los. Und die beste Zeit dafür war, wenn Leonie in der Schule war. Nach dem Sex war Nikki nicht mehr ganz so abweisend.

– Du machst das alles so gut, mein Schatz. Du sorgst für Leo und mich.

– Ich freue mich, wenn ihr glücklich seid. Ich muss noch …

– Du musst gar nichts. Fast nichts. Du musst nur noch eines für mich tun.

– Was denn?

– Eine Sache. Und bitte, lass mich da jetzt nicht abblitzen.

– Wovon redest du?

– Es geht um Papa. Hör auf, nachzuforschen, was er damals getan hat. Du musst ihm nicht vergeben oder so was. Das meine ich nicht. Ich weiß, dass es für dich unerträglich ist, dass Kris und er geheiratet haben. Aber bitte: Vergiss ihn einfach! Er ist nicht wichtig. Denk an uns! Das ist alles, was ich von dir verlange.

07.08.2022
Das Meer und ich, wir werden keine Freunde mehr. Ich muss oft an Hemingway denken, dessen Literatur mich nie interessiert hat. Seine Biografie aber ist interessant. Als Selbstmörder war er wie seine Geschwister ein Wiedergänger seines Vaters. Nikki liest gerade den Wikipedia-Artikel über ihn, aber eigentlich lebe ich mit meinem Bild von Hemingway ganz gut, auch wenn es falsch ist. Dass er das Meer so liebte, den Krieg und das Abenteuer, ist Grund dafür, dass er nur ein sehr mittelmäßiger Schriftsteller wurde. Auch der Krieg heute würde zu ihm passen. Er wäre schon als Kämpfer im Donbass und würde trotzdem nur an seinen Depressionen und an Alkoholismus leiden.

Wir waren in der Zwerggasse glücklich. Dann aber, im April, begann der Sturm von allen Seiten. In dieser Zeit erreichte uns die Nachricht, dass Tassilo Moser tot in seinem Swimmingpool aufgefunden worden war, angeblich mit Würgespuren um den Hals. In verschiedenen Lokalzeitungen standen verschiedene Dinge. Winfried begann wieder, Nachrichten an Nikki zu schicken, und sie überlegte, ihre Rufnummer zu wechseln. Er vertrat die Theorie, ich hätte die Autos von Tassilo Moser, Erhard Lackermeier und seines angezündet und hätte auch alle drei ermorden wollen. Er würde also das nächste Opfer sein. Nikki telefonierte sogar mit ihm. Während ich meine Telefonate mit Kris vor Nikki verheimlichte, erzählte sie mir rundheraus alles, was sie mit Winfried gesprochen hatte. Nikki verlangte von ihm dasselbe wie von mir: Winfried muss aufhören, sich mit mir zu beschäftigen. Er muss mich vergessen. Daraufhin brüllte er sie an.

– Bring du dein Leben in Ordnung. Und dann erst gib mir Ratschläge!

Nikki weigerte sich, Winfried weiter in Steuer- und Finanzangelegenheiten zu beraten. Er änderte sein Passwort für das E-Banking, sodass Nikki leider keine Einsicht in sein Konto mehr hatte. Das war schlecht, denn mich beschlich bald ein neuer Verdacht.

An den Krieg hatte man sich gewöhnt. Er rangierte in den Nachrichten zwischen Lotto-Jackpots und Korruptionsvorwürfen. Ich wurde eingeladen, einen offenen Brief zu unterschreiben, der forderte, keine Waffen an die Ukraine und Russland zu liefern. Und ich wurde eingeladen, einen offenen Brief zu unterschreiben, der forderte, Waffen an die Ukraine zu liefern. Ich unterschrieb beide nicht. Es gab noch einen Termin für ein Fernsehinterview Anfang Mai in einer populären Nachrichtensendung. Ein Termin in der Präsidentschaftskanzlei war für Mitte Mai ausgemacht, und ich sollte in der Sendung bereits ankündigen, dass der Präsident mich empfangen wollte und ich ihn ersuchen würde, meine Anerkennung als Staatsbürger zu unterstützen.

Aber ich war kein Staatsbürger, ich war ein Erdenbürger ohne Rechte. Und ich musste erkennen, dass es für mich keinen Spielraum gab. Ich sollte das tun, was Soraya mir sagte. Und zu Hause tat ich, was Nikki mir auftrug. Ich glaubte wirklich, dass sie ihre Bestellsucht überwunden hatte, aber angesichts der im September bevorstehenden Geburt begann sie Babykleidung zu kaufen. Wieder stapelten sich Kartons in unserem Schlafzimmer und bald auch in Leonies Zimmer. Bestimmt würde Leonie bald wieder zu Antje ziehen, ich ahnte es. Täglich kamen neue Pakete.

Meine Müdigkeit hatte erschreckende Ausmaße angenommen. Einen ganzen Film im Fernsehen zu sehen, war mir nicht mehr möglich, da ich währenddessen mehrmals einschlief. Ein weiterer absurder Arztbesuch, den ich hier nicht schildere, endete in einem Streit zwischen Nikki und Soraya. Der Arzt riet zu einer Strahlentherapie. Soraya sagte: Mach es! Nikki sagte: Mach es nicht!

Als der Tag kam, an dem Soraya mich für das Interview abholte, war ich so am Ende, dass sie mir einen Streifen mit Tabletten zusteckte und mir befahl, eine halbe Stunde vor dem Auftritt zwei davon zu nehmen. Ich wusste nicht, was das für ein Zeug war, aber an diesem Tag half es. Vielleicht half es sogar etwas zu gut. Im Fernsehsender ging ich aufs WC und nahm drei von Sorayas Tabletten. Schon bei der Maske fühlte ich mich besser und begann ohne Ende zu reden. Danach trank ich ein Bier. Soraya kam fünf Minuten vor der Sendung.

– Trinkst du jetzt ein Bier?

– Nein, erst nächstes Jahr.

– Du kannst doch vor der Sendung nicht trinken.

– Du siehst ja, dass ich es kann.

Ich kann der lieben Soraya wirklich nicht böse sein. Sie hat sich immer um mich bemüht, sie hat mich durch ihre

Unterstützung beim Schreiben dieses Buches am Leben gehalten, und ich bin sicher, dass sie es nach meinem Tod, der nicht mehr fern ist, veröffentlichen wird. Aber an diesem Tag habe ich sie sehr gekränkt, indem ich ihr ganzes sogenanntes Coaching über den Haufen warf. Da Soraya dieses Interview aus Protest nicht transkribiert hat, und ich das Video davon nie bekommen habe, gebe ich es hier aus meinem Gedächtnis wieder. Sorry, liebe Leseratten und Bücherwürmer, dass ihr hier mit der Monteliusschen Unschärfe leben müsst.

Ich wurde ins Studio geführt und dem Moderator vorgestellt. Man sagte mir, dass er im ganzen Land bekannt war. Sogar Nikki kannte seinen Namen. Er war eigentlich politischer Journalist, und das hätte mich von Anfang an stutzig machen sollen.

– Herr Montelius, willkommen im Studio. Ich möchte mit einer Frage zur aktuellen Lage beginnen. Ich habe gelesen, dass Sie es abgelehnt haben, sowohl eine Petition zu unterzeichnen, die Waffenlieferungen an die Ukraine fordert, als auch eine andere, die vor Waffenlieferungen warnt. Was ist also Ihre Position in dieser Frage?

– Ich lehne Gewalt generell ab. Man darf niemandem Waffen liefern und man darf sie auch nicht produzieren. Eine Politikerin hat einmal gesagt: *I still have to see the weapon, that fires in one direction only*. Wenn man der Ukraine Waffen liefert, weiß man nicht, wer damit einmal verletzt und getötet werden wird.

– Womit soll die Ukraine sich also verteidigen?

– Beide Seiten müssen die Kampfhandlungen einstellen und Verhandlungen führen. Hier kann der Westen moderieren.

– Ist das nicht naiv? Glauben Sie nicht, dass das bereits versucht wurde?

– Viele Firmen im Westen verdienen an diesem Krieg, sie verdienen an Waffenlieferungen an beide Seiten. Die Position des Kapitalismus ist verlogen und verstrickt sich in Widersprüche.

– Dann kommen wir gleich zu Widersprüchen. Sie sind in der ganzen Welt bekannt geworden als der erste Kryonik-Patient, der wieder zum Leben erweckt werden konnte. Nun haben meine Recherchen ergeben, dass es drei Kryonik-Anbieter auf der Welt gibt. Die Firma *KrioTek*, der Sie Ihren Körper anvertraut haben, hat ihren Sitz in Russland.

– Das stimmt nur bedingt. Als ich gestorben bin, im Jahr 1991, war es eine US-amerikanische Firma. Sie wurde erst nach meinem Tod von einer russischen Firma übernommen.

– Ich verstehe. Nun haben wir bei dieser Firma nachgefragt und wollten auch jemand zu uns ins Studio bitten. Die Pressesprecherin von *KrioTek* hat uns allerdings mitgeteilt, dass es keinen einzigen Kryo-Patienten bei ihnen gibt, der je wieder zum Leben erweckt wurde. Und sie hat hinzugefügt, sie kann auch ausschließen, dass das einer anderen Firma gelungen ist. Was sagen Sie dazu?

– Ich kann Ihnen dazu nicht viel sagen. Ich habe im Krankenhaus, nachdem ich zu Bewusstsein gekommen bin, nur durch Zufall erfahren, dass man meinen Fall geheim halten und mich verleugnen will. Man hat auch meine physiotherapeutische und psychologische Betreuung vorzeitig abgebrochen.

– Aber, Herr Montelius, das ist doch unlogisch. Wenn der Medizin ein solch sensationeller Durchbruch gelänge, würde man ihn doch nicht geheim halten wollen.

– Die Motive verstehe ich auch nicht. Es hat mit einer Regierung zu tun, vermutlich mit der russischen Regierung, die der *KrioTek* viel Geld zahlt, damit man die Sache geheim hält. Aber, wie gesagt, hat man mir das nicht mitgeteilt. Ich habe es eher durch Zufall erfahren.

– Herr Montelius, das klingt alles sehr mysteriös. Ihnen ist schon klar, dass Ihnen das kaum jemand glauben wird.

– Nachdem alle meine Familienmitglieder und viele Menschen in meiner Heimatgemeinde mich einwandfrei identifizieren können, würde ich sagen, dass es erwiesen ist, dass ich Erik Montelius bin. Warum sollte man so etwas auch vortäuschen wollen. Es ist nicht sehr angenehm, ein schweres Krebsleiden zu haben.

– Es wird kolportiert, dass Ihnen ein Verlag eine sehr hohe Vorschusssumme für Ihre Autobiografie geboten hat.

– Sie wollen mich hier also als Hochstapler enttarnen?

– Nein, das will ich nicht. Ich konfrontiere Sie mit Widersprüchen, bei denen sich die breite Öffentlichkeit, der Sie nun bekannt wurden, fragen wird, wie sie zu erklären sind.

– Nachdem ich über mein erstes Leben, das Leben bis zu meinem Tod im Jahr 1991, alles berichten kann, fällt es denen, die mich kennen, nicht schwer festzustellen, dass ich die Wahrheit sage.

– Nun wissen wir auch, dass Sie früher eine Art Computerpionier waren; Sie haben einen Computer gebaut, der nicht wie heute handelsübliche Computer auf einer binären Logik, also Bit und Byte, basiert, sondern auf einer anderen Technik. Können Sie darüber berichten?

– Einfach und verständlich erklärt: Dem binären Computer liegt, wie Sie sagen, das Bit als kleinste Einheit zugrunde, ein Widerstand, der unter Strom steht oder nicht. Der ternäre Computer basiert auf dem Trit mit drei möglichen Zuständen: Strom, wenig Strom, voller Strom. Daraus ergeben sich bei geringerem Energieaufwand höhere Speicher- und Rechenkapazität.

– Der Prototyp des Computers, den Sie Ende der Achtzigerjahre gebaut haben, wurde kurz nach Ihrem Tod an einen großen IT-Konzern verkauft, allerdings niemals serienmäßig gefertigt.

– Diese Entscheidungen haben mein früherer Kompagnon und meine Frau als meine Alleinerbin nach meinem Tod getroffen. Ich hätte nicht so entschieden.

– Nun ist es in Ihrer Heimatgemeinde kurz nach Ihrer Rückkehr zu zwei Todesfällen gekommen. Beim ersten ist ungeklärt, ob es sich um ein Gewaltverbrechen handelt, beim zweiten ist das aber sicher. Es handelt sich um jenen Anwalt, der den Vertrag für den Verkauf Ihres Computers aufgesetzt hat. Wie erklären Sie sich, dass dieses Verbrechen in die Zeit nach Ihrer Rückkehr gefallen ist?

– Ich verstehe die Frage nicht. Ich war zu der Zeit, als Dr. Moser gestorben ist, in Wien. Wissen Sie, es ist schon eigenartig, dass dieses Land, mein Land, mir einerseits meine Existenz nicht zubilligt, mich aber gleichzeitig hier in einem staatlichen Medium verdächtigt.

– Wer verdächtigt Sie?

– Sie!

– Ich verdächtige Sie nicht. Ich frage Sie, wie Sie die Vorfälle kommentieren. Rund um Ihren früheren Heimatort hat es nach Ihrer Rückkehr drei Vandalenakte gegeben, bei denen Autos in Brand gesetzt wurden. Eines dieser Autos gehörte dem Rechtsanwalt, der später umgekommen ist, ein anderes Ihrem ehemaligen Kompagnon, der das Patent an Ihrem Computer zusammen mit Ihrer früheren Ehefrau verkauft hat. Zu diesen Vandalenakten sagt der Chef der lokalen Polizeibehörde auf unsere Nachfrage: So etwas hat es bei uns nie zuvor gegeben.

– Wissen Sie, ich finde es nicht sonderlich bedauernswert, wenn die Autos reicher Menschen brennen. Das Anzünden von Autos ist vielleicht eine Sprache; die Sprache von jemand, der sich anders nicht ausdrücken kann.

– Ihr Eingangsstatement war, dass Sie Gewalt generell ablehnen. Jetzt begrüßen Sie sie aber.

– Ich lehne Gewalt gegen Menschen ab. Bei Dingen ist das eine andere Sache.

– Sachbeschädigung ist also gut.

– Sie gehören auch einer pseudo-ökologischen Gesellschaft an, die im Grunde das Auto zum Gott erklärt. Autos töten Menschen, sie verschmutzen die Luft, die wir atmen, sie erzeugen Lärm, der uns stört, sie sind Sondermüll, der unsere Erde verpestet.

– Also begrüßen Sie das Anzünden von Autos?

– Jedes Auto weniger ist gut, und für Erdöl werden seit Jahrzehnten Menschen unterdrückt und getötet. Irgendwann führt Unterdrückung zu Gegengewalt.

– Sie begrüßen Gewalt also doch.

– Nein, aber sie entsteht dann, wenn man, wie Sie das am Anfang getan haben, die Frage stellt: *Womit soll die Ukraine sich verteidigen?* Damit haben Sie Waffengewalt gerechtfertigt.

– Ich muss ein wenig auf die Zeit achten. Sie haben in einem frühen Interview mit CNN gesagt, Sie leben bei Ihrer früheren Frau. Das ist jetzt nicht mehr so?

– Das ist nicht mehr so. Meine Frau hat nach meinem Tod wieder geheiratet. Das ist in Ordnung. Aber auch ich brauche eine Zukunft.

– Werden Sie wieder an der Konstruktion von Computern arbeiten?

– Nein, das werde ich nicht. Meine schwere Erkrankung erlaubt es mir nicht, mich so zu belasten, wie es dafür nötig ist. Ich baue jetzt Vogelhäuschen.

– Wenn Sie wirklich aus dem Tiefschlaf geholt wurden und jetzt sozusagen ein zweites Leben leben, würden Sie sagen: Es hat sich ausgezahlt?

– Für Nachrichtensendungen wie Ihre, in denen ich als Lügner vorgeführt werden soll, hat es sich definitiv nicht ausgezahlt. Sie bedenken auch nicht, dass die Menschen, die sich kryokonservieren lassen, schwer kranke Menschen sind, die eine spätere Heilung ihrer Krankheit für möglich halten und ihre Körper der Wissenschaft überlassen.

– Ein Nutzen für die Bevölkerung ist bisher noch nicht in Sicht. Eher wohl Schaden.

– Wenn Sie mich als Schaden bezeichnen wollen.

– Das habe ich nicht gesagt.

– Sie haben anscheinend überhaupt nie etwas gesagt und machen doch andauernd Unterstellungen.

– Letzte Frage. Bitte um eine kurze Antwort. Haben Sie Angst, dass Ihr Auto in Brand gesteckt werden könnte?

– Ich habe kein Auto.

– Ich danke Ihnen für das Gespräch.

08.08.2022
Nikki ist nach der Ankunft in E. unglücklich, weil sie nicht vorfindet, was sie sich erwartet hat. Das, was sie sich erwartet hat, ist das, woran sie sich erinnert. Sie ist enttäuscht. So kann es passieren, wenn man die Vergangenheit in der Gegenwart sucht. In diesem Moment kann Nikki vielleicht kurz verstehen, wie ich mich als Wiedergeborener fühle.

Soraya war wütend und redete auf dem Taxistandplatz vor dem Rundfunkgebäude ohne Pause auf mich ein.

– Er hat dich komplett auseinandergenommen. Wir sind erledigt.

– Wieso weiß er denn von dem Vorschuss?

– Ich habe keine Ahnung. Und das mit den Waffenlieferungen … Ich habe dir immer gesagt, du machst dich unbeliebt mit deiner Friedensbewegungsscheiße!

– Meine Meinung werde ich ja noch sagen dürfen.

– Bitte nicht!

– Ich mache überhaupt keine Interviews mehr. Das war's.

– Es wird dich auch niemand mehr interviewen wollen. Du bist jetzt ein Hochstapler.

Soraya stieg in das einzige Taxi, das auf dem Standplatz war, und fuhr los. Ich musste nun also auf ein Taxi warten. Doch plötzlich hörte ich eine Stimme hinter mir.

– Komm, Erik, ich fahre dich.

Es war Winfried. Er verfolgte mich also. Er wusste auf Schritt und Tritt, wo ich war. Ich hatte das immer vermutet.

– Du willst doch in die Zwerggasse?

– Hast du denn schon wieder ein neues Auto?

– Ich bin versichert. Das ist jetzt nur mal ein Leihwagen, bis ich das neue Auto bekomme. Steig ein!

Warum ich in sein Auto gestiegen bin? Weil ich an das Gute im Menschen glaube. Ich weiß, das klingt jetzt wirklich dumm. Und es war auch dumm.

– Wie geht es Kris?

– Du hast wirklich Nerven. Wir haben Todesangst.

– Du, ich bin schon einmal gestorben. Erwarte jetzt nicht, dass ich schockiert bin.

Diesmal hörte Winfried wenigstens keine Musik. Er atmete schwer. Vielleicht war es ja bald aus mit ihm. Vielleicht braucht es nur mehr einen gewaltigen Schrecken.

– Ich habe das Interview gerade live gesehen. Lief wohl nicht so gut.

– Aber nein. Es ist alles auf Schiene. Weißt du, dieser Bonus, der erste Mensch zu sein, der zweimal lebt, ist jetzt ausgereizt. Es ist wie der Krieg: Man hat sich daran gewöhnt. Es ist langweilig. Daher spielen wir jetzt die andere Geschichte: Ich bin ein Lügner, meine Darstellung ist zweifelhaft. So kommen wir wieder in die Schlagzeilen. Und dann drehen wir es wieder um.

– Wenn alles so gut läuft, warum hat dich die Alte da auf dem Taxistand so fertiggemacht?

– Sie wollte, dass ich im Interview sage, warum man mich aus dem Tiefschlaf geholt hat. Du weißt es ja. Alle zehn Jahre musste der Vertrag mit *KrioTek* verlängert werden, und ihr wolltet 2021 nicht mehr zahlen. Also dachte man, man taut mich auf, operiert mich, ich komme nicht mehr zu Bewusstsein, und dann erklärt man mich für tot. Aber dir zuliebe, nur dir zuliebe, habe ich nicht mitgespielt, mein Lieber. Ich sage das nicht im Interview, weil ich Kris schützen will.

– Ja, sicher.

– Dass Datschenko gelogen hat, beweisen wir erst in ein paar Wochen. Wir haben ja die Belege für die Überweisungen. Deine auch: 36.546,90 Euro. Weißt du, ich merke mir Zahlen einfach so verdammt gut. Inzwischen weiß ich sogar wieder, wie wir das beim Ipoly mit dem Bias gelöst haben, indem nämlich …

– Du Arschloch! Mir machst du keine Angst.

– Aber gerade vorher hast du gesagt: Wir haben Todesangst!

– Wir haben Angst, dass du uns umbringst wie Erhard und Tassilo.

– Irgendwie hast du das Ganze ja erst ermöglicht. Mit diesem komischen Rechtsanwalt, zu dem du mich mit Tassilo geschickt hast. Doktor Geheimratskäse. Ich habe nie geglaubt, dass Kris den ausgesucht hatte. Er hat mir klargemacht, dass ich gar nicht bestraft werden kann, dass ich die Auswirkungen meiner Taten gar nicht verantworten muss. Ich bin ja niemand, ein Zombie. Dank dir und deiner Frau Datschenko.

Winfried wurde jetzt wirklich nervös. Ich kannte das noch von früher, wenn er beim Lachen seine Zähne zeigte. Ich wusste, dass er mir jetzt alles glauben wird. Aber ich wollte

Unwahrheit und Undichtung schön vermengen, damit er sich am Ende gar nicht mehr auskennt.

– Ach, du bist ein guter Fahrer.

Ich wollte Winfried eine Pause gönnen. Es war sehr still im Auto. Er drückte auch nicht wie damals, als er mich aus dem Krankenhaus geholt hatte, dauernd am Lenkrad herum.

I told that girl I could start right away,
When she said, »Listen babe, I got something to say.
I got no car and it's breaking my heart,
But I've found a driver and that's a start.«

– Dein Freund Erhard Lackermeier. Er nahm trizyklische Antidepressiva. So wie du auch. Ja, das weiß ich natürlich von Esther. Wenn man also zu viel davon nimmt, stirbt man. Ich habe deinen Erhard besucht und Goethe zitiert: *Der Geist der Medizin ist leicht zu fassen.* Das habe ich nur gesagt, um ihn zu ärgern. Können Sie sich an mich erinnern, Herr Oberarzt? Ich bin Erik Montelius. Sie haben mich operiert. Er sagt mir, er hat in seinem Leben zwanzigtausend Operationen durchgeführt. Aber er hat nie Mitleid mit einem Menschen gehabt. Sie haben Geld bekommen, Herr Oberarzt, um mich nicht zu operieren, sage ich. Geld von Winfried Haberler. Aber er war schon so vergesslich. Dement. Immer wieder nahm er eine Handvoll Tabletten. Wieder und wieder. Ein schöner Tod eigentlich!

Wir fuhren über zwölf neblige Berge und sieben kaputte

Autostraßen und durch traurige Wälder, meine blauäugigen Freunde. Oh, und dieser harte Regen! Das Navigationsgerät, das Winfried sonst immer verwendete, schaltete er nicht ein. In einer fernen Zeit, in einem anderen Auto, hörte ich mich selbst zu Winfried etwas sagen:

– Der Ipoly verschiebt die Gleitkommazahl, bis vor dem Komma 1 oder 2 steht. Der Exponent wird als positive Zahl gespeichert werden. Der Ipoly zählt also eine rationale Zahl hinzu.

Ich verstand nicht, was das bedeutete. Aber Winfried sagte darauf Hunderte Male:

– Das ist … genial! Genial! Einfach genial! Wieso kannst du so etwas?

Aber in Wahrheit war alles viel banaler. Winfried, schwerhörig und in panischer Angst, fuhr weiter und sagte nur:

– Und wie war es bei Tassilo?

– Er hat auch Geld von dir bekommen.

– Ja, er hat Geld von mir bekommen. Er war schließlich mein Anwalt.

– Und das mit der Staatsbürgerschaft: Sag deinem Juristenbubi, wir machen das anders. Ich mache doch keine Selbstanzeige. Ich habe einen Termin beim Bundespräsidenten. Die Sache wird ganz oben geregelt.

Hätte ich nur vor langer Zeit in Winfrieds leeren Schädel geschaut und bemerkt, dass Spießbürger nicht harmlos sind. Ich habe sie immer nur ausgelacht. Ich dachte immer, sie leben in einer Welt, die es ohnehin bald nicht mehr gibt, und schon ihre Kinder werden sie nicht mehr ernst nehmen.

Dass sie es aber schaffen, die Macht wieder an sich zu reißen, dass sie die Gesellschaft unterdrücken, sogar eine junge Generation heranziehen, die von Öko-Scheiße redet und von Hippie-Scheiße, wo es doch um Utopien geht, und die dabei in sinnlosem Konsumzwang untergeht, hätte ich mir früher nicht vorstellen können. Auch ich bin ein blauäugiger Freund, meine blauäugigen Freunde.

– Hast du hier im Auto ein Bier?

Winfried antwortete nicht.

– Leider, lieber Winfried, habe ich weder deinen Dr. Lackermeier noch den Winkeladvokaten Tassilo Moser umgebracht. Ich hätte es wirklich gerne getan. Jetzt aber muss ich mich um etwas anderes kümmern: meine neue Familie.

– Hör auf damit.

– Das ist aber nicht nett für jemand, der sich gleich nach meinem Abgang meine gesamte Familie unter den Nagel gerissen hat. Nikki ist ein eigenständiger und erwachsener Mensch. Und Nikki und ich …

– Lass Nikki aus dem Spiel!

– Welches Spiel? Das ist meine neue Familie. Nikki und ich erwarten ein Kind. Du wirst Opa. Ich bin dein Schwiegersohn.

Soraya sagt oft, ich habe kein Gespür dafür, wie man einen überraschenden Satz richtig platziert. Sie hätte dieses Gespräch sehen müssen. Ich hatte den maximalen Effekt erzielt. Winfried blieb in der Zwerggasse stehen und stieg aus dem Auto. Ich auch. Doch da stand er schon auf der Beifahrerseite, packte mich am Kragen und zog mich zu sich.

– Ihr treibt dieses Kind morgen sofort ab. Hörst du!

– Aber Winfried! Erstens ist es dafür zu spät. Und zweitens: Frauen haben heute das Recht, über ihren Körper zu bestimmen. Du hast doch früher selbst dafür demonstriert. Erinnerst du dich?

– Du ziehst hier aus! Morgen! Hast du mich gehört!

– Zum Glück kannst du nicht über alles bestimmen. Du hast schon Kris' Leben zerstört. Das ist genug.

– Hör mir zu: Morgen bist du weg, und das Kind ist weg.

– Du kannst mir nicht drohen. Und jetzt lass mich los.

Winfried hätte es leicht geschafft, mich umzubringen. Ich war schwach und wehrlos. Aber ich glaube, dass auch er schon kraftlos war. Er ließ mich tatsächlich los. Ich stand vor ihm und blickte ihm ins Gesicht.

– Du kannst mich nicht zweimal umbringen.

– Du wirst mit deiner Geschichte nicht weit kommen. Man wird dich für das halten, was du bist: einen Mann, der die Identität eines längst Verstorbenen annehmen will.

– Ich bin Erik Montelius.

– Das bist du nicht. Du hast keinen Ausweis.

– Ach Gott, bist du jetzt schon auf dem Niveau der Polizei gelandet? Wie erbärmlich. Früher hast du Polizisten verarscht. Du bekommst eine wunderschöne Karte. Nein, zwei. Eine zu unserer Hochzeit und die zweite zur Geburt unseres Kindes.

– Du Arschloch! Du bist bereits Vater. Und? Kümmerst du dich um deinen Sohn?

– Ich sag dir eine letzte Sache, mein Freund: Nikki hat mich gebeten, dass ich dir verzeihe. Ich tue es. Ich vergebe dir, und ich will keine Rache. Aber ich rate dir: Geh zur Polizei und stell dich. Das gibt Strafminderung. Und wenn du nach guter Führung aus dem Gefängnis kommst, kannst du den fünfzehnten Geburtstag deines jüngsten Enkels noch mitfeiern. Wenn du dann noch lebst. Oder du lässt dich einfrieren. Frau Datschenko gibt dir sicher Rabatt.

09.08.2022
Es ist ein Hobby der Kreter, nachts mit dem Auto durch die Gegend zu fahren und aus dem fahrenden Wagen mit einer Pistole oder einem Gewehr auf Verkehrsschilder zu schießen. Überall auf den Landstraßen stehen diese durchlöcherten Tafeln herum, und die Spiegel, die zur Einsicht in starke Kurven aufgestellt werden, sind bereits nach wenigen Tagen kaputt.

Wir erwachten wie jeden Morgen gleichzeitig. Es war ein Wunder. Nikki hielt mich eng umschlungen, und jeden Tag liebte ich die Nähe dieser wunderbaren Frau mehr. Sie, die so wenig Wärme zu geben hatte, wärmte mich dennoch täglich. Zwischen uns lag das Kind, unser Kind, das ich vielleicht niemals kennenlernen würde. Seit Monaten wurden wichtige Tests nicht gemacht. Man hätte untersuchen müssen, ob sich der Krebs in meinem Körper nicht neuerlich ausbreitete. Es galt, jeden Tag ein paar Momente des Glücks zu erleben und zu genießen.

– Wo willst du im Sommer hin?

– Nach Italien oder Jugoslawien.

– Jugoslawien gibt es nicht mehr, du Zombie.

– Dann nach Italien. Ich möchte auf einem Campingplatz leben.

– Muss ich jetzt dein Leben mit Kris nachstellen?

– Du hast recht. Dann sag mir, was du willst.

– Für eine Schwangere ist ein Hotel besser.

– Es tut mir leid, dass ich nicht daran gedacht habe.

– Du denkst nicht an Kinder. Das ist normal bei dir. Und wenn sie da sind, behandelst du sie wie Erwachsene.

– Das ist schrecklich. Ich bin ein schrecklicher Mensch.

Nikki umarmte mich und hielt mich lange fest. Das tat so gut. In diesem Moment wäre ich gerne gestorben. Und ich verstand, wie schön es war zu sterben. Und wie schön es war, dass man nach dem Sterben tot ist. Die Anstrengungen und Kränkungen des Lebens sind eine Zumutung. Man muss danach trachten, nicht wiedergeboren zu werden. Dass selbst der Gott Vishnu neun (oder zehn) Leben leben musste, sollte uns als Warnung dienen.

– Ich habe das Interview gestern gesehen.

– Und was sagst du?

– Jetzt muss deine Biografie als Kartoffeldruck erscheinen.

An diesem Tag sollte das Glück nicht lange dauern. Ich wollte noch ein wenig Nikkis Haut spüren und ein bisschen warten, bevor ich ihr erzählte, dass ich am Vortag mit Winfried gesprochen hatte. Doch Nikki zeigte mir ihr Handy: dreißig entgangene Anrufe von Winfried.

– Was will er?

– Ich habe nicht mit ihm gesprochen.

– Er hat mich hierhergebracht. Er wollte mir drohen.

– Moment. Was heißt, er hat dich hierhergebracht?

– Er redete komisches Zeug. Aber ich hab ihn fertiggemacht. Ich habe ihm erzählt, dass wir ein Kind bekommen.

Zuerst dachte ich, Nikki würde zu lachen beginnen. Sie hielt sich die Hand auf den Bauch und starrte mich an. Ich kannte diesen Blick schon. Doch dann begann ein Streit, der wieder einmal zur Schweigemauer führen sollte.

– Ich fasse es nicht. Ich bekomme ein Kind, nicht du. Frauen bekommen ein Kind. Und er ist mein Vater. Wie konntest du das tun?

– Ich musste ihm Konter geben. Er hat mich bedroht. Richtig bedroht.

– Ja und? Da verrätst du mich und verkaufst mich bei der erstbesten Gelegenheit. Was bist du nur für ein Arsch.

– Ich habe genau das getan, was du wolltest.

– Wie? Was? Was wollte ich denn? *Ich* wollte der Familie mitteilen, was los ist.

– Nein, ich meine, das Verzeihen. Ich habe Winfried gesagt, dass ich ihm verzeihe. Weil du es so wolltest.

– Das auch noch? Du verdrehst alles. Ich habe gesagt, du sollst ihn vergessen. Weil ich es so wollte? Das hast du so gesagt? Ich fasse es nicht. Mit dir bin ich fertig. So eine Frechheit. Da bereite ich mich monatelang darauf vor, das alles in die Hand zu nehmen, und du fällst mir in den Rücken.

Es war kein Gespräch mehr möglich mit Nikki. Ich wusste, dass es nun für ein oder zwei oder drei Tage aus war mit uns. Da läutete es an der Tür. Es war Gerald, Leonies Vater, der die Tochter für zwei Tage zu sich nahm. Nikki holte Leonie aus ihrem Zimmer und brachte sie zur Tür. Mit Gerald wechselte sie in der Regel nur ein paar Worte, die den nächsten Termin betrafen, an dem er Leonie abholen sollte. Doch an diesem Tag erkundigte Nikki sich, ob sie im Juli und August mit Leonie wegfahren könne. Nach kurzem Zögern stimmte Gerald zu und ging.

Ich bekam eine Nachricht von Soraya. Der Verlag hatte ihr geschrieben, man werde in der nächsten Programmsitzung klären, ob man mein Buch in diesem Herbst noch herausbringen werde. Es ging steil bergab.

Kaum war Gerald weg, läutete es wieder. Nikki öffnete. Vier Polizisten standen vor der Tür. Einer der Beamten trug eine Maschinenpistole. Warum ich ins Wohnzimmer ging, statt mich in meinem Zimmer zu verkriechen, weiß ich nicht mehr. Ich sah die Beamten im Gespräch mit Nikki, die ihnen erklärte, dass sie mit ihrer Tochter in dieser Wohnung wohnt.

– Wir suchen einen Herrn Montelius. Wir haben eine anonyme Anzeige in Zusammenhang mit der Beschädigung eines Pkw.

Ich stellte mich mit verschränkten Armen hinter Nikki.

– Er steht hinter mir.

Die Polizisten fragten nach einem Personalausweis. Ich antwortete wahrheitsgemäß.

– Reisepass?

– Habe ich auch keinen.

– Wollen Sie sehen, wie es bei uns auf der Wache aussieht?

– Ich brauche mir nichts sagen lassen von einem Kapplständer!

Schon standen sie zu viert neben mir. Nikki wich zur Seite. Ein Polizist forderte mich auf, zur Wache mitzukommen. Ich ging einen Schritt auf den Mann mit dem Maschinengewehr zu. Er feixte. Wie er sich darüber freute, dass er nun amtshandeln konnte.

– Zeig her dein Spielzeug!

Ich griff nach der Maschinenpistole. Dann ging es los. Zwei Männer nahmen meine Arme, drehten sie nach hinten, zogen meine Beine weg, ich ging zu Boden. Mein Gesicht war unsanft auf dem Boden neben dem Heizkörper gelandet. Sie drückten mich runter und legten hinter meinem Rücken die Handschellen an. Während Nikki laut schrie, sie sollten mir nicht wehtun, stellten sie mich wieder auf die Beine.

Schon waren wir zur Tür hinaus. Ich wurde auf die Polizeiwache gebracht. Dort saß ich lange auf einer hölzernen Bank, in die viele Schriftzüge geritzt waren. Groß stand dort: MUTTI. Ein Glas Wasser bekam ich auch. Schließlich kam eine Polizistin, um mich zu befragen.

Auf gewisse Weise hatte ich das Gefühl, nur wiedergeboren worden zu sein, um interviewt zu werden. Die Frau Inspektor setzte sich und sah mich streng an:

– Sie sind ohne Papiere angetroffen worden. Ich brauche also Ihre Personalien. Wie ist Ihr Name?

Sie hatte eine sehr angenehme Stimme. Und da musste ich an Lillemor denken. Wo war sie nur geblieben?

– Erik Gustaf Montelius. Gustaf mit F!

– Geboren am?

– Geboren am 29. Februar 1952.

– Verheiratet?

– Ich war verheiratet.

– Also geschieden?

– Nein: verstorben.

– Herr Montelius, Sie können auch gleich in eine Gefängniszelle gebracht werden, wenn Sie sich hier über uns lustig machen wollen. Ihnen werden die Witze schon noch ausgehen.

– Aber ich sage die Wahrheit: Meine Frau hat nach meinem Tod wieder geheiratet.

– Geburtsort?

– Geboren in Wien.

– Wohnhaft …

– Ich habe keinen Wohnsitz.

– Sind Sie obdachlos?

– Darf ich Ihnen das erklären? Ich bin in einem Krankenhaus …

– Herr Montelius, ich stelle hier die Fragen. Also, sind Sie obdachlos?

– Nein.

– An welchem Wohnsitz sind Sie gemeldet?

– Ich habe ein Grab auf dem Friedhof Großibm.

– Das ist kein Wohnsitz.

– Ich wohne bei Nikola Nicodemus. In 1020 Wien, Zwerggasse 5, Tür 8.

– Dort wurden Sie aufgegriffen. Dort sind Sie aber nicht gemeldet.

Die junge Dame stand auf. Ihr Schreibtischsessel wurde nach hinten geschleudert und rollte weiter, bis er gegen die Wand stieß.

– Mein lieber Herr, das ist keine Kabaretteinlage.

– Lassen Sie es sich doch erklären. Ich war tot. Ich habe meinen Leichnam einfrieren lassen.

– So, es reicht mir. Der Richter soll entscheiden, ob Sie in Schubhaft kommen und später abgeschoben werden oder ob wir die Gerichtspsychiatrie beiziehen.

– Rufen Sie meine Frau an: Kristina Haberler. Haberler, wie die Nachrichten auf Türkisch.

– Es reicht mir mit Ihnen. Es ergeht folgendes Protokoll: Der Bf. ist am 14. April 2022 im Objekt Zwerggasse 5, Tür 8, 1020 Wien ohne Papiere aufgegriffen worden. Er gibt an, Erik Gustaf Montelius zu heißen und am 29. Februar 1952 in Wien, Österreich, geboren zu sein. Er gibt weiter an, unterstandslos zu sein. Zu der Beleidigung eines Beamten und dem tätlichen Angriff auf einen Beamten während einer Amtshandlung kommt eine Verletzung des Meldegesetzes hinzu.

– Schreiben Sie doch auf, wann ich gestorben bin.

– Die Befragung ist beendet.

Die Vorstellung, die man von einer Zelle hat, stammt aus Filmen und Romanen. Erst wenn man in einer Zelle war, weiß man, dass sie wie die Zimmer sind, in denen man als Kind auf Skikursen und Schullandwochen schlafen musste. Wenn man sich ins Bett legt, die Augen schließt und weder hört noch riecht, kann man sich vorstellen, in einem Halbstern-Hotel zu sein. Ich hatte sogar den Luxus, das Zimmer für mich ganz allein zu haben. Ich konnte lesen, was meine Vorgänger in den Bettrahmen eingeritzt hatten. Auch hier hatte jemand MUTTI eingeritzt. Verdammte Mutterficker!

Ich wusste, dass Nikki mich nun ein paar Tage schmoren lassen würde. Das war so ihre Art. Dass die Polizei mich mitgenommen hatte, beeindruckte sie nicht. Ich hatte sie verraten. So hatte ich mir das nicht gedacht, als ich Winfried von der Schwangerschaft erzählt und ihm verziehen hatte. Ich hoffte nur, dass er seine Tochter nun in Ruhe ließ. Aber Nikki würde sich schon wehren, da war ich sicher.

Die Mahlzeiten, die kamen, kann man schwer beschreiben. Es ist nicht ratsam, ihnen zu nahe zu kommen. Ich hoffte jedes Mal, dass ein Wärter das Tablett bald wieder abholen würde, damit sich der Geruch nicht allzu stark im Zimmer verbreiten konnte. Die Männer mit ihren lächerlich gigantischen Schlüsselbünden sprachen fast nicht. Sie konnten es auch kaum. Viele davon waren, glaube ich, debil oder geistig eingeschränkt. Sie rochen stark nach Alkohol. Ich hingegen bekam weder Alkohol noch Zigaretten. Die Wärter boten es mir zwar an, aber ich hatte kein Geld, also beschimpften sie mich. Mein Geld – von den dreitausend Euro, die Albi mir bei seinem Besuch im Krankenhaus gegeben hatte, waren noch mehr als zweitausend Euro da – hatte man mir bei Haftantritt abgenommen.

Ich war ohnehin stark abgemagert, und das Nicht-Essen hier machte mich nicht kräftiger. Wenn ich in meinem Bett lag, hatte ich Angst davor, meinen Bauch mit der Hand zu betasten. Da war nichts. Ich konnte jede Rippe umklammern, und wenn ich den Finger stark gegen meinen Bauch drückte, hatte ich das Gefühl, die Matratze unter meinem Körper spüren zu können.

So I lit a fire
Isn't it good Norwegian wood.

Kris hatte mir einmal erzählt, Paul McCartney hätte in einem Interview erklärt, dass das Anzünden des Zimmers am Ende des Songs aus Rache geschieht. Wir hatten nächtelang darüber diskutiert, warum der Erzähler des Songs im Badezimmer schlafen geht. Kris meinte, es würde ums Kiffen gehen und dass da immer das Badezimmer eine Rolle spielt. Das stimmte. Mein Vater machte sich immer darüber lustig, dass wir Marihuana rauchten. Er meinte, wir wären so dumm und träge, weil wir zu viel rauchten. Eines Abends aber, als ich ihn mit Kris besuchte, bat er uns, mit uns kiffen zu dürfen. Also rollten wir einen Joint, rauchten, und danach sagte mein Vater, dass er keinen Effekt spürt. So war es auch nach dem zweiten Joint und nach dem dritten. Also beschloss Kris, einen richtig starken Joint zu rollen. Wir gaben ihn immer schnell an Gustaf weiter und machten selbst nur flache Züge. Er rauchte genüsslich. Und dann stand er irgendwann auf und war verschwunden. Wir suchten ihn überall. Schließlich fanden wir ihn im Badezimmer. Er hatte den Wasserhahn in der Badewanne und den beim Waschbecken aufgedreht und starrte bloß auf den Wasserstrahl. Kris kicherte und sagte:

– Du bist total stoned.

– Was? Ich spüre überhaupt nichts.

Ich verstand plötzlich, dass ich nur die Beatles-Songs durchdenken musste. In ihnen war alles enthalten, was ich mit Kris erlebt hatte. Und das Leben mit Kris war mein einzig wahres Leben. Wieso erkannte ich das nur so spät? Ich Idiot! Ich hatte viel Zeit verloren. Unnötig. Andererseits wäre ich dadurch vielleicht ein Wahnsinniger geworden, wie Charles Manson, der der Meinung war, die Beatles wendeten sich mit ihren Songs direkt an ihn. Auch diese Diskussion hatte ich oft mit Kris gehabt, dabei ging es meistens um *Piggies* und *Helter Skelter*.

Im Arrest dachte ich plötzlich über andere Dinge nach als die, die mich die Wochen zuvor beschäftigt hatten. Ich habe nie von meinen Schmerzen gesprochen, bzw. die entsprechenden Stellen wieder aus dem Manuskript entfernt. Mein Körper drückte von allen Seiten und schien nicht zu mir zu passen. Das Schreien des Tiers ist nichts anderes als das Krachen eines Wagenrades unter großer Last. So oder ähnlich hatte Descartes es gesagt. Und auch ein Gott wie ich war nichts anderes als ein Tier, ein Tier unter Milliarden Tieren, denen die eigene Schöpfung zum Monster, zum Unding geworden ist: die Söhne missraten, die eigenen Werke unverständlich, die Welt feindlich und feindselig. Nun hatte der Schöpfer aber keine Macht mehr. Statt angebetet zu werden, wird er verlacht, verhöhnt, langsam und qualvoll getötet. Aus der Ferne muss er seine missratene Schöpfung ansehen. Und in der Nähe sieht er seinen Körper mit jeder Inkarnation hässlicher und schwächer werden.

Meine Zelle war eigentlich ein Raum mit zwei Stockbetten, also für vier Gefangene. Trotzdem tauchte niemand auf. Ich legte mich in eines der Betten und versuchte einzuschlafen, aber es gelang nicht. Ich stellte mir vor, dass dieser Raum sich in Nikkis Körper befand. Ich war nur ein Teil von ihr, ich war entweder in ihr oder ohne sie.

We were talking about the space between us all,
and the people who hide themselves behind a wall of illusion,
never glimpse the truth;
Then it's far too late,
and they pass away.

Ich lag wach. Und mir fiel noch etwas ein, noch etwas aus meiner Volksschulzeit. Im Religionsunterricht musste unsere Klasse den Erdball und seine Bewohner zeichnen und danach ein Lied singen, das mit den Worten begann: *Rote, Schwarze, Weiße, Gelbe – Gott hat sie alle lieb.*

Im Keller der westlichen Welt

10.08.2022
Montelius hat so viele Buchstaben wie Nicodemus und endet mit denselben beiden Buchstaben. Kristina hat so viele Buchstaben wie Winfried; beide haben zwei i, das zweite sogar an derselben (der sechsten) Stelle.

Ich saß lange in einem Wartezimmer, bis eine Frau die Tür öffnete. Sie trat ins Vorzimmer, ging zu einem Schrank und suchte in einem Bücherregal nach einem Buch. Sie nahm das Buch, drehte sich um und blickte mich an.

– Warten Sie auf jemanden?

– Ich soll dem Richter vorgeführt werden.

– Oh, Herr Montelius? Sie sind schon da!

Sie war eine sehr junge Person und trug legere Kleidung. Und sie hatte, was man wohl einen gewinnenden Blick nennt. Ich vertraute ihr sofort.

– Gansbichler, mein Name. Ich bin die Richterin.

Obwohl sie wollte, dass ich vorgehe, beharrte ich auf ihrem Vortritt. So waren wir lange in einer Pattstellung gefangen. Dabei konnte ich mich nicht an ihren Wangengrübchen sattsehen. Jedes Mal, wenn wir einander anschauten, irritiert darüber, dass keiner von uns den ersten Schritt machte, lächelte sie noch ein wenig mehr und die Grübchen wurden tiefer und schöner. Das Zimmer war ein Amtsraum wie jeder andere. Türme von Büchern stapelten sich auf kleinen Tischchen und auf einem riesigen Schreibtisch. Wir nahmen aber nicht am Schreibtisch Platz, sondern an einem kleinen Kaffeetischchen mit vier Stühlen. Daneben war ein Bücherregal. Fast alle Bücher waren Gesetzesbücher und juristische Bücher, schon ihre Titel gaben keinen Anlass zu meinem Interesse. Dann stand da aber noch Kafkas Tagebuch in zwei Bänden.

– Können wir das ohne die Maske machen? Ich bin keine Coronaleugnerin, aber ehrlich: Ich kriege keine Luft.

– Sehr gerne.

– Möchten Sie Kaffee?

Ich setzte mich. Auf einem Tablett stand ein Krug Wasser, zwei Gläser und eine Schale mit kleinen Salzbrezeln. Da ich ausgehungert war, konnte ich mich nicht beherrschen und griff mit der ganzen Hand in das Knabberzeug. Die Schüssel war in kürzester Zeit leer.

– Ich höre, Ihnen schmeckt das Essen in der Haft nicht.

– Es unterstützt meine Diät perfekt.

– Warten Sie einen Moment.

Die Richterin Gansbichler ging aus dem Zimmer. Ich goss mir ein Glas Wasser ein und leerte es in einem Zug. Sie kam mit einem Teller zurück, auf dem zwei Sandwiches lagen, und stellte sie vor mir ab.

– Mögen Sie IPA? Ich habe da so einen Geschenkkorb bekommen, da waren zwei Flaschen drin.

– Was ist das?

– Bier. Aber es ist nicht gekühlt.

– Ach ja, mein Sohn trinkt das auch. Ich nehme es warm.

Ich glaube, es war nicht sehr höflich, was ich da tat. Sie sah mir zu, wie ich die zwei Sandwiches verschlang und die zwei Bierflaschen – es waren eigentlich Fläschchen – mit wenigen Schlucken austrank.

– Danke.

– Aber gerne. Herr Montelius, die Polizei hat mich heute angerufen. Man hat versucht, Daten zu Ihnen zu finden. Aber man musste feststellen: Sie sind eine Karteileiche.

– Karteileiche. Das ist auch ein guter Name. In dem Krankenhaus, in dem ich wieder zu Bewusstsein kam, sagten alle *der Zombie* zu mir. Und jetzt: *die Karteileiche*.

– Ich sage Herr Montelius zu Ihnen, Herr Montelius.

– Danke. Aber Karteileiche ist auch gut.

– Ist es das? Für mich heißt das, dass ich nicht weiß, was ich mit Ihnen machen soll. Würden Sie behaupten, aus einem anderen Land eingereist zu sein, dann könnten wir wenigstens versuchen, Asyl zu beantragen.

– Aber ich bin Österreicher.

– Das konnte nicht festgestellt werden. Sie haben Ihren letzten Wohnsitz in Großibm angegeben. Ein komischer Name: Großibm. Sagen Sie, soll ich vielleicht noch etwas zu essen bestellen?

Sie zeigte mir auf ihrem Handy Bilder von verschiedenen Gerichten. Ich brauchte nicht lange, um mich für die Specklinsen mit Semmelknödeln zu entscheiden. Sie tippte ein wenig herum. Dann legte sie das Handy wieder auf den Schreibtisch. Gleich darauf brummte das Ding.

– Das Essen kommt in vierundzwanzig Minuten. Wo waren wir stehen geblieben?

– Großibm.

– Genau, das komische Großibm. Die zuständige Bezirkshauptmannschaft in Bruck an der Leitha hat die Daten erst ab 1996 digitalisiert. Also, die werden da nichts finden. Ich gehe ohnehin davon aus, dass Sie mit Ihrer Aussage, Sie wären bereits verstorben, die diensthabende Beamtin der Polizei provozieren wollten.

– Nein. Ich bin am 27. Februar 1991 verstorben. Darum habe ich auch keinen Pass.

– Ich verstehe. Und wie kommt es dazu, dass Sie leben?

– Ich habe mich vor meinem Tod für die Kryokonservierung entschieden.

– Ist das das, wo der Körper eingefroren wird?

– In flüssigem Stickstoff gelagert. Genau. Man hat mich im August 2021 aus dem Tiefschlaf geholt. Ich erwachte langsam aus dem Koma. Dazu war ich im Krankenhaus. Sie sehen nicht oft fern, oder?

– Sehr selten.

– Oder lesen Zeitung?

– Warum fragen Sie das?

– Also, über mich wurde in den letzten Monaten viel in den Medien berichtet.

– Oh, das tut mir leid. Habe ich da eine Wissenslücke?

– Na ja …

– Das tut mir furchtbar leid. Wissen Sie, meine Tochter ist Jugendstaatsmeisterin im Klettern, und da bin ich oft in

Kletterhallen unterwegs und dann mache ich mit ihr Schulaufgaben und meinen Beruf gibt es ja auch noch. Ich kriege solche Dinge nicht mit.

– Es ist ohnehin nur Gewäsch. Aber es schützt mich ein wenig.

– Vor dem Verhaftet-Werden offenbar nicht. Herr Montelius, ich sage Ihnen rundheraus, dass die Polizei die Vorführung beim Gerichtsarzt empfohlen hat. Dann kommen Sie in die Psychiatrie. Ich will Ihnen das ersparen.

– Das ist sehr freundlich von Ihnen.

– Aber mein lieber …

Bei diesen Worten beugte sie sich zu mir und berührte meinen Oberarm mit ihrer Hand. Mich irritierte das. Es gefiel mir gleichzeitig. Ich wusste nicht, was ich tun sollte. Ich glaube, dass ich sehr starr dagesessen bin und wohl einen verwirrten Eindruck gemacht haben muss.

– … ich muss etwas tun. Ich muss irgendetwas tun, sonst heißt es wieder: Die Justiz tut nichts. Also, ich denke, wir wollen weder lange in einer Zelle sitzen noch in der Psychiatrie landen. Nicht wahr?

– Wir denken richtig.

– Und wenn wir wieder aufgegriffen werden, gibt es größere Schwierigkeiten als jetzt. Ich hätte da eine Idee. Bitte erschrecken Sie nicht!

Ich hatte plötzlich Mut gefasst. Vielleicht war es das Bier, dieses IPA. Oder es war diese Frau hier, die ich auf der Stelle geheiratet hätte. Ich war ja frei.

– Ich rate Ihnen sehr von der Psychiatrie ab. Da wird

es schwer, wieder rauszukommen. Ich schlage Ihnen jetzt etwas vor. Aber bitte: Was ich jetzt sage, haben Sie nicht gehört!

Ich fühlte mich wie ein neugeborenes Baby. Ich brauchte Nikki. Außer diese Richterin würde den Heiratsantrag, den ich in diesem Moment innerlich schon formulierte, sofort annehmen.

– Sie sagen aus, dass Sie eingereist sind und eben keine Papiere haben. Ich lasse Sie in eine Flüchtlingsunterkunft überstellen. Keine Angst. Die wird von der Caritas betreut. Dort ist auch das Essen besser als hier. Bleiben Sie dort eine Zeit, zumindest ein paar Tage. Und dann gehen Sie einfach weg, wenn es Ihnen passt. Dort herrscht Chaos, das wird nicht auffallen. Aber die ersten paar Tage fügen Sie sich brav. Und bitte: Ich habe das alles nicht gesagt.

– Ich bin einverstanden. Wie soll ich Ihnen danken?

– Sie müssen mir gar nicht danken. Da die Schubhaft zwecklos ist, werde ich sie ab morgen aufheben. Und wir werden Sie einer Unterkunft im Süden von Wien zuteilen.

– Warum das?

– Ich habe gehört, dass die Heime dort am besten sind.

– Was ist, wenn ich wieder verhaftet werde?

Sie zuckte mit den Achseln.

– Jetzt wissen Sie ja, was Sie erwartet.

Ich hätte sie fragen sollen, ob sie am Abend etwas vorhatte. Aber das ging nicht, ich musste ja in die Zelle zurück. Also konnte ich sie nur anschauen und ihre Stimme hören. Vielleicht rauchte sie?

– Aber erzählen Sie mir doch kurz von Ihrem Leben.

– Vom ersten oder vom zweiten?

– Uff. So viel Auswahl!

– Also ... mein erstes Leben ... ich war Ehemann und Vater eines Sohnes ... ich habe programmiert ...

– Computerprogrammierer?

– Genau.

– Da könnte ich Sie sofort brauchen.

– Ich habe für verschiedene Firmen gearbeitet. Und dann habe ich zusammen mit einem Kollegen einen neuartigen Computer entwickelt. Dann habe ich Krebs bekommen und sollte operiert ...

Im Vorzimmer läutete die Glocke oder die Gegensprechanlage. Die Richterin stand auf und zeigte nach draußen, um mir zu sagen, dass sie nach der Tür sehen musste. Ich hörte sie kurz mit jemand sprechen. Dann kam sie mit einer Plastiktragetasche zurück und stellte sie auf den Tisch.

– So, da ist Ihr Essen. Ich hoffe, das ist in Ordnung so. Zurzeit gehe ich nicht in Lokale. Ich lasse alles liefern.

Es waren zwei verschließbare Plastikschalen. In der einen die Linsen. In der anderen die Knödel. Beide Plastikschalen waren wieder in Plastik verpackt.

– Warten Sie, ich hole Teller und Besteck.

Es war mir unangenehm, vor ihr zu essen. Aber ich war eben hungrig. Und nebenher erzählte ich meine ganze Geschichte.

– Sie essen nichts?

– Nein, danke.

– Nun, auf diese Weise bekommt man eine so perfekte Figur wie Sie.

– Danke sehr. Aber Sie haben leicht reden. Sie sind ja nur Haut und Knochen.

Ich erzählte ihr die ganze medizinische Geschichte, von Dr. Lackermeier und von Dr. Heiss. Als ich die zwei Bierdosen ausgetrunken und gegessen hatte, nickte mir die Richterin freundlich zu. Ich wusste nicht einmal ihren Vornamen.

– Es freut mich, dass es Ihnen geschmeckt hat. Ich habe leider noch einen Termin nach Ihnen.

– Schon in Ordnung. Was hat denn das Essen gekostet?

– In diesem Fall, Herr Montelius, waren Sie mein Gast.

– Das kann ich nicht annehmen.

– Ich bitte Sie. Es war mir wirklich eine Freude.

– Was soll ich erst sagen. Ich kenne in dieser Welt sonst niemanden, der mir hilft. Ich habe Ihnen zu danken.

– Würden Sie sich eventuell meinen Computer kurz ansehen?

Sie führte mich zu einem ganz flachen Bildschirm. Eine Tastatur lag auf dem Schreibtisch. Auf einem Tischchen daneben war eine schwarze Kiste. Ich dachte zuerst, es wäre ein Videorekorder.

– Der Drucker hier … also, das ist so ein Multifunktionsgerät … mit Scanner … also, normalerweise lege ich die Dokumente hier ein … und hier öffne ich das Programm … und es fragt mich, ob ich ein Foto oder ein Dokument scanne … aber seit gestern … so, ich drücke hier … sehen Sie! …. Und was passiert? … Nichts! … Können Sie mir sagen, warum? Setzen Sie sich doch.

Ich setzte mich vor den Monitor. Ich sah das riesige Bild einer Berglandschaft und davor kleine Bildchen, unter denen Namen geschrieben waren. Da stand etwa *Einladung zur Grillparty.doc*, *Terminaufstellung BH 2HJ 2021.xls*, *Screenshot-ASanusi BF_PolKomm 20.07.2020.jpg* und so weiter.

– Ist das MS-DOS?

– Das ist mein Computer.

– Wissen Sie, vor dreißig Jahren …

– Ich verstehe schon. Es ist ja auch nicht so wichtig.

Es schien, als wartete sie nur darauf, dass ich ging.

– Ich danke Ihnen. Ich meine, ich will … ich sollte nichts mehr sagen, aber …

– Aber …

– Es ist so: Wenn ich die Wahrheit sage, zerstöre ich alles. Aber ich bin da, um alles zu zerstören, also sage ich die Wahrheit.

– Die Wahrheit ist immer die beste Option.

– Also, ich würde Sie gerne heiraten. Nicht um die Staatsbürgerschaft zu bekommen oder einen Pass, sondern um Sie zu bekommen.

– Oh, wow! Jetzt bin ich etwas überrumpelt. Ich habe schon so einen Dings zu Hause, so einen Ehemann. Müssten wir die Polygamie einführen.

– Kein Problem. Ich wollte Ihnen nicht zu nahe treten. Ich habe mir nur vorgenommen, wenigstens in meinem zweiten Leben nicht mehr zu lügen. Mein zweites Leben wird nicht lang dauern. Und ich verliere alle, an die ich mich gewöhne. Zuerst hatte ich eine Betreuerin, eine Psychologin aus Schweden. Dann war ich bei meiner früheren Frau. Und jetzt habe ich auch noch meine Geliebte verloren.

– Also, sonst heirate ich Sie jederzeit gerne. Aber momentan geht das nicht. Kann ich sonst noch etwas für Sie tun?

– Da stehen die Tagebücher von Kafka. Dürfte ich mir die ausleihen? Nur solange ich hier festsitze?

– Aber sehr gerne. Ich wusste gar nicht, dass da Kafka steht. Das kann nur aus Schlampigkeit sein. Bitte nehmen Sie die Bücher mit. Ich schenke sie Ihnen.

– Ich danke Ihnen. Und danke für das Essen. Sie sind wirklich äußerst galant. Wenn Sie einmal ein Gefängnis eröffnen, werden alle Häftlinge zu Ihnen wollen.

– Was für ein schönes Kompliment.

12.08.2022
Heute habe ich Nikki irrtümlich Kris genannt. Das darf nie wieder passieren!

Warum, werdet ihr euch fragen, habe ich einer Richterin, die ich nie zuvor gesehen hatte, vertraut? Ich lag lange wach und überlegte, ob ich richtig entschieden hatte. An der Ehrlichkeit von Frau Gansbichler zweifelte ich aber keine Sekunde. Trotzdem war ich sicher, dass die Gansbichler mir meine Geschichte nicht geglaubt hatte. Nun saß sie wahrscheinlich vor dem Computer und sah sich alte Nachrichtensendungen an und las Artikel über mich. Oder sie war gerade in einer Kletterhalle und hatte mich schon längst vergessen. Bestimmt hatte sie gedacht: Da sitzt ein Obdachloser, der nicht vollkommen daneben ist, oder ein Flüchtling, der perfekt Deutsch kann. Er will Kafka lesen, also soll er Kafka lesen. Und er hat sich eine besonders interessante Geschichte ausgedacht. Warum sollte sie sich diese Geschichte nicht anhören.

Am Morgen des 1. Juni wurde ich abgeholt. Das Wachpersonal brachte mich in den Innenhof, wo zwei Polizisten auf mich warteten. Ich stieg in einen Kleinbus. Ich war der einzige Fahrgast. Die Polizisten saßen vorne und unterhielten sich. Offensichtlich gingen sie davon aus, dass ich ihre Sprache nicht verstehen konnte.

– Ich bin wirklich sauer. Der (Name nicht verstanden) bewilligt mir den Urlaub nicht. Und weißt du, was er gesagt hat: dass zu wenig Leute da sind. Wegen Corona.

Der andere Polizist schwieg.

– Wann waren denn je genug Leute da, bitte? Wir sind immer zu wenig. Ein Witz ist das!

– Mich lässt er auch nicht vier Wochen auf Urlaub gehen. Mehr als drei Wochen am Stück geht nicht, hat er gesagt.

– Ja, ja, Vorschrift ist Vorschrift.

– Soll er mal die Kanaken herumfahren.

– Was glaubt er, wer er ist!

– Wenn ich die nächste Fahrt allein machen muss, sag ich ihm, er muss mitfahren, sonst reiche ich eine Dienstbeschwerde ein.

– Mach das, bitte, mach das! Wenn du ihm das ins Gesicht sagst, darfst du einen Flüchtling erschießen.

Ich kümmerte mich nicht um die Landschaft, die an der Fensterscheibe vorbeizog. Ich hatte nicht das Gefühl, dass diese Landschaft mein Land ist, dass sie überhaupt ein Land darstellt. Ich hatte bei der Entlassung mein Geld zurückbekommen, es steckte in der vorderen rechten Hosentasche, und ich hielt es darin während der ganzen Fahrt umklammert.

Meine lieben Pfnullis, wie soll ich euch mein nächstes Zuhause beschreiben? Dazu reicht eine Postkarte völlig aus: *Ich hatte hier eine sehr gastliche Aufnahme. Ich bin gesund, und es geht mir gut*. Ein kleiner dicklicher Mann holte mich vom Auto ab. Die Polizisten waren froh, dass sie mich los waren. Der Dicke lächelte:

– I will bring you to the chief organizer.

Ich antwortete nicht. Er hatte das offensichtlich auch nicht erwartet, sondern ging voran. Auf dem Rasen vor dem

Flüchtlingsheim waren einige Zelte aufgestellt, davor standen Schuhe, Gaskocher, Säcke mit Kleidern und Vorräten, Müll, Plastikteller, Kinderspielzeug. Das Heim selbst befand sich in einem alten Schulgebäude, einem schönen Bau aus dem ausgehenden neunzehnten Jahrhundert. Wir mussten ein paar Treppen zum Eingang hochsteigen, und ich bewunderte die Bauplastik auf der Fassade. Im Inneren wirkte das Haus viel desolater als außen. Doch ich hatte kaum Zeit, mich umzusehen. Es herrschte ein dichtes Gewusel an Menschen. Manche standen in kleinen Gruppen um eine Person in blauem T-Shirt.

– The people with blue T-shirts are the organizers.

Der Dicke schwitzte. Auch jetzt erwartete er keine Antwort. Wir gingen in ein kleines Zimmer, das neben dem Treppenaufgang lag. Der Dicke blieb stehen und klopfte an den Türrahmen. In diesem Raum, der *die Rezeption* hieß, standen und saßen vier Frauen. Zwei davon lehnten in der Tür und aßen beide gerade einen Apfel. Von uns nahmen sie nur kurz Notiz.

– Gott sei Dank hat jemand Äpfel mitgebracht. Ich kann keine Bananen mehr sehen.

Eine andere Frau, die hinter einem Computerbildschirm saß, redete gerade auf eine Frau ein, die neben ihr stand.

– Der Lagerstand der Antigen-Tests stimmt nicht.

– Na und? Bald werfen wir die Dinger sowieso weg. Keine Ahnung, wozu wir Neuankömmlinge überhaupt noch testen.

Dann erst bemerkten sie den Dicken.

– Was bringst du uns?

– Bitteschön, der Herr!

Dann machte er sich aus dem Staub. Eine der beiden Frauen nahm einen Zettel und einen Kugelschreiber und schob beides über den Tisch in meine Richtung. Ich trat an den Schreibtisch. Im ganzen Zimmer roch es nach Bananen.

– Can you write down your name?

Es war nett, wie sie dabei mit der Hand den Vorgang des Schreibens gestisch darstellte, wohl für den Fall, dass ich weder Englisch noch ihr Englisch verstand.

– Sie können Deutsch mit mir sprechen.

Das Bemerkenswerte war, dass die beiden meinen Satz sehr wohl verstanden hatten und alle meine weiteren Sätze verstanden, trotzdem aber weiter mit starkem österreichischem Akzent Englisch zu mir sprachen.

– You have no papers? Passport?

– Nein, die Polizei …

– You are alone? Just one person?

– Ja.

Die eine drehte sich zur anderen.

– Schaust du nach, was wir im ersten Stock haben?

– Gerne, wenn das verdammte Ding hier sich nicht dauernd aufhängen würde.

– One moment, please. We have technical problems.

An den Wänden waren Kisten und Kartons aufgestapelt. In den meisten waren Bananen, in anderen Kleidung oder Schuhe. Ich musste lachen, weil ich in diesem Moment an Kris dachte. Kris hatte Bananen nie gemocht. Als wir in einem Sommerurlaub in Italien einmal in einen Eissalon gingen, wählte ich den Bananensplit. Kris schüttelte den Kopf.

– Nur Affen essen Bananen.

– Und? Was hast du gegen Affen?

– Sie entwickeln sich nicht weiter. In Millionen Jahren ist noch aus keinem Affen ein Mensch geworden. Nein, vom Affen bin ich enttäuscht.

Die Frau am Computer war nun bereit und tippte meinen Namen ab. Die andere wandte sich wieder an mich.

– Have you already applied for … Sagen Sie mal! Warum sprechen Sie Deutsch?

– Es ist meine Muttersprache.

– Wo kommen Sie denn her?

– Aus Österreich.

– Und was machen Sie dann hier?

Ich öffnete meinen Rucksack und nahm den Bescheid heraus, den mir die Richterin Gansbichler mitgegeben hatte. Die beiden lasen den Bescheid. Dann blickten sie einander an und zuckten mit den Achseln.

– Wenn er Deutsch kann, muss er dann den Deutschkurs machen?

– Sicher, sonst kann er ja keinen Antrag stellen.

– Aber er ist ja aus Österreich. Wie kann der dann in Österreich um Asyl ansuchen?

Sie wandten sich wieder an mich.

– You speak Arabian or Farsi?

– No. A little bit of English.

– Ach, sorry. Ich spreche immer Englisch mit Ihnen.

– Das macht nichts. Für Ihr Englisch reichen meine Kenntnisse.

– Also, Sie müssen einen Deutschkurs machen und einen Wertekurs. Für den Deutschkurs muss ich erst einen Platz suchen. Den Wertekurs können Sie schon übermorgen machen. Er ist einmalig und dauert acht Stunden. Okay?

Ich nickte.

– Brauchen Sie sonst irgendwas?

– Haben Sie Papier zum Schreiben?

– Eine Kollegin zeigt Ihnen Ihr Zimmer. Sagen Sie es ihr bitte. Ich denke, da finden wir was. Sabine, holst du mir eine Blaue her?

Eine der Frauen ging nun aus dem Zimmer, während sich die, die am Schreibtisch saß, wieder an mich wandte.

– Inzwischen machen Sie bitte einen Antigen-Test.

Sie tippte konzentriert etwas in einen Taschenrechner, drehte sich dann zum Computer und tippte das errechnete Ergebnis ein. Man brachte mir ein Kuvert. Es war nicht zugeklebt. Die zweite Frau kam zurück und führte mich in den Abstellraum nebenan, der voll mit Lagerregalen war. Sie erklärte mir, was ich zu tun hatte: mit dem Wattestäbchen tief in beide Nasenlöcher bohren und es danach in eine kleine Plastikphiole tauchen, die mit einer Flüssigkeit gefüllt war. Diese Flüssigkeit wurde dann auf ein Testplättchen getropft. Nur drei Tropfen, sagte sie. Dann eine Viertelstunde warten. Sie ging und ließ mich im Lagerraum stehen.

Die Kartons in den Regalen waren mit dickem Filzstift beschrieben. Da stand: *Blaue T-Shirts, Bluejeanshosen,*

Masken ALT, Masken FFP2, Handschuhe, Test ANTIGEN, Test PCR, Erste Hilfe, Desinfiszieren (es stand wirklich so dort, ich schwöre!). Auf manchen waren Strichlisten, vermutlich um den Inhalt zu kontrollieren. Das Textverarbeitungsprogramm, das mir Soraya gegeben hat, unterwellt die Wörter *Bluejeanshosen* und *Desinfiszieren*. Auf meinem Test tauchte inzwischen im violetten Feld ein dicker Strich auf. Die Frau hatte mir einen Zettel gegeben, eine Art Bedienungsanleitung. Wenn der Strich oben war, hieß das: negativ. Irgendwann kam die Frau wieder zurück in den Abstellraum. Sie fragte nicht nach dem Test.

– Ich glaube, ich bin negativ.

Sie klatschte in die Hände, nahm mir den Test, das Wattestäbchen und die Plastikphiole wieder ab und sagte laut:

– Na bravo, ich gratuliere! Das macht zehntausend Punkte.

Sie steckte alles in einen Müllsack, der in der Ecke lag. Ich ging wieder in den anderen Raum. Die Frauen, die vorhin noch pausenlos geredet hatten, waren durch die Anwesenheit einer Person, die ihre Sprache verstand, plötzlich gehemmt. Die erste kam mit einer jungen Frau zurück, die ein blaues T-Shirt trug. Sie wandte sich sofort an mich.

– Hi, I am Svenja.

– Ich bin Erik.

– Hallo. Ach ja, du sprichst Deutsch, hab ich gehört. Das hatten wir noch nie. Komm, ich zeig dir dein Zimmer.

Svenja wurde aber noch mal von der Frau hinter dem Computer aufgehalten. Es begann eine langwierige Diskussion. Eine afghanische Familie, die draußen im Zelt wohnte, hatte ein krankes Kind. Man wollte also die Familie hereinholen. Dann wurde Svenja angewiesen, mir einen Platz im Zweierzimmer ganz am Ende des Korridors zu geben. Im ersten Stock standen ein paar Menschen herum, in einer Ecke kochte eine Frau auf einer Elektroplatte.

– Früher war hier die Hölle los. 2016! Die Syrer! Wir sind jetzt trotzdem noch überbelegt. Darum die Zelte draußen. Aber du kriegst ein Zimmer. Also, ihr seid zu zweit.

Das Gericht auf der elektrischen Kochplatte verbreitete seinen Geruch. Die Kinder der Frau, die kochte, krabbelten auf dem Fensterbrett eines großen Fensters, das weit geöffnet war, und ich hatte Angst, sie könnten hinausfallen. Die Mutter hatte diese Angst anscheinend nicht. Später erfuhr ich, dass diese Frau Misses Fashami war. Sie kochte nicht nur für ihre Kinder, man konnte ihr auch für drei Euro Essen abkaufen.

– Ich zeig dir dein Zimmer, und dann machen wir einen Rundgang. Wo kommst du her?

– Aus Österreich.

– Woher genau?

– Aus Großibm. Das liegt südlich von Wien …

– Hey, ich kenne Großibm. Ich bin aus Mitterndorf. Wirst du in deiner Heimat politisch verfolgt?

– Die Polizei hat mich ohne Papiere angetroffen.

– Na, wenn's sonst nichts ist.

Wir betraten eines der kleinen Zimmer. Die großen Räume dürften einmal Klassenräume gewesen sein. Sie befanden sich auf der rechten Seite. Die kleinen waren lang und schmal. Durch die geöffneten Türen sah man Menschen, die auf Feldbetten oder in Schlafsäcken schliefen. Zimmereinrichtung gab es praktisch keine. Kleidung, Vorräte, Spielsachen und Kochgeräte lagen entweder auf dem Boden, in Taschen oder Koffern, oder sie waren liebevoll zu Türmen gestapelt worden. Svenja klopfte, doch es antwortete niemand. Sie nahm einen großen Schlüsselbund aus ihrer Tasche, suchte den passenden Schlüssel und sperrte auf. Wir betraten das Zimmer, ab diesem Moment *mein Zimmer*.

– Dein Kollege ist gerade nicht da.

An der linken Wand standen zwei Feldbetten. Auf dem hinteren war kein Bettzeug. Das war *mein* Bett. Svenja gab mir den Schlüssel.

– So, das ist dein Schlüssel. Sperr bitte immer ab. Wir machen einen Rundgang, und dann holen wir dein Bettzeug.

Als wir den Korridor entlanggingen, wurde Svenja redselig. Ich konnte nicht alles verstehen, weil ich die umstehenden Menschen beobachtete. Der Trainingsanzug war offensichtlich die Nationaltracht der Flüchtlinge weltweit. Wo war nur mein Trainingsanzug mit der Aufschrift UNITED SPORTS geblieben? Bestimmt steckte er in Nikkis Waschmaschine.

– Also, die Frau Pauer, die kennst du ja jetzt schon. Die Frau Pauer, die Frau Jacobi und die Frau Wimmer sind im Büro.

Sie sagte das alles so, als sei es Teil der Genesis oder des Johannes-Evangeliums.

– Kleiderausgabe und die Waschmaschinen sind im Keller. Es sind aber nur zwei Waschmaschinen. Ich weiß, das ist viel zu wenig. Du musst dich rechtzeitig anmelden. Sonst gibt es in der Nähe einen Münzwaschsalon. Viele gehen dorthin.

Dann zeigte sie mir die Duschen und Toiletten, wo reger Betrieb war und sich eine lange Schlange gebildet hatte. Sofort wurde sie von einem Mann angehalten, der ihr auf Englisch sagte, dass zwei Waschbecken verstopft waren. Sie versuchte ihn loszuwerden.

– I'll be with you in ten minutes, Ahmad, okay?

Er redete weiter, aber sie rief ihm nur zweimal *ten minutes* nach, und schon gingen wir ins Untergeschoss. Noch niemals hatte ich einen solchen Berg Kleider gesehen wie in der sogenannten Ausgabestelle. Dort türmten sich Schuhe, Pullover, Hosen, Hemden, Unterwäsche und jede Menge Stofftiere. Zwei Frauen zupften aus dem Haufen Kleidungsstücke, legten sie zusammen und ordneten sie in Kartons. Svenja begrüßte die beiden und bat um Bettwäsche. Eine von den beiden ging mit uns in einen weiteren riesigen Raum. Sie machte das Licht an. Die Neonlampen flackerten erst. Auf der linken Seite waren Metallschränke, auf der rechten ein Berg von Kleidungsstücken, der noch viel größer war als der im Nebenzimmer. Die Frau öffnete einen Schrank und nahm einen Stoß Bettzeug heraus.

– Brauchst du etwas zum Anziehen?

Ich hatte wirklich nur das, was ich anhatte. Also ließ ich mich einkleiden. Wir gingen in den Raum mit dem kleineren Wäscheberg zurück. Die Frau zeigte auf die Stapel von Kartons, die auf dem Boden standen, und sagte bei jedem Fingerzeig, was sich wo befand:

– Unterwäsche, Socken, Schuhe, Hosen, T-Shirts und Hemden.

– Wo kommt das her?

– Das sind alles Spenden.

Ich begann, mir aus den Kartons einzelne Kleidungsstücke zusammenzusuchen, und hatte plötzlich, als ich einen braunen Pullover in die Hand nahm, den Gedanken, Winfried könnte diesen Pullover gespendet haben. Er hatte früher immer für die Dritte Welt gespendet: Geld und Kleidungsstücke. Jedes Jahr hatte er ein Dritte-Welt-Paket abgeschickt, vor allem Zahnbürste und Zahnpasta durften nicht fehlen. Ich weiß nicht, warum er glaubte, die hungernden Kinder in Äthiopien würden dringend Zahnbürsten benötigen. Und ob man in Äthiopien überhaupt Zahnbürsten verwendete. Doch das alles konnte ihn nicht von seiner guten Tat abhalten.

Hatte dieser Pullover also einmal Winfried gehört? Ich legte ihn sofort zurück und nahm mir eine Trainingsjacke und eine Trainingshose. So würde man mich wenigstens nicht von den anderen Flüchtlingen unterscheiden können. Svenja lächelte jedes Mal, wenn ich sie ansah.

Zweites Leben. Dritte Welt. Weit hatte ich es gebracht! Svenjas unermüdliches Lächeln verschwand nicht. Dafür aber verschwand sie. Als wir die Treppe wieder hochgingen, blieb sie im Erdgeschoss stehen.

– So, ich hoffe, du findest dein Zimmer. Komm erst mal an! Und wenn du irgendetwas brauchst, komm jederzeit zu mir.

– Wo bist du?

– Na, irgendwo hier, im Haus.

– Kann ich Schreibpapier haben?

– Ich schau mal, was sich machen lässt.

Ich fand mein Zimmer wieder, doch es war nicht abgesperrt. Als ich eintrat, saß ein junger Mann mit ein paar Zetteln in der Hand auf seinem Bett. Er lächelte und begrüßte mich.

– Fatih.

– Erik.

– I … English … very bad … very bad.

– Okay.

– You help me? How … how I get … smartphone?

Ich antwortete nicht darauf. Er hatte mich an etwas erinnert. Ich ging in den Garten vor dem Haus und rief Nikki an.

– Na, so etwas. Dass du dich einmal meldest.

– Es ging nicht früher. Als ich inhaftiert war, haben sie mir das Handy abgenommen.

– Bekommst du lebenslänglich?

– Ich bin jetzt in einem Flüchtlingsheim.

– Na, da bist du ja gut aufgehoben.

– Und was bekomme ich von dir? Lebenslänglich? Lebenslängliche Ächtung?

– Hast du dir schon mal überlegt, dich vielleicht, möglicherweise bei mir zu entschuldigen für den fucking Scheißdreck, den du gemacht hast?

– Ich wollte nur das Beste für uns.

– Nein, Erik. Sorry. Das reicht nicht. Ich muss aufhören. Leonie ist krank und braucht mich jetzt.

– Ich brauche dich auch.

– Jetzt geht es nicht um dich, jetzt geht es um dieses Kind hier.

Sie legte auf.

14.08.2022
Es ist unmöglich, Nikki klarzumachen, dass ihr Vater alles dafür getan hat, dass ich sterbe. Also vermeide ich schon die bloße Erwähnung Winfrieds. Auch Leonie gegenüber. Nur einmal hat Nikki zu mir gesagt, dass sie nicht weiß, wo Winfried ist, und dass er sich seit mehr als einem Monat nicht bei ihr gemeldet hat.

Das Flüchtlingsheim befand sich im Keller der westlichen Welt, doch ich, ich logierte im ersten Stock. Noch dazu in einem Doppelzimmer. Ich gehörte also immer noch zu den Privilegierten. Die Kafka-Tagebücher der Richterin Gansbichler hatte ich mitgenommen. Ich hatte also etwas zu lesen, aber ich war immer noch auf der Suche nach Schreibpapier. Auf dem Weg zur Toilette begegnete ich Svenja. Ich sprach sie an, aber sie war gerade mit jemand anderem beschäftigt und sagte im Gehen zu mir:

– In zehn Minuten bin ich bei dir, okay?

Auch der Versuch, auf die Toilette zu gehen, scheiterte. Die Bedingungen waren wenig erfreulich. Auch dort fand ich kein Papier. Dafür war alles nass, das kleine Handwaschbecken überfüllt, der Abfluss verstopft. Es gab zu wenige Duschen, viele wuschen sich nur am Waschbecken stehend den Oberkörper. Ich kehrte unverrichteter Dinge in mein Zimmer zurück.

Fatih hatte ein Handy bekommen. Für mich war das keine gute Nachricht, denn er verbrachte die ganze Zeit damit, irgendwelche Einstellungen darauf vorzunehmen. Melodien erklangen, als bekäme er ein Extra-Life nach dem anderen, oder als wäre er Super Mario im Besitz des Doppelblitzes. Dann wieder verließ er das Zimmer und kam meistens mit einem anderen Flüchtling zurück, der seine Sprache sprach, und ihm zeigte, wie er das Handy zu bedienen hatte. Wieder begann ein lautstarkes Getöse. Später, als er allein auf seinem Bett saß, zeigte er mir stolz das Display, auf dem man in schlechter Qualität das Video einer verschleierten Frau sah, die andauernd winkte und die Hände rang. Der Ton war schlecht und übersteuert. Die Frau schien manchmal etwas zu sagen, dann wieder redete Fatih. Was heißt redete? Er brüllte. Er brüllte mehrmals hintereinander denselben Satz:

– This my mother Syria. My mother Syria. This my mother.

Und so weiter. Der einzige interessante Mensch, der in unser Zimmer kam, um Fatih zu helfen, war ein gewisser Ahmad aus Afghanistan. Wie ich sehnte sich auch er nach jemandem, der seine Sprache sprach. Er diente im ganzen Heim als Dolmetscher, weil er sowohl Arabisch als auch Farsi und Englisch konnte. Ich konnte leider nur kurz mit ihm sprechen, denn Fatihs Handy verschlang die gesamte Aufmerksamkeit. Doch die verbleibende Zeit reichte aus, um Papier für mich zu beschaffen. Denn Ahmad vermittelte nicht nur zwischen den Blauen und den Flüchtlingen; er hatte auch für die Nacht und für Notfälle Schlüssel zu manchen Räumen. Mit diesem Schlüssel schickte er mich abends zu dem Raum, in dem ich den Antigen-Test gemacht hatte.

Er beschrieb mir den Ort im Lagerregal, wo es Kopierpapier gab, und nach einigem Suchen fand ich es auch. Ich nahm mir einen ganzen Packen und ließ dabei auch noch zwei Kugelschreiber mitgehen.

Ahmad konnte fast alle Probleme lösen, nur das Toilettenproblem nicht. Als junger Mann war ich stolz darauf gewesen, dass ich es meine gesamte Schulzeit über (das waren vier Jahre Volksschule und acht Jahre Gymnasium) geschafft hatte, null Mal auf die Schultoilette zu gehen. Für mich war dieser Ort einfach immer abstoßend gewesen. Dort gab es dieses rosafarbene kratzende Toilettenpapier, das mehr zum Schleifen von Holz geeignet war als zu etwas anderem. In meinem ersten Schuljahr betrat ich ein einziges und letztes Mal das WC. Mein Klassenkollege Tassilo Moser stand dort vor dem Pissoir umringt von Schulkollegen und demonstrierte, dass er durch ein kleines Fenster pissen konnte, das sich weit über unseren Köpfen befand. Er traf aber nicht sehr genau, sein Urin tropfte überall vom Fenster auf uns herab.

Als ich den Keller durchsuchte, entdeckte ich den Raum, in dem das Leergut gelagert war. Hunderte Kästen mit leeren Mineralwasserflaschen stapelten sich dort, und ich nahm mir ein paar davon mit auf mein Zimmer. Ich musste warten, bis Fatih schlief oder den Raum verließ, dann konnte ich mit Geschick und Konzentration die Flaschen füllen. Anfangs leerte ich sie noch heimlich irgendwo aus, bald aber stellte ich sie einfach in die Kästen zurück.

Ich bekam eine Nachricht von einer unbekannten Nummer:

Der Chirurg, der Anwalt, der Kompagnon. Wenn ich die Zeitung lese, wird mir klar, dass wir eine vergessen haben: diese Dr. Datschenko. Lass dich nicht unterkriegen, mein Freund. Dein Pascal.

Ich habe nie darauf geantwortet.

14.08.2022
Leonie fragt mich, wie es bei einer Geburt zugeht. Ich wage es nicht, ihr die Wahrheit zu sagen: dass ich bei Albis Geburt nicht dabei war. Ich antworte ausweichend. Leonie sagt: Ich stelle es mir schrecklich vor.

Fatih war kein Gesprächspartner. Das dauernde Klingeln seines Handys war schwer zu ertragen. Er bemerkte nicht, dass mir das auf die Nerven ging. Glücklicherweise verließ er regelmäßig das Zimmer.

Am nächsten Tag musste ich den Wertekurs besuchen. Der Vortragende war ein gewisser Herr Magister Beiwl, ein unsicherer Mensch, der darum bat, dass wir eine kleine Vorstellungsrunde machten, in der jeder seinen Namen sagen sollte und wo er herkam. Erst später begriff ich, dass er damit zwei von den acht Stunden totschlagen konnte, ohne viel zu arbeiten. Die meisten sprachen Englisch, die anderen ließen sich das Gesagte von jemandem übersetzen. Als ich an die Reihe kam, redete auch ich Englisch.

– My name is Erik Montelius and I come from Austria.

Lautes Gelächter brach aus. Magister Beiwl wurde rot im Gesicht, ich war ihm gleich unsympathisch.

– You mean, you want to become an Austrian?

– No, I am Austrian.

– Where were you born?

– In Vienna.

– Dann sprechen Sie Deutsch?

– Selbstverständlich spreche ich Deutsch. Ich habe nur Englisch gesprochen, damit mich alle hier verstehen.

– Darf ich Sie fragen, was Sie in diesem Kurs verloren haben?

– Ich wurde hierher überstellt und muss einen Deutschkurs und den Wertekurs absolvieren wie jeder andere auch.

– Na gut, dann hören Sie bitte zu. Aber ich muss Sie ersuchen, sich still zu verhalten. Next one, please!

Nun stellte sich mein Sitznachbar vor.

– My name is Brigi and I am from Niger. A very poor country!

Er lächelte lange, seine weißen Zähne blitzten. Ich war verärgert, aber nicht über Brigi, sondern über diesen Magister.

Nach der Vorstellungsrunde folgte eine lange Rauchpause. Ich rauchte drei Zigaretten und unterhielt mich mit Brigi, der mir etwas über die Geschichte der Tuareg im Niger erzählte. Wir kamen zu spät zum Kurs zurück. Mag. Beiwl hielt bereits seinen Wertevortrag, als wir eintraten.

Der Herr Magister erklärte die Grundwerte der österreichischen Verfassung: Gleichberechtigung, Menschenwürde und Demokratie. Asylberechtigte Personen und Asylbewerber mit hoher Anerkennungswahrscheinlichkeit würden in diesem Kurs lernen, dass sie mit ihrem Aufenthaltstitel die Chance hätten, durch Spracherwerb und Integration vollwertige Mitglieder unserer Gesellschaft zu werden, so wie die Menschen, die hier geboren waren und Deutsch als Muttersprache sprachen.

Ich meldete mich zu Wort.

– I was born in Austria, I speak perfect German, but I have no passport and no official papers.

Die anderen Kursteilnehmer saßen still da. Mag. Beiwl atmete tief ein.

– Mister Montelius, we cannot only talk about you here. I don't know about your case in detail, but to me it seems very different from all the others here.

– I am forced to attend this course and I am forced to stay here. I was taken here by the police.

Mag. Beiwl stellte sich direkt vor mich.

– Herr Montelius, Sie können gehen. Von mir aus können Sie auch gerne bleiben, aber ich muss in acht Stunden mit meinem Stoff durchkommen und ersuche Sie, nicht andauernd zu unterbrechen.

Ich hörte nun geduldig zu und beobachtete die anderen Kursteilnehmer. Sie saßen einfach da. Die, die ein Handy hatten, schauten alle paar Minuten darauf etwas nach. Sie wussten, dass sie geduldig ausharren mussten. Mag. Beiwl sprach nun über Demokratie. Dass Österreich eine Demokratie gewesen war, bis das Land von Hitler überfallen wurde. Ich meldete mich noch einmal zu Wort.

– Mr. Beiwl, you are giving false information on Austrian history. The regime before Austria joined the Third Reich was not democratic, but was authoritarian, too. That was the so-called austro fascist regime.

– Herr Montelius, ich bitte Sie, diesen Kurs zu verlassen.

– Ist das Ihr demokratischer Umgang mit Widerspruch?

– Sie gehören nicht in diesen Kurs. Bitte gehen Sie!

Die anderen Kursteilnehmer sahen mich böse an. Ich blieb sitzen. Mag. Beiwl redete weiter und ignorierte mich. Dann gab es eine Pause, und wir gingen nach draußen rauchen. Seit ich aus der Zwerggasse weg war, rauchte ich manchmal wieder. Einer der Kursbesucher, der Englisch sprach, erklärte mir, die meisten Teilnehmer meinten, dass ich den Kurs durch meine Zwischenmeldungen unnötig verlängere. Sie wollten auch, dass ich den Kurs verlasse. Also ging ich auf mein Zimmer zurück.

14.08.2022
Geburtstermin ist der 27. September.

Das Essen im Flüchtlingsheim wurde vom österreichischen Bundesheer gebracht. Ich musste jedes Mal lachen, wenn die zwei Bürschchen mit ihren Milchbärten die stinkenden Container in der Halle abstellten. Ich sah ihre Verachtung für das, was hier geschah, und dass sie bei jedem Handgriff dachten: noch drei Monate, noch zwei Monate, noch ein paar Tage. Ich salutierte, wenn ich sie sah, und rief laut:

– Figl irrt, es wird nicht exerziert.

Einmal war ich mit ihnen rauchen. Es stellte sich heraus, dass sie nicht wussten, wer Leopold Figl war. Sie hatten noch nie von ihm gehört.

Das Essen, das die Bundesheersoldaten brachten, war ungenießbar. Ahmad erklärte mir, dass viele Familien, die sich elektrische Kochplatten besorgt hatten, ihre eigenen Mahlzeiten kochten. Wenn sie Geld brauchten, waren sie auch bereit, ein oder zwei Portionen zu verkaufen. Da ich Geld hatte, war das für mich der beste Weg. Ich bevorzugte das Essen, das die Perser und Afghanen kochten. Meine Lieblingsköchin war Misses Fashami aus dem Iran.

Einige der Flüchtlinge, darunter auch Ahmad, hatten eine Möglichkeit gefunden, ein wenig Geld zu verdienen. Der Betreiber einer kleinen Gartenbetreuungsfirma, ein gewisser Reisinger, kam jeden Abend beim Flüchtlingsheim vorbei und sagte Ahmad, wie viele Arbeiter er am nächsten Tag brauchen konnte. Die holte er dann morgens ab. Sie sollten Rasen mähen, Bäume und Hecken schneiden, Unkraut jäten und was sonst eben anfiel. Dafür bekamen sie einen Euro in der Stunde.

Eines Abends war ich dabei, als Reisinger vor dem Flüchtlingsheim mit Ahmad verhandelte. Als Reisinger mein Deutsch hörte, verfinsterte sich sein Gesicht. In haarsträubendem Englisch erklärte er, dass er am nächsten Tag drei Männer braucht. Ich fragte ihn, wohin er fahren würde. Die Antwort: Kleinibm. Fünf Leute interessierten sich für den Auftrag, darunter auch ich. Reisinger erklärte, er würde zwei Tage für die Gartenpflege brauchen, jeweils zehn Stunden pro Tag. Ahmad musste an beiden Tagen dabei sein, denn Reisinger brauchte ihn als Dolmetscher und Organisator. Also teilten die anderen vier den Auftrag gerecht: An einem Tag die ersten zwei, am zweiten Tag die anderen zwei. Ich war für den zweiten Tag eingeteilt.

Am Abend war ich zum Glück lange allein auf dem Zimmer. Ahmad hatte mir von einem Flüchtling erzählt, der in Wien Supermärkte durchkämmte und abgelaufene Waren, die noch genießbar waren, geschenkt bekam. Einmal in der Woche kam er auch im Heim vorbei. Eigentlich war es nicht legal, dass er in der Eingangshalle seine Waren verkaufte, aber die Blauen waren sehr dankbar, weil es einige Organisationsprobleme löste. Sie ließen ihn machen. Am Nachmittag hatte sich schon eine lange Schlange gebildet, die auf die Lieferung wartete.

Einmal kam eine SMS von Nikki.

– Lebst du noch?
– Ich lebe noch und mein Donkey Kong auch.
– Sagst du jetzt wieder Donkey Kong?
– Nur um dich zu ärgern.

15.08.2022
Nichts zu berichten.

Am nächsten Tag arbeitete Ahmad mit den anderen beiden Flüchtlingen in Großibm. Fatih machte keine Anstalten, das Zimmer zu verlassen. Er zeigte mir immer wieder etwas auf seinem Handy und trank ein Getränk aus kleinen schmalen Dosen, das bestialisch nach Traubenzucker und Katzenurin roch. Wenn ich den Geruch nicht mehr aushielt, ging ich rauchen.

Ich hatte mir vorgenommen, nach Bier Ausschau zu halten. Im Heim herrschte strenges Alkoholverbot und auch im Lagerraum, wo sich das Leergut befand, war keine einzige Bierflasche zu sehen. Ich musste also eine Greißlerei oder einen *Konsum* finden.

Auch der Versuch zu duschen scheiterte. Alle Ausflüsse waren verstopft, die Duschen und WCs konnte ich nicht betreten. Ich erfuhr, dass man dem Betreiber längst Bescheid gesagt hatte, dass mehr Sanitärräume benötigt wurden. Eigentlich gab es genügend Räume mit Wasseranschlüssen. Doch das Haus stand unter Denkmalschutz, und man durfte nicht einfach mit Umbauten beginnen, sondern musste langwierige Anträge stellen.

16.08.2022
Mein Vater sagte oft, Kafkas bedeutendstes Werk sei sein Tagebucheintrag mit dem Wortlaut: Nichts, nichts.

Am nächsten Tag wurde ich mit Ahmad und einem anderen Flüchtling vom Reisinger nach Kleinibm gebracht. Wir hielten vor dem Haus, wo wir arbeiten sollten. Zwei fette Autos waren da geparkt: ein SUV und ein Sportwagen. Uns wurde der Garten und der Geräteschuppen gezeigt und was wir zu tun hatten. Der Reisinger bläute uns ein, dass wir nicht ins Haus gehen durften. Es sei ohnehin abgesperrt und mit einer Alarmanlage gesichert. Wir sollten uns auch nicht an die Fenster stellen oder hineingaffen, wie er es ausdrückte. Und schon gar nicht die Fensterscheiben berühren und Fettschlieren hinterlassen.

Ahmad hatte das Rasenmähen schon am Vortag erledigt. Die lästigste Arbeit war aber das Heckenschneiden. Es sollte unbedingt gerade geschnitten werden, wozu zwei Stäbe eingeschlagen wurden, zwischen denen Ahmad eine Schnur spannte. Dann wollte er dem Reisinger erklären, dass wir mit der Heckenschere schneller wären als mit der Gartenschere.

– Die Thuja-Hecke wird nur mit der Gartenschere geschnitten, verstanden? Wenn ich euch mit der Heckenschere sehe, war das euer letzter Job.

Der Reisinger stieg in seinen Lieferwagen.

– Trödelt nicht. Ich komme zu Mittag wieder. Heute müssen wir fertig werden.

Zwei Hecken sollten in Kugelform geschnitten werden, aber ich hatte im ersten Überschwang schon zu viel weggeschnitten. Ahmad wurde ungehalten. Er und der dritte Mann, der mit Ahmad Arabisch redete, stutzten, was übrig war, mit großer Geschicklichkeit und Genauigkeit zurecht und trugen mir auf, mit Platten einen Weg durch den Garten zu verlegen. Doch auch hier wurde er bald ungehalten. Ich hatte keine Schnur gespannt, um mich daran zu orientieren, und was eine gerade Linie hätte sein sollen, war bei mir schon nach wenigen Platten krumm geworden. Ahmad riss alle Platten wieder heraus und fluchte vor sich hin.

Immer wieder blickte ich durch die große Glasfassade in die Eingangshalle des Hauses. Und irgendwann im Laufe des Vormittags, als Ahmad mich wieder schalt, genauer zu schneiden und die gespannte Schnur zu beachten, sah ich, dass im Haus eine Frau die Treppe herunterkam, eine Tür öffnete und im WC verschwand. Wie gerne wäre ich auf dieses WC gegangen.

Um die Mittagszeit setzten sich Ahmad und der andere, ich glaube, er hieß Lotfi, kann mich aber nicht mehr erinnern – Soraya wird beim Lektorieren des Textes wieder rotieren: Warum nur, warum, wird sie sagen, schreibst du, dass du dich an seinen Namen nicht erinnern kannst? Erfinde einfach einen Namen oder lass ihn weg! – Sie setzten sich also mit ihrer Thermoskanne und Essen in Plastikbehältern hin. Ich sagte, ich würde kurz zum Geschäft gehen.

Der kleine Laden von früher war immer noch da. Er hieß jetzt nur anders. Ich trat ein. Eine dicke, junge Frau stand zeitungslesend hinter der Theke. Als sie aufblickte, begann sie heftig den Zeigefinger zu schwenken:

– No! No! No! No refugees! Only for white people!

– Kann ich hier eine Wurstsemmel und ein Bier bekommen?

– Oh, Entschuldigung. Ich dachte, Sie gehören zu den Flüchtlingen, die bei der Datschenko im Garten arbeiten.

Was hatte sie eben gesagt? Ich musste sichergehen, dass ich richtig gehört hatte, durfte aber nicht zu aufgeregt wirken.

– Die Maske brauchen Sie nicht. Das ist vorbei!

Ich nahm sie ab und hatte Angst, dass die Frau mich ohne Maske erkennen würde. Vielleicht hatte sie mich ja im Fernsehen oder in der Zeitung gesehen. Es war überhaupt seltsam, dass niemand erkannte, dass ich der angebliche Mann aus dem Eis war, der die ganze Welt mit seiner Geschichte betrogen hatte. Wie sich später herausstellte, wussten viele sehr wohl, wer ich war, sagten aber nichts. Die Gemischtwarenhändlerin aber hatte mich nicht erkannt.

– Kennen Sie diese Frau Datschenko?

– Nein. Was darf's denn sein? Ich mache in zehn Minuten Mittagspause.

– Zwei Semmeln mit Kantwurst. Und zwei Bier.

Sie zog Plastikhandschuhe über, griff nach der Kantwurst in der Vitrine. Langsam schnitt sie die Wurst mit der Wurstschneidemaschine auf und legte jedes Wurstblatt zur Seite. Das erinnerte mich an meine Kindheit, wenn meine Mutter mich einkaufen schickte, und wie lange diese Einkäufe dauerten, wenn ich drei oder vier Wurstsorten und Käse aufschneiden lassen musste.

– Kennen Sie die Datschenko?

– Ich kenne einige hier in Großibm. Winfried Haberler zum Beispiel.

– Ach, der. Ja, der hat jetzt andere Sorgen. Seine Frau … Na ja, ich sage Ihnen … Also, wenn einer kommt und sagt, dass er mein verstorbener Mann ist … ich sage Ihnen … solche Gauner erkenne ich auf tausend Meter Entfernung … der ist schnell wieder draußen bei der Tür.

– Aber was hätte es bei den Haberlers denn zu holen gegeben? Wäre er gescheit gewesen, hätte er sich doch an eine reiche Familie rangemacht.

– Na, der Haberler, der hat schon Geld.

– Wirklich, woher?

– Das weiß ich auch nicht. Ich hab so etwas schon in einem Film gesehen. Ich habe leider den Titel vergessen. Mit dem … mit dem Typen, der in *Pretty Woman* spielt. Also, da kommt ein Mann aus dem Krieg zurück in ein Dorf und behauptet, dort früher gewohnt zu haben. Die Frau nimmt ihn zurück, aber bald wird klar, dass er gar nicht ihr Mann ist. Die Frau spielt diese … ach, mein Gedächtnis … die in dem Film gespielt hat, wo sie auf dem Flipper vergewaltigt wird …

Liebe Leute, ihr werdet mich jetzt für opportunistisch halten. Und das bin ich auch. Ich muss gestehen, dass ich dieser Dame vertraute. Vielleicht ist Vertrauen auch das falsche Wort. Ich sage es anders: Ich hielt sie für berechenbar.

– Was würden Sie machen, wenn Sie Haberler wären?

– Ich würde den Betrüger bei der Polizei anzeigen. Er gehört nicht hierher. Der Haberler ist … er ist vielleicht ein wenig langweilig … aber er ist ein ehrlicher Mann.

Ich nahm einen Fünfziger aus meiner Tasche und legte ihn auf den Ladentisch.

– Könnte ich bei Ihnen duschen und aufs WC gehen?

Sie musterte mich ungläubig. Ich zeigte mit einem Kopfnicken auf den Geldschein.

– Das hier stimmt schon so.

– Na, endlich jemand, der noch mit Geld bezahlt.

– Wieso, womit zahlen die Menschen sonst?

– Ach, mit diesen Karten, ich sage Ihnen …

Ich glaube, dass sie kurz Angst hatte. Aber sie fasste sich schnell.

– Warum wollen Sie denn duschen?

– Na ja, wissen Sie, ich hatte jetzt drei Tage drüben im Flüchtlingsheim zu tun. Rechnungsprüfung. Und dort, also, ich sage es Ihnen ehrlich: Dort wollen Sie nicht duschen gehen.

Sie stellte zwei Bierdosen auf die Theke. Ich stopfte sie in den kleinen Rucksack, den ich für diesen Tag mitgenommen hatte. Sie ging zur Ladentür, sperrte ab und ließ die Jalousien herunter. Dann öffnete sie eine Tür hinter der Theke. Durch diese Tür ging es in die Privaträume. Wir gingen durch die Küche in einen kleinen Korridor. Links war die Toilette und gegenüber das Badezimmer.

– Warten Sie, ich bringe Ihnen ein frisches Handtuch. Und hier ist das Klo.

Ich hastete sofort zur Klotür, aber sie hielt mich am Arm fest.

– Aber nur im Sitzen pinkeln. Haben Sie mich verstanden?

Liebe Leute, ich weiß, es gehört sich nicht, Sonnenuntergänge und Stuhlgänge im Detail zu beschreiben. Ich kann euch nur sagen, dass die Erleichterung mir solche Glücksgefühle brachte, dass mir die Tränen über das ganze Gesicht liefen. Ich duschte danach ausgiebig. Und obwohl ich ein Leben lang Atheist gewesen war, kamen zu den Tränen religiöse Gefühle. Ich war nie gläubig. Aber ich dachte in diesem Moment, dass es da oben doch etwas gibt: einen Brausekopf, der mich auch dann noch beregnet, wenn sich bereits alle von mir abgewandt haben. Ich schlüpfte wieder in meine Kleider. Die Alte, die gar nicht alt war, sah, als ich aus der Dusche kam, dass mich das Weinen – das Schluchzen, muss ich eigentlich sagen – aus der Fassung gebracht hatte.

– Sagen Sie, ist bei Ihnen alles in Ordnung? Wie Sie aussehen! Sie sind ja nur Haut und Knochen.

– Jetzt habe ich ja Bier und Wurstsemmeln.

Auf der Bank der örtlichen Bushaltestelle aß ich beide Semmeln und trank beide Bierdosen leer. Dann erst ging ich zum Haus zurück. Ahmad und Lotfi waren auch noch in ihrer Pause, sprangen aber auf, als der Reisinger mit dem Auto kam. Er sah sich kurz alles an, mahnte uns zur Eile und fuhr wieder weg. Ich wartete, bis sein Auto um die Ecke bog, dann stand ich auf und ging zur Haustür. Ich drückte die Klingel und eine Melodie erklang, als würde ein Handy läuten oder ich käme in *Battle through Time* in das elfte Level eines galaktischen Krieges. In der rechten Hand hatte ich eine Spraydose mit dem Insektenbekämpfungsmittel, das wir in die Löcher von Erdwespen sprühen sollten. Die Frau, die ich vorher schon gesehen hatte, kam zur Tür. Sie öffnete die Tür einen Spalt.

– Was wollen Sie? Sie sollen arbeiten!

– Frau Doktor Datschenko?

– Sie sollen hier nicht läuten.

– Mein Name ist Erik Montelius.

Sie erschrak. Ihr Gesicht wurde kurz kindlich, aber dann gleich wieder runzelig, verkrampft, hässlich. Ich nutzte ihre Überraschung, um mit der linken Hand die Wohnzimmertür aufzudrücken.

– Wer sind Sie? Was wollen Sie hier?

– Frau Doktor Lillemor Hanson …

– Ich kenne Sie nicht. Und ich kenne keine Doktor Hanson.

Sie stand auf einem schönen handgeflochtenen Läufer. Wahrscheinlich hatten ihn kleine Kinder im Kaukasus oder in Belutschistan mit ihren zarten Händen knüpfen müssen.

– Was wollen Sie?

– Ich habe die Kontoauszüge von Winfried Haberler. Ich kann nachweisen, dass er Ihnen Geld überwiesen hat.

– Was reden Sie da? Ich kenne diesen Mann nicht.

Kurz dachte ich, sie würde jetzt einen Notknopf auf ihrem Handy drücken und gleich würden zwei zweihundert Kilo schwere Leibwächter erscheinen und mich hinaustragen. Aber es war einfach still.

– Zwei schöne Autos haben Sie. Und ein schönes Leben. Es wäre schade, wenn das alles mit einem Mal zu Asche zerfallen würde.

– Wollen Sie mir drohen?

– Sie haben Lillemor Hanson befohlen, die Betreuung des Patienten Erik Montelius zu beenden.

– Herr Haberler wollte keine Betreuung mehr.

– Ach, Sie kennen ihn also doch. Herr Haberler wollte noch etwas anderes: dass Sie behaupten, dass es Erik Montelius nicht gibt. Dass es ihn niemals gegeben hat. Dafür hat Winfried Haberler Ihnen zuletzt Ende Dezember 36.546,90 Euro überwiesen.

– Sie sind verrückt!

– Es ist so schade … So schade!

– Wenn Sie nicht sofort mein Haus verlassen …

Da streikten meine Ohren. Tonausfall. Ich sah die Datschenko vor mir schreien. Aber ich hörte keinen Laut. In dieser Welt hörte mir niemand zu. In dieser Welt hatte ich keine Stimme. Aber diese Welt störte meine Meditation mit ihrem Geschrei und ihren Geräuschen. So ergeht es dem Meditierenden. Er sitzt in seinem Zimmer, in heiliger Konzentration auf den Gegenstand seiner Kontemplation und muss sich über die Betrunkenen ärgern, die auf der Straße immer das Gleiche wieder und wieder brüllen. Er muss sich über das Gehupe der Autos ärgern, das ständige Hüsteln, Rufen, Klopfen, Pfeifen, Niesen, Kratzen, Kauen, den Lärm der Klingeltöne und Videos der Handys und das ewige, endlose *Ich höre dich nur schlecht.* Nicht der Lärm dieser Welt gehört weg. Die ganze Welt gehört weg.

In diesem Moment sah ich die erste Flamme. Das heißt, ich wusste in diesem Moment noch nicht, dass es zwei sein würden. Das erste Auto brannte. Ich stand reglos vor der wütenden Datschenko, die jetzt ihr Handy ans Ohr drückte. Und weg war sie, die Welt. Im Sternenschlamm versank sie als unbedeutender Planet eines winzigen Sonnensystems in einer vernachlässigenswerten Galaxie einer mickrigen Milchstraße. Alles, was von ihr übrig blieb, war ich. Nur ich. Nur ich. Nur ich. Das musste es sein, das Nirvikalpa Samadhi. Aber jetzt meinen Körper verlassen? Nein, es war noch zu früh.

Ich drückte die Eingangstür von innen auf und ging die Glasfassade entlang hinter das Haus. Dann gelangte ich wieder auf die Straße und gesellte mich zu den Kleinibmern, die jetzt schon zusammenliefen, um das Feuer zu sehen. Bald hörte man die erste Feuerwehrsirene. Es hatte etwas Andächtiges, Adventliches, Weihnachtsbaumiges, dieses Feuer.

16.08.2022

Am Abend haben wir beim Essen ein nichtiges Gespräch über Leonies Schule. Nikki redet auf sie ein, dass sie dies oder das endlich lernen soll, sonst muss sie Nachhilfe nehmen. Leonie hat einen Dreier. Nicht so schlecht, sagt sie selbst. Dieser mangelnde Ehrgeiz regt Nikki noch mehr auf. Sie hört nicht auf, sie zu tadeln, dass sie faul ist und nur das lernt, was sie will. Ich verteidige Leonie und sage, dass ich in der Schule gar nichts gelernt habe und dass man sich auch anderswo bilden kann. Ich sehe es schon in Nikkis Blick: Jetzt kommt der Streit und dann die Schweigemauer. Diesmal aber vor Leonie und nicht unter vier Augen. Ich sage ihr genau das voraus und sage auch, wie sehr mir dieses Verhalten auf die Nerven geht. Das macht sie noch wütender. Sie geht alleine zum Hotel zurück.

22.08.2022
Die Frau im PALM TREE kennt nun meinen Vornamen. Der Kaffee, den ich jeden Tag aufs Zimmer bringe, wurde von Nikki fünf Tage lang schweigend getrunken. An diesem Tag führt er nach fünf Tagen Schweigemauer zur Versöhnung. Sie hat mich so fertiggemacht, dass ich nichts geschrieben habe. Das nächste Mal wird sie mich umbringen.

Zurück im Heim tat ich so, als wäre alles normal. Ich beschloss, einige Dinge zu organisieren. Ahmad kannte einen Flüchtling aus dem Jemen, der bei einem Elektriker arbeitete. Wir überredeten ihn, an Samstagen gegen Bezahlung ins Heim zu kommen. Svenja erzählte mir, dass es im Internet defekte Waschmaschinen und Wäschetrockner gratis gibt. Ich schlug also vor, Geräte mit geringen Schäden zu kaufen und von Mansur – so hieß der Flüchtling aus dem Jemen – wieder in Gang setzen zu lassen. Damit wollte ich im Keller eine Waschküche einrichten, in der jeder zweimal in der Woche eine Stunde waschen und trocknen konnte. Ich wollte unbedingt im Heim bleiben, bis die Sache abgeschlossen war, denn Svenja würde das niemals hinkriegen, und den anderen war es völlig egal.

Nun mussten wir nur noch einen Kleinbus finden, der die alten Waschmaschinen abholte. Das besorgte Reisinger für erstaunlich wenig Geld. Kein Wunder, die Flüchtlinge bekamen von ihm ja nur einen Euro in der Stunde. Bald hatten wir etliche Waschmaschinen im Haus, und Mansur konnte mehr als die Hälfte davon in Gang bringen. Mit den Trocknern hatten wir weniger Glück, außerdem fielen, wenn einige davon gleichzeitig liefen, regelmäßig die Sicherungen im Keller aus. Also standen überall im Haus Wäschespinnen herum oder die Wäsche hing aus den Fenstern, was wieder Anrainerproteste auslöste.

Der Waschsalon war nun mein Projekt. Wir wuschen nicht nur die Wäsche aller Heimbewohner und aller, die im Heim arbeiteten. Wir konnten auch die ankommende gespendete Kleidung waschen und trocknen. Nikki wäre stolz auf mich gewesen. Eines Tages schrieb sie:

– Wenn du dein Kind persönlich kennenlernen willst, dann komm bald nach Hause.

– So eilig? Wird es eine Frühgeburt? Ich muss hier noch einen Waschsalon einrichten.

– Leonie vermisst dich auch. Deine fucking Jausenbrote sind besser als meine.

– Und du? Vermisst du mich auch?

– Und wie! Schlafen ohne Trompetenkonzert ist nicht das Wahre.

– Ich komme bald. Bitte mach das nicht noch mal mit mir, mit dem Streiten und der Schweigemauer. Das nächste Mal bringt es mich um.

– Ach komm. Sterben bist du doch gewohnt.

Wir veranstalteten einen kleinen Flohmarkt, zu dem wir die Dorfbewohner einluden. Und siehe da, sie kauften fleißig, weil die Kleidung sehr gut aussah und günstig war. Nun sahen alle im Dorf wie Flüchtlinge aus. Sie trugen die Kleidung, die sie selbst gespendet und wir nur gewaschen hatten.

Mein nächster Plan war, Plastikbesteck und -geschirr durch Holz und Bambus zu ersetzen. Und dann fehlte noch das Wichtigste: endlich genug Duschen und Waschbecken bereitzustellen, die täglich professionell gereinigt werden konnten. Ich hatte eine japanische Firma gefunden, die eine einteilige wasserdichte Innenauskleidung aus Kunststoff mit einem Abfluss herstellte. Man stülpte gewissermaßen eine Duschkabine in einen Raum. Wir brauchten aber Geld dafür. Schließlich wollte ich das abfließende Grauwasser der Duschkabinen und Waschbecken in einen Tank leiten, aus dem das Spülwasser für die Toiletten kommen sollte. So würde der Wasserverbrauch reduziert. Doch die kirchlichen Hilfswerke zögerten die Zusage hinaus, und das Ganze schlief irgendwann ein.

Bald bemerkte ich, dass meine Vorhaben niemand mehr interessierten. Alle hatten sich an die Probleme gewöhnt, sie waren normal. Svenja hatte keine Energie mehr, mit der Diözese und der Kirche zu streiten, und die anderen Damen von der Verwaltung machten einen Bogen um mich, wenn sie mich sahen. Ich saß da und starrte durch das kleine Fenster meines Zimmers. Ich wollte nur zu Nikki, nur noch zurück zu dieser weichen harten Frau, diesem bezaubernden Wesen. Die Schildkröte hatte versagt.

Doch auch all die sauberen Kleider halfen nicht. Es gab einen Iraker, über den ein Fernsehbeitrag gedreht wurde. Er hatte bei einer Firma im Nachbarort begonnen, einfache Hilfsdienste für zwei Euro die Stunde zu machen, und der Chef wollte ihn nun anstellen, konnte das aber aus rechtlichen Gründen nicht tun. Dieser Vorzeigeflüchtling wurde nach dem Fernsehbericht im Heim geächtet, sogar Frau Fashami weigerte sich, ihm ihr Polo-Khoresch zu verkaufen.

Aus meiner Krise riss mich eine SMS von Kris:

– Erik, ich weiß, dass du in der Nähe bist. Kannst du morgen nach Großibm kommen? Ich will mit dir etwas regeln.

– Nur, wenn Winfried nicht da ist.

– Er wohnt nicht mehr hier.

23.08.2022
Heute ist Leonie ins PALM TREE mitgekommen. Die Frau hinter der Kaffeemaschine hat ihr ein Armband mit einer Muschel geschenkt.

Mein Triumph lässt sich kaum beschreiben: Kris hatte sich von Winfried getrennt. In einem langen Telefonat erfuhr ich alles von Albi. Ich schlug ihm vor, dass wir uns in der darauffolgenden Woche treffen. Plötzlich wird sein Ton scharf:

– Du meldest dich nie. Immer muss ich dich anrufen.

– Tut mir leid.

– Nein, es tut dir nicht leid. Ich hätte dich gerne öfter getroffen. Ich hätte dich gerne kennengelernt. Aber mit dir ist das nicht möglich. Ich bin dir fremd, und du interessierst dich nicht für mich.

– Das stimmt nicht. Ich werde nächste Woche …

Mitten in meinem Satz hat Albi aufgelegt. Mir war klar, dass er in allem recht hatte. Ich war ein miserabler Vater. Ich war gar kein Vater. Und jetzt wurde ich wieder Vater.

Am nächsten Morgen stand ich um 8:00 in der Rezeption, um zu fragen, welche Arbeiten gebraucht wurden. Doch schon an der Tür sah ich, dass Svenja und Frau Pauer mich bereits erwartet hatten. Sie applaudierten und überreichten mir eine Torte und eine Zeitung.

– Ihr habt euch im Kalender geirrt, meine Lieben. Mein erster Geburtstag ist am 29. Februar, und den gibt es erst wieder 2024. Da lebe ich nicht mehr. Und mein zweiter Geburtstag ist am 19. August.

Sie zeigten mir die Zeitung, die Schlagzeile lautete: *Der Eismann ist echt.*

Meine Lieben, was soll ich euch sagen, bevor es nun kitschig wird? Die *KrioTek* hatte offiziell erklärt, dass der Kryostase-Patient Erik Montelius am 19. August 2021 aus dem Tiefschlaf geholt und operiert worden war. Am 9. November 2021 erlangte er das Bewusstsein und war damit der weltweit erste Mensch, dessen Leichnam unmittelbar nach seinem Tod konserviert worden war und nach einer Lagerungszeit von über dreißig Jahren wieder zum Leben erweckt wurde.

Es folgte eine rührselige Darstellung, dass ich in einem Flüchtlingsheim in Niederösterreich lebe und mich mit besonderem Engagement der Verbesserung der Lebensbedingungen und der hygienischen Situation widme.

– Woher wissen die das?

– Gestern war jemand von der Zeitung da. Irgendeine Richterin hat ihnen den Hinweis gegeben.

– Und das habt ihr mir verschwiegen?

– Es sollte ja eine Überraschung sein.

Frau Pauer umarmte mich. Svenja umarmte mich. Ihre Brüste drückten gegen meinen Körper, ihre Tränen landeten auf meinem Hals und meiner Schulter, und ich weinte auch. Ich weinte mir die Augen aus und verlor dabei bestimmt noch zwei Kilo.

23.08.2022

Ich habe auch in meinem zweiten Leben nicht alles erreicht. Ich weiß noch immer nicht, was Kasematten sind, und ich verwechsle die Heilsarmee ständig mit der Fremdenlegion. Woher kommen plötzlich diese Worte? Nikki und Leonie verwenden sie nicht. Sonderbar. Ich bin vielleicht doch gar nicht da.

Der Taxifahrer betrachtete mich schon aus dem Augenwinkel. Er wollte etwas sagen, traute sich aber nicht. Irgendwann grummelte er doch vor sich hin:

– Werden Sie sich rächen?

– Rächen?

– An Ihrer Frau und ihrem zweiten Mann? Sie fahren doch jetzt dorthin, oder? Ich habe Ihre Geschichte die ganze Zeit verfolgt. Rächen Sie sich oder vergeben Sie ihnen?

– Ach, wissen Sie: Rache ist kindisch und Vergebung ist senil. Ich kann mit beidem nichts anfangen. Ich werde sie ein wenig ärgern und sie dann ihr Leben in Ruhe zu Ende leben lassen.

– Verstehe! Sie sind so gescheit. Müssen Sie danach nicht noch wohin fahren? Ich warte auf Sie! Ich fahre Sie überallhin.

23.08.2022
Wir einigen uns auf Isaak. Oder Salome, wenn es ein Mädchen wird. Er oder sie wird den Nachnamen Nicodemus tragen. Montelius stirbt also aus. Der Letzte mit diesem Nachnamen ist Albi. Ich schreibe ihm heute eine Nachricht. Er antwortet: Melde dich, wenn ihr zurück seid.

Ich ließ den Taxifahrer am Bahnübergang neben dem Häuschen des Bahnhofsvorstehers warten und ging zu Fuß das Stück hinauf zum Haus. Keinem einzigen Menschen begegnete ich, als ich die Gartengasse entlangging. Ich blieb vor der Haustür stehen und nahm einen tiefen Atemzug. Ich wollte es hinter mich bringen.

Kris umarmte mich. Im Vorraum standen gepackte Koffer. Auch hier gab es Tränen.

– Ich wollte dich noch einmal sehen.

– Du verreist?

– Du weißt, ich wollte immer schon nach Afrika. Denen helfen, die es wirklich brauchen.

– Du gehst ohne Rioja-Gläser nach Afrika?

– Wie habe ich deine ätzenden Bemerkungen vermisst!

– Die Hälfte des Hauses hat Albi schon gehört, als er volljährig wurde. Ich habe ihm nun auch meine Hälfte vermacht. Wenn es dir recht ist …

– Das ist ganz in meinem Sinn. Ich werde mich nicht einmischen. Ich komme bestimmt nicht wieder zurück.

– Geh zu Nikki. Sie ist schwanger. Sie braucht dich. Und glaub mir: Nichts fällt mir schwerer, als das zu sagen. Ich könnte sie umbringen, die Schlampe! Glaubst du, ich habe nicht gehört, wie ihr es am Heiligen Abend im Zimmer getrieben habt?

Kris schluchzte und roch dabei wie eine alte Frau nach diesen Baldrian-Lavendel-Pölsterchen, von denen man nicht weiß, ob sie Heuschnupfen heilen oder erst wirklich auslösen.

– Warum habe ich das alles geschehen lassen?

I said,
»Who put all those things in your head?
Things that make me feel that I'm mad?
And you're making me feel like
I've never been born«.

Kris streichelte meine Wangen. Ich wollte jetzt doch noch einen Kuss von ihr, aber der Zeitpunkt war schlecht.

– Wo gehst du hin?

– Ich gehe mit dir hinters Haus, eine Zigarette rauchen. Hast du eine?

Ich wünschte so sehr, Kris würde ihre Haare wieder zu Zöpfen flechten und dann, wenn sie nackt dasaß, würden diese Zöpfe auf ihren Brüsten liegen. Der Anblick hatte mich früher wahnsinnig gemacht. Wahnsinnig und stolz. Ich dachte dabei: Ich habe sie, diese Frau, die schönste Frau der Welt, sie gehört mir. Alle wollen sie haben, aber sie gehört mir. Sie kann gegen Besitzanspruch in Beziehungen argumentieren, aber sie gehört mir. Und wenn ein Mann will, dass ihm eine Frau gehört, dann muss er, dann darf er nicht immer auf sie hören.

Wir standen da und rauchten drei Zigaretten hintereinander. Wir redeten nicht, sahen einander nur in die Augen. Nur eines musste ich dann doch sagen:

– Ich gehe mit Nikki, wohin sie gehen will. Und dann sterbe ich, vermutlich bevor unser Kind geboren wird.

– Hör auf, zornig zu sein. Mir zuliebe.

Wir gingen beide ins Haus. Im früheren Schlafzimmer von Kris und Winfried war das Bett weg. Es befand sich nur mehr ein Bücherregal an der Wand. Auch das Regal war fast leer; dort stand nur ein Buch. Kris gab es mir.

Das Buch hieß *Der Hinduismus*. Ich erkannte es sofort wieder. Es war stark zerlesen, und es steckten noch Blätter zwischen den Seiten, die ich eingelegt hatte, um sie zu markieren. Ich schlug es an einer markierten Stelle auf. Das Schönste war der Geruch des Buchs.

INDRA: Verzichte auf den Hund!

YUDHISHTHIRA: Dieser Hund ist mir fortwährend treu gefolgt. Lass ihn mit mir kommen, denn ich habe Mitleid mit ihm.

INDRA: Du hast die Sterblichkeit abgeschüttelt und bist nun meinesgleichen. Alle Herrlichkeit und große Erfüllung hast du jetzt gewonnen. Verzichte auf den Hund, darin liegt nichts Grausames.

YUDHISHTHIRA: Solche Herrlichkeit, deretwegen ich ein mir treues Geschöpf verstoßen muss, begehre ich keineswegs.

INDRA: Im Paradies ist kein Ort für Männer mit Hunden.

Verstoße du also diesen Hund, denn dadurch wirst du dir die Welt der Götter gewinnen.

YUDHISHTHIRA: Unter den Toten gibt es weder Friede noch Krieg, so glauben wir vielmehr auf Erden. Niemals wieder kann ich sie zum Leben erwecken.

Ich gab Kris das Buch zurück.

– Keine Zeit mehr zu lesen.

Kris begleitete mich vor die Tür. Ich sage euch, liebe Pfnullis, habt kein Mitleid! Auch wenn es euch gut geht und den anderen schlecht: Habt kein Mitleid!

– Du siehst gut aus, Erik.

– Findest du?

– Wo willst du hin? Ich bringe dich überallhin, auch zu ihr.

– Da unten wartet ein Taxi auf mich. Der fährt mich gratis, weil er ein Fan ist.

– Du bist ein Glückspilz. Dir fliegt alles zu.

– Stimmt. Ich brauche keine Identität. Ich brauche auch kein Geld. Ich kann nicht einmal die dreitausend ausgeben, die du mir von Albi ins Krankenhaus hast bringen lassen.

– Und jetzt gehst du für immer?

– And instead of coming he went.

Ich ging hinunter zum Bahnübergang, bis zum alten Häuschen des Bahnhofsvorstehers. Als der Taxifahrer mich sah, startete er den Wagen.

– Würden Sie mich auch nach Wien fahren?

Ich schrieb Nikki eine SMS.

– Ich sitze schon im Taxi. Komme zu dir.

– JUCHCHUUUUUUU!!!
– Ich liebe dich!
– Heute kitschig unterwegs?
– Du hast mindestens ein *fucking* vergessen!
– Komm her! Praxis ist besser als Theorie.

23.08.2022

Fertig. Ich habe das Manuskript an Soraya geschickt. Ist das ein Tag, auf den man anstoßen sollte? Nikki sagt: Du denkst schon wieder nur ans Saufen.

25.08.2022
Ich lebe noch. Also würde ich gerne weiterschreiben. Soraya aber meint dazu: Bist du wahnsinnig! Da machen wir zuerst einen neuen Verlagsvertrag. Was soll ich nur mit all dem Geld machen? Ich gebe die Hälfte Nikki und die andere Hälfte Albi.

Eigentlich müssen wir in ein paar Tagen abreisen. Aber Nikki fragt mich, ob ich hierbleiben will. Es ist seltsam, dass ich nun plötzlich über den Ort entscheiden soll. In dieser Welt gibt es nur mehr zwei Dinge, die mich interessieren: Das zweite ist unser Kind, und ob ich wohl seine Ankunft auf dieser Welt noch erlebe. Das erste und allerwichtigste ist Nikki.

Ich habe aufgehört, das Datum meiner Einträge zu notieren.

Nikki sagt beim Steinesammeln am Strand zu mir: Die Zeit vergeht so schnell. Sie sagt es nur so hin, aber ich beginne zu weinen und hoffe, dass sie meine Tränen nicht sieht. Dann sagt Nikki noch: Und du stirbst jetzt einfach nicht, sonst muss ich mich wieder mit dem beschissenen Philipp und der Fotze Antje abgeben. Darüber lachen wir.

Die Orangen hier machen einem erst klar, wie eine Orange schmecken kann. Keine Angst! Ich werde keinen Orangenbaum beschreiben. Auch nicht den Geruch von DDT, der

der Abstellkammer der Putzfrau im Hotel entströmt. An die zwanzig Mal am Tag muss ich daran vorbeigehen und tief einatmen.

Das Sterben ist das Nullte, an das ich denke. Oder das Erste. Oder sagen wir, es ist irgendwo zwischen Null und Eins. Aber ein Computer, der rundet, muss eine Entscheidung treffen.

Zitate:

S. 7
Ich wurde geboren / am 17. August …
Konrad Bayer: »dann bin ich gestorben«
Bayer, Konrad: Sämtliche Werke, hrsg. von Gerhard Rühm, überarb. Neuausgabe, Klett-Cotta (Stuttgart) 1996, 2015, Band 1, S. 82

S. 29
Wes Herz vom Oktober durchwettert worden …
Huppert, Hugo: Majakowski
Rowohlt Verlag (Reinbek) 1965, S. 206

S. 44
One sweet dream …
You Never Give Me Your Money (John Lennon & Paul McCartney)
The Complete Beatles
Edition Olms (Zürich) 1981, Vol. II, S. 427ff.

S. 51
Well, you should see Polythene Pam …
Polythene Pam (John Lennon & Paul McCartney)
The Complete Beatles
Edition Olms (Zürich) 1981, Vol. II, S. 436ff.

S. 51
Protected by a silver spoon …
She Came In Through The Bathroom Window (John Lennon & Paul McCartney)
The Complete Beatles
Edition Olms (Zürich) 1981, Vol. II, S. 440ff.

S. 66
Get a dose of her in jackboots and kilt …
Polythene Pam (John Lennon & Paul McCartney)
The Complete Beatles
Edition Olms (Zürich) 1981, Vol. II, S. 436ff.

S. 90
The farther one travels …
The Inner Light (George Harrison)
The Complete Beatles
Edition Olms (Zürich) 1981, Vol. II, S. 226ff.

S. 91
Without going out of my door …
The Inner Light (George Harrison)
The Complete Beatles
Edition Olms (Zürich) 1981, Vol. II, S. 226ff.

S. 115
I never give you my number …
You Never Give Me Your Money (John Lennon & Paul McCartney)
The Complete Beatles
Edition Olms (Zürich) 1981, Vol. II, S. 427ff.

S. 219
A lifetime is so short …
Love You To (George Harrison)
The Complete Beatles
Edition Olms (Zürich) 1981, Vol. II, S. 95ff.

S. 284
Wiping the dirt from his hands …
Eleanor Rigby (John Lennon & Paul McCartney)
The Complete Beatles
Edition Olms (Zürich) 1981, Vol. II, S. 86ff.

S. 367
I told that girl I could start right away …
Drive My Car (John Lennon & Paul McCartney)
The Complete Beatles
Edition Olms (Zürich) 1981, Vol. I, S. 493ff.

S. 380
So I lit a fire …
Norwegian Wood (John Lennon & Paul McCartney)
The Complete Beatles
Edition Olms (Zürich) 1981, Vol. I, S. 442 ff.

S. 382
We were talking about the space between us all …
Within You Without You (George Harrison)
The Complete Beatles
Edition Olms (Zürich) 1981, Vol. II, S. 158 ff.

S. 438
I said …
She Said She Said (John Lennon & Paul McCartney)
The Complete Beatles
Edition Olms (Zürich) 1981, Vol. I, S. 103 ff.

S. 439
Indra: Verzichte auf den Hund!
Zaehner, R. C.: Der Hinduismus
Wilhelm Goldmann Verlag (München) 1962, S. 130 f.

FSC www.fsc.org MIX Papier | Fördert gute Waldnutzung FSC® C014496

Penguin Random House Verlagsgruppe FSC® N001967

1. Auflage
Genehmigte Taschenbuchausgabe November 2025
btb Verlag in der Penguin Random House Verlagsgruppe GmbH,
Neumarkter Straße 28, 81673 München
produktsicherheit@penguinrandomhouse.de
(Vorstehende Angaben sind zugleich
Pflichtinformationen nach GPSR.)

Covergestaltung: buxdesign | Ruth Botzenhardt
unter Verwendung eines Motivs von © Getty Images / CSA Images
Druck und Einband: GGP Media GmbH, Pößneck
cb · Herstellung: han
Printed in Germany
ISBN 978-3-442-77578-1

www.btb-verlag.de
www.facebook.com/penguinbuecher